CHRIS KARLDEN
DER TODESPROPHET

atb aufbau taschenbuch

CHRIS KARLDEN, Jahrgang 1971, hat Rechtswissenschaften studiert und arbeitet derzeit als Jurist in der Gesundheitsbranche. Er lebt mit seiner Familie im Südwesten Deutschlands. Sein erster Psychothriller »Monströs« war bereits ein großer Erfolg.
Mehr zum Autor unter www.chriskarlden.de

Der traumatisierte Journalist Ben findet die Leiche einer jungen Mutter. Die Frau wurde in ihrer Badewanne ertränkt, während ihr Sohn dabei zusehen musste. Schnell deuten die Spuren auf Ben als Täter. Obwohl er alles versucht, um seine Unschuld an dem Mord zu beweisen, wird die Beweislage immer erdrückender. Die Suche nach der Wahrheit führt Ben zurück in seine Vergangenheit – und zu dem Rätsel um ein verschwundenes Mädchen. Und auch privat droht Ben alles zu verlieren: Seine Frau Nicole hat die Scheidung eingereicht, und seine Tochter Lisa distanziert sich immer mehr von ihm. Schon bald muss er erkennen, dass das alptraumhafte Geschehen in seiner Umgebung einem weitaus schrecklicheren Höhepunkt entgegenstrebt, als er es je für möglich gehalten hätte …

CHRIS KARLDEN

DER TODES

THRILLER

PROPHET

atb aufbau taschenbuch

ISBN 978-3-7466-3232-2

Aufbau Taschenbuch ist eine Marke der Aufbau Verlag GmbH & Co. KG

1. Auflage 2016
© Aufbau Verlag GmbH & Co. KG, Berlin 2016
Copyright © 2016 by Chris Karlden
Dieses Werk wurde vermittelt durch die AVA international GmbH
Autoren- und Verlagsagentur, München. www.ava-international.de
Umschlaggestaltung www.buerosued.de, München
unter Verwendung eines Motivs von © Arcangel / Dave Wall
Gesetzt in der Adobe Garamond Pro durch Greiner & Reichel, Köln
Typografie Julia Koslowski, Berlin
Druck und Binden CPI books GmbH, Leck, Germany
Printed in Germany

www.aufbau-verlag.de

Für Jana und Christiane

PROLOG

Die Anspannung war so unerträglich, dass Ben glaubte, den Verstand zu verlieren. Jegliche Kraft war aus ihm gewichen, und seine Arme hingen schlaff wie Lianen an seinem Körper herab. Der Revolver lag schwer in seiner zitternden rechten Hand. Was sollte er nur tun? Immer wieder die gleiche Frage, auf die es keine richtige Antwort gab. Es war klar, was geschehen würde, auch wenn sein Verstand sich weigerte, es sich vorzustellen. Er hörte das vor Adrenalin wallende Blut in seinen Ohren rauschen. Schweißperlen rannen ihm von der Stirn über sein von feinem Sand überzogenes Gesicht. Alles in ihm rebellierte gegen das, was sie von ihm verlangten, und die über allem thronende Angst schrie ihm ein innerlich widerhallendes ›Nein‹ entgegen. Und doch blieb ihm keine andere Wahl. Er musste den vor ihm stehenden Mann erschießen, sonst würde er selbst sterben – wie Mike.

Der bleiche, tränenüberströmte Mann vor ihm trug ein weißes Poloshirt. Auf seinem Namensschild in Brusthöhe, das ihn als Kevin Marshall auswies, war der Äskulapstab mit der Schlange, dem Wahrzeichen der Ärzte, abgebildet. Darunter stand der Name der Hilfsorganisation geschrieben, für die der Arzt vermutlich ehrenamtlich tätig war. Marshall keuchte laut und hastig und biss sich in einem fort mit den Schneidezähnen auf die Unterlippe, die davon zu bluten begonnen hatte. Ben schätzte Marshall, den die Entführer wie ihn und Mike hierherverschleppt hatten, auf Anfang dreißig und fragte sich, ob der Mann, den er für einen Amerikaner hielt, ebenfalls verheiratet war und ein Kind hatte. An dem nervösen Blinzeln und dem Flackern in den Augen seines Gegenübers erkannte Ben, dass dieser ebenso verzweifelt nach einem Ausweg aus diesem Alptraum suchte wie er. Aber es gab keinen. Auch Kevin Marshall hatte einen Revolver in der Hand, und gleich würden sie aufeinander schießen müssen.

»Jetzt drehen!«, befahl der dunkelhäutige Anführer der Kidnapper in gebrochenem Englisch. Das Weiß in den glasig schimmernden Augen des Afrikaners war gelb verfärbt. In seinem ausgemergelten Gesicht zeichneten sich die Wangenknochen scharf ab. Die laufende Videokamera auf dem Stativ neben ihm war auf Ben und Kevin Marshall gerichtet. Der Mann starrte die beiden mit regungsloser Miene an. Er, wie auch die acht bewaffneten Männer in seiner Gefolgschaft, machten den Eindruck, dass sie zu viel verloren hatten, als dass ihnen ihr Leben und das anderer Menschen noch irgendetwas bedeutete. In ihren Gesichtern lag eine Mischung aus Traurigkeit und aufgestauter Wut. Mit ihren Maschinengewehren zielten sie auf Ben und Kevin, bereit, jederzeit abzudrücken. Die Afrikaner hatten damit gedroht, dass sie auf der Stelle in einem Kugelhagel sterben würden, falls sie nicht mitspielten.

Ben hob zögerlich den Revolver vor seine Brust und drehte, wie der Anführer es befohlen hatte, die Revolvertrommel, aus der zuvor alle Patronen, bis auf eine, herausgenommen worden waren. Marshall tat es ihm gleich und starrte ihn dabei aus Augen, aus denen Ben nichts außer Verzweiflung und Todesangst herauslesen konnte, an. Sie hatten ihre Instruktionen erhalten, bevor die Aufzeichnung mit der Videokamera gestartet worden war. Die Entführer verlangten, dass die beiden Gefangenen sich in kurzer Distanz gegenübertraten, aufeinander anlegten und auf ihr Signal hin zeitgleich abdrückten. Falls einer von ihnen überlebte, würden sie demjenigen die Freiheit schenken.

Ben warf einen kurzen Blick hinüber zu der Wand, vor der Mike lag. Sein Kollege und Freund war tot. Die Entführer hatten ihn als Erstes vor die Kamera gezerrt und Kevin Marshall gegenübergestellt. Mike war auf die Knie gefallen. Er hatte geweint und um sein Leben gebettelt. Nachdem er sich wiederholt geweigert hatte, den ihm hingehaltenen Revolver in die Hand zu nehmen, war der Anführer der Gruppe vorgetreten und hatte Mike mit einer Maschinengewehrsalve erschossen. Dann hatten sie Mikes Leiche an die Wand geschleift und Ben den Revolver in die Hand gedrückt. Und die nächsten Sekunden würden auch für Ben über Leben und Tod entscheiden. Sein Verstand wehrte sich, die Situation zu begreifen. Als Ressortleiter für die Rubrik *Blick in die Welt* musste Ben täglich darüber berichten, wie Menschen auf tragische Weise aus dem Leben schieden. Er schrieb über verhungernde Kinder, Opfer von Naturkatastrophen, in Kriegen getötete Menschen und zahlreiche andere Tode, die ihm nicht selten die Tränen in die Augen steigen ließen. Nun war er selbst Teil des Grauens, Opfer eines perfiden Spiels. Noch vor einer Stunde war alles in Ordnung gewesen. Ben hatte es sich als Journalist zur Aufgabe gemacht, auf die Not der Menschen in Krisenländern aufmerksam zu machen. Da in dem afrikanischen Staat Äthiopien sich die Hungersnot schnell ausbreitete, waren Ben und Mike, der als freier Fotograf arbeitete und seine Fotos unter anderem an die Zeitung verkaufte, für die Ben tätig war, dorthin gereist, um sich vor Ort ein Bild von der Situation zu machen. Sie waren mit einem gemieteten Jeep auf dem Weg zu einem zehn Kilometer östlich der Hauptstadt gelegenen Dorf gewesen, als kurz vor dem Ziel zwei Geländewagen aufgetaucht waren und ihnen den Weg abgeschnitten hatten. Schwerbewaffnete Einheimische waren von den Pritschen der Ladeflächen gesprungen, hatten Ben und Mike aus dem Wagen gezerrt, sie gefesselt und in ein einsam gelegenes Haus verschleppt. Dort saß Kevin Marshall bereits gefesselt in einer Ecke des Raumes. Hinter dem an einigen Stellen eingefallenen Mauerwerk lag kilometerweit nichts als eine trockene steppenartige Landschaft mit vereinzelt aufragenden dürren, knochigen Bäumen und Sträuchern.

»Fertig machen«, sagte der Anführer jetzt. Er hob den rechten Arm, bis seine geballte Faust in Richtung der aus Strohmatten bestehenden Decke wies, und läutete damit das Duell ein. Ben und Kevin hörten auf, die Revolvertrommeln zu drehen, die sich danach noch kurz wie Glücksräder weiterbewegten, bevor sie zum Stillstand kamen. Ben streckte langsam den Arm aus und zielte auf die Stirn seines Gegenübers. Kevin Marshall hatte ein rundes Gesicht und einen dicken Bauch. Überhaupt sah er aus wie ein großer sanftmütiger Teddybär. Sein Mund stand offen, sein Unterkiefer bebte. Tränen liefen ihm über die Wangen, und er schluchzte. Wie in Zeitlupe hob auch Kevin seinen Revolver, bis Ben in die Mündung blickte, die auf seinen Kopf gerichtet war.

Ben atmete hektisch ein und aus, und sein Herz schlug ihm bis zum Hals. Dazu hatte sich eine bleierne Schwere auf seine Brust gelegt. Er hatte Mühe, die Waffe in seiner zitternden Hand weiterhin auf Kevins Kopf gerichtet zu lassen und fühlte sich wie in Trance. Einer von ihnen würde durch die Hand des anderen sterben.

Während die Videokamera erbarmungslos rot blinkte und damit die funktionierende Aufnahme anzeigte, blickten sie auf den erhobenen Arm des Anführers. Wenn er sich senkte, würden sie abdrücken müssen.

Ben fragte sich, ob er gleich wirklich den Abzug betätigen und sein Gegenüber damit eventuell erschießen könnte.

Was dachte Kevin? Ging es ihm genauso? Für einen Moment durchfuhr ihn der Impuls, die Waffe sinken zu lassen.

Aber er war wie blockiert. Lisa war erst sieben. Sie brauchte ihren Vater. Und auch sein Überlebenstrieb befahl ihm jetzt nachdrücklich, seine einzige Chance zu nutzen und abzudrücken, wenn es so weit war. Auch wenn dies bedeutete, dass er dafür einen unschuldigen Menschen töten musste. Er dachte daran, welchen Verlauf das Duell nehmen konnte. Die Möglichkeit, dass sie beide eine leere Patronenkammer erwischten, war am wahrscheinlichsten. Dann würde das nervenzerfetzende Spiel von neuem beginnen.

Falls einer von ihnen eine geladene Kammer hatte, war es direkt vorbei. Aber es musste nicht zwangsläufig einen Überlebenden geben, denn die letzte Möglichkeit bestand darin, dass beide Schlaghähne auf eine Patrone trafen.

Bens linkes Augenlid begann zu zucken. Seine Nerven ließen ihn eigentlich nie im Stich. Doch jetzt im Angesicht seines womöglich unmittelbar bevorstehenden Todes, schienen diese vollständig zu versagen. Fliegen kreisten wie Aasgeier um seinen Kopf und erzeugten ein Brummen – wie alte Neonröhren, kurz bevor sie den Geist aufgeben. Das ihn durchströmende Adrenalin ließ ihn noch wie ferngesteuert funktionieren, doch aufgrund des Wassermangels und der Hitze war ihm schwindlig, und sein Blickfeld verengte sich zu einem immer kleiner werdenden Tunnel. Mit der freien Hand wischte er sich den brennenden Schweiß aus den Augen, um überhaupt noch etwas erkennen zu können. Seine Kehle war so trocken, dass er kaum noch schlucken konnte. In diesem Zustand würde er gewiss nicht treffen, auch wenn das Ziel, Kevin Marshalls Kopf, unmittelbar vor ihm war. Noch immer schwebte der Arm des Anführers wie ein Fallbeil in der Luft.

Die Sekunden des Wartens kamen ihm wie Stunden vor. Ben

dachte an Nicole. Sie hatte ihm angedroht, dass sie ihn verlassen würde, falls er nach Äthiopien reisen und sich unnötig in Gefahr begeben würde, nur um eine möglichst authentische Reportage abliefern zu können. Sie hatte ihn gebeten, aus Rücksicht auf Lisa auf die Reise zu verzichten. Ben war sich der Gefahr zwar bewusst gewesen, hatte diese aber wie immer verdrängt, war stur geblieben und dennoch geflogen. Die Welt musste erfahren, wie sehr die Menschen in Äthiopien leiden mussten und wie viele an Unterernährung starben. Jetzt war er selbst zum Opfer geworden, und er wusste noch nicht einmal, warum. Genau wie Kevin Marshall war er nur hier, um zu helfen. Weshalb also taten diese Männer ihnen das an?

Dann war der Moment gekommen. Der Anführer ließ seinen Arm nach unten schnellen. Ben zielte, schloss die Augen und drückte ab. Nur hundertstel Sekunden voneinander getrennt hallten zwei Schüsse von den Wänden des Raumes wider.

1

Es war nicht leicht gewesen, sie zu überreden. Aber am Ende hatte sie mitgemacht. Sie brauchte das Geld. Und nun dachte sie, er würde ihr nach getaner Arbeit den versprochenen Lohn einfach so vor der Tür überreichen. Aber sein Plan war ein anderer. Er sagte ihr, er müsse sich noch davon überzeugen, dass sie ihren Auftrag auch tatsächlich erledigt hatte. Sie zögerte, überlegte, sah ihn eindringlich durch den Türspalt hinter der vorgehängten Kette an. Er merkte, dass sie sich nicht wohl dabei fühlte, ihn spät in der Nacht hereinzulassen, zu sich und dem schlafenden Kind. Er lächelte, denn er wusste, er konnte so harmlos wirken. Schließlich nickte sie zustimmend, öffnete die Wohnungstür und ließ ihn eintreten.

Als sie vor ihm her ins Wohnzimmer ging, zog er den mit Äther getränkten Lappen aus der Nylontüte in seiner Jackentasche hervor. Kurz dachte er an das schlafende Kind, an dessen Zimmer sie nun vorbeikamen. Er musste leise sein. Noch sollte der Junge nicht aufwachen.

Tu es endlich, sagte die Stimme in seinem Kopf. *Worauf wartest du noch?*

Schnell schlang er seinen rechten Arm von hinten um die Frau und presste das feuchte Tuch auf ihren Mund und ihre Nase. Sie zuckte erschrocken zusammen und stöhnte auf. Er drückte fester zu und hielt sie mit dem linken Arm umklammert. Panisch trat sie um sich. Ihr rechter Fuß verfehlte nur knapp einen Holzständer mit einer Buddhastatue aus Keramik. Ihre freie rechte Hand zerrte an seinem Arm. Dann erlahmten ihre Muskeln schlagartig. Ihre Glieder erschlafften, und sie sackte bewusstlos in sich zusammen. Er fing sie auf und legte sie sanft auf dem Boden ab. Während sie so friedlich vor ihm lag, sah sie ganz unschuldig aus. Doch er durfte sich nicht blenden lassen. Der Teufel trägt die schönsten Gesichter. Er wusste genau, warum sie sterben musste, und er würde ihren Tod in eine Botschaft verwandeln, vor der niemand mehr die Augen verschließen konnte.

Sie hätte sich nicht von ihrem Mann lossagen dürfen. Sie hatte es doch vor Gott geschworen: Bis dass der Tod euch scheidet. Und so würde es nun also sein. Sie hatte ihren Mann verlassen und damit das, was mit dem heiligen Bund eins geworden war, getrennt.

Er ließ sich von ihrer Schönheit in den Bann ziehen und ertappte sich dabei, wie sein Blick an ihrem makellosen Körper klebte. Es war schade um sie, dachte er. Dann hallte die engelsgleiche Stimme, die ihn seit Wochen begleitete, erneut in seinem Schädel wider und forderte ihn auf, endlich fortzufahren. »Du hast ja recht«, flüsterte er und schlich ins Kinderzimmer. Auf der weißen Tapete waren bunte Rennautos abgebildet. So eine Tapete hätte er früher auch gern gehabt.

Die langen tiefen Atemzüge des Kindes zeugten davon, dass es etwas Schönes träumte. Vermutlich das letzte Mal für eine sehr lange Zeit, dachte er. Aber auch das sollte so sein. Wieder zückte er seinen Lappen und drückte ihn dem Jungen sanft aufs Gesicht. Das Betäubungsmittel wirkte, ohne dass das Kind die Augen öffnete. Ruhe sanft.

Eine halbe Stunde verging, in der er ohne Hast die notwendigen Vorbereitungen traf. Dann kam die Mutter des Jungen wieder zu sich. Nach nur wenigen Sekunden begriff sie, wo sie sich befand, dass etwas mit ihr nicht stimmte und schließlich auch, was von Anfang an seine wahren Absichten gewesen waren. Sie würde ihr Geld nie erhalten.

Er lächelte. Sie konnte es nicht sehen. Die schwarze mittelalterliche Henkersmütze umhüllte seinen Kopf. Sie versuchte zu schreien, aber mehr als ein Ächzen und Stöhnen brachte sie mit dem Knebel in ihrem Mund nicht hervor. Als er dann den Wasserhahn der Badewanne aufdrehte, riss sie entsetzt die Augen auf. Sie starrte ihn kurz an, ihren Richter und Vollstrecker. Er hatte sie so gefesselt, dass sie sich kaum noch bewegen konnte. Dennoch bot sie all ihre Kraft auf, um sich zu befreien. Vergeblich spannte sie ihre Muskeln an. Mochte in ihrem Inneren ein Aufschrei laut widerhallen, nach außen drang nur ein dumpfes Geräusch. So leise, dass niemand außer ihm und mittlerweile auch ihrem Sohn es hören konnte.

Der Siebenjährige tobte und zerrte wie verrückt an seinen Fesseln. Es hatte länger gedauert als gedacht, bis er wieder zu sich gekommen war. Für einen kurzen Moment sah es so aus, als wäre der Kleine stark genug, den Heizkörper, an den er gebunden war, aus der Verankerung zu reißen. Er würde hautnah alles miterleben können und aus dem, was gleich geschah, lernen. Etwas, das er weitergeben konnte. Wie viel Energie und Kraft doch in einem Kind steckt, das seine Mutter vor dem Tode und sich selbst davor bewahren will, dabei zusehen zu müssen. Sein Gekreische war dank des Korkens in seinem Mund und dem Klebeband über seinen Lippen kaum zu hören.

Die Badewanne war nun fast vollgelaufen. Er stellte das Wasser ab und genoss den Moment, die Panik, die sich in ihr auszubreiten schien. Wahrscheinlich betete sie gerade, dass alles nur ein Traum war. Er spürte förmlich, wie sie sich vorwarf, zu vertrauensselig gewesen zu sein. Aber sie würde auch nicht mehr die Möglichkeit bekommen, in Zukunft misstrauischer zu sein. Zweite Chancen gab es nur in Liebesfilmen. Das hier war die Realität, aus der es kein Entkommen gab.

Ihr Kopf lugte gerade noch über die Wasseroberfläche.

Feierlich verkündete er nun das Urteil und ließ auch die Begründung nicht aus. Sie sollte erfahren, warum sie schuldig war und warum er ihren Jungen nicht davor verschonen konnte, alles ansehen zu müssen. Sie schien zu begreifen, dass sie sterben würde.

Er hatte eine Kerze angezündet, die das Szenario im sonst dunklen Raum in das passende feierliche Licht tauchte. Eigentlich hatte er noch genug Zeit, und gerne hätte er sie noch länger betrachtet. Doch die Stimme ermahnte ihn, sie nicht unnötig lange leiden zu lassen. Also befolgte er den Befehl und fuhr fort. Er vollstreckte das Urteil und tauchte ihren Kopf unter die Wasseroberfläche. Ihr Gesicht war nur wenige Zentimeter von einem rettenden Atemzug entfernt. Wieder und wieder durchfuhr ihn ein bislang ungekanntes Hochgefühl. War es die Macht, die er ausübte? Die Macht der Entscheidung über das Leben eines Menschen. Er neigte den Kopf, beobachtete sie konzentriert. Sie zuckte, und ihre Füße strampelten, mehr konnte sie in ihrem Kokon, den er um sie gewoben hatte, nicht tun. Er spürte ein letztes Aufbäumen, ihren Kopf, der fest gegen seine Handfläche drückte, mit der er sie gnadenlos unter Wasser hielt. Nach fast zwei Minuten war es dann so weit. Sie konnte den Atemreflex nicht mehr unterbinden und sog das Wasser in ihre Lunge. Er hatte zuvor über den Tod durch Ertrinken gelesen. Die Schmerzen mussten unerträglich sein. Dann wich das Leben aus ihren noch immer geöffneten Augen.

Er konnte ihre Seele davonfliegen sehen. Sie war rabenschwarz. Er hatte die Ordnung wiederhergestellt und sie bestraft. Von ihren Sünden hatte er sie damit jedoch nicht befreit. Dafür war er nicht zuständig.

Es war schon verrückt. Erst jetzt, wo sich sein eigenes Leben schon bald dem Ende zuneigte, gab dieser Auftrag seinem bislang nutzlosen Dasein doch noch einen Sinn. Sein Weg lag klar vor ihm, sein Plan war perfekt. Er stellte nichts in Frage. Er durfte dienen. Das war eine Ehre.

Anfangs würden die Leute sein Werk für die Tat eines Wahnsinnigen halten. Doch nicht er war der Verrückte. Es waren die anderen, die vielen narzisstischen Geschöpfe, die nicht mehr wussten, was echte Werte waren. Doch mit der Zeit würden viele von ihnen seine Botschaft verstehen und anerkennen, wie wichtig sein Beitrag für eine bessere Welt gewesen war. Auch der kleine Junge würde einmal begreifen, dass seine Mutter selbst die Schuld an ihrem Schicksal trug. Und sie würde nicht die Einzige bleiben, die er bestrafen würde.

2

Anfangs nahm er das Klingeln nur gedämpft wahr. Doch nach und nach grub sich das nervtötende Geräusch immer tiefer in sein Bewusstsein und holte ihn schließlich ganz aus dem Schlaf. Im ersten Augenblick wusste Ben nicht, wo er sich befand. Benommen tastete er um sich und stellte fest, dass er auf einer Matratze lag. Er öffnete einen Spalt weit die Augen. Das helle Tageslicht schmerzte auf seiner Netzhaut. Dann sah er verschwommen die Umrisse seiner kleinen Einzimmerwohnung vor sich. Währenddessen klingelte das Telefon unablässig weiter.

Das unerträgliche Pochen und die bohrenden Schmerzen

unter seiner Schädeldecke, die nun unvermittelt in den Vordergrund traten, waren kaum auszuhalten. Er fühlte sich hundeelend. Mit einem Stöhnen erhob er sich aus dem Bett. Dabei fiel sein Blick auf das Display des Radioweckers auf seinem Nachttisch. Wenn er nachts, wie so oft, schweißgebadet aus einem Alptraum erwachte und panische Angst jede Faser seines Körpers beherrschte, erschienen ihm die roten Leuchtziffern der Digitalanzeige wie die Fratze des Teufels, die ihn gierig anfunkelte.

Es war halb zwölf, eine für ihn ungewöhnliche Zeit aufzuwachen. Normalerweise schlief er nie so lange. Egal um welche Uhrzeit er zu Bett ging oder wie viele schlaflose Stunden er nachts verbrachte, in der Regel erwachte er spätestens zwischen sieben und acht Uhr morgens. Während er leicht schwankend auf den Tisch, auf dem das Telefon lag, zusteuerte, fragte er sich, warum die Rollläden nicht wie gewöhnlich für die Nacht heruntergelassen waren. Dann fiel sein Blick auf die neben dem Telefon ausgebreiteten Papiere. Augenblicklich fielen ihm die Ereignisse des gestrigen Abends wieder ein. Sein Unwohlsein nahm schlagartig zu.

Nach der Arbeit hatte er einen Umschlag mit Scheidungspapieren in seinem Briefkasten gefunden. Nun war es also so weit. Entgegen ihrer Drohung hatte Nicole sich nach seiner Rückkehr aus Afrika nicht von ihm getrennt. Die Ereignisse von Äthiopien belasteten die ganze Familie und Nicole war an seiner Seite und stand ihm bei. Doch sie hatte ihn auch aufgefordert, sich in Therapie zu begeben, wie auch sein Hausarzt es ihm empfohlen hatte. Aber Ben hatte versucht, die erschütternden Erlebnisse zu verdrängen und weiterzumachen, als sei nichts geschehen. Obwohl sich seine nächtlichen Alpträume, in denen er sich immer wieder aufs Neue Kevin Marshall gegenübersah, häuften und die Schuldgefühle, diesen getötet zu haben, mit jedem Tag stärker wurden. Hinzu kam, dass er sich immer mehr vom Alltag überfordert fühlte und zu Hause und im Büro gereizt reagierte, sobald man ihn auf seinen Zustand ansprach. Seine Selbstvorwürfe steigerten sich noch, als er erfuhr, dass Lisa in der Schule gemobbt wurde, weil ihr Vater in den Augen ihrer Mitschüler ein Mörder war. Für Lisa war es schwierig, damit umzugehen, aber Ben durfte ihr und ihren Klassenkameraden keinen Vorwurf machen. Sie waren noch Kinder, und er wusste ja selbst nicht, ob er ein Mörder war oder nicht, auch wenn Nicole und sein Arzt ihm immer wieder sagten, er solle sich keine Vorwürfe machen.

Es war ein harter Schlag für Ben gewesen, als Nicole ihn dann doch drei Monate nach seiner Heimkehr bat, sich eine eigene Wohnung zu suchen. Zu diesem Zeitpunkt hatte er sich aber bereits selbst eingestehen müssen, dass er sich in einer psychischen Verfassung befand, in der er seiner Familie nicht guttat. Er stand unter ständiger Anspannung und fühlte sich gefühlsmäßig, als ob jemand eine unsichtbare Glocke über ihn gestülpt hätte, die seine emotionale Verbindung zur Außenwelt weitestgehend kappte. In seinem Kopf herrschte oftmals eine seltsame Leere, oder er war nicht bei der Sache, da seine Gedanken in eine andere Richtung abschweiften. Wenn Nicole und Lisa versuchten ihn aufzumuntern, war er oft nicht zu mehr als einem gequälten Lächeln in der Lage. Vor allem Lisa verhielt sich ihm gegenüber seit seiner Rückkehr wesentlich zurückhaltender. Früher war sie zur Begrüßung lachend auf ihn zugelaufen gekommen und ihm in die Arme gesprungen, kaum, dass er zur Haustür hereinkam. Jetzt konnte er in der gleichen Situation nur noch ein kurzes Leuchten in ihren Augen aufflackern sehen, das aber unmittelbar danach einem traurigen und enttäuschten Gesichtsausdruck wich. Ganz so, als ob sie für einen Augenblick vergessen hatte, dass ihr Vater einen anderen Menschen getötet hatte und es ihr gleich darauf wieder zu Bewusstsein gekommen war. Wenn er sie zu umarmen versuchte, ließ sie es widerwillig und mit abgewandtem Kopf kurz zu, um sich schon im nächsten Augenblick wieder von ihm wegzudrücken. Es brach ihm das Herz, dass die enge Bindung zu seiner kleinen Prinzessin plötzlich der Vergangenheit anzugehören schien. Aber er hatte auch zunehmend das Gefühl, dass das Zusammenleben in der gemeinsamen Wohnung das Verhältnis zu seiner Familie eher verschlechterte als verbesserte. Deshalb hatte er die vorübergehende räumliche Trennung, als Nicole sie vorschlug, sogar befürwortet. Als er sich aber danach weiterhin einer Therapie verweigerte, gingen Nicole und Lisa mehr und mehr auf Abstand zu ihm. Schließlich hatte Nicole dann doch die endgültige Trennung gewollt, und obwohl diese nun auch schon ein Jahr zurücklag, hatte die gestrige Zusendung des Scheidungsantrags ihn aufs Neue verletzt. Natürlich hatte er Nicole sofort angerufen. Sie versuchte ihm so schonend wie möglich zu erklären, dass es inzwischen jemand anderes in ihrem Leben gab. Wer es war, verriet sie ihm jedoch nicht. Dafür gab sie ihm am Ende des Gesprächs unmissverständlich zu verstehen, dass sie definitiv keine Chance mehr für eine gemeinsame Zukunft mit ihm sah. Er solle sich keine weiteren Hoffnungen machen. Aber Ben wollte einfach nicht akzeptieren, seine Frau und seine mittlerweile achtjährige Tochter unwiderruflich verloren zu haben.

Am Abend hatte er sich dann mit Viktor vor dem Kino am Sony-Center getroffen, wo ihnen Tamara Engel, eine Bekannte Viktors aus seinem Abiturjahrgang, über den Weg gelaufen war. Der Abend endete damit, dass Viktor, wie so oft, wegen dringender Geschäfte früher gehen musste und Ben mit Tamara in ihrer Wohnung landete. Das Letzte, woran er sich erinnerte, war, dass er es sich auf Tamaras Sofa bequem gemacht hatte und eine Tasse dampfender Kaffee vor ihm auf dem Tisch stand.

Noch in Gedanken nahm Ben das Telefon vom Tisch und beendete das Dauerklingeln, indem er das Gespräch, ohne auf das Display zu schauen, annahm.

»Das hat ja verdammt lange gedauert.« Es war Nicole, und ihre Stimme klang leicht vorwurfsvoll. Ben seufzte. Im ersten Moment hatte er befürchtet, dass Lisa etwas zugestoßen sein könnte, doch dann stellte er fest, dass Nicole ansonsten aber gelassen wirkte.

»Auf deinem Handy springt nach fünfmaligem Klingeln die Mailbox an. Ich versuche gerade zum dritten Mal, dich zu erreichen. In der Redaktion wusste auch niemand, wo du steckst. Ist alles in Ordnung mit dir?«

Noch immer brachte Ben kein Wort hervor. Er hatte sie noch nicht mal begrüßt. Dafür hatte er plötzlich das Gefühl, bei starkem Wellengang an Deck eines Schiffes hin und her zu wanken. Er musste würgen und konnte dem Drang, sich übergeben zu müssen, nur knapp widerstehen. Ben öffnete die Lippen, um etwas zu sagen, und bemerkte, dass es ihm schwerfiel, sich zu konzentrieren.

»Bei mir ist alles okay«, krächzte er und scheiterte bei dem Versuch, möglichst gutgelaunt zu klingen. Seine Kehle war rau und trocken.

»Du hörst dich aber nicht so an.«

Eine kurze Pause entstand. Er wusste nicht, was er sagen sollte. Seine Kopfschmerzen steuerten auf einen neuen Höhepunkt zu, und er fragte sich, weshalb sie eigentlich anrief. Gewiss nicht nur, um sich nach seinem Befinden zu erkundigen. Wahrscheinlich hatte sie ein schlechtes Gewissen, weil sie ihm mit dem Scheidungsantrag allen Grund gegeben hatte, sich mies zu fühlen. Aber die Tatsache, dass er sich körperlich gerade so angeschlagen fühlte, hatte damit nichts zu tun. Die Ursache dafür hätte er selbst gern gekannt. Sein Zustand erinnerte ihn an einen Kater nach einer durchzechten Nacht. Aber außer zwei Flaschen Bier im Kino hatte er keinen Alkohol getrunken. Zumindest erinnerte er sich nicht daran.

»Ben?« Nicole holte ihn aus seinen Gedanken.

»Ja?«

»Was ist los? Ist es wegen gestern?«

Sie waren seit neun Jahren verheiratet, daher brauchte sie Ben noch nicht einmal zu sehen, um per Telefondiagnose festzustellen, dass mit ihm etwas nicht stimmte.

Kennengelernt hatten sie sich im Winter vor elf Jahren bei einer Sammelaktion für Berliner Obdachlose, die von dem Radiosender, für den Nicole als Marketingassistentin arbeitete, organisiert worden war. Nicole war ihm dort nicht nur wegen ihrer guten Figur und den langen, leicht gelockten blonden Haaren aufgefallen, sondern vor allem wegen ihrer netten, offenen, aber auch naiven und gutgläubigen Art. Sie schien voller Energie, Tatendrang und Lebenslust, aber in ihrem Inneren auch sehr leicht verletzlich.

Ben holte tief Luft, bevor er zu einer Erklärung ansetzte.

»Mein Kopf dröhnt und ich weiß nicht, wie und wann ich gestern nach Hause gekommen bin.«

Eine kurze Gesprächspause trat ein. Ben hoffte inständig, dass Nicole nicht weiter nachbohren würde. Doch sie tat es. Er hätte es wissen müssen.

»Meinst du, es war wieder einer dieser Aussetzer?«

Ben entfuhr ein tiefes Seufzen.

»Die Kopfschmerzen und die Übelkeit sind neu. Ansonsten sieht es ganz danach aus.«

Seit er vor fünfzehn Monaten aus Äthiopien zurückgekehrt war, hatte er zwei weitere mit dem gestrigen Abend vergleichbare Blackouts erlebt. Nicole wusste davon. Vermutlich war das durch die Vorfälle in Äthiopien entstandene Trauma der Grund für die Aussetzer. Die bisherigen Filmrisse waren beide Male in Situationen aufgetreten, die ihn an das dort erlebte Grauen erinnert hatten. Zum ersten Mal war es vor fast sechs Monaten passiert, an Silvester, das er in diesem Jahr allein in seiner Wohnung verbracht hatte. Als um zwölf Uhr die Raketen gezündet wurden und die Knallkörper explodierten, erlitt er zuerst eine starke Panikattacke, dann wurde ihm schwarz vor Augen. Gegen zwei Uhr kam er, zusammengekauert wie ein Fötus und am ganzen Leib zitternd, auf dem Fußboden wieder zu sich, ohne dass er sich daran erinnern konnte, was in den vergangenen Stunden geschehen war. Vor zwei Monaten dann war Ben aus heiterem Himmel beim Überqueren einer belebten Straße erneut in einen schockähnlichen Zustand geraten. Er passierte gerade eine Baustelle, als ein Presslufthammer ansprang, dessen Donnern ihn an Maschinengewehrschüsse erinnerte. Er hatte am ganzen Körper gezittert, sich vor panischer Angst nicht mehr von der Stelle bewegen können und vollkommen die Orientierung verloren. Das einsetzende Hupkonzert, als die Ampel für den Straßenverkehr wieder auf grün geschaltet hatte, machte es nur noch schlimmer. Eine junge Frau erkannte schließlich seine Notlage und holte ihn von der Straße. Als er auf dem Gehweg neben einem Mülleimer kauerte und auf die von ihr gerufene ärztliche Hilfe wartete, wurde ihm erneut schwarz vor Augen. Erst im Rettungswagen, kurz bevor dieser das Krankenhaus erreichte, konnte er wieder einen klaren Gedanken fassen. Der Notarzt erklärte Ben, dass er die ganze Zeit bei Bewusstsein gewesen sei. Dennoch hatte Ben keine Erinnerung an die letzte halbe Stunde. Der Notarzt erinnerte sich noch an Bens Entführung. Die Medien hatten damals ausführlich über die Entführungsaktion und das Todesduell berichtet. Es handelte sich um eine militante Gruppierung, die den Westen für das Elend in ihrem Land verantwortlich machte. Ben, Mike und Kevin waren willkürliche Opfer gewesen und wenn sie nicht sofort hingerichtet werden wollten, gezwungen, sich in Einzelduellen gegenseitig zu erschießen. Die Entführer zeichneten die Duelle mit einer Videokamera auf und stellten sie anschließend ins Internet. Ein paar Tage zuvor war ein Flüchtlingsschiff bei dem Versuch, das Mittelmeer von der libyschen Küste aus zu überqueren gekentert, und über hundert Äthiopier waren dabei ertrunken. Darunter auch zahlreiche Kinder. Die Kidnapper machten die unterlassene Hilfe der westlichen Welt dafür verantwortlich, dass Menschen überhaupt aus Äthiopien fliehen mussten, weil sie an Hunger litten und Unzählige an Unterernährung starben. Von denen, die sich zur Flucht entschieden, kamen die meisten schon auf dem Weg an die Küsten ums Leben, und jetzt waren die wenigen, die es bis aufs Meer geschafft hatten, auch noch ertrunken. Die Tatsache, dass erst eine Woche zuvor die Finanzmittel zur Rettung von schiffbrüchigen Flüchtlingen durch die europäischen Anliegerstaaten am Mittelmeer gekürzt worden waren, hatte nur noch Öl ins Feuer gegossen.

Vor diesem Hintergrund und anhand der Symptome wie den anhaltenden Angstzuständen und den Panikattacken, Unkonzentriertheit und dauernder Gereiztheit vermutete der Arzt eine posttraumatische Belastungsstörung. »Sie brauchen dringend psychologische Hilfe«, hatte er Ben versichert. »Wenn es sogar schon zu Blackouts kommt …«, hatte er hinzugefügt.

Ben hatte nie viel auf die Meinung von Ärzten gegeben. Stattdessen vertraute er darauf, dass die meisten Krankheiten auch ohne Medikamente heilten. Sein derzeitiger Zustand machte ihm zwar schwer zu schaffen, aber er konnte sich auch nicht vorstellen, dass ein Therapeut ihm helfen konnte. Das

Einzige, was er den Psychologen zutraute, war, ihn mit ruhigstellenden Medikamenten vollzupumpen, die sein Gehirn vernebelten, und ihn zu einer emotionslosen Hülle seiner selbst werden ließen. Darauf wollte er trotz seiner Angstanfälle lieber verzichten. Er konnte sich seine Sturheit rational nicht erklären, er wusste nur, dass er nicht bereit war, sich in vermutlich monatelangen Sitzungen regelmäßig das Erlebte wieder und wieder vor Augen führen zu müssen. Die Blackouts schienen ihm das kleinere Übel zu sein. Deshalb hatte er entgegen der Empfehlung des Notarztes auch keine Überweisung zu einem Therapeuten angenommen.

Die plötzlichen Panikattacken und Flashbacks hatten erst zwei Monate nach seiner Rückkehr aus Äthiopien begonnen. Immer öfter wurde er von da an, ausgelöst durch alltägliche Situationen wie das Knallen eines Sektkorkens, in das Haus zurückkatapultiert, in dem er und Kevin Marshall gezwungen worden waren, aufeinander zu schießen, bis nur noch einer übrig war. Und dieser eine war er gewesen.

In dem Film, der dann in seinem Kopf ablief, richtete Ben erneut den Revolver auf den Kopf des amerikanischen Arztes und drückte zeitgleich mit diesem auf das Zeichen des Befehlshabers der Entführer hin ab. Doch während die Kugel aus dem Revolver des Amerikaners nur Bens Schläfe streifte, traf das Projektil aus Bens Waffe mitten in die Stirn des Arztes. Gehirnmasse und Blut verteilten sich auf dem unverputzten Mauerwerk der dahinterliegenden Hauswand.

Seitdem war keine Nacht vergangen, in der er nicht von den Ereignissen träumte und dann schweißgebadet und in Todesangst erwachte. Doch leider blieb es nicht bei den Träumen. Auch tagsüber suchten ihn die Erinnerungen heim und zogen ihn wie der Wirbelsturm aus *Alice im Wunderland* in eine andere Welt, die ihm so real erschien. Sie zogen ihn in das verfallene Haus, in dem er wieder und wieder gezwungen war, den Abzug zu drücken.

Am gestrigen Abend allerdings war dem Blackout kein Flashback vorausgegangen. Seine Erinnerung endete mit dem Moment, in dem er bei Viktors Bekannter Tamara Engel in Schöneberg auf der Couch saß. Dann war er, geweckt durch Nicoles Anruf, in seinem Bett wieder wach geworden.

»Ich habe dir schon so oft gesagt, dass du eine Therapie machen sollst, Ben. Bitte überleg es dir doch noch mal.« Ben hörte, wie Nicole einmal tief durchatmete. »Was ist denn das Letzte, woran du dich erinnerst?«, fragte sie dann.

Ben erinnerte sich an ihre Worte, die er so oft gehört hatte: »Manchmal brauchen wir jemanden, mit dem wir über unsere Vergangenheit reden können, damit sie uns nicht einholt und verschlingt.« Aber er war der Meinung, dass es besser sei, die schlimmen Dinge, die hinter einem lagen, auszublenden und zu vergessen, anstatt sie immer wieder hervorzukramen.

»Ich war mit Viktor im Kino.«

Das war zwar nur die halbe Wahrheit, aber obwohl er und Nicole offiziell getrennt waren, fühlte er sich schlecht, bei einer anderen Frau gewesen zu sein, noch dazu bei einer Frau, die er erst wenige Stunden zuvor kennengelernt hatte. Dabei hatte er sie nur nach Hause gebracht und war noch auf einen Kaffee mit raufgekommen.

»Du musst lernen zu begreifen, dass dich keine Schuld trifft, Ben.«

Genau das war der Punkt, den Ben bezweifelte. Er hatte einen Menschen getötet, um sein Leben zu retten. Kein Tag verging, an dem er sich das nicht vorwarf.

»Ich denk über eine Therapie nach«, sagte er, um das Thema nicht weiter vertiefen zu müssen. Mit dem Telefon am Ohr ging er zum Fenster hinüber. Draußen schien die Sonne, die

Blätter der Bäume am Straßenrand hatten ein sattes Grün angenommen und bewegten sich im Wind. Das helle Tageslicht schmerzte noch immer in seinen Augen. Er ließ die Rollläden so weit herunter, dass nur noch die Lamellenschlitze geöffnet waren.

»Eigentlich rufe ich an, weil wir heute in den Zoo wollen und frag mich nicht, warum auf einmal, aber Lisa hätte gern, dass du mitkommst.«

Ben musste schwer schlucken.

›Mördertochter‹, so hatten die anderen Schüler Lisa beschimpft, weil irgendein wahnsinniger Vater seinen Sohn das YouTube-Video hatte schauen lassen, auf dem Ben gezwungen war, einen Menschen zu erschießen. Für den Jungen war es ein Leichtes gewesen, das Video im Netz wiederzufinden und seinerseits auf dem Handy seinen Freunden in der Schule zu zeigen. Nicole bemühte sich inständig, Lisa davon zu überzeugen, dass ihr Vater nicht anders hatte handeln können und ihn keine Schuld traf. Doch sie fand keinen rechten Zugang zu Lisa, die sich, wenn Nicole einen erneuten Erklärungsversuch unternahm, die Ohren zuhielt oder einfach in ihr Zimmer lief. Vermutlich konnte Lisa nicht begreifen, wie ihr Vater so etwas Schreckliches tun konnte. Sicher fragte sie sich, warum es Menschen gab, die so grausam waren, dass sie andere zwangen, aufeinander zu schießen. Nachdem Lisa immer abweisender, trauriger und in sich gekehrter wurde, hatte Nicole sich um eine kinderpsychologische Therapie gekümmert, bei der sie selbst auch anwesend sein durfte. Dann kam Nicoles Trennungswunsch, da sie es satthatte, dass Ben sich einer Therapie gegenüber weiterhin verweigerte, obwohl ganz offensichtlich war, dass er mit den alltäglichen Dingen überfordert war und unter starken Stimmungsschwankungen litt. Hinzu kam, dass sie nicht mehr ansehen wollte, wie er wegen einer plötzlichen

Erinnerung an die Geschehnisse in Afrika innehielt, ihm Tränen in die Augen stiegen und er die Zähne aufeinanderbiss. Das Zusammenleben zerrte an ihren Nerven. Nachdem Ben ausgezogen war, bekam er Lisa immer nur kurz zu sehen, wenn er sie und Nicole besuchte. Nach einer schnellen Begrüßung verschwand sie direkt wieder in ihrem Zimmer. Wenn er anrief, wechselte sie nur ein paar knappe Worte mit ihm, bevor sie das Telefon wieder an Nicole zurückreichte. Gemeinsame Unternehmungen hatte es seit seinem Auszug nicht mehr gegeben.

Es war klar, warum Nicole so vehement versucht hatte, ihn zu erreichen. Sie wusste, was dieser Ausflug in den Zoo für ihn bedeutete.

»Sollen wir uns um zwei Uhr bei den Seehunden treffen?«

»Danke«, flüsterte er ins Telefon.

»Wie bitte?«

»Ich meinte, danke. Das ist wirklich toll. Ich kann's noch gar nicht richtig fassen.«

»Prima. Übrigens, ich habe diese Woche jeden Artikel von dir verschlungen. Das war echt mal ein klasse Thema.«

Nicole wollte offensichtlich das Thema wechseln, um ihn auf andere Gedanken zu bringen.

3

Ben musste an die Umarmung und den Abschiedskuss denken, den er Lisa vor seiner Abreise nach Afrika gegeben hatte. Ihr blondes Haar war damals zu zwei seitlich herabhängenden Zöpfen geflochten gewesen.

Als das Taxi anfuhr, winkte Ben seiner kleinen Familie zum Abschied zu. Nicole und Lisa hatten Tränen in den Augen. Er hatte seinen beiden Liebsten versichert, in fünf Tagen zurück zu sein. Daraus waren am Ende sieben geworden und wenige Monate nach seiner Rückkehr hatte er alles verloren: seine Familie, sich selbst und dann auch noch seinen Job als Redakteur bei einer angesehenen Berliner Tageszeitung. Fünf Monate nach Bens Heimkehr aus Äthiopien teilten die Herausgeber der Zeitung ihm mit, dass er für sie leider nicht weiter tragbar sei. Und er musste ihnen recht geben. Er war einfach nicht mehr imstande, konzentriert zu arbeiten. Stundenlang saß er nur da und tat nichts. Und wenn doch, dann kam nichts Verwendbares dabei heraus. Wenn seine Kollegen ihn etwas fragten, gab er pampige Antworten, und wenn sie seine Arbeit kritisierten oder jemand nicht das tat, was er von ihm verlangte, reagierte er in einem aggressiven Ton, wie er es vorher von sich nicht gekannt hatte. Schließlich stellten sie ihn von der Arbeit frei, wollten, dass er sich behandeln ließ und eventuell nach einer Therapie wieder zurückkam. Ben hatte daraufhin gekündigt. Fakt war, dass er für die Berichterstattung im Ressort *Blick in die Welt*, in dem es nur allzu oft um Unruhen, Kriege und Gewalt ging, nicht mehr zu gebrauchen war. Das erkannte er selbst. Die Beschäftigung mit solchen Themen führte unweigerlich dazu, dass er wieder in dem Haus bei dem Duell landete und über geraume Zeit den Ausgang nicht fand. Das war der Grund, warum er keine Artikel mehr schreiben konnte.

Viel schwerer noch als die Aufgabe der Arbeit wog für Ben aber die Trennung von seiner Familie.

»Wenn du dorthin fliegst, brauchst du nicht wieder zu uns zurückzukommen«, hatte Nicole ihn gewarnt. Er hatte ihre Drohung durchaus ernst genommen, und ihr versichert, dass es das letzte Mal sein würde. Aber das hatte er schon oft gesagt. Und jetzt hatte er mit den Konsequenzen zu leben.

So nah, wie in diesem Haus in Afrika, war er dem eigenen Tod noch nie gewesen. Nachdem er das Duell überlebt hatte, hielten die Entführer ihr Versprechen, den letzten Überlebenden freizulassen. Sie fesselten ihn, verbanden ihm die Augen und warfen ihn nach einer etwa einstündigen Fahrt auf dem Dorfplatz einer kleinen Siedlung von der Pritsche des Wagens. Die Dorfbewohner verständigten dann die Polizei. Nur ein paar Stunden später fanden die einheimischen Polizisten aufgrund seiner Beschreibung das Haus, in das er und Mike verschleppt worden waren, mit den darin liegenden Leichen von Mike und Kevin. Etwa zum gleichen Zeitpunkt wurde das Video von dem grausamen Duell online gestellt. Er selbst konnte Nicole zuvor noch telefonisch und unter Tränen mitteilen, was passiert war. Wenige Tage später und nach einer ausführlichen Aussage konnte Ben nach Hause zurückreisen.

»Dein Job ist dir wichtiger als deine Familie. Es ist dir doch egal, wenn wir hier vor Angst um dich fast verrückt werden«, hatte sie ihm vor seiner Abreise vorgeworfen.

Er hatte das vehement bestritten. Sich damit gerechtfertigt, dass die Welt wissen müsse, wie sehr die Menschen in Äthiopien litten. Er wollte von der Hungersnot berichten, um auf diesen Missstand aufmerksam zu machen.

Mit neunundzwanzig war er für zwei Jahre aus Berlin weggegangen, um bei einer großen Hamburger Tageszeitung zu arbeiten. Er war froh darüber gewesen, dort mit den Auslandsreportagen betraut zu sein. Als überzeugter Pazifist glaubte er, durch die Berichterstattung aus den Krisenländern der Welt, bei denen er insbesondere Wert darauf legte, die Nöte der dort lebenden Menschen zu beleuchten, seinen Teil dazu beitragen zu können, dass sich dort etwas zum Besseren wendete. Auch nachdem er wieder zurück in Berlin war und Nicole kennengelernt hatte, war er seinem Ressort treu geblieben. Nicole hatte es jedoch nie akzeptieren können, dass er für manche Reportagen in die Krisenregionen reisen musste und sich dadurch immer wieder aufs Neue in unvorhersehbare Gefahren begab. Sie konnte die ständige Angst, dass ihm etwas zustoßen könnte, nicht ertragen. Nach Lisas Geburt vor acht Jahren, hatte er auf Nicoles vehementes Drängen hin endlich die Auslandsreportagen aufgegeben und mit der Redaktionsleitung für den *Blick in die Welt* einen Chefposten übernommen, der ihn nur in ganz seltenen Fällen noch zwang, selbst zu reisen. Nicole gegenüber rechtfertigte er sich damit, dass die Kontaktleute vor Ort nur ihm vertrauten und auch nur mit ihm reden würden.

Er genoss es dann besonders, in sein altes Betätigungsfeld zurückzukehren und seinen Anzug und den Schreibtisch als Redaktionsleiter gegen Outdoorbekleidung und Marschstiefel einzutauschen. Wie Indiana Jones: Einerseits der smarte Universitätsprofessor, andererseits der neugierige und die Gefahr liebende Draufgänger. Nur bei seinem letzten Außeneinsatz war seine Rechnung nicht aufgegangen. Alles war schiefgelaufen und in einer Katastrophe geendet, deren Folgen für immer an ihm haftenbleiben würden.

Seit vier Monaten war Ben nun wieder als Reporter tätig. Er arbeitete beim *Berliner Boulevardblatt*, das seinem Freund Viktor von Hohenlohe gehörte – ebenso wie eine Privatbank und mehrere Fabriken –, und war dort für die Rubrik *Kurioses* zuständig.

Bens neueste Story behandelte die Hellseherei. Der Artikel war in eine sechsteilige Serie gegliedert, die in der heutigen Samstagsausgabe ihren Abschluss fand. Wenn er ehrlich war, war die Story nur ein Versuch, Nicole zu imponieren. Sie sollte außerdem sehen, dass er sich von den schweren Themen verabschiedet hatte und nun auf der Suche nach Geschichten war, die ihn in keiner Weise in Gefahr bringen könnten.

In den letzten Tagen hatte er zwei Frauen und einen Mann, die sich als Wahrsager betätigten, im Selbsttest über seine Zukunft befragt, ohne ihnen zu verraten, dass er Journalist war. Wie vermutet, hatten die drei ihm etwas völlig Unterschiedliches prophezeit. Die erste Frau, die er besuchte, legte Ben die Karten und sagte ihm vorher, dass ihm ein glückliches Leben bevorstehe. Die zweite Frau sah in einer Kristallkugel, dass Ben eine Menge Geld zu erwarten habe. Diese beiden Aussagen überraschten ihn nicht, zählten sie doch zum Standardrepertoire dessen, was Menschen, die Wahrsager aufsuchten, hören wollten. Als Ben an seinen letzten Testkandidaten dachte, bei dem er erst gestern Morgen gewesen war, überkam ihn ein tiefes Unbehagen. Irgendwie war ihm der Mann unheimlich gewesen. Er hieß Arnulf Schilling und wohnte in einem denkmalgeschützten alten Haus in der Spreetalallee, dessen Garten unmittelbar an den Ruhwaldpark angrenzte.

Schilling hatte lange weiße Haare, die ihm bis über die Schultern seines dunkelbraunen Anzugs fielen, und einen weißen Vollbart, der ihm bis zur Brust reichte. Ben schätzte, dass der Wahrsager, der ihn an den dunklen Zauberer Saruman aus den *Herr der Ringe*-Filmen erinnerte, um die siebzig Jahre alt sein musste. Sein stechender Blick aus den tiefliegenden Augen schien Ben zu durchbohren. Nicole hätte gesagt, Ben habe die negative Aura dieses Menschen gespürt.

Arnulf Schilling bot Ben im Wohnzimmer einen Platz auf einem alten Polstersessel an. Nachdem Ben sich gesetzt hatte, stellte Schilling einen Stuhl unmittelbar vor den Sessel und setzte sich Ben gegenüber, so dass sich ihre Knie fast berührten.

Ben tischte dem Mann die gleiche Geschichte auf, die er auch schon den beiden Wahrsagerinnen erzählt hatte: Er sei unzufrieden mit seiner beruflichen und privaten Situation und sehe keinen Anhaltspunkt, dass sich an seinem Leben und seiner Unzufriedenheit bald etwas ändern könnte. Ben hatte bewusst so wenige Informationen wie möglich von sich preisgegeben. Während die davor getesteten Wahrsagerinnen versuchten, mit gezielten Fragen etwas aus ihm herauszubekommen, das sie dann benutzen konnten, um daraus eine fadenscheinig passende Zukunftsvision zu konstruieren, verlor der Langhaarige kein unnötiges Wort, sondern fixierte Ben mit tiefem Blick. Dann lächelte Schilling, räusperte sich, fasste Ben an beiden Händen und schloss die Augen. Nach etwa einer Minute zuckte der Mann heftig. Als hätte er einen elektrischen Schlag erhalten, ließ er schlagartig Bens Hände los und schnellte nach hinten. Dann sah er Ben mit bedauerndem Blick an. Ein sorgenvoller Ausdruck lag jetzt auf seinem Gesicht. *Tolle Showeinlage*, dachte Ben.

Schilling räusperte sich, als müsste er nach den richtigen Worten suchen. »Ihnen steht ein großes Unheil bevor«, sagte er dann.

Bens Lächeln war mit einem Mal wie eingefroren. »Was denn für ein Unheil?«

Schilling sah Ben ernst an und legte die Stirn in Falten. Er schien zu überlegen, wie viel er seinem Klienten verraten dürfte. »In Ihrer Umgebung wird es Tote geben«, sagte er schließlich.

Bens Miene verfinsterte sich. Obwohl er an diesen Humbug nicht glaubte, verunsicherte ihn die Aussage des Alten. Die beiden vorhergehenden Testkandidatinnen hatten ihm mit überaus positiven Aussichten das Leben versüßen wollen. Dieser Mann hier wollte ohne Zweifel das Gegenteil. »Wie meinen Sie das?«

»Ich habe schreckliche Dinge durch Ihre Augen gesehen. Dinge, die Sie bald erleben werden.«

Der Mann war ein Scharlatan, seine Vorhersage viel zu ungenau. Irgendeine Unpässlichkeit stieß doch jedem irgendwann einmal zu, und dann würde er sich an diesen Mann erinnern und sich sagen: Er hat es vorhergesehen.

»Was haben Sie denn gesehen?« Ben war sich sicher, Schilling würde ausweichen. Und in gewisser Weise tat er das auch.

»In Fällen wie dem Ihren halte ich mich mit konkreten Äußerungen sicherheitshalber zurück. Schließlich könnte ich mich auch irren, und dann wäre es nicht richtig, Sie damit zu belasten.«

Im Gegensatz zu Ben glaubte Nicole fest an die Hellseherei. Es gab kaum einen Kartenleger, bei dem sie noch nicht gewesen war. Diese drei Hellseher hatte er gezielt deshalb ausgesucht, weil er wusste, dass sie auf Nicoles Liste noch fehlten und sie sich deshalb ganz besonders für seine über die Tage der letzten Woche verteilten Artikel zum Thema Wahrsagerei und den abschließenden Hellsehertest in der Samstagsausgabe interessieren würde.

Aber Ben wollte nicht lockerlassen. Er wollte, dass Schilling sich zu einer konkreten Aussage verleiten ließ, die sich dann selbstverständlich als unwahr erweisen würde.

»Wenn ich nun aber wüsste, was auf mich zukommt, könnte ich es vielleicht verhindern. Können Sie mir nicht etwas Greifbareres an die Hand geben? Etwas, wodurch ich das Unheil, von dem sie sprachen, erkennen kann?«

Schilling schüttelte langsam den Kopf. »Glauben Sie mir, es ist besser, wenn Sie nichts wissen. Ändern werden Sie daran ohnehin nichts können.«

Langsam wurde Ben ungehalten. Der Kerl war aalglatt.

»Aber Sie erwarten doch nicht ernsthaft, dass ich Sie für diese Auskunft bezahle?«

Jetzt sah der Bärtige überrascht auf. Für einen Moment schien der Blick seiner eisblauen Augen Ben zu durchbohren. »Sie glauben gar nicht an Hellseherei, nicht wahr? Sie denken, alles, was die Wissenschaft nicht beweisen kann, existiert auch nicht. Vermutlich glauben Sie auch nicht an Gott.«

Der Mann wartete Bens Antwort gar nicht erst ab.

»Also gut. Ganz, wie Sie wollen. Ich gebe Ihnen einen Beweis dafür, dass ich recht habe und weiß, was die Zukunft für Sie bereithält.«

Wieder schmunzelte der Mann und rieb sich seinen Bart.

»Ich sage Ihnen, was ich durch Ihre Augen in der Zukunft gesehen habe. Wenn Sie es dann selbst sehen, werden Sie wissen, dass das Unheil bereits seinen Anfang genommen hat.«

Wieder hatte Schilling in Rätseln gesprochen. Und dann hatte er etwas gesagt, das punktgenau war und dennoch wieder nichts erahnen ließ. Es waren ein Datum und eine Uhrzeit: 24. Juni, 2 Uhr 41. Danach war der Hellseher aufgestanden und hatte Ben zur Tür begleitet.

4

Nach einer Dusche und zwei Tassen Kaffee fühlte Ben sich besser. Er freute sich darüber, dass Lisa von sich aus wieder seine Nähe suchte, und hoffte, dass seine Tochter bald wieder den sanftmütigen Vater und nicht mehr einen Mörder in ihm sehen würde. Er wünschte ihr, dass sie die Szenen aus dem Video verdrängen könnte. Wenn sie es später zuließ, würde er sie einfach nur in den Arm nehmen und an sich drücken. Er überlegte sich, dass er ihr gern ein Geschenk mitbringen würde. Am besten ein schönes Kleidungsstück, zum Beispiel ein T-Shirt, aber er war sich nicht sicher, ob er ihren Geschmack noch treffen würde.

Er musste daran denken, wie sehr Lisa es mochte, vor dem großen Wandspiegel im Eingangsbereich der Wohnung zu posieren und dort ihre eigene Modenschau zu veranstalten. Wenn ihr aufgefallen war, dass er sie dabei beobachtete, war es ihr peinlich gewesen, und sie hatte gleich damit aufgehört. Ihm fielen auch die schönen Familienurlaube ein. Besonders eine vierwöchige Reise mit dem Wohnmobil war ihm in Erinnerung geblieben. Nicole hatte im Anschluss daran ein dickes Fotoalbum erstellt, das sie sich schon unzählige Male gemeinsam auf der Couch, mit Lisa in der Mitte, angesehen hatten. Sie waren in mehreren Etappen bis nach Andalusien gefahren und hatten alle paar Tage an einem anderen Ort übernachtet. Sie waren in kleinen Buchten mit glasklarem Wasser tauchen gewesen, und er hatte Stunden damit verbracht, Lisa dabei zu helfen, mit einem Eimer und einem Netz in Ufernähe kleine Fische zu fangen oder riesige Sandburgen zu bauen. Als er sich mit einem Blick auf die Uhr von dem schönen Film, der vor seinem inneren Auge ablief, losriss, bemerkte Ben, dass sich seine Lippen zu einem Lächeln verzogen hatten. Er hätte alles dafür gegeben, dass es wieder so wurde wie damals. Bisher hatte er diesbezüglich wenig Hoffnung gehabt, und nachdem Nicole die Scheidung eingereicht hatte, sanken die Chancen dafür weiter. Dennoch gab ihm der anstehende Zoobesuch mit seiner Familie Auftrieb. Er hatte das Gefühl, dass vielleicht doch noch nicht alles verloren war.

Während er den Gedanken an glücklichere Tage nachhing, durchsuchte er die Kleidungsstücke, die er am vorigen Abend getragen hatte, nach seinen Wertgegenständen. Seinen Schlüsselbund fand Ben wie gewohnt in der Vordertasche seiner unordentlich neben dem Bett liegenden Jeans, in deren Gesäßtasche auch sein Geldbeutel steckte. Die Suche nach seinem Mobiltelefon verlief jedoch ergebnislos. Es lag weder auf dem Sideboard noch auf dem Tisch. Und in einer der Taschen seiner Lederjacke, die er gestern getragen hatte, befand es sich ebenfalls nicht. Auch der Anruf mit dem Festnetztelefon auf dem Handy verriet ihm nicht, wo es sich befand. Obwohl er es nie lautlos stellte, hörte er es nicht klingeln. Er kam zu dem Schluss, dass er sein Telefon in Tamara Engels Wohnung liegengelassen haben musste. Es war erst kurz vor zwölf. Genug Zeit also, um das Handy zu holen und bei der Gelegenheit Tamara zu fragen, wie er nach Hause gekommen war.

Als Ben aus dem Hauseingang auf den Bürgersteig trat, fragte er sich, ob es überhaupt eine gute Idee war, plötzlich bei Tamara aufzutauchen. Schließlich konnte er sich nicht mehr an die Geschehnisse des gestrigen Abends erinnern. Vielleicht hatte er sich danebenbenommen, und sie hatte ihn rausgeworfen. Oder – was er nicht hoffte – sie waren zusammen im Bett gelandet. Auf dem Weg zur U-Bahn-Station, die nur etwa zweihundert Meter von dem Mietshaus mit Bens Wohnung entfernt war, rief er sich noch einmal ins Gedächtnis, was gestern Abend nach dem Telefonat mit Nicole genau geschehen war – zumindest das, woran er sich erinnern konnte.

Viktor und Ben hatten Tamara im Kassenbereich des Kinos getroffen. Das letzte Mal hatten Viktor und sie sich vor drei Jahren bei einem Klassentreffen wiedergesehen und damals eigentlich vorgehabt, den Kontakt aufrechtzuerhalten. Wie so oft war es bei den guten Vorsätzen geblieben. Tamara war alleinerziehend, ihr Sohn Tim sieben Jahre alt. Einmal im Monat gönnte sie sich einen Kinoabend, und ihre Mutter passte so lange auf Tim auf. Eigentlich war sie mit einer Freundin verabredet gewesen, doch diese hatte kurzfristig abgesagt. Tamara hatte sich den Film, auf den sie sich schon so lange gefreut hatte, nicht verderben lassen wollen und war kurzerhand allein zum Kino gefahren. Sie waren dann zu dritt in denselben Film gegangen, auf den sich Ben jedoch nicht hatte konzentrieren können. Immer wieder ging Ben durch den Kopf, dass Nicole sich scheiden lassen wollte. Eine halbe Stunde nach Filmbeginn erhielt Viktor eine SMS, deren Inhalt so wichtig war, dass er das Kino augenblicklich verlassen musste. Viktor von Hohenlohe war der Stammhalter einer Adelsfamilie, dem es, wie schon seinen Vorfahren, gelungen war, den geerbten Reichtum noch weiter zu steigern. Die alleinige Leitung des Unternehmensimperiums verlangte es Viktor ab, zu jeder Tages- und Nachtzeit erreichbar zu sein. Es verging kaum ein Abend, an dem nicht das Telefon klingelte und Viktors Entscheidung gefragt war. Viktor hatte Tamara und Ben noch einen schönen Abend gewünscht und war dann aus dem Kino gestürzt.

Viktors Frau Veronika hatte ihn vor dreizehn Jahren mit dem gemeinsamen Sohn Johannes verlassen. Seither hatte Ben seinen Freund nur in Begleitung von teuren Hostessen gesehen, die Viktor immer dann anheuerte, wenn es der Anlass gebot, mit einer Partnerin aufzutauchen. Aber eine Frau, die ihm wirklich nahegestanden hätte, hatte es nie wieder gegeben.

Nach dem Kino war Ben mit Tamara ins amerikanische Diner um die Ecke gegangen, wo sie ofenwarmen Pfirsichkuchen gegessen hatten. Tamara merkte ihm an, dass er mit seinen Gedanken ganz woanders war. Irgendwann erzählte er ihr von Nicoles Vorhaben, sich scheiden zu lassen. Daraufhin gab auch Tamara etwas von sich preis. Ihr Exmann war spielsüchtig und hatte das kleine Vermögen, das sie von ihren früh verstorbenen Eltern geerbt hatte, komplett verspielt. Außerdem sei er ein krankhaft eifersüchtiger und gewalttätiger Choleriker. Er habe sie mehrmals zusammengeschlagen, auch vor Tim. Es war nur so aus ihr herausgesprudelt. Offensichtlich hatte ihr schon lange niemand mehr einfach nur zugehört. Nach der Trennung von ihrem Mann hatte sie sich als Designerin selbständig gemacht. Aber in einer kreativen Stadt wie Berlin täten das viele, so dass sie und Tim mehr schlecht als recht davon leben könnten.

Nach Verlassen des Diners hatte Tamara ihn gefragt, ob er so nett sein könnte, sie bis zu ihrer Wohnung zu begleiten. Sie sei sehr selten noch um diese Uhrzeit unterwegs und habe auch noch immer Angst vor ihrem Exmann, den sie schon mehrfach vor dem Mietshaus, in dem sie zurzeit wohnte, gesehen hatte.

Als das Taxi vor dem Haus hielt, war es kurz nach Mitternacht. Tamara bat Ben, vor dem Haus zu warten, bis sie ihre Mutter verabschiedet hätte, da diese nicht begeistert wäre, wenn ihre Tochter mitten in der Nacht in Begleitung eines fremden Mannes auftauchen würde. Zehn Minuten später saß Ben dann auf einer bequemen Couch mit braunem Alcantarabezug in Tamaras Wohnzimmer. Von da an wusste er nichts mehr. Die Zeit bis zu seinem Erwachen vor gut einer Stunde schien aus seinem Gedächtnis gelöscht zu sein.

5

Als auch nach dem dritten Klingeln an der Eingangstür des sechsstöckigen Mietshauses niemand öffnete, kramte Ben seinen Notizblock aus seiner Jacke hervor und schrieb mit der Bitte, dass Tamara ihn anrufen solle, seine Festnetznummer darauf. Gerade, als er den Zettel in ihren Briefkasten werfen wollte, kam ein älterer Herr aus dem Haus. Freundlich lächelnd hielt dieser ihm die Tür auf. Ben betrat das Treppenhaus und lief in den dritten Stock, in dem Tamaras Wohnung lag. Kurz überlegte er. Wenn er ihr den Zettel unter der Wohnungstür durchschieben würde, wäre sichergestellt, dass sie die Nachricht heute noch finden würde. Im Briefkasten hingegen könnte sie den kleinen Zettel übersehen, oder vielleicht würde sie ihn sogar erst am Montag wieder leeren.

Als er in die Hocke gehen wollte, um den Zettel unter der Tür hindurchzuschieben, bemerkte er, dass diese nur angelehnt war. Tamara würde wohl kaum das Haus verlassen haben, ohne zuzuziehen. Er drückte gegen die Tür, die daraufhin lautlos ein Stück aufschwang.

»Tamara, bist du da? Hier ist Ben«, rief er ins Innere der Wohnung. Er war schon im Begriff, den Zettel auf die Kommode, die links an der Wand im Flur stand, zu legen, da fiel ihm etwas Merkwürdiges auf. Es war dunkel im Flur. Die Tür zum Wohnzimmer stand offen, und die Rollläden waren noch heruntergelassen. Mittlerweile war es schon kurz vor ein Uhr mittags. Ben spürte, dass hier etwas nicht stimmte. Er dachte an Tamaras gewalttätigen Exmann. Was, wenn dieser sie beobachtet hatte, als sie mitten in der Nacht einen anderen Mann in die Wohnung mitgenommen hatte?

Ein Schauder überlief Bens Rücken. Er griff von der Türschwelle aus um die Ecke, schaltete das Licht an und suchte nach Spuren, die ihm verrieten, was los war. Aber was ging ihn das eigentlich an? Wenn er einfach hineingehen und nachsehen würde, ob alles in Ordnung war, käme Tamara wahrscheinlich gerade in diesem Moment von einer Nachbarin aus der Wohnung nebenan, wo sie sich nur kurz ein paar Eier geliehen hatte, zurück und würde ihn dabei ertappen, wie er in ihrer Wohnung herumschnüffelte.

Nein, seine Neugier, die für ihn als Journalist zwingend notwendig war, hatte ihn oft genug in brenzlige Situationen gebracht und war hier völlig unpassend. Sicher gab es eine logische Erklärung. Als er das Licht wieder ausschalten und gehen wollte, glaubte er einen erstickten Laut aus dem Raum zu seiner Linken zu hören. Er spürte, wie sich die Härchen auf seinen Unterarmen aufstellten und er eine Gänsehaut bekam. Es hörte sich an wie ein dumpfer Schrei.

Wie in Trance ging Ben auf die Tür zu. Sein Herz pochte, und seine Atmung ging flach und schnell. Als seine Hand die Türklinke umfasste, flackerten die ersten Szenen aus dem verfallenen Haus in Äthiopien vor ihm auf. Es war seine in ihm aufkommende Angst, die sie hervorrief. Er biss sich auf die Unterlippe. *Scheiß auf das Handy!* Kurz überlegte er, einfach umzudrehen und zu gehen. Er hatte genug eigene Probleme, und am wichtigsten war jetzt, dass er pünktlich zu dem Treffen mit seiner Tochter im Zoo erschien. »Um zwei Uhr bei den Seehunden«, sagte er leise zu sich. Irgendwie beruhigte ihn das.

Aber jemand versuchte auf sich aufmerksam zu machen. Er konnte nicht einfach verschwinden und so tun, als wäre alles in Ordnung. Er nahm seinen ganzen Mut zusammen, drückte die Klinke herunter und stieß die Tür auf. Das Türblatt schwang auf, prallte gegen ein Hindernis und blieb in halb geöffneter Position stehen. Das Licht aus dem Flur fiel matt in das sandsteinfarben gefliese Badezimmer. Der Raum wirkte friedlich, kein Mucks war mehr zu hören. Kein Anzeichen, dass hier jemand in Not war. Hatte er sich getäuscht? Aber warum ließ sich die Tür nicht weiter öffnen? Ben drückte auf den Lichtschalter links an der Wand. Mehrere Deckenstrahler flammten auf und das leise Surren einer Lüftungsanlage setzte ein. Noch einmal atmete Ben durch, sagte sich, dass er sich geirrt haben musste. Dann schaute er hinter die Tür. Im gleichen Moment fuhr ihm der Schreck in jede Faser seines Körpers.

Er blickte in die rotgeäderten und verweinten Augen eines kleinen Kindes. In Augen, die vor Entsetzen und Angst wie paralysiert zu ihm aufschauten. Das Kind war mit Handschellen und den Armen auf dem Rücken an die unterste Sprosse eines Handtuchheizkörpers gefesselt. Ein breites Klebeband verdeckte seinen Mund und die Hälfte seines Gesichts. Ben kniete sich zu dem Jungen und zog an seinen Fesseln, konnte sie aber nicht von dem Heizkörper losreißen.

Er hatte sich nicht getäuscht. Hier war etwas Fürchterliches geschehen. Dem Jungen gegenüber, der sich ängstlich vor ihm zurückzog und sich an die Wand presste, versuchte er, sich seine eigene Anspannung nicht anmerken zu lassen. Er musste Tamaras Sohn Tim sein. Aber wo war seine Mutter? Panik machte sich in Ben breit. Mit jeder Sekunde, die verging, nahm das Grauen mehr und mehr Besitz von ihm. Für einen Moment war er unfähig zu denken oder etwas zu tun.

»Beruhige dich, ich helfe dir«, sagte er dann. »Alles wird wieder gut, Tim. So heißt du doch, oder?«

Der Junge reagierte nicht darauf. Erst jetzt bemerkte Ben, dass der Kleine am ganzen Leib zitterte. Vorsichtig versuchte Ben das Klebeband zu lösen, was dem Jungen höllisch weh zu tun schien. Als das Band ab war, wimmerte Tim wie ein angeschossener Hund, und Tränen strömten aus seinen Augen. Dann begann er apathisch durch die Nase zu schnauben, spuckte einen Korken auf den Fliesenboden und stieß den schrillsten und markerschütterndsten Schrei aus, den Ben je gehört hatte. Der Kopf des Jungen lief rot an und die Adern traten an seinem Hals hervor. Wer um alles in der Welt hatte dem Kind das angetan? Welcher Wahnsinnige war dazu fähig, einen Siebenjährigen gefesselt und geknebelt in einem stockdunklen Raum zurückzulassen? Hatte der Vater des Jungen etwas damit zu tun?

»Ganz ruhig, es ist vorbei«, flüsterte er. Doch der Kleine begann zu zappeln und schmiss seinen Kopf hin und her. Dabei riss er an den Handschellen, deren Ringe sich in das Fleisch seiner Gelenke geschnitten und bereits blutige Wunden hinterlassen hatten. Ben fragte sich, wie lange der Junge schon hier angekettet am Boden saß. Es musste passiert sein, nachdem er die Wohnung verlassen hatte. Nur, wann war das? Tamara würde es ihm sagen können. Aber wo war sie? Sie musste doch bemerkt haben, dass ihr Sohn nicht in seinem Bett geschlafen hatte. Es sei denn, ihr war etwas zugestoßen. Und dann wurde ihm noch etwas anderes klar: Wer immer dem Kind das angetan hatte, musste zuerst die Mutter ausgeschaltet haben, die gewiss versucht hatte, das hier zu verhindern. Bens Hände begannen zu zittern.

»Ist ja gut. Ich bin hier, um dir zu helfen«, flüsterte er dem verstörten Jungen zu und hatte doch keine Ahnung, wie er das anstellen sollte. Tamara würde wohl kaum ein Werkzeug in der Wohnung haben, mit dem er die Kette der Handschellen durchtrennen oder die Sprosse des Heizkörpers durchsägen konnte. Er musste telefonieren, die Polizei und einen Krankenwagen rufen.

Erst jetzt bemerkte Ben, dass der Junge den Duschvorhang fixierte. Ben überlief ein erneuter Schauer. Sein Herz krampfte sich zusammen, und der Druck in seiner Brust machte ihm klar, dass er kurz vor einer Panikattacke stand.

Im gleichen Moment, als Ben begriff, verschwand alles um ihn herum, bis auf den weißen mit bunten Blumen übersäten Duschvorhang, der nun auf ihn zuzukommen schien. Tim schrie noch immer, aber er hörte es nur gedämpft. Szenen des Grauens machten sich in Bens Kopf breit. Er registrierte, dass nicht der Vorhang sich auf ihn zu bewegte, sondern er sich diesem wie in Zeitlupe näherte. Tim holte einmal tief Luft und fing dann erneut an zu schreien.

»Maaaaaaaaaaaaaaaaa…«

Mit einem Ruck zog Ben den Duschvorhang zur Seite. Im gleichen Moment zuckte er zusammen, als wäre eine Bombe in ihm implodiert.

»…maaaaaaaaaaaa«, beendete Tim seinen Schrei, um gleich von neuem wieder loszubrüllen. »Mama!«

Der Raum um Ben schien sich zu drehen. Er wusste nicht mehr, was er tun sollte. *Ich kann den Jungen doch nicht hier allein lassen. Aber ich muss die Polizei verständigen und den Notarzt. Verdammt, warum kommt denn niemand, um zu helfen?* Dann übernahm das Zittern die Kontrolle. Seine Knie schlugen unkontrolliert gegeneinander. Er sank zu Boden. Es war das Zittern, das er seit dem Todesduell kannte. Auf allen vieren kroch Ben in Richtung Tür. Was er gerade gesehen hatte, würde für immer in seinem Gedächtnis eingebrannt bleiben, genauso wie der Anblick des toten Kevin Marshall. Die Bilder von Kevins Leiche und dem, was er in der Badewanne vor sich sah, wechselten sich vor Bens innerem Auge ab. Schweiß lief ihm über das Gesicht. Er glaubte, den metallischen Geruch des Blutes riechen zu können, das in den sandigen Boden des zerfallenen Hauses gesickert war. Dort, wohin die drei Männer verschleppt worden waren, um zu sterben.

Dabei hatte Ben in der Badewanne gerade kein Blut gesehen. Dafür lag all das Grauen, das sie über sich hatte ergehen lassen müssen, in Tamaras Augen, die ihn leblos und vorwurfsvoll vom Boden der bis zum Rand mit Wasser gefüllten Wanne anstarrten.

Endlich schaffte es Ben, zum Telefon, das auf der Kommode im Flur in der Ladeschale lag, zu gehen und den Notruf zu wählen. Tim hatte aufgehört zu schreien. Stattdessen drang ein leises Schluchzen aus dem Bad. Aus dem Treppenhaus war nichts zu hören. Niemand, der sich aufgrund des Lärms veranlasst sah, nachzusehen, was los war. Es dauerte nur ein Freizeichen, dann hatte Ben einen Beamten am Apparat.

»Hier ist eine Frau umgebracht worden. Ihr Sohn war dabei«, stammelte er. Anschließend nannte er noch die Adresse und legte auf. Er musste zurück zu dem Kind. Jemand musste Tim beistehen, bis die Polizisten und Sanitäter da waren. Zwischen Ben und dem Badezimmer schien plötzlich eine unsichtbare Wand zu bestehen, die ihn davon abhalten wollte zurückzugehen. Für ihn war es, als müsste er sich freiwillig zurück in dieses verdammte Haus in Äthiopien begeben, wo wieder alles von vorne beginnen würde. Als er sich schließlich überwand und sich neben Tim setzte, den Arm um den bebenden Körper des Jungen schlang und ihn an sich drückte, war es fast so, als würde der Junge ihm Kraft geben und nicht umgekehrt. Doch das änderte sich schlagartig, als Ben den Blick hob, so dass dieser unweigerlich auf die Wand hinter der Wanne fiel. Die mit einem schwarzen Stift geschriebene Botschaft sprang ihn an wie ein Tiger seine überraschte Beute. Zwangsläufig musste er nun das erkennen, was er zuvor nicht wahrgenommen hatte. Arnulf Schillings Prophezeiung war eingetreten. »In ihrer Umgebung wird es Tote geben«, hatte er gesagt, und hinter der Wanne hatte jemand die Zeitangabe an die Fliesen gekritzelt, die er gestern, als er sie von dem Hellseher gesagt bekam, belächelt hatte, und die ihm nun das Blut in den Adern gefrieren ließ: 24. Juni, 2 Uhr 41.

6

Die Wohnung der Frau, die er über das Internet kennengelernt hatte, und die er als Nächste bestrafen würde, war hübsch eingerichtet. Im Wohnzimmer stand ein ausladendes mintgrünes Sofa vor einer breiten Fensterfront, durch das die morgendlichen Sonnenstrahlen hereinfielen. Auf der Fensterbank standen Töpfe mit Orchideen in unterschiedlichen Farben und gerahmte Fotos, die ausschließlich die hübsche Bewohnerin und ihren sechsjährigen Sohn zeigten. An den weiß getünchten Wänden hingen mit Acrylfarbe gemalte Landschaftsbilder. Gegenüber der Couch stand eine ebenfalls weiße Wohnkombination mit glatter, glänzender Oberfläche. Am besten gefiel ihm aber das Kinderzimmer. Es gab ein Hochbett mit einem Mast zum Runterrutschen und das Playmobil Piratenschiff mit den dazugehörigen Figuren. Über das Schlafzimmer hingegen konnte er nur den Kopf schütteln. Was für eine Heuchlerin sie doch war. Es war ganz in Weiß gehalten. Ausgerechnet die Farbe der Reinheit, wo er doch wusste, dass sie eine Schlampe war, die mit Dutzenden Männern verkehrt hatte, seit sie ihrem Mann Lebewohl gesagt hatte. *Bis dass der Tod euch scheidet.* Auch diese Frau dachte, sie könnte weiterleben, als wäre nichts geschehen. Er würde sie vom Gegenteil überzeugen.

Das Badezimmer genügte seinen Ansprüchen. Es gab eine schöne große Wanne. Er musste kichern, so sehr freute er sich über seine eigene Genialität. Jetzt war alles vorbereitet. Er würde schon bald wieder für Gerechtigkeit sorgen.

So ist es gut, sagte die Stimme zu ihm.

Augenblicklich ließen die Kopfschmerzen nach.

»Danke«, flüsterte er.

Sanft streichelte er über einen Bilderrahmen mit dem Foto der Frau. Zuerst würde ihr kleiner Sohn weinen und vor Gram zergehen. Doch irgendwann würde er begreifen, dass allein seine Mutter schuld an allem war.

7

Stark gedämpft, als befände er sich unter einer Glocke aus Glas, hatte Ben die Polizisten die Diele von Tamara Engels Wohnung betreten gehört. Als sie einen Sekundenbruchteil später ins Badezimmer gestürmt waren, zitterte der kleine Tim, der es zugelassen hatte, dass Ben einen Arm um ihn legte, nach wie vor am ganzen Leib.

Die Polizisten hatten Tim von seinen Fesseln befreit. Anschließend kümmerten sich Sanitäter um ihn. Ben konnte die Frage des Streifenpolizisten, ob er es war, der die Polizei angerufen hatte, nur mit einem Kopfnicken beantworten. Im Wohnzimmer sitzend, hatte er, noch immer starr vor Schock, das Eintreffen der Spurensicherung verfolgt. Kurz darauf waren zwei Kripobeamte in Zivil zu ihm gekommen und hatten ihm Fragen gestellt, die er nur in abgehackten Sätzen beantworten konnte, und von denen er jetzt nicht mehr wusste, ob sie überhaupt einen Sinn ergeben hatten. Unter anderem hatte er ihnen erklären müssen, warum er überhaupt hier war. Dann hatten sie ihn zum Protokollieren seiner Aussage mit aufs Kommissariat genommen, wo er nun in einem Büro vor einem Mann am Schreibtisch saß, der sich ihm als Erster Kriminalhauptkommissar Lutz Hartmann und Leiter der vierten

Berliner Mordkommission vorgestellt hatte. Auf dem Tisch stand ein Aufnahmegerät.

Hartmann verzog den Mund zu einem verkniffenen Lächeln, lehnte sich in seinem Stuhl zurück und verschränkte die Arme vor der Brust. »Wir müssen das, was Sie bei den Kollegen vor Ort ausgesagt haben, noch einmal offiziell zu Protokoll nehmen. Deshalb zeichne ich unser Gespräch auf.«

Ben konnte das Bild von Tamaras leblosem Körper auf dem Grund der Badewanne nicht aus dem Kopf bekommen. Ihr Körper war vom Hals bis zu den Fußgelenken mit einem dicken Seil umwickelt gewesen. Ihr Blick hatte ihn regelrecht durchbohrt. Es war ihm, als habe ein stiller Vorwurf darin gelegen. Das Letzte, was sie gesehen hatte, war vermutlich derjenige, der ihr das angetan hatte.

»Gut, dann fangen wir mal an«, sagte Hartmann und drückte auf die Aufnahmetaste des Diktiergerätes.

»Sie haben Tamara Engel also erst gestern Abend über Ihren Freund Viktor von Hohenlohe kennengelernt«, sagte Hartmann.

Ben nickte. »Ja, das stimmt.«

»Was ist dann passiert?«

»Ich habe Tamara kurz nach Mitternacht nach Hause gebracht, habe in ihrer Wohnung noch einen Kaffee getrunken und bin dann gegangen.«

»Wann genau war das?«, wollte Hartmann wissen.

Ben ahnte, wie es auf den Ermittler wirken würde, wenn er diesem etwas von seinem Blackout erzählte. Er hatte zwar nichts zu verbergen und wollte auch bei der Wahrheit bleiben, aber er wollte den Kommissar auch nicht unnötig misstrauisch machen. Ein Erinnerungsverlust kam bei gesunden Menschen so gut wie nie vor. Es würde klingen, als ob er etwas zu verheimlichen hätte. Wie eine Lüge. Wenn er einräumte, dass er sich nicht erinnern konnte, wann er Tamaras Wohnung verlassen hatte und wie er in sein Bett gekommen war, dann musste der Kommissar doch automatisch in Betracht ziehen, dass Ben theoretisch den Mord begangen haben konnte.

»Das weiß ich nicht mehr genau. Ich habe nicht auf die Uhr gesehen«, sagte Ben deshalb.

»Aha, und wann ungefähr?«

»Ich schätze, dass ich nur etwa eine Viertelstunde oder zwanzig Minuten bei ihr war.«

»Das heißt, dass Sie Tamara Engels Wohnung etwa um halb eins verlassen haben.«

»Das könnte hinkommen.«

Hartmann sah ihn eindringlich an. Dann fuhr er fort.

»Und da Sie heute Morgen glaubten, Ihr Handy in der Wohnung vergessen zu haben, wollten Sie es auf dem Weg zum Zoo, wo Sie mit Ihrer Frau und Ihrer Tochter verabredet waren, abholen, und dabei haben Sie dann die Leiche entdeckt.«

»Das ist korrekt«, sagte Ben und musste wieder an die Aussage des Wahrsagers denken: »Es wird Tote in Ihrer Umgebung geben.« Das Datum und die Uhrzeit, die der alte Mann ihm als Anhaltspunkt gegeben hatte, stimmten minutengenau mit den Angaben auf den Badezimmerfliesen in Tamara Engels Wohnung überein: 24. Juni, 2 Uhr 41. Wie war das möglich?

Vor der Befragung hatte Ben Nicole telefonisch darüber informiert, dass er nicht in den Zoo kommen konnte. Natürlich viel zu spät. Es war schon Viertel nach zwei gewesen. Er konnte sich vorstellen, wie Lisa sich gefühlt haben musste, als er, ohne sich abzumelden, einfach nicht zur vereinbarten Zeit auftauchte. Als Nicole seinen Anruf entgegengenommen hatte, war die Begrüßung entsprechend eisig ausgefallen.

»Du scheinst nicht zu wissen, wie wichtig das Treffen heute gewesen wäre«, hatte sie ihn angeschrien. Ihre vibrierende Stimme hatte Ben erkennen lassen, dass Nicole vor Wut und Enttäuschung mit den Tränen zu kämpfen hatte. Sie hatte Ben gar nicht zu Wort kommen lassen. »Weißt du eigentlich, was du deiner Tochter durch dein Nichterscheinen vermittelt hast? Dass wir dir egal sind! Glaube ja nicht, dass sie so schnell noch mal auf dich zugehen wird.« Nicoles Worte taten Ben in der Seele weh. Sie hatte recht. Er hatte Lisa zutiefst enttäuscht.

Nicole anzulügen hätte nichts gebracht. Außerdem war ihm auch gar keine andere Ausrede eingefallen, die gerechtfertigt hätte, das lang ersehnte Treffen mit seiner Tochter platzen zu lassen. Er hätte es also mit der Wahrheit versuchen müssen: Er war mitten in der Nacht bei einer Frau auf dem Sofa gelandet, die er gerade erst kennengelernt hatte, und am nächsten Morgen war sie tot. Er hatte gewusst, wie absurd das klang – insbesondere für die Polizei. Aber obwohl er und Nicole seit einem Jahr getrennt waren, hatte er ihr nur ungern erzählen wollen, dass er bei einer anderen Frau gewesen war, auch wenn er keine intimen Absichten verfolgt hatte. Also hatte er sich so kurz wie möglich gefasst und Details ausgelassen.

»Ich habe die Leiche einer Frau gefunden. Sie wurde ermordet. Ich werde gleich dazu von der Polizei befragt.«

Dann war die Leitung für einen kurzen Moment still geblieben.

»Mein Gott …«, hatte Nicole geflüstert.

»Ich wäre nirgendwo lieber gewesen, als bei euch im Zoo. Es war mir wichtig, dass ihr das wisst.«

Wieder eine kurze Pause.

»Ist gut.« Nicole hatte gewirkt, als würden ihr die Worte fehlen. »Aber was genau ist denn passiert?«

Daraufhin hatte Ben innerlich geseufzt. Genau diese Frage hatte er vermeiden wollen.

»Genaueres erzähle ich dir später, okay? Ich denke, ich bin hier gleich fertig.«

Dann hatte er das Gespräch beendet und sich gefragt, was Nicole nun wohl Lisa erzählen würde. Wie er Nicole kannte, sicher nicht, dass ihr Vater eine ermordete Frau gefunden hatte. Er hoffte, sie würde es schaffen, dass Lisa nicht noch enttäuschter von ihm war.

»Wie geht es denn dem Jungen? Ich glaube, er heißt Tim?«, fragte Ben nun seinerseits Hartmann. Der Kommissar war ein bulliger Typ mit Stiernacken. Ben nahm an, dass der Polizist in seiner Freizeit nichts lieber tat, als Gewichte zu stemmen.

»Dem geht's beschissen, redet nicht mehr. Der Junge war vermutlich mit im Bad, als der Täter seine Mutter ertränkte, und musste es ansehen. Die Psychologin versucht ihn gerade dazu zu bringen, denjenigen zu beschreiben, der seiner Mutter das angetan und ihn vermutlich zu einem lebenslangen Fall für den Psychiater gemacht hat.«

Das, was in dem Kind jetzt vorging, konnte niemand nachempfinden. Der spielsüchtige Vater würde ihn aus seinem seelischen Loch nicht befreien können. Zweifelsohne würde der Junge über das Trauma des Miterlebten und die fortan fehlende Liebe der Mutter kaum hinwegkommen.

»Und ist dabei schon etwas herausgekommen?«

Hartmann warf Ben einen prüfenden Blick zu, als ob er versuchte abzuschätzen, ob die Frage aus einem ehrlichen Interesse an der Aufklärung des Verbrechens heraus rührte.

»Auf den Bildern, die der Junge gemalt hat, ist der Kopf des Täters mit einem schwarzen Tuch verhüllt. Es könnte sich um eine Sturmhaube oder eine mittelalterliche Henkersmütze handeln. Vielleicht schwärzt der Kleine den Kopf aber einfach nur, weil er den Anblick des Mörders aus seinem Gedächtnis verbannen will. Wir müssen auf das Gutachten warten.«

Die ganze Zeit über hatte Ben sich bereits das Hirn zermartert, was er in Tamaras Wohnung getan hatte. Ob er direkt nach dem Kaffee gegangen war. Aber er konnte sich einfach nicht erinnern.

Hartmann kratzte sich den kahlrasierten Schädel und kniff die Augen zusammen. Er machte auf Ben den Eindruck, als wenn er nicht genau wüsste, wie er nun weiter vorgehen sollte.

»Ich verstehe ja, dass Sie allen Möglichkeiten nachgehen müssen, aber kann ich dann jetzt bitte gehen?«, fragte Ben.

»Ja, das war's eigentlich«, sagte er, schaltete das Aufnahmegerät aus und lehnte sich in seinem Stuhl zurück, so dass sich sein dicker Bauch unter dem viel zu engen gelben Poloshirt wölbte. »Aber wenn Sie noch etwas Zeit hätten, wäre es nicht schlecht. Dann würde ich das Band noch schnell abschreiben lassen, und Sie könnten die Vernehmung unterschreiben.«

Als Ben einverstanden war, ging Hartmann zur Tür, rief nach einer Mitarbeiterin und gab ihr das Band.

Hartmann beschwor in Ben das Bild eines Türstehers hervor, der sich seiner Machtposition ganz genau bewusst war und die er dazu missbrauchte, nur den Leuten Zutritt zu gewähren, deren Nase ihm passte.

»Sie sind doch dieser Journalist, der vor etwa einem Jahr einen Mitgefangenen erschießen musste, um wieder freizukommen«, sagte Hartmann dann und ließ sich wieder in seinen Stuhl fallen.

»Ich wüsste nicht, was das damit zu tun hat, dass ich eine tote Frau und ihren völlig verstörten Sohn gefunden und die Polizei alarmiert habe«, sagte Ben.

Hartmann jedoch schien sich an dem grausamen Erlebnis, das Ben am liebsten für immer aus seinem Gedächtnis gelöscht hätte, festbeißen zu wollen.

»Manche sagen, Sie konnten nicht anders handeln.«

Warum konnte der Polizist ihn damit nicht in Ruhe lassen? Ben spürte, wie Wut in ihm aufstieg. Noch so eine Folgeerscheinung des grausamen Tötungsspiels. Seine Reizschwelle tendierte gegen null. Natürlich hätte er sich erschießen lassen können, aber sein Überlebenstrieb hatte ihn gezwungen abzudrücken. Dennoch hatte er Schuldgefühle, und es war ihm bislang nicht gelungen, mit der Belastung einen anderen Menschen getötet zu haben, weiterzuleben wie bisher.

»Ihr Fotograf hat sich geweigert, bei dem perversen Spiel mitzumachen.« Hartmanns Miene blieb regungslos. Es kam Ben aber so vor, als ob er ihn absichtlich reizen und seine Reaktion testen wollte. Er schloss die Augen und atmete tief ein und aus.

Mike hatten seine Nerven im Stich gelassen. Er hatte hemmungslos geweint und um sein Leben gebettelt. Ben sah vor seinem inneren Auge noch einmal Mikes Körper im Kugelgewitter aufzucken.

Hartmann war noch immer nicht am Ende mit seinem Vortrag. Ben fragte sich, was das sollte. Wollte der Kommissar ihn unter Druck setzen? Zu welchem Zweck?

»Einer der Entführer hebt den Arm, und wenn er ihn senkt, sollen Sie schießen. Und dem Befehl sind Sie gefolgt. Zugegeben, es ist eine Scheißsituation. Aber ich hätte mich lieber von denen abknallen lassen, als den Drecksäcken die Genugtuung zu geben, mich ihrem Willen gebeugt zu haben.«

Das Gesicht des Anführers der Kidnapper, das Ben in seinen Träumen verfolgte, tauchte wieder vor ihm auf. Es hatte sich unauslöschlich in sein Gehirn gebrannt. Die gelblich verfärbten Augen, der leere, erbarmungslose Blick. Das Adrenalin peitschte jetzt genau so wie vor fünfzehn Monaten durch Bens Blutbahnen, und sein Herz hämmerte so schnell und hart, dass er Mühe hatte zu atmen. Nachdem der Anführer damals seinen Arm gesenkt hatte, hatten Ben und Kevin abgedrückt und beide hatten beim vorhergehenden blinden Drehen der Revolvertrommeln die einzige geladene Patronenkammer erwischt.

Kevins Kugel hatte Ben rechts am Kopf gestreift. Den brennenden Schmerz und das Blut hatte er erst später gespürt. Ben hingegen hatte den Arzt mitten in die Stirn geschossen. Er hatte nur einen Sekundenbruchteil früher abgedrückt, und durch die Wucht des Treffers musste Marshall seinen Revolver ein wenig verzogen haben.

Ben wandte sich nun wieder Hartmann zu, der mit seinen Fragen diese Erinnerung in ihm heraufbeschworen hatte. »Haben Sie Familie? Kinder?«, fragte Ben. Seine Stimme war ganz ruhig und sachlich.

Hartmann hob die Augenbrauen und verzog die Lippen zu einem breiten Grinsen.

»Das tut hier nichts zur Sache und geht Sie auch nichts an«, erwiderte er dann. Ben hielt Hartmanns Blick problemlos stand.

Menschen wie Hartmann, machten ihn wütend. Dieser gehörte genau jenem unsensiblen, verständnislosen Menschenschlag an, der sich die Dinge gern einfachredete, kein Mitgefühl für andere aufbrachte, dem es selbst immer am schlimmsten ging und der glaubte, alles richtig zu machen. »Sie haben niemanden, der Sie liebt. Niemanden, der auf Sie wartet und niemanden, der auf Sie angewiesen ist oder Ihnen eine Träne nachweint, wenn Sie den Löffel abgeben.«

Hartmann räusperte sich, um etwas zu entgegnen. Aber Ben fuhr fort, bevor Hartmann etwas erwidern konnte.

»Also sparen Sie sich Ihre Meinung dazu, was Sie in meiner Situation getan hätten. Denn das können Sie nicht wissen.«

Hartmanns Kopf wurde rot. Die Halsschlagader schwoll an

und trat hervor. Es sah so aus, als würde der Schädel des Polizisten, der anscheinend keine Widerworte gewohnt war, gleich platzen. In diesem Moment kam eine Kollegin Hartmanns herein und bedeutete ihm, vor die Tür zu kommen. Sie schien aufgeregt zu sein und sah so aus, als hätte sie etwas Wichtiges mitzuteilen.

8

Es dauerte eine Viertelstunde, bis Hartmann und seine Kollegin wieder ins Büro kamen. Die Frau stellte sich Ben als Hauptkommissarin Sarah Winter vor.

»Wir hätten noch ein paar weitere Fragen an Sie«, sagte sie.

»Ich habe doch schon alles gesagt, was ich weiß«, entgegnete Ben.

»Das würden gern wir beurteilen«, sagte die Kommissarin. »Würden Sie bitte mitkommen?«

Sie und Hartmann führten ihn in einen grau gestrichenen, fensterlosen Raum, in dessen Mitte ein Tisch mit einem Mikrophon und zwei Stühle standen. Auf der rechten Seite befand sich ein Beobachtungsspiegel. Ansonsten waren die Wände kahl.

»Nehmen Sie bitte Platz«, sagte Hartmann und wies auf den Stuhl, der mit dem Rücken zur Wand stand. Hartmann selbst blieb vor dem gegenüberstehenden Stuhl stehen. Seine Kollegin postierte sich hinter ihm neben der Tür. Von seiner Wut auf Ben, eben in seinem Büro, war kaum noch etwas zu spüren. Er blickte ernst und sein Tonfall war sachlich.

»Sie sagten doch, ich brauche nur noch das Vernehmungsprotokoll zu unterschreiben, und dann kann ich gehen«, erwiderte Ben und setzte sich widerwillig.

»Es gibt neue Erkenntnisse, die eine weitere Befragung notwendig machen«, sagte Hartmann. »Es gibt Anhaltspunkte, die Sie zu einem Tatverdächtigen machen. Wir werden daher eine informatorische Befragung durchführen und danach entscheiden, wie es weitergeht. Unser Gespräch wird mit dem Tischmikrofon aufgenommen und von einer Videokamera gefilmt.«

Ben war fassungslos. Seine Stirn zog sich in Falten. »Verdächtiger? Wie kommen Sie denn darauf?«

Hartmann drehte sich zu seiner Kollegin um. »Sarah, gibst du mir mal dieses schmierige Käseblatt?«

Sarah Winter kam nun näher und hielt Hartmann die heutige Samstagsausgabe des *BBBs*, des *Berliner Boulevardblatts*, hin, die sie bisher hinter dem Rücken versteckt gehalten hatte.

»24. Juni, 2 Uhr 41. In Ihrem Artikel soll Ihnen angeblich ein Wahrsager dieses Datum genannt haben, und jetzt stehen genau diese Daten auf den Badezimmerfliesen der Toten. Auf die Minute genau. Wie erklären Sie sich das?«

Ben schloss kurz die Augen und seufzte. Jetzt war er froh darüber, Hartmann eben nicht erzählt zu haben, dass er sich weder daran erinnern konnte, was in Tamaras Wohnung geschehen war, nachdem sie ihm den Kaffee gebracht hatte, noch wie er nach Hause in sein Bett gekommen war.

»Ich weiß, wie seltsam das aussieht. Aber haben Sie schon einmal daran gedacht, dass es doch sehr viel wahrscheinlicher ist, dass der Hellseher, dieser Arnulf Schilling, etwas damit zu tun hat? Vielleicht hat er selbst dafür gesorgt, dass seine Prophezeiung eintritt?«

»Gestern Morgen schreiben Sie einen Artikel, der heute in der Zeitung steht und in dem dieses Datum und diese Uhrzeit eine Rolle spielen. Angeblich soll der Zeitpunkt mit etwas Unheilvollem in Zusammenhang stehen. Heute finden Sie eine ermordete Frau in ihrer Badewanne, und an den Fliesen darüber stehen genau dieselben Angaben wie in Ihrem Artikel. Ein Leser kann es nicht gewesen sein, dafür hätte der Artikel einen Tag früher erscheinen müssen.«

Hartmann umrundete einmal den Tisch und schwieg dabei. Es machte Ben nervös, dass sich der Kommissar nicht setzte.

»Wie dem auch sei«, sagte Hartmann, als er wieder vor Ben stand. »Aufgrund dieses Zeitungsartikels haben die Kollegen nähere Erkundigungen über Sie eingeholt. Von den Leuten bei der Tageszeitung, bei der Sie jahrelang Redaktionsleiter waren, haben wir unschöne Dinge erfahren, die zusätzliche Fragen aufwerfen.«

»Und was soll das sein?«

»Ein paar Ihrer ehemaligen Kollegen haben gesagt, Sie seien nach Ihrer Heimkehr aus Äthiopien nicht mehr der Gleiche gewesen. Man hat Sie kaum wiedererkannt.«

»Ich habe nur versucht, in den Alltag zurückzufinden und meinen Job so gut wie möglich zu machen.«

»Was Ihnen aber leider nicht gelungen zu sein scheint.«

Hartmann machte eine erneute Pause. Dann setzte er sich endlich Ben gegenüber. Dieser sah hilfesuchend zu der Kommissarin. Doch ihr Gesicht blieb regungslos, während sie ihn genau beobachtete.

»Es gab Wutausbrüche gegenüber Kollegen«, fuhr Hartmann fort. »Ihre Arbeit ließ stark zu wünschen übrig. Man wollte Sie beurlauben, da Sie sich nicht krankmelden und in eine Therapie begeben wollten. Daraufhin haben Sie dann von sich aus gekündigt. Und Ihre Frau hat Sie verlassen.«

Ben versuchte verzweifelt, seine Gedanken zu ordnen. »Sagen Sie, wie blöd müsste ich denn sein, an den Tatort zu fahren

und die Polizei anzurufen, wenn ich selbst der Mörder bin?«
Seine Kehle war so trocken, dass er kaum noch reden konnte, und er schwitzte stark, so dass sein dunkelblondes Haar an seiner Stirn klebte. Wie immer, wenn er angespannt und nervös war, schmerzte die Narbe des Streifschusses oberhalb seiner Schläfe.

Hartmann zuckte mit den Schultern. »Sie haben bei diesem Duell in Afrika dem Tod ins Auge gesehen. Dazu noch die Trennung von Ihrer Frau und der Verlust Ihres renommierten Jobs. Jetzt müssen Sie Ihre Brötchen damit verdienen, irgendeinen Sensationsmist in einem billigen Blättchen zu schreiben. Ihr Leben steht auf dem Kopf und Sie haben nie therapeutische Hilfe aufgesucht. Da kann sich einiges anstauen und nicht selten kommt es zu Kurzschlussreaktionen. Und Sie haben für die Tatzeit kein Alibi.«

»Das ist doch Unsinn. Tamara war nett. Wir haben uns gut verstanden. Warum sollte ich ihr etwas antun? Ich habe sie doch außerdem erst ein paar Stunden gekannt.«

»Das können wir uns zu diesem Zeitpunkt auch nicht erklären«, erwiderte Hartmann. »Aber verdächtig ist es schon, dass Sie Tamara Engel abends zufällig kennenlernen und ausgerechnet Sie dann die Frau am Tag danach tot in ihrer Wanne finden. Und dann kommt noch die Sache mit der identischen Zeitangabe in Ihrem Artikel und an den Fliesen im Bad dazu.«

Ben schluckte den Kloß in seinem Hals hinunter. Er war unfähig, etwas dazu zu sagen. Hartmann durchbohrte ihn mit seinem Blick.

»Möglicherweise haben Sie im Affekt gehandelt, weil Sie wütend auf Ihre Frau waren. Sie haben es momentan nicht leicht. Als Sie dann bei Tamara Engel waren, sind Sie vielleicht plötzlich durchgedreht. Sie sind psychisch labil. Sie wären nicht der

Erste, der unerwartet ausrastet«, setzte er dann provozierend nach.

Jetzt reichte es Ben. Er hatte doch nicht das Geringste damit zu tun. »Anstatt hier Ihre Zeit mit mir zu vergeuden, sollten Sie sich lieber mal auf die Suche nach dem Psychopathen machen, der dem Jungen auf so bestialische Art die Mutter genommen hat. Was ist denn zum Beispiel mit dem Vater des Jungen? Tamara hat mir erzählt, dass er sie geschlagen hat. Und haben Sie diesen Hellseher überprüft, Arnulf Schilling?«

Hartmann sprang abrupt auf, wobei sein Stuhl nach hinten kippte und umfiel. Er neigte sich nach vorn und stützte sich mit den Händen auf der Tischplatte ab.

»Für wie blöd halten Sie uns eigentlich? Natürlich ermitteln wir auch in andere Richtungen. Aber Herr Schilling ist für uns keine heiße Spur. Er kann nicht in seinem Haus gewesen sein, als Sie dort mit ihm gesprochen haben wollen.«

Kurz kostete Hartmann Bens verständnislosen Blick aus. Dann fuhr er fort.

»Der Mann liegt seit drei Tagen im Krankenhaus, und er ist sich absolut sicher: Mit einem Ben Weidner hat er noch nie im Leben ein Wort gewechselt.«

»Das ist doch vollkommen unmöglich«, sagte Ben. Er war perplex und konnte nicht glauben, was er gerade gehört hatte. Auf der panischen Suche nach einer Erklärung wirbelten seine Gedanken wie vom Wind erfasstes Laub in seinem Kopf herum. Was hatte das zu bedeuten? Und warum geschah ausgerechnet jetzt diese Aneinanderreihung von Ungereimtheiten? Wäre er noch der Gleiche wie vor fünfzehn Monaten und nicht selbst der Leidtragende gewesen, wäre es ihm aufgrund seines journalistischen Instinkts ein Ansporn gewesen, den Dingen auf den Grund zu gehen. Doch er merkte, wie er einfach resignierte. Jeglicher Kampfgeist war aus ihm gewichen. Er wollte nur zurück in seine Einzimmerwohnung und seine Wunden lecken.

Es war, als würde man ihm den Boden unter den Füßen wegziehen. Zu alldem, was sich hier im Präsidium abspielte, kam schließlich auch noch, dass er das Treffen mit Lisa so idiotisch vergeigt hatte. »Und das nur, weil ich mein Handy in der Wohnung einer Frau verloren habe, die in der gleichen Nacht getötet wird«, murmelte er.

»Was haben Sie gesagt?«, fragte Hartmann.

Ben seufzte und hob die Augenbrauen. »Wenn ich mein Handy nicht in Tamaras Wohnung hätte liegen lassen, wäre ich gar nicht dorthin gefahren. Dann wäre ich auch pünktlich zu dem Treffen mit meiner Tochter gekommen und säße jetzt nicht hier.«

Ben dachte daran, dass dann der kleine Tim vielleicht noch Stunden unentdeckt in dem dunklen Bad mit seiner toten Mutter hätte leiden müssen und schämte sich dafür, dass er es dennoch vorgezogen hätte, dass ein anderer als ausgerechnet er in diese Situation gestolpert wäre.

Hartmann schnaufte. »Hier gelandet wären Sie auf alle Fälle. Schon wegen Ihres Zeitungsartikels. Zugegebenermaßen nur nicht ganz so schnell. Und zu Ihrer Information: Wir haben die Wohnung des Opfers auf den Kopf gestellt. Ihr Handy haben wir dabei nicht gefunden.«

Ben schloss die Augen, rieb sich die Stirn und dachte nach. Zuerst das Blackout, das er sich nicht erklären konnte, Arnulf Schilling, der bestritt mit ihm gesprochen zu haben und jetzt auch noch die Tatsache, dass sein Handy gar nicht bei Tamara war? Aber wo war es denn dann? Er wagte kaum zu Ende zu denken, was sich ihm noch aufdrängte: Konnte es sein, dass tatsächlich er Tamara in ihrer eigenen Wanne ertränkt hatte? Wie sehr war er bei seinen Aussetzern eigentlich nicht er selbst? Alles in ihm sträubte sich gegen diese Vorstellung. Nein, das war unmöglich. Während er über diesen Gedanken seine Schläfen massierte, lichtete sich die Wolke in seinem Kopf allmählich. Dabei fielen ihm andere Möglichkeiten ein, wie es sich abgespielt haben könnte.

»Der Artikel wird noch Korrektur gelesen, bevor er in Druck geht. Jemand könnte das Datum in meinem Artikel gesehen haben, und es anschließend benutzt haben, um mir den Mord anzuhängen«, presste er hervor.

»Das ist ziemlich unwahrscheinlich, aber wir werden das natürlich überprüfen und auch nachverfolgen, wer nach Ihnen den Text zu Gesicht bekommen haben könnte. Doch warum sollte Ihnen jemand etwas anhängen wollen?«, fragte Hartmann.

Ben zuckte mit den Schultern. Dem hatte er nichts entgegenzusetzen. Auch die Familie Kevin Marshalls hatte nie versucht, ihn persönlich für ihren Verlust zur Verantwortung zu ziehen oder mit ihm in Kontakt zu treten. Aus der Presse wusste er, dass Marshalls Bruder Soldat war und Ben keinen Vorwurf machte. »In dieser Extremsituation hätte jeder so gehandelt«, hatte dieser gesagt. Auch die Witwe Kevin Marshalls, der gegenüber er sein Bedauern und Beileid ausgedrückt hatte, hatte ihn nicht für den Tod ihres Mannes verantwortlich gemacht und der Presse gegenüber jeden Kommentar verweigert. Ben hatte in den ersten beiden Monaten nach seiner Rückkehr zahlreiche Schreiben erhalten, in denen ihm Menschen ihr tiefes Mitgefühl aussprachen. Es gab aber auch ein paar unangenehme anonyme Briefe, in denen er beschimpft und sogar bedroht worden war. Aber es würde doch niemand eine unschuldige Mutter ermorden, nur um ihn dafür verantwortlich zu machen. Nein, es musste etwas anderes dahinterstecken.

»Wenn es nicht Herr Schilling war, den ich in seinem Haus angetroffen habe, wer war es denn dann? Ein Fremder muss sich dort Zutritt verschafft haben. Er hat sich für Schilling ausgegeben und mir das Datum genannt, um mich zu belasten. Dieser Mann muss der Täter sein.«

Ben lieferte eine genaue Beschreibung des alten Mannes. Aber er hatte den Eindruck, Hartmann und auch seine Partnerin, Kriminalhauptkommissarin Sarah Winter, hörten ihm gar nicht richtig zu.

»Überlegen Sie doch mal, wenn ich der Täter wäre, würde ich doch nicht am Tatort diese Zeitangabe hinterlassen und durch deren Verwendung in meinem Artikel mich selbst belasten.« Bens Stimme überschlug sich beinahe.

Hartmann starrte ihn an und spitzte nachdenklich die Lippen.

»Das ist schon seltsam. Vielleicht wollten Sie die Aufmerksamkeit auf sich ziehen und gefasst werden, bevor Sie noch einmal zuschlagen können.«

»Das hört sich für mich aber auch weit hergeholt an. Und was ist mit dem Exmann von Tamara Engel? Sie hat mir erzählt, dass er gewalttätig ist, und dass er sie beobachtet hat.«

Hartmann nickte.

»Wir sind dabei, das zu prüfen. Tatsächlich hat Tamara Engel mehrfach Anzeige gegen ihren Exmann wegen Stalkings erstattet. Sie hat sich bedroht gefühlt. Beweise, dass sie tatsächlich verfolgt und ausspioniert wurde, gab es bisher aber keine. Fünfundachtzig Prozent der Mörder kommen aus dem näheren Umfeld des Opfers. Von daher nehmen wir diese Spur auch ernst. Allerdings stellt sich dann immer noch die Frage, woher Frau Engels Exmann das Datum und die Uhrzeit aus Ihrem Artikel gekannt haben sollte.«

Ein Moment des Schweigens trat ein.

»Vielleicht war doch nur alles Zufall«, sagte Ben dann.

»Das glaube ich kaum«, erwiderte Hartmann. Er stand auf, ging zu seiner Kollegin und flüsterte ihr etwas ins Ohr. Sie nickte mehrmals. Dann kam er zurück und blieb vor dem Tisch stehen.

»War's das dann? Kann ich jetzt gehen?«, fragte Ben.

»Nein«, sagte Hartmann.

Ben sah ihn entgeistert an. »Und warum nicht?«

»Vorher werden wir mit dem Staatsanwalt reden müssen. Der wird dann entscheiden, ob ein Ermittlungsverfahren gegen Sie eingeleitet wird und Sie dem Haftrichter vorgeführt werden. Und wir werden auch noch versuchen, einen Durchsuchungsbeschluss für Ihre Wohnung zu erwirken.«

»Aber das kann doch nicht wahr sein? Sie dürfen mich doch nicht einfach solange hier festhalten!«

»Doch! Theoretisch dürfen wir Sie bis morgen um Mitternacht dabehalten, ohne dass wir dafür eine richterliche Anordnung benötigen.«

Hartmann und seine Partnerin verließen den Verhörraum. Die Worte des Mordkommissionsleiters hallten noch in Bens Kopf nach, als kurz darauf zwei uniformierte Polizisten eintraten und ihn abführten. Im Anschluss wurden seine Hände einer genauen Untersuchung auf Spuren unterzogen. Er musste seine Oberbekleidung und seine Schuhe für die kriminaltechnische Auswertung abgeben. Nachdem er sich wieder anziehen durfte, brachten sie ihn in eine kleine, kalte Einzelzelle, die sich in dem LKA Gebäude in der Keithstraße befand.

Noch heute Morgen hatte er geglaubt, sein Steilflug in Richtung Abgrund sei vorbei, als Nicole ihm mitteilte, Lisa wolle, dass er mit in den Zoo kommt. Und nun, wenige Stunden später, vermuteten die Kripobeamten beim Landeskriminalamt in ihm einen Frauenmörder. Er durfte sich nicht ausmalen, was geschehen würde, wenn Lisa und ihre Schulfreunde davon erfuhren. Der bloße Verdacht würde schon ausreichen, ihn ein für alle Mal abzustempeln. Und sobald sein Name zur Presse durchsickerte, hätte er Lisa vermutlich für immer verloren. Alles in allem lag eines klar auf der Hand: Seine Hoffnung, dass sein Leben wieder bergauf gehen würde, hatte sich als falsch erwiesen. Er raste weiterhin ungebremst und ohne Fallschirm dem Erdboden entgegen.

9

Drei Stunden später kamen die Polizisten, die Ben in die Zelle gesperrt hatten, zurück und teilten ihm mit, dass er gehen könne. Nachdem Hauptkommissar Hartmann im Vorfeld angedeutet hatte, dass die Indizien ausreichten, ihn sogar in Untersuchungshaft zu bringen, und sie ihn so oder so bis zum Ende des nächsten Tages festhalten konnten, grenzte die plötzliche Freilassung an ein Wunder.

Auf Bens Bitte hin bestellten die Polizisten ihm von der Zentrale im Eingangsbereich aus ein Taxi und gestatteten ihm noch ein Telefonat, das er nutzte, um Viktor anzurufen. Er würde heute Abend einen Freund, mit dem er reden konnte, gut gebrauchen können. Viktor hob nach dem zweiten Klingeln ab. Es stellte sich heraus, dass er für Bens schnelle Freilassung verantwortlich war. Er hatte durch die Fragen der Polizei in der Redaktion seiner Zeitung von Bens Situation erfahren. Daraufhin hatte er Nicole angerufen, die ebenfalls von einem Polizisten des LKA angerufen worden war, der ihr merkwürdige Fragen über ihren Mann gestellt habe. Dann hatte Viktor sich über seine Quellen informiert, was genau es damit auf sich hatte. In seinem für ihn typischen snobistischen Tonfall erklärte Viktor ihm in kurzen Worten, wie es zu der Freilassung gekommen war.

»Der leitende Oberstaatsanwalt und ich spielen gelegentlich eine Partie Golf zusammen. Ich unterstütze seit Jahren seine politischen Ambitionen mit Spenden, wo ich nur kann. Sagen wir es so: Er war mir schon lange einen Gefallen schuldig und daher gern bereit, sich deinen Fall anzusehen. Er konnte den ermittelnden Staatsanwalt überzeugen, deine Freilassung zu bewirken und von der Einleitung eines Ermittlungsverfahrens, der Beantragung einer Untersuchungshaft und eines Durchsuchungsbefehls für deine Wohnung abzusehen.«

Ben bedankte sich. »Können wir uns später noch treffen?«, fragte er dann.

»Nein bedaure, ich habe in wenigen Minuten ein wichtiges Geschäftsessen, das mich für den Rest des Abends in Anspruch nehmen wird.«

»Dann auf ein anderes Mal.«

»Ja, vielleicht morgen«, erwiderte Viktor.

Als Ben nach dem Telefonat vor die Tür des LKA-Gebäudes auf den breiten Bürgersteig trat, war es bereits kurz vor acht. Er atmete tief ein. Dabei kam ihm die Stadtluft im Gegensatz zu der stickigen Luft im Gebäude so frisch wie eine Meeresbrise vor.

Plötzlich kam Hartmann nach draußen marschiert und blieb unmittelbar vor ihm stehen. Mit vor Wut gerötetem Kopf zischte er Ben eine deutliche Botschaft entgegen: »Sie haben vielleicht einflussreiche Freunde, Weidner. Aber das heißt nicht, dass Sie aus der Sache raus sind.« Dann machte er kehrt und ging wieder zurück ins LKA-Gebäude.

Als das bestellte Taxi zwei Minuten später vor Ben hielt, setzte er sich auf die Rückbank und überlegte, welches Ziel er dem Fahrer nennen sollte. Er war noch immer unschlüssig, ob er sich zu seiner Wohnung oder zu Nicole fahren lassen sollte. Sicher, über seinen unangemeldeten Besuch am Samstagabend würde sie kaum erfreut sein, und auf ihren neuen Partner wollte er auch nicht unbedingt treffen. Aber er fühlte sich körperlich und geistig ausgelaugter denn je, und es graute ihm davor, in die Enge seiner Wohnung zurückkehren zu müssen. Er hoffte außerdem, seine Tochter zu sehen und kurz mit ihr reden zu können. Er wollte sich entschuldigen und wünschte sich nichts mehr, als sein kleines Mädchen fest an sich zu drücken. Außerdem hatten Nicole seine Artikel über die Hellseherei gefallen. Vielleicht hatte er ja doch noch eine Chance, sie zurückzugewinnen. Wegen des Blackouts der letzten Nacht und seiner Ungewissheit bezüglich dessen, was er in dieser Zeit gemacht hatte, überlegte er sogar, alle Bedenken über Bord zu werfen, und sich doch noch in Behandlung zu begeben und eine Therapie zu beginnen. Das war es schließlich gewesen, was Nicole immer von ihm verlangt hatte, und er würde ihr zeigen, dass er nun bereit war, die Sache anzugehen.

Der Taxifahrer trommelte bereits ungeduldig mit den Fingern auf dem Lenkrad.

»Na, wohin soll's denn jetzt mal gehen? Ich hab in einer halben Stunde Feierabend.«

Einen kurzen Moment zögerte Ben noch, dann fasste er sich ein Herz und nannte dem Fahrer die Adresse im Prenzlauer Berg. Der Fahrer nuschelte daraufhin etwas Unfreundliches in seinen ungepflegten Vollbart. Seinen Feierabend würde er nicht pünktlich machen können. Er stellte das Taxameter ein, warf einen zornigen Blick in den Rückspiegel und fuhr los.

Als Nicole damals von ihrer Schwangerschaft mit Lisa erfahren hatte, wollte sie unbedingt in diesen Stadtteil von Berlin ziehen. Zuvor hatten sie gemeinsam zweieinhalb Jahre in Bens kleiner Zweizimmerwohnung in Zehlendorf gewohnt. Da sie beide tagsüber arbeiteten und abends meist in der Stadt unterwegs waren, war die Wohnung, in der sie sich kaum aufhielten, völlig ausreichend gewesen. Dann hatte sich schnell Nachwuchs angekündigt, und sie mussten in eine größere Wohnung umziehen. Der Prenzlauer Berg war dabei Nicoles erste und einzige Wahl gewesen. Sie mochte das bunte Treiben, die vorwiegend jüngeren kinderfreundlichen Bewohner, was sich auch darin niederschlug, dass es nirgendwo sonst in Berlin so viele Kinderspielplätze und Betreuungsangebote gab wie hier. Einem wahren Glücksstreffer war es zu verdanken, dass sie kurz vor Lisas Geburt den Zuschlag für eine geräumige, frisch sanierte Altbauwohnung mit hohen Decken unweit des Kollwitzplatzes erhielten. Die Miete war zwar teuer, aber mit Bens Gehalt als Ressortleiter konnten sie sich die Wohnung leisten. Nicole war außer sich vor Freude gewesen. Die fast hundert Quadratmeter große Vierzimmerwohnung lag im Erdgeschoss. Zu ihr gehörten eine Terrasse und sogar ein kleiner Garten. Ben lächelte, als er an die glückliche Zeit zurückdachte. Damals hatte er sich vorgenommen, seiner Familie ein Fels zu sein, auf den man bauen konnte.

Nach wenigen Minuten erreichte das Taxi den Kreisverkehr um die Siegessäule, von dem es rechts abbog und der Straße des 17. Juni nach Osten in Richtung des Brandenburger Tors folgte. Die Sonne schien noch immer, obwohl es schon nach acht Uhr abends war. Der Himmel war wolkenlos. Aus dem Seitenfenster konnte Ben vereinzelte Jogger und Spaziergänger sehen, die noch im Tiergarten unterwegs waren. Erneut drängten sich ihm Zweifel auf, ob er das Richtige tat. In den letzten Monaten wäre es ihm jedenfalls nicht in den Sinn gekommen, Nicole ohne Vorankündigung zu behelligen. Und was hatte sich schon zwischen ihnen geändert, dass er annehmen konnte, es sei nun in Ordnung, dass er sie ohne Vorwarnung besuchte? Die Tatsache, dass es ihm schwer zu schaffen machte, dass er ein Mordopfer entdeckt hatte und jetzt unter Tatverdacht stand, brachte ihm seiner Familie kein Stück näher. Eher das Gegenteil war der Fall. Er fragte sich auch, welche Ausrede Nicole erfunden hatte, um Lisa zu erklären, dass er das langersehnte Treffen mit ihr im Zoo hatte platzen lassen. Gewiss hatte sie ihr nicht die Wahrheit gesagt, sie würde das ohnehin schon schwierige Verhältnis zwischen Ben und Lisa damit nur noch komplizierter machen. Kurze Zeit später fuhr das Taxi die Prenzlauer Allee hinauf. Während Ben aus dem Seitenfenster des Taxis starrte, nahm er seine Umgebung nun kaum mehr wahr. Seine Gedanken kreisten weiterhin um die gleichen Fragen, die er sich schon in den Stunden allein in der Zelle gestellt hatte. Wie bereits zuvor hatte er keine Antwort auf die Frage, was geschehen war, geschweige denn eine Ahnung, wie er aus der Sache wieder rauskam. Er fühlte sich hundeelend und müde. Ganz so, als habe er in der letzten Nacht viel zu wenig Schlaf bekommen und dazu einen nicht enden wollenden Kater.

Im Autoradio lief Gangsta-Rap mit deutschem Text. Mit dieser Art von Musik konnte Ben nichts anfangen. Der ein oder andere Rapper brüstete sich auch gern damit, selbst einmal Teil der kriminellen Szene gewesen zu sein. Dadurch sollten die Musik und der Text möglichst authentisch wirken. Dem Fahrer schien der Beat zu gefallen. Er wippte mit dem Kopf im Takt dazu. Im Unterhaltungsbereich kam jegliche Form der Gewalt gut an, aber in der Realität wollte niemand selbst damit konfrontiert werden.

Die Anzahl der vorsätzlichen Tötungsdelikte lag in Berlin jedes Jahr bei weit über hundert Fällen. Dank der sieben Mordkommissionen, die mit bis zu zehn Beamten besetzt waren, lag die Aufklärungsquote bei annähernd neunzig Prozent. Das waren Fakten, die Ben von seinem Lieblingskollegen, dem Polizeireporter Freddie Färber kannte, der diese Daten nur allzu gern gebetsmühlenartig, auch ohne Nachfrage, von sich gab. Doch den Toten half es nichts, wenn die Täter hinter Gitter wanderten, und das Leid der Angehörigen konnte dadurch auch nicht gemildert werden.

Noch vor einem Monat hatte das *Berliner Boulevardblatt* wieder eine Extraausgabe mit der Jahresstatistik zu »Mord und Totschlag in Berlin« veröffentlicht. Wie immer war die Ausgabe ein Verkaufsschlager gewesen. Aus einem unerklärlichen Grund zogen das reale Grauen und der allgegenwärtige Horror das Interesse der Menschen an. Das war wahrscheinlich auch der Grund, warum sich die abendlichen Nachrichtenmagazine im Fernsehen fast ausschließlich mit Katastrophenmeldungen befassten.

Ben hatte jahrelang selbst mit der Begründung, dass die Menschen informiert werden müssten, die Sucht nach Sensationsmeldungen durch seine Berichte aus Krisengebieten befriedigt. In Äthiopien musste er einen Menschen erschießen, um mit dem Leben davonzukommen. Und nun war er schon wieder der Protagonist eines Gewaltaktes. Wieder war er in den Augen der anderen der Täter. Was für ein Irrsinn!

In Berlin geschahen viele Verbrechen, und dennoch fühlte er sich hier wohl. Aber sollte er nun ein Teil der dunklen Seite seiner geliebten Heimatstadt sein?

Vierzehn Jahre war es her, dass er Berlin den Rücken gekehrt und zu einer Hamburger Tageszeitung gewechselt war. Damals war er davongelaufen. Eine Frau hatte sich in ihn verliebt, und auch er hatte begonnen etwas für sie zu empfinden. Doch das Ganze wäre vermutlich in einer Katastrophe geendet, hätte er nicht die Reißleine gezogen. Doch er hatte es nur zwei Jahre an der Elbe ausgehalten. Als er zurück an die Spree kam, war die Frau ihrerseits weggezogen, und sechs Monate später hatte er sich unsterblich in Nicole verliebt. Erst als das Taxi in die verkehrsberuhigte Zone des Altbaublocks fuhr, kehrten seine Gedanken in die Gegenwart zurück. Einen kurzen Augenblick später bog das Taxi mit Schrittgeschwindigkeit rechts in die Husemannstraße ein, in der Ben acht Jahre zusammen mit Nicole und Lisa gewohnt hatte.

Ben lehnte sich leicht zur Seite und blickte durch die Lücke zwischen den Vordersitzen in Richtung der breiten, etwa hundert Meter entfernten Eingangstür des vierstöckigen Mietshauses.

Im ersten Moment glaubte er, sich versehen zu haben. Er kannte den Mann, der unter dem Baum in der Mitte des breiten Gehweges stand und mit dem Handy telefonierte. Er entdeckte auch das Heck des schwarzen Porsche Panamera, der seinem Freund gehörte. »Halten Sie sofort an!«, herrschte er den Taxifahrer an, der kurz zusammenzuckte, den Wagen dennoch reaktionsschnell an den rechten Straßenrand lenkte und stoppte.

Das darf doch nicht wahr sein, fuhr es Ben durch den Kopf. Was hatte Viktor vor dem Mietshaus zu suchen? Angeblich hatte er doch ein unaufschiebbares Geschäftsessen. Ben suchte Sichtschutz hinter dem Beifahrersitz. Jede Faser in seinem Körper stand unter Anspannung. Er hoffte, dass es nicht das war, wonach es aussah.

»Wollen Sie hier aussteigen?«, fragte der Taxifahrer, den Bens seltsames Verhalten zu verunsichern schien. »Wie gesagt, in ein paar Minuten habe ich Feierabend.«

Es war ihm anzumerken, dass er seinen letzten Fahrgast an diesem Tag gern so schnell wie möglich los wäre.

»Einen Moment bitte noch«, flüsterte Ben, als ob Viktor ihn sonst hören könnte.

Die Eingangstür öffnete sich und Nicole kam, gefolgt von Lisa, heraus. Ben nahm wie in Zeitlupe wahr, was dann geschah. Nicole umarmte Viktor. Augenblicklich wurde ihm schlecht. Neben Nicole stand Lisa. Sie lachte. Viktor streichelte ihr den Kopf und sie redeten kurz miteinander. Dann stiegen sie alle zusammen in Viktors Porsche und fuhren davon. Viktor war also der Neue an Nicoles Seite. Wie sonst sollte er es deuten, dass sein Freund ihn angelogen hatte und statt bei einem Geschäftsessen zu sein, mit seiner Ehefrau und seiner Tochter zusammen war? Und jetzt war auch klar, warum Nicole ihm den Namen ihres neuen Freundes nicht verraten wollte.

10

Ein Augenrollen verriet, dass der Taxifahrer nicht begeistert zu sein schien, als Ben nicht ausstieg, sondern stattdessen zu seiner Wohnung nach Kreuzberg gefahren werden wollte. Dennoch setzte er ohne Widerworte den Blinker und fuhr los. Vermutlich ahnte er, was hier vor Ort für seinen Fahrgast nicht nach Plan gelaufen war und wollte diesem nicht noch ein weiteres Problem bereiten, indem er ihn nicht nach Hause fuhr.

Ben hätte am liebsten laut geschrien. Die anschließende Fahrt zog an ihm vorüber wie ein überbelichteter Film: unscharf und grell. Mit jedem weiteren Kilometer ebbte die anfängliche Wut auf Viktor und Nicole ab und hinterließ Traurigkeit und Enttäuschung. Aus seinen Augenwinkeln schoben sich gegen seinen Willen Tränen hervor.

Nach etwa zwanzig Minuten erreichte das Taxi die Blücherstraße. Direkt neben der Eingangstür des Mietshauses befand sich *Hansis Likörshop*. Wie jeden Abend am Wochenende stand eine Traube von Menschen vor dem Geschäft, das so winzig war, dass gerade einmal zwei Kunden, der Inhaber selbst und ein kleiner Tresen hineinpassten. Der Rest des Ladens war vollgestellt mit zwei Kühlvitrinen, in denen die unterschiedlichsten Biersorten und Softdrinks trinkfertig temperiert wurden, und es gab Regale mit Hochprozentigem. Ben überlegte kurz, ob er sich eine Flasche Wodka mit hinauf in die Wohnung nehmen sollte, ließ es dann aber bleiben.

Als er wie ferngesteuert seine Wohnung betrat, machte er sich weder die Mühe, das Licht einzuschalten noch seine Jacke auszuziehen. Er setzte sich in seinen Lesesessel und starrte mit leerem Blick die Wand an. Der gelbe Schein der Straßenlaterne vor dem Haus drang durch das gardinenlose Fenster. Das Dämmerlicht reichte aus, die Umrisse des Zimmers und der Einrichtung zu erkennen. Entfernt nahm Ben das überlagernde Geheul mehrerer Sirenen wahr. Bis auf den Fernseher des Mieters unter Bens Wohnung und die klackenden Stiefelabsätzen der Mieterin über ihm, war es ruhig in seiner Wohnung. Er befand sich in jenem seltsamen Zustand, in dem er an nichts Spezielles dachte. In seinem Kopf herrschte völlige Leere. Dann kam ihm das Bild eines sich zurückziehenden ruhigen Meeres vor dem Eintreffen eines Tsunami in den Sinn. So niedergeschlagen und hoffnungslos, wie er sich gerade fühlte, hätte er keinen Fluchtversuch unternommen. Er hätte sich an den Strand gestellt und gewartet, bis die Wellen ihn überrollten.

Plötzlich ließ der Bass elektronischer Musik die Wohnung vibrieren. Das Erste, was Vladimir von nebenan tat, wenn er aufwachte, war, laute Musik zu hören. Der Russe hatte vermutlich mal wieder den Tag über geschlafen, um für seine nächtliche Tour durch die Clubs der Stadt fit zu sein. Ben seufzte. Er fühlte sich weder im Stande aufzustehen noch an die Wand zu klopfen, um Vladimir so zu signalisieren, dass er zu Hause war und seine Ruhe haben wollte.

Nicole und Viktor! Offensichtlich hatte sein Freund seine Situation und die Trennung von Nicole ausgenutzt, um sie für sich zu gewinnen. Ben schmerzte besonders, dass Viktor Lisa so nah war. In seiner Gegenwart hatte sie vorhin glücklich gewirkt. Immer mehr Gedanken drängten aus seinem Unterbewusstsein hervor.

Was hatte es mit dem Hellseher auf sich? Warum log er? Oder wer gab sich als Arnulf Schilling aus? Der Mann, der ihm das unheilvolle Datum und die Uhrzeit genannt hatte, hatte mit ziemlicher Wahrscheinlichkeit auch etwas mit dem Mord an Tamara zu tun. Sein nächster Gedanke schnürte ihm den Hals zusammen: Es gab keinen Beweis für seine eigene Unschuld. Er war kurz vor Tamaras Tod bei ihr gewesen und hatte kein Alibi für die Tatzeit. Schlimmer noch, er hatte zu der Zeit, als Tamara ertränkt wurde, ein Blackout und konnte sich weder daran erinnern, aus ihrer Wohnung gegangen zu sein, als sie noch lebte, noch daran, wie er in sein Bett gekommen war. Zusammen mit den Flashbacks, die ihn regelmäßig zurück in das Haus katapultierten, wo er und Kevin Marshall gezwungen waren, mit dem Revolver aufeinander zu zielen, ergab das eine Mischung, bei der er, wenn er ehrlich war, sich nicht sicher war, zurechnungsfähig zu sein.

Aber war er, ohne es zu wissen, wirklich so krank, dass er eine Frau ertränkt und ihren Sohn gezwungen hatte, dabei zuzusehen? Jetzt bereute er es schwer, sich nicht in ärztliche Behandlung begeben zu haben, wie Nicole, der Arzt im Rettungswagen und auch sein Arbeitgeber es ihm damals empfohlen hatten.

Schillings Vorhersage konnte jedenfalls kein Zufall sein. Am naheliegendsten war für Ben, dass Tamaras Exmann seine Frau ermordet hatte. Sie besaß das alleinige Sorgerecht für den gemeinsamen Sohn, während das Gericht ihm lediglich ein vierzehntägiges Besuchsrecht zugestanden hatte. Aber woher sollte dieser wiederum von Schillings Vorhersage gewusst haben? Und warum sollte er seinen eigenen Sohn bei der Ermordung seiner Mutter zuschauen lassen? Nein, eine einleuchtende Erklärung, die zum Täter führte, gab es im Moment nicht.

Ben nahm sich vor, sobald wie möglich mit Arnulf Schilling zu sprechen. Während er nachdachte, wurden seine Lider immer schwerer, bis er schließlich in einen Halbschlaf verfiel. Teile des Verhörs durch Hartmann vermischten sich mit den Telefonaten mit Nicole. Viktors Anwesenheit vor Nicoles Wohnung wurde von der toten Tamara Engel in der Badewanne überlagert. Dann war er wieder in dem Haus, legte auf Kevin Marshall an, sah seinen Zeigefinger zitternd am Abzug ziehen und dann das Geschoss, das Kevin in die Stirn traf. Dieses letzte Bild ließ Ben aufschrecken. Er saß noch immer in seinem Lesesessel. Schweiß stand auf seiner Stirn. Er fasste sich an die schmerzende Narbe oberhalb seiner Schläfe, dort, wo Kevins Kugel seinen Kopf gestreift hatte. Seine Armbanduhr zeigte kurz nach halb zwölf. Er musste etwas länger als eine Stunde geschlafen haben. In der Wohnung war es jetzt ganz still. Vladimir war also schon weg. Während Ben versuchte, die durch die Traumbilder ausgelöste Panik in den Griff zu bekommen, hallte Arnulf Schillings Stimme in ihm wider:

»24. Juni. 2 Uhr 41.« Das war in wenigen Stunden. Und dann fiel ihm etwas ein, das ihn zum sofortigen Handeln zwang. Er hatte etwas übersehen, was die Polizei sicherlich schon längst berücksichtigte. Bei dem Datum und der Uhrzeit auf den Fliesen in Tamara Engels Bad könnte es sich um die Ankündigung eines weiteren Mordes handeln. Dann wäre der Zeitpunkt dafür in wenigen Stunden, um 2 Uhr 41.

Und wenn er für diese Uhrzeit kein Alibi hätte, weil er allein in seiner Wohnung gewesen war, würde Hartmann nichts unversucht lassen, ihn auch mit dieser Tat in Verbindung zu bringen. Hartmann würde ihn sicher beschatten lassen, um kein unnötiges Risiko einzugehen. Dennoch: Auch er sollte lieber auf Nummer sicher gehen und dorthin, wo sich möglichst viele Menschen aufhielten, die später bezeugen konnten, dass sie ihn zu der fraglichen Zeit gesehen hatten und er folglich nicht um etwa halb drei Uhr nachts eine Frau umgebracht haben konnte. Hastig sprang er auf. Zuerst dachte er an eine Diskothek oder Bar. Doch konnte er sich dort sicher sein, dass man sich am nächsten Tag auf jeden Fall noch an ihn erinnerte? Dann kam ihm eine andere Idee, die ihm besser gefiel. Wenn der Mörder in der Nacht tatsächlich noch einmal zuschlug, dann würde am nächsten Tag sicher feststehen, dass er es nicht gewesen sein konnte, weil er nämlich dahin zurückkehren würde, wo er heute erst herkam. Er würde die Nacht freiwillig im Gebäude des LKA 1 in der Keithstraße verbringen.

Ben trat vor seine Wohnungstür und drückte den Schalter für die Flurbeleuchtung. Augenblicklich begann die kaltweiße Energiesparlampe über seiner Tür zu flackern. Das ging schon seit Wochen so. Wegen einer solchen Lappalie machte sich aber keiner der Mieter im Haus die Mühe, die Hausverwaltung um Abhilfe zu bitten. Ben störte die defekte Lampe ebenso wenig wie die bunten Schmierereien an den Wänden des Flures, und dass seine Wohnung, genauso wie das gesamte Treppenhaus, stark renovierungsbedürftig war. Dafür war die Miete günstig, was wichtig war, da er sich auch noch an der Miete für die Wohnung im Prenzlauer Berg beteiligte. Er wollte nicht, dass Nicole und Lisa ausziehen mussten. Natürlich war damit auch die Hoffnung verbunden gewesen, irgendwann wieder dort mit den beiden zusammenzuwohnen. Eine Hoffnung, die jetzt, da Nicole mit Viktor zusammen war, ebenfalls zerstört war.

Ben wandte sich mit dem Schlüsselbund in der Hand der Tür zu, um abzuschließen. Er fand das Schlüsselloch in einer Hellphase der Lampe. Im gleichen Augenblick verkrampfte sich jede Faser seines Körpers. Sein Kopf schlug ruckartig nach hinten, als ob ihn jemand an den Haaren zerren würde. Ben registrierte, wie seine Zähne aufeinanderbissen und seine Beine unkontrolliert schlackernd aneinanderschlugen. Der Schmerz, der sich über seinen Nacken in Sekundenbruchteilen in seinem ganzen Körper verteilte, war heftig. Er riss den Mund auf, um zu schreien, aber es ging nicht. Ebenso wenig war er imstande, seinen Arm anzuheben, um mit der Hand die Stelle im Nacken zu betasten, an der die Schmerzen in ihn zu dringen schienen. Sein Atem stockte, ihm wurde schwindelig, und in ihm brodelte es vor Hitze. Blitze zuckten vor seinen Augen, und sein Körper erstarrte in kurzer regungsloser Anspannung. Sämtliche Sinneswahrnehmungen waren blockiert. Nur eines glaubte er jetzt doch durch die Schmerzwelle hindurch zu spüren: Er konnte nicht mehr atmen. Etwas, das ihn von jeglicher Sauerstoffzufuhr abschnitt, war über seinen gesamten Kopf gestülpt. Dunkelheit umhüllte ihn. Er hoffte, bei Bewusstsein zu bleiben. In einem letzten Aufbäumen versuchte er, um sich zu treten, sich an etwas festzuhalten, nach irgendetwas zu greifen.

Und doch blieb es bei einem unkontrollierbaren und kraftlosen Zittern seiner Gliedmaßen. Er hatte das Gefühl, nach vorne zu fallen, ins Leere. Wo war die Wohnungstür? Dann schlug er hart auf.

11

»Du wirst schon sehen, dass er rauskommt«, sagte Lutz Hartmann zu seiner Kollegin Sarah Winter, die neben ihm auf dem Beifahrersitz saß.

Sarah war nicht scharf darauf, sich die Nacht mit Lu, wie sie Lutz Hartmann nannte, in dem alten schwarzen 5er BMW Kombi, den man ihnen als Dienstfahrzeug zugestanden hatte, um die Ohren zu schlagen. Entsprechend schlechtgelaunt war sie. Und ob die ganze Überwachungsaktion überhaupt zu etwas führte, stand dabei auch noch in den Sternen. Aber Lu hatte es nun einmal so gewollt. Und er war der Chef.

»Ich glaube nicht, dass Weidner so blöd ist, einen Mord mit Vorankündigung zu begehen«, sagte Sarah.

»Das sagst du nur, weil du lieber mit einem Liebhaber zu Hause bei Pasta und einer Flasche Rotwein sitzen würdest.«

Sarah verzog das Gesicht zu einem gequälten Lächeln. Lu wusste genau, dass es schon seit geraumer Zeit niemanden mehr in ihrem Leben gab.

»Ja, warum sitze ich hier eigentlich mit dir altem Sack in diesem mit Essensresten übersäten, verschimmelten Wagen und vertrödle meine Zeit?«

Hartmann lachte.

»Vielleicht, weil du mich einfach unwiderstehlich findest, meine Teure?«

»Das hättest du wohl gern.«

Lutz Hartmann und Sarah Winter waren in so manchen Dingen ein ungleiches Paar, doch im Großen und Ganzen waren sie auf einer Wellenlänge, und das schloss ihren Humor nicht aus.

Äußerlich und was die Herangehensweise an ihre Fälle anging, konnten sie hingegen unterschiedlicher nicht sein. Hartmann war mit seinen zweiundfünfzig Jahren, Glatze und platter Boxernase alles andere als ansehnlich und was die Polizeiarbeit betraf noch von der alten Schule. Sarah war eine ausgesprochen hübsche junge Frau Anfang dreißig. Ihr glattes dunkelblondes Haar war schulterlang, und wenn sie nicht gerade im Einsatz war, ließ sie es sich auch nicht nehmen, Schuhe mit Absatz und hautenge Jeans zu tragen. Entgegen ihrem engelhaften Äußeren galt sie im Job als knallhart und unerschütterlich. Selbst auf das Übelste zugerichtete Leichen anzuschauen und zu untersuchen, bereitete ihr kein Unbehagen, sondern weckte nur noch mehr ihre Neugier und den Ehrgeiz, den Fall aufzuklären. So war sie aufgrund ihrer hervorragenden Leistungen und ihres Engagements eine der wenigen Frauen gewesen, deren Bewerbung für eine Zusatzausbildung zur Fallanalytikerin beim BKA angenommen worden war.

Sarah Winter war vor drei Jahren in die Abteilung 11 des LKA Berlin gekommen. Und sie hatte sich ausgerechnet Lutz Hartmann, mit dem sonst niemand das Büro teilen wollte, als Partner ausgewählt. Dabei hätte es eine Reihe jüngerer und sympathischerer Kollegen gegeben, die liebend gern mit ihr zusammengearbeitet hätten. Hartmann war, nachdem sein Vorgänger in Rente gegangen war, gerade zum neuen Leiter der vierten Mordkommission ernannt worden. Sarah erhielt nur wenige Monate später Hartmanns früheren Stellvertreterposten. Seitdem sagten ihr viele beim LKA eine berechnende Karrieregeilheit nach. Hartmann hielt von Sarahs Psychogehabe bei der Ermittlungsarbeit nicht viel. Wahrscheinlich, weil er viel zu wenig Sensibilität besaß, sich in die Gedankenwelt und Gefühle anderer Menschen hineinzuversetzen und sich nicht vorstellen konnte, dass andere dazu in der Lage waren. Er vertraute stattdessen lieber zuerst seinem Riecher, hielt Zufälle für ausgeschlossen und suchte, wenn er einen Tathergang rekonstruiert hatte, akribisch nach den passenden Beweisen. Gerade dieses unterschiedliche Vorgehen und das Außenvorlassen von privaten Problemen machten das ungleiche Paar allen Unkenrufen zum Trotz zu einem ausgesprochen effektiven und erfolgreichen Team. Ihre Aufklärungsquote war die beste der sieben Mordkommissionen in der Abteilung Verbrechen gegen das Leben beim LKA Berlin.

Hartmann hatte in seinen fünfundzwanzig Dienstjahren die meiste Zeit mit der Suche nach Schwerverbrechern verbracht. Im aktuellen Fall der ertränkten Tamara Engel sprach seiner Meinung nach einiges dafür, dass Ben Weidner als Täter in Frage kam. Immerhin war er zuletzt mit dem Opfer zusammen gewesen und hatte kein Alibi für die Tatzeit. Sarah hatte sich mit ihrer Einschätzung noch zurückgehalten.

»Und was hat es deiner Meinung nach mit der Zeitangabe in Weidners Artikel über Hellseherei auf sich, die mit den Angaben auf den Fliesen im Badezimmer der Toten genau übereinstimmt? Das ist Täterwissen«, sagte Hartmann und merkte, dass er vergeblich versuchte, seine Kollegin von seiner Meinung zu überzeugen.

Sarah Winter zuckte nur kurz mit den Schultern und nippte an dem mittlerweile kalten Kaffee, den die Kollegen, die bisher vor Ort gewesen waren und die sie abgelöst hatten, zusammen mit ein paar Donuts von der nahen Tankstelle besorgt hatten.

»Auch dafür halte ich Weidner zu intelligent. Er muss doch wissen, dass wir ihn verdächtigen, sobald sein Artikel erscheint. Und dann gibt er auch noch zu, kurz vor der Tat in Tamara Engels Wohnung gewesen zu sein. Wäre er unser Mann, hätte er das doch verschwiegen. Und vor allem wäre er am nächsten Morgen nicht in die Wohnung zurückgekehrt.«

Hartmann machte eine ablehnende Handbewegung.

»Das kann Kalkül sein. Überleg doch mal: Wenn wir DNA-Material von ihm sicherstellen oder Stofffasern seiner Kleidung, dann kann er das immer damit erklären, dass er zu Besuch bei Tamara Engel gewesen war. Er braucht sich also keine Gedanken zu machen, dass wir ihm nachweisen können, dass er aus der Tasse, die noch auf dem Couchtisch stand, getrunken hat. Doch genauso gut könnte er der Täter sein.«

Jemand kam aus dem Mietshaus, das sie beobachteten. Auch wenn schnell klar war, dass es nicht Ben Weidner war, hätte sich Hartmann vor Schreck fast seinen Kaffee übergeschüttet.

»Er spielt mit uns«, fuhr er dann fort. »Weidner wusste doch genau, dass sein Kumpel Viktor von Hohenlohe ihn irgendwie rauspauken würde, und handfeste Beweise gegen ihn haben wir nicht. Er will seine Überlegenheit demonstrieren.« Er biss herzhaft in seinen Donut mit Schokoladenglasur. »Und gefällt dir mein Psychogramm? Dafür brauche ich keine BKA-Sonderausbildung.«

»Wenn er so schlau ist, wird er uns gewiss nicht bei seinem nächsten Mord über die Schulter schauen lassen«, entgegnete Sarah und warf einen missfallenden Blick auf Hartmanns Bauch. Das T-Shirt darüber spannte mächtig und einige Krümel des süßen Backwerks ruhten darauf wie Kletterer nach einer Gipfelbesteigung.

»Was ist?«, fragte Hartmann und blickte sie mit großen vorwurfsvollen Augen an.

»Du solltest wirklich mal an eine Diät denken, Lu, sonst platzt du irgendwann noch mal aus allen Nähten.«

Hartmann grinste jetzt über beide Ohren und verschlang genüsslich auch noch den Rest des Donuts. Er war nie verheiratet gewesen und legte es auch nicht darauf an, jemanden kennenzulernen. Von daher musste er auch niemandem mit seiner Figur imponieren. Er sagte von sich selbst, dass er mit seinem Job verheiratet war. Außer Sarah traute sich niemand im Revier, so mit ihm zu reden. Sarah hingegen hatte von Anfang an nicht die geringsten Berührungsängste gegenüber dem leicht cholerischen Kriminalhauptkommissar und gab ihm stattdessen, wo es nur ging, Kontra. Gerade das schien ihm zu gefallen, vielleicht auch, weil letztlich doch er es war, der die Entscheidungen traf. Sarah vermutete, dass es ihm insgeheim gefiel, dass sie ihn Lu und nicht Hartmann oder hinter vorgehaltener Hand Psycho nannte, wie die anderen Kollegen.

»Also gut«, sagte Hartmann, spülte den Donut mit einem letzten Schluck Kaffee hinunter und blickte hinauf zu Weidners Wohnung. Sie hatten ihn beschattet, seit er in das Taxi vor dem LKA-Gebäude eingestiegen war, und beobachtet, wie er zuerst zur Wohnung seiner Frau gefahren und später durch den Haupteingang seines eigenen Hauses getreten war. Während sie noch unterwegs waren, hatten die Kollegen das Mietshaus, in dem Weidner wohnte, gecheckt. Sie hatten ihnen mitgeteilt, dass Weidners Wohnung im vierten Stock und der Straße zugewandt lag und gewartet, bis Hartmann und Sarah eingetroffen waren. Vergeblich hatten Hartmann und Sarah dann darauf gewartet, dass das Licht in Weidners Wohnung anging. Hartmann war unruhig geworden, da er angenommen hatte, Weidner sei vielleicht gar nicht in seine Wohnung gegangen, sondern über den Hinterhof getürmt. Doch das hatte sich nicht bestätigt. Hartmann war durch den neben der Eingangstür befindlichen offenstehenden Torbogen in den Hinterhof gelangt und stellte fest, dass zwar eine rückwärtige Tür vom Haus dorthin führte, der Hof aber von gut fünf Meter hohen Mauern umschlossen war. Die einzige Möglichkeit, das Haus zu verlassen, war durch den Vordereingang, den sie unter Beobachtung hielten.

Sarah tippte darauf, dass Weidner entweder in einer anderen Wohnung bei einem Freund oder Bekannten war oder er eben einfach das Licht in seiner Wohnung ausgelassen hatte. Wenn er aus dem Gebäude kam, würden sie ihn jedenfalls sehen. Sie hatten schräg gegenüber von dem sechsstöckigen Mietkomplex geparkt.

»Und du willst, wenn es sein muss, tatsächlich bis morgen früh hier ausharren?«, fragte Sarah.

»Ja, und wenn er bis dahin im Haus bleibt, kann er sich bei uns bedanken. Dann haben wir Weidner durch unsere Observierung ein erstklassiges Alibi geliefert, falls sich morgen herausstellen sollte, dass sich in der Nacht wieder ein Mord nach dem gleichen Muster ereignet hat. Ich gehe aber jede Wette ein, dass er gleich aus dem Hauseingang spaziert. Der Kerl hat nämlich 'ne Meise.«

»Na, Sie müssen es ja wissen, Herr Oberpsychologe.«

»Ja, und ich bleibe dabei. Wirst schon sehen.«

»Ich werde den Verdacht nicht los, dass du dich allzu sehr auf Weidner eingeschossen hast«, erwiderte Sarah.

Hartmann blies mit gespielter Empörung die Backen auf.

»Na hör mal. Man wird doch wohl noch seinen Favoriten haben dürfen. Außerdem kann uns niemand nachsagen, dass wir einseitig ermitteln würden. Schließlich steht unser Verdächtiger Nummer zwei ebenfalls unter Beobachtung.«

Der Tonfall, in dem er das aussprach, ließ Sarah eindeutig erkennen, dass er die Überwachung von Tamara Engels Exmann eigentlich für unnötig hielt. Dabei war sie diesbezüglich sogar einmal einer Meinung mit ihm, obwohl Sebastian Engel ein Spieler war und nach Aussage einer Freundin Tamaras seine Exfrau in der Ehe geschlagen und sie später beobachtet und bedroht hatte. Aber er hatte ein Alibi für die Tatzeit.

»Ich glaube, der Täter hat eine Botschaft. Es muss einen speziellen Grund dafür geben, dass er die Frau ertränkt und ihren Sohn gezwungen hat, dabei zuzusehen. Wenn wir die Zeichnung des Jungen richtig deuten, und der Mörder tatsächlich eine mittelalterliche Henkerskapuze trug, dann spricht viel dafür, dass er das Opfer bestrafen wollte. Zu Zeiten als Menschen noch enthauptet und gehenkt wurden, trugen die Scharfrichter solche Stoffmasken.«

»Oh, die Profilerin hat ihre Hausaufgaben gemacht. Hört sich diesmal gar nicht so übel an. Was du damit sagen willst, ist, dass unsere Durchschnittstäter«, mit seinen Fingern deutete Hartmann Gänsefüßchen an, »mit denen wir es sonst in der Regel zu tun haben, einen Mord mit einer Pistole, einem Messer oder einem Baseballschläger erledigen und sich nicht so viel Mühe geben?«

Sarah nickte. »Und schon gar nicht hinterlassen sie eine Nachricht an den Badezimmerfliesen. Wir haben es hier mit einem Täter zu tun, der sich Mühe bei seinem Werk gegeben und den Tod des Opfers genauestens geplant hat. Er hat die Frau so gefesselt, dass sie sich nicht mehr bewegen konnte. Er hat mehrere Meter Seil um ihren Körper geschlungen, sie in die Wanne gelegt und die Wanne volllaufen lassen. Dann hat er sie unter Wasser gedrückt, bis sie qualvoll ertrunken ist.«

»Ziemlich kaltblütig«, warf Hartmann ein. Er schnaubte verächtlich. »Wahrscheinlich hat das kranke Arschloch es auch noch genossen, ihr beim Ertrinken zuzusehen. Ich frage mich, warum er Tamara Engel ausgewählt hat, und warum ihr kleiner Junge dabei zusehen musste, wie seine Mutter stirbt.«

»Außerdem wären da noch das Datum und die Zeitangabe, die wahrscheinlich den Zeitpunkt des nächsten Mordes ankündigen. Und der Mörder hat dem Opfer einen Büschel Haare abgeschnitten und mitgenommen. Er ist also vermutlich auch ein Trophäensammler. All diese Details hängen irgendwie zusammen. Ich weiß nur noch nicht wie. Aber eines ist sicher: Alles weist auf den Beginn einer Serie hin.«

In etwa dreißig Metern Entfernung vor ihnen befand sich eine Kreuzung mit einer Ampelanlage. Teilweise hatte sich der Verkehr von dort bis auf die Höhe ihres Wagens zurückgestaut. Dennoch hatten sie bisher freien Blick auf den Eingang des Wohngebäudes gehabt. Jetzt jedoch kam ein Linienbus direkt neben ihrem Wagen zum Stehen und versperrte ihnen die Sicht auf den Eingang des überwachten Gebäudes. Sofort verfiel Hartmann in Hektik. Gerade als er aussteigen wollte, um sich in eine andere Position zu bringen, aus der er wieder den Eingangsbereich des Mietshauses sehen konnte, fuhr der Bus jedoch schon an. Mit hochrotem Kopf wandte sich Hartmann wieder Sarah zu.

»Du meinst, wenn wir die Botschaft knacken, die der Täter uns zu vermitteln versucht, dann haben wir ihn?«

»Vielleicht«, sagte Sarah. »Auf jeden Fall wird Sebastian Engel nicht der Mörder seiner Frau sein. Da bin ich mir ziemlich sicher. Er hat seine Exfrau geschlagen und ihr dadurch äußere Verletzungen zugefügt. Unser Täter hat sein Opfer aber äußerlich unversehrt gelassen. Und warum sollte Sebastian Engel seine Exfrau überhaupt auf diese komplizierte Art töten und seinen eigenen Sohn noch dabei zuschauen lassen? Für Weidner gilt übrigens das Gleiche: Warum sollte er sich die Mühe machen und eine Frau, die er gerade erst kennengelernt hat, in einer Badewanne ertränken? In den meisten Fällen gibt es einen klaren Grund dafür, wenn ein Mord auf eine bestimmte absonderliche Art und Weise ausgeführt wird.«

Hartmann sah auf die Uhr im Armaturenbrett des Wagens und atmete geräuschvoll aus, um seinem Unmut Luft zu machen.

»Könnte aber auch sein, dass Weidner einfach nur kein Blut sehen kann«, sagte er dann. Sarah verstand, dass ihr Partner nichts von ihrer Analyse hielt.

»Mensch, Sarah, denk doch mal nach. Es ist wahrscheinlich, wie so oft, ganz einfach. Ein psychisch traumatisierter Mann, dessen Frau sich von ihm getrennt hat, findet die Leiche einer geschiedenen Frau, in deren Badezimmer haargenau die Zeitangabe an die Wand geschmiert ist, die derselbe Mann zuvor in seinem Artikel genannt hat. Er aber will mit dem Mord nichts zu tun haben. Und der Hellseher, von dem diese Information stammen soll, liegt im Krankenhaus und weiß von nichts. Glaub mir, Weidner hat einen an der Klatsche, und damit passt er sogar auch in dein erstelltes Profil, denn wer immer den Mord begangen hat, ist definitiv psychisch gestört.«

Sarah seufzte und sah Hartmann mit einem missbilligenden Blick an. Diesmal hatte er ausnahmsweise das letzte Wort, denn aktuell lief jegliche Diskussion mit ihm ins Leere.

Einen Augenblick später trat ein Mann aus dem Eingang auf den spärlich beleuchteten Bürgersteig und ging schnellen Schrittes in Richtung des Verkehrsknotenpunktes Südstern.

»Ich glaube, das ist er«, sagte Sarah. »Statur und Größe stimmen. Und ich bin mir ziemlich sicher, dass das die gleiche Lederjacke ist, die er beim Reingehen anhatte.«

Der Mann trug unter der Jacke einen dunklen Pullover, dessen Kapuze er über den Kopf gezogen hatte, so dass sein Gesicht nicht zu erkennen war.

»Ich bleibe an ihm dran«, sagte Hartmann entschlossen und schwang sich mit einer Behändigkeit, die man ihm nicht zugetraut hätte, aus dem BMW. Dabei fluchte er leise vor sich hin. Weidner hatte offensichtlich beschlossen, zu Fuß zu gehen. Sarah wusste, dass die Verfolgung von Weidners VW Golf, den ihre Kollegen, bevor Hartmann und sie gekommen waren, mit einem Magnetpeilsender unter der Karosserie versehen hatten, Lu tausendmal lieber gewesen wäre. Als Sarah die Beifahrertür öffnete, um ihn zu begleiten, streckte Hartmann seinen Kopf durch die noch geöffnete Fahrertür.

»Du wartest besser hier. Nur für den Fall, dass wir uns geirrt haben. Behalte einfach weiter den Eingang im Auge, bis ich zurückkomme oder mich melde.«

Dann schlug Hartmann die Fahrertür zu und eilte seinem Zielobjekt so unauffällig wie möglich hinterher.

12

Der Fettsack würde ihn nicht aus den Augen lassen und hinter ihm herwatscheln. Wozu sonst hätten der Dicke und seine Kollegin den Hauseingang überwachen sollen, wenn nicht, um ihm zu folgen, sobald er herauskäme? Aber das alles passte vorzüglich zu seinem Plan. Ohne Eile schlenderte er den Bürgersteig entlang in Richtung Südstern. Dabei zog er unauffällig seine Latexhandschuhe an. Er wollte keine Fingerabdrücke hinterlassen.

Die Nacht war klar. Ein warmer föhnartiger Wind versetzte das Blätterdach der zahlreichen Bäume, an denen er vorbeikam, ins Rauschen. Er vermied es, sich umzudrehen.

Nach fünf Minuten erreichte er das Straßengeflecht um den Südstern. Er hielt sich zunächst halblinks, um dann nach rechts Richtung Lilienthalstraße abzubiegen. Rechts von ihm erhob sich die Kirche am Südstern. Er warf einen kurzen Blick auf das Gebäude und sah dabei aus den Augenwinkeln zurück auf den Weg, den er gekommen war. Er konnte den Dicken nicht mehr sehen. Hoffentlich war dem Bullen noch nicht die Puste ausgegangen. Nur wenige Meter hinter der Einmündung zur Lilienthalstraße befand sich die St.-Johannes-Basilika, deren majestätischer Glockenturm von zwei niedrigeren Türmen flankiert wurde. Das große goldene Zifferblatt der Kirchturmuhr zeigte 12 Uhr 25. Er hatte noch genug Zeit.

Während die Kirche am Südstern, an der er soeben vorbeigegangen war, in evangelischer Hand war, gehörte die St.-Johannes-Basilika zur katholischen Glaubensgemeinschaft in Berlin. Als er sicher war, den Dicken auf dem Bürgersteig herannahen zu sehen, öffnete er das schmiedeeiserne Tor und ging über den Vorplatz auf das Eingangsportal zu.

Zufrieden mit sich gab er dem Polizisten noch einen Moment, um aufzuholen. Währenddessen betrachtete er fasziniert die Schmuckfläche über dem Eingang. Das Tympanon zeigte Johannes den Täufer, den Namenspatron der Basilika.

Er schloss die Augen, atmete tief ein, hielt die Luft an und versuchte dem inneren Frieden nachzuspüren, den Kirchen und die Ruhestätten der Verstorbenen seit jeher für ihn verströmten. Und gerade hier, in der St.-Johannes-Basilika, glaubte er die Nähe des Vaters besonders zu spüren.

Mein Ende ist ganz nah, und trotzdem fühle ich mich so stark, wie nie zuvor, dachte er und atmete wieder aus. Der

Lärm der nahe gelegenen Hauptstraße rückte in den Hintergrund, als die Stimme in seinem Kopf ihn lobte. *Ich hätte mir keinen besseren dafür aussuchen können*, flüsterte sie ihm zu.

»Ich weiß«, wisperte er.

Natürlich war das Gotteshaus um diese Uhrzeit verschlossen. Deshalb hatte er schon vor Wochen einen Abdruck von den Schlüsseln, die er noch benötigen würde, gemacht. Jetzt holte er den Bund mit den beiden Schlüsseln hervor, sperrte auf und betrat den Vorraum der Basilika. Ein paar Wandleuchten und das schwache durch die Buntglasfenster eindringende Licht der Straßenlaternen tauchten das vor ihm liegende Rundgewölbe in ein mystisches Dämmerlicht. Er war schon oft allein in dieser und anderen Kirchen gewesen. Doch diesmal war es etwas ganz Besonderes. Ein Gefühl der Erhabenheit durchströmte seinen Körper.

Anfangs, als der Vater durch die Stimme zu ihm gesprochen hatte, war er irritiert gewesen. Erst nach und nach war ihm klar geworden, dass er der Auserwählte war und sein ganzes Leben, alles was ihm zugestoßen war, notwendigerweise geschehen musste, um ihn auf seine Mission vorzubereiten. Er war das perfekte Werkzeug für diese wichtige Aufgabe. Er war wie eine jener Pflanzen, die nur ein einziges Mal in ihrem Leben blühen und danach sterben. Und so wie diese Pflanze wusste er, dass er seinen Lebenszweck erfüllt haben würde, wenn der Tod ihn ereilte.

Nachdem er sich bekreuzigt hatte, ging er ehrfurchtsvoll durch den Mittelgang an den flankierenden Säulen und Schiffen vorbei, bis er am Altar in der Apsis, dem halbkreisförmigen Raumteil der Kirche, angekommen war. Kurz schaute er nach oben auf das prächtige Zierdach des hohen Kuppelgewölbes.

Er legte die mitgebrachte altehrwürdige Bibel auf den Altar. Dann blätterte er zu der zuvor ausgewählten Stelle, die er mit einem grellen Leuchtstift markiert hatte. Als er fertig war, fiel sein Blick auf das große massive Kreuz hinter dem Altar, an dem die hölzerne Figur Jesus Christi hing. Er betrachtete die blutenden Wunden Jesu. Er selbst würde bei seinem Tod keine äußeren Verletzungen davontragen. Gleichwohl würde er unerträgliche Schmerzen erleiden müssen, um am Ende wie Jesus zu seinem Vater sagen zu können: »Es ist vollbracht.« Ein glückseliges Lächeln umspielte seine Lippen.

Auf der rechten Seite hinter dem Podest mit dem Altar befand sich ein roter Vorhang. Dahinter führte ein schmaler Gang zur Sakristei. Am Ende des Ganges folgte er der schmalen Treppe hinunter in die mit einer schwachen Dauerbeleuchtung versehenen unteren Gewölbe der Basilika. Ein grob gepflasterter schmaler Gang führte zu einer schweren Metalltür. Er zog den zweiten, für diesen hinteren Kellerausgang nachgemachten Schlüssel hervor, schloss auf und eilte die Stufen nach oben. Nur etwa zehn Meter entfernt zog sich auf der rechten Seite eine Grenzmauer bis fast vor zur Straße. Im Sichtschutz einer Buchsbaumhecke huschte er hinüber, öffnete ein dort befindliches Holztor und betrat einen von Bäumen und Sträuchern bewachsenen Grünstreifen. Er hätte einfach verschwinden können, aber er musste wissen, ob sein Plan aufgegangen war. Deshalb lief er entlang der Mauer zurück Richtung Straße. An einer Stelle, von der aus er den gesamten Platz vor dem Eingangsportal, das er vor wenigen Minuten durchschritten hatte, überblicken konnte, lugte er im Schatten einer alten Eiche vorsichtig über die Mauer.

Er konnte nicht umhin und musste schmunzeln. Der Kriminalbeamte stand seitlich neben dem Vorplatz der Kirche und telefonierte. Er wirkte verwirrt. Natürlich hatte er nicht gewusst, was er tun sollte, als sein Zielobjekt die Kirche betrat. *Wie entscheidest du dich, Bulle: Reingehen oder draußen bleiben?*

Während der Dicke den vorderen und den seitlichen Kircheneingang von seiner Position aus im Auge behalten konnte, wusste er sicher nichts von einem hinter der Kirche gelegenen Kellerausgang. Schließlich beendete er sein Telefonat und rannte die Treppen zum Hauptportal hinauf.

Er fragte sich, ob sie den Hinweis, den er ihnen hinterlassen hatte, direkt richtig deuten können würden. Sie sollten dadurch zumindest die Chance bekommen, zu erkennen, warum das alles geschah: Es ging nicht nur darum, Einzelne zu töten, sondern es ging vor allem um die Botschaft, die dahintersteckte.

Er hatte von seinem Meister gelernt und war gerade im Begriff, ihn zu übertrumpfen. Während dieser seine guten Taten im Stillen vollbrachte, wollte er, dass sein Werk gesehen und gewürdigt wurde. Aber er hatte auch beigebracht bekommen, dass es eines eindeutigen Auftrags des Vaters bedurfte, um anderen Menschen das Leben nehmen zu dürfen. Es handelte sich zwar um eine Todsünde, die die Frauen begingen, doch er musste sich absolut sicher sein, dass es der Wille des Herrn war, dass sie sterben mussten, weshalb er auf Zeichen vertraute. Nur wenn er auf dem rechten Pfad wandelte, wenn er als Hand Gottes auf Erden waltete, nur dann würde der Vater ihn schützen und nicht zulassen, dass sie ihn unschädlich machten, bevor er sein Werk vollendet hatte.

Zufrieden atmete er durch und trat hinter den Bäumen und Sträuchern hervor auf die Lilienthalstraße. Er folgte deren Verlauf, um dann in die Züllichauer Straße abzubiegen. Von dort gelangte er über die Jüteborger Straße und die Fedicinistraße zur U-Bahn-Station am Mehringdamm. Wenige Minuten später bestieg er die U7 Richtung Westen.

13

Sarah erhielt Hartmanns Anruf eine Viertelstunde, nachdem er die Verfolgung Ben Weidners aufgenommen hatte. Er erklärte ihr, dass das Zielobjekt in die St.-Johannes-Basilika gegangen sei und er jetzt, nachdem er ein paar Minuten gewartet habe, ebenfalls in die Kirche gehen würde. Fünf Minuten später informierte er sie wutentbrannt, dass Weidner nicht mehr in der Kirche und wahrscheinlich durch den Kellerausgang auf der Rückseite verschwunden sei.

»Vielleicht haben wir uns auch getäuscht und den Falschen verfolgt, und Weidner ist noch immer in seiner Wohnung«, sagte Sarah. »Ich überprüfe das noch, bevor ich zu dir komme.«

»Einverstanden, aber mach schnell«, erwiderte Hartmann und legte auf.

Sarah stieg aus dem Wagen und rannte über die Straße zum Eingang des Mietshauses. Schnell überflog sie die Tafel mit den unzähligen Klingelknöpfen und den danebenstehenden Namen, bis sie Weidners Klingel fand. Sie drückte sie mehrmals. Wie anzunehmen, meldete sich niemand. Dennoch drückte sie ein zweites und ein drittes Mal auf den Klingelknopf. Nichts regte sich. Sie erschrak, als sich plötzlich die Eingangstür des Mietshauses öffnete. Vor ihr stand ein gedrungener Mann um die dreißig. Er hatte einen kleinen Mischlingshund an der Leine. Er hielt kurz inne, betrachtete sie misstrauisch. Sarah nutzte die Gelegenheit und huschte an ihm vorbei in den Hausflur.

»Hey, wo wollen Sie denn hin?«, rief der Mann ihr nach.

Sarah zog ihren Ausweis aus der Tasche ihrer Jeansjacke und hielt ihn ihm vor die Nase. »Kripo Berlin. Und jetzt lassen Sie mich meine Arbeit machen!«

Der Mann hob erstaunt die Augenbrauen, ging dann aber ohne ein weiteres Wort mit seinem Hund zur Tür hinaus. Als Sarah die Tür ins Schloss fallen hörte, war sie schon auf dem Treppenabsatz der ersten Etage angelangt. Kurz darauf hatte sie den vierten Stock erreicht und bog in den rechten Hausflur ein. An der Tür mit dem Namensschild Weidner blieb sie stehen und drückte auf die Klingel. Als niemand öffnete, klopfte sie gegen das Türblatt.

»Herr Weidner, hier ist Sarah Winter vom LKA. Wenn Sie da sind, dann öffnen Sie bitte die Tür. Ich will nur mit Ihnen reden.« Sarah hatte sich bemüht, nicht zu laut zu sein. Schließlich brauchten die Nachbarn nichts mitzubekommen. Dennoch war sie sich sicher, dass Weidner es gehört haben musste, falls er zu Hause war. Sie wartete noch eine Minute, doch hinter der Wohnungstür blieb es still. Es war also tatsächlich Ben Weidner gewesen, den Hartmann verfolgt hatte. Gedankenverloren verließ Sarah das Haus, setzte sich in den BMW und fuhr zu ihrem Kollegen in die Lilienthalstraße. Vorhin war jemand, der aussah wie Ben Weidner, aus dem Haus gekommen. Jetzt war Weidner nicht in seiner Wohnung. Es war also ziemlich eindeutig, dass der Mann, den Hartmann verfolgt hatte, Weidner gewesen sein musste. Sarah dachte nach. Die meisten Psychopathen verstanden es hervorragend, im Alltag unauffällig zu bleiben, und meistens sogar besonders harmlos zu wirken. Nach der Festnahme sagten Nachbarn und Bekannte fast immer: »Das hätten wir dem überhaupt nicht zugetraut.« Verhielt es sich mit Ben Weidner ebenso? Eine Belastungssituation, wie Weidner sie während seiner Entführung aushalten musste, und die Trennung von Frau und Kind konnten extreme psychische Veränderungen bewirken.

Nach ihrer Ankunft an der Kirche suchte Sarah gemeinsam mit Lu diese, einschließlich der Nebenräume, nochmals ab.

Ohne Erfolg. Geschlagen setzten sie sich auf eine Gebetsbank vor dem Altar. Hartmann schnaubte wütend.

»Er muss einen Schlüssel für das Eingangsportal und die Kellertür haben. Ich frage mich, wie er da rangekommen ist.«

»Ich schätze, wir müssen ohnehin den Pfarrer der Kirche aus dem Bett holen. Schließlich muss ja jemand das Eingangsportal wieder absperren. Dann fragen wir ihn gleich«, sagte Sarah.

Sie holte ihr Handy hervor, rief André Slibow, einen Oberkommissar aus dem Ermittlerteam, der im Kommissariat an dem Fall arbeitete, an und bat ihn, den Pfarrer der St.-Johannes-Basilika ausfindig zu machen und herzubitten.

»Weidner muss gewusst haben, dass wir ihn beschatten«, sagte Sarah, als sie aufgelegt hatte.

»Klar hat er es gewusst. Und ich hab mich von dem Mistkerl abhängen lassen. So eine Scheiße. Wenn er wieder eine Frau tötet, ist das meine Schuld.« Hartmann fuhr sich mit der Hand über die Glatze und ballte danach die Faust.

»Weidner hätte nicht aus der Haft entlassen werden dürfen«, sagte Sarah.

»Ach was.« Hartmann schüttelte missmutig den Kopf und schnaufte. »So hatten wir zumindest die Möglichkeit, ihm nachzuspüren und ihn vielleicht bei der nächsten Tat zu erwischen und zu überführen.«

»Aber was hättest du denn anderes tun sollen?«

Hartmann sah sie verbittert an. »Ich hätte Weidner sofort verfolgen und reingehen müssen. Selbst wenn die Observierung dann geplatzt wäre, hätte ich dadurch womöglich einen weiteren Mord verhindern können.«

Sarah konnte nicht leugnen, dass Hartmann in gewisser Weise recht hatte. Und obwohl ihr nun ernsthafte Zweifel hinsichtlich ihrer ersten Einschätzung, was Weidner betraf, kamen, versuchte sie ihren Kollegen zu beruhigen. »Das ist doch noch gar nicht sicher.« Sie fragte sich, ob es wirklich möglich war, dass es sich bei Weidner doch um einen eiskalten Mörder handelte.

Eine halbe Stunde später traf der Pfarrer ein. Er war groß, um die sechzig Jahre alt, hatte einen Bürstenhaarschnitt und trug eine randlose Brille. »Um Himmels willen, was ist denn hier passiert?«, fragte er und redete, ohne eine Antwort abzuwarten, weiter. Dabei überschlug sich seine Stimme förmlich vor Aufregung. »Entschuldigen Sie, dass ich nicht schneller hier sein konnte. Aber bis ich angezogen war, und dann noch die Fahrt hierher … Das Pfarrhaus, das ich bewohne, liegt neben einer anderen Kirche, die ich ebenfalls betreue, und die ist ein paar Kilometer weit weg.« Er sah sich ängstlich um, während er Hartmann und Sarah die Hand gab und sich ihnen als Matthias Weyland vorstellte.

»Wir glauben nicht, dass etwas abhandengekommen ist oder zerstört wurde«, sagte Sarah. »Wir haben einen Verdächtigen verfolgt. Derjenige hatte wohl einen Schlüssel für den Kircheneingang und die Kellertür. Also vorne rein, hinten raus. So ist er uns entwischt.«

Der Pfarrer nickte konzentriert. Sarah stellte in seinem Gesicht einen Ausdruck der Erleichterung fest. Er war wohl froh, dass seine Kirche nicht zu Schaden gekommen war.

»Gibt es außer dem Eingangsportal, dem rechten Nebeneingang und der Kellertür auf der Rückseite noch weitere Möglichkeiten, das Gebäude zu verlassen?«, fragte Hartmann.

»Nein«, antwortete Weyland.

»Und wer hat alles Schlüssel zu den Türen?«, fragte Sarah.

»Ich, die beiden Reinigungskräfte, der Organist und der Leiter des Kirchenchors.«

»Sagt Ihnen der Name Ben Weidner etwas?« Hartmann wirkte hoffnungsvoll.

Weyland fasste sich ans Kinn und dachte nach. »Nein, kann sein, dass ich den Namen schon mal gehört habe, aber er ist sicher kein Mitglied dieser Pfarrgemeinde.«

Morgen würden sie als Erstes die Schlüsselbesitzer befragen. Irgendwie musste Weidner an die Nachschlüssel gekommen sein, dachte Sarah. Und wenn sie eine Verbindung von einer dieser Personen zu Weidner herstellen konnten, dann war das ein wichtiges Indiz. Neben ihr seufzte Hartmann.

»Okay. Ich schlage vor, wir suchen noch mal gemeinsam alles ab. Sie kennen sich hier ja am besten aus. Mehr können wir im Moment wohl nicht tun.«

Außer zu hoffen, dass er nicht wieder zuschlägt, dachte Sarah.

Am Schluss der erneut ergebnislosen Suche ging der Pfarrer zum Altar hinauf. »Das ist ja seltsam«, sagte er, und seine laute Stimme hallte an den Kirchenwänden wider.

Der Pfarrer starrte auf etwas, das auf dem Altar lag. Als Sarah und Hartmann neben ihn traten, sahen sie, was den Pfarrer so verstörte.

»Die muss jemand Fremdes hier hingelegt haben«, sagte er nur.

Auf dem Altar lag eine aufgeschlagene Bibel. Als Sarah den mit einem Textmarker hervorgehobenen Text las, lief ihr ein kalter Schauder über den Nacken.

14

Katrin Thornau seufzte missmutig und drehte sich im Bett auf die andere Seite. Sie schaute auf den Wecker, dessen Zeiger auf 1 Uhr 40 standen. Sie war hellwach. Ihr Herz klopfte stark. Angst machte sich in ihr breit, denn sie glaubte, seltsame Geräusche gehört zu haben. Die Dunkelheit im Schlafzimmer wirkte auf einmal bedrohlich. Sie machte ihr Nachtlicht an und dimmte es auf die niedrigste Stufe. Vor ihrem inneren Auge erschien das Bild eines Einbrechers, der ihre Wohnungstür aufhebeln wollte. Sie redete sich ein, dass ihre Phantasie mit ihr durchging.

Katrin kannte diese Angstzustände. Angefangen hatten sie vor einem Jahr, kurz vor der Trennung von ihrem Mann. Von da an waren die unangenehmen und angsteinflößenden Schlafstörungen zur Regel geworden. Besonders wenn, wie in dieser Nacht, kein Wölkchen am Himmel stand und bald Vollmond war, waren die kurzen Schlafphasen zusätzlich auch noch von heftigen Alpträumen geprägt.

Nein, bitte, das nicht jetzt auch noch!, dachte sie, als von der Wohnung über ihr Lärm durch die Decke in ihr Schlafzimmer drang. Es war Samstagnacht, und die neuen Mieter über ihr hatten es sich zur Gewohnheit werden lassen, mit ein paar Leuten bis in die Morgenstunden unter ohrenbetäubender Musik zu feiern. Katrin konnte nur von Glück reden, dass wenigstens ihr sechsjähriger Sohn Sammy über einen festen Schlaf verfügte. Immerhin eine gute Eigenschaft, die er von seinem Vater geerbt hatte. Katrin drückte sich das Kopfkissen auf die Ohren. Gewiss würde es nicht lange dauern, bis sich einer der anderen Nachbarn erbarmte und diese Idioten um Ruhe bat oder die Polizei verständigte. Minuten, die ihr wie Stunden vorkamen, vergingen. Doch die Musik wurde nicht leiser. Im Gegenteil, sie hatte sogar den Eindruck, dass sie noch lauter wurde.

Katrin spürte, dass es mit dem Einschlafen nun endgültig vorbei war. Dabei war es erst kurz vor zwei. So ein verdammter Mist. Sie überlegte, etwas zu lesen oder den Fernseher anzuschalten, hatte aber auf beides nicht die geringste Lust. Ihre Gedanken kreisten um Sammy. Hoffentlich wurde er nicht doch noch wach. Er erwartete von seiner Mutter, dass sie am Sonntag gut gelaunt war und etwas mit ihm unternahm. Sie fragte sich, wie sie das bei diesem Schlafmangel bewerkstelligen sollte.

Behäbig schälte sie sich aus dem Bett, öffnete die Balkontür in ihrem Schlafzimmer und ging nach draußen. Das ganze Viertel schien in einen Dornröschenschlaf gefallen zu sein. Nur in der Wohnung über ihr war der Teufel los. Vielleicht sollte sie doch noch einmal über das Angebot ihrer Eltern nachdenken und zu ihnen ziehen. Platz genug hatten sie schließlich in ihrer Villa in Lichterfelde. Wenigstens hätte sie dort ihre Ruhe und könnte überlegen, was sie mit ihrem Leben anstellen sollte. Ermutigt durch diesen Gedanken, ging sie wieder zurück ins Schlafzimmer und schloss die Balkontür hinter sich. Bevor sie sich wieder hinlegte, um sich für den Rest der Nacht mit Ohrstöpseln, die auch nicht in der Lage sein würden, die tiefen, von oben durchschallenden Basstöne verstummen zu lassen, hin und her zu wälzen, wollte sie noch einen kurzen Blick in Sammys Zimmer werfen. Wie jede Nacht sorgten kleine Nachtlichter in den beiden Steckdosen im Flur für ein spärliches, aber ausreichendes Licht, für den Fall, dass der Junge schlecht träumte und zu seiner Mutter ins Bett kriechen wollte.

Im gleichen Moment, als sie in den Wohnungsflur kam, stockte ihr der Atem. Angst legte sich wie ein Würgegriff um ihren Hals. Plötzlich hatte nichts mehr eine Bedeutung, außer dem seltsam flackernden Licht in Sammys Zimmer, das sie durch den Türspalt, den sie wie immer offen gelassen hatte, sehen konnte. Der Lärm aus der Etage über ihr war noch da, aber sie nahm ihn kaum noch wahr. Was geschah da gerade im Zimmer ihres Sohnes? Vor Angst war Katrin nicht mehr in der Lage klar zu denken. Als sich der erste lähmende Schock gelöst hatte, stürzte sie zur Kinderzimmertür und riss sie auf.

Im gleichen Moment ergriff entsetzliche Panik Besitz von ihr. Sie erkannte die großen schwarzen Umrisse einer Gestalt und drückte den Lichtschalter. Der Schock, der sie durchfuhr, ließ sie für einen Moment bewegungslos dastehen. Dann wurde ihr klar, dass die Musik über ihr nicht das Schlimmste war, was ihr in dieser Nacht passierte. Im Zimmer ihres Kindes stand ein fremder Mann mit einer Stirnlampe auf dem Kopf. Ohne eine Regung zu zeigen, sah der Mann sie an. Katrin entfuhr ein spitzer, langgezogener Schrei. Aber den würde niemand hören, zu laut war die Musik ihrer Nachbarn. Und selbst wenn man sie hörte, würde man sie wahrscheinlich für eines der durchgedrehten Partyhühner halten.

Als der Mann den Zeigefinger vor die Lippen legte, brach sie augenblicklich ab. Warum gehorchte sie wie ein dressierter Affe diesem stummen Befehl? *Weil du Angst um dein Leben und um das deines Kindes hast*, gab sie sich selbst die Antwort. Fieberhaft suchte Katrin nach einem Ausweg. Sollte sie sich umdrehen, auf den Balkon rennen und um Hilfe rufen? Aber was war dann mit Sammy? Der Mann stand unmittelbar vor dem Bett ihres Sohnes.

Und noch etwas kam hinzu, das das unsichtbare Band um ihre Kehle weiter zuzog. Im ersten Moment hatte sie den Mann für einen Einbrecher gehalten, der es auf Geld oder Wertgegenstände abgesehen hatte. Doch nachdem sich ihre

Augen an die plötzliche Helligkeit im Raum gewöhnt hatten, erkannte sie den Mann, der da vor ihr stand, wieder. Es war schon ein paar Wochen her. Sie hatte ihn völlig aus ihrem Gedächtnis verdrängt, und mit der Lampe auf dem Kopf hatte sie ihn nicht sofort erkannt. Aber jetzt war sie sich ganz sicher. Sie stand einem Kerl gegenüber, dessen Handeln nicht steuerbar oder vorhersehbar war. Katrin spürte, dass sie fröstelte und sich ihre Nackenhaare aufstellten.

Nur ein einziges Mal hatte sie sich vor zwei Wochen mit ihm in einem Café getroffen. Zuvor hatten sie sich über eine Onlinepartnervermittlung kennengelernt und im Chatroom rege miteinander geflirtet. In dem kleinen Café war der Kerl ihr dann jedoch sofort seltsam und unheimlich, aber auch etwas verrückt und unberechenbar vorgekommen. Sie war froh gewesen, als das Treffen nach einer halben Stunde vorbei war. Danach hatte sie nie wieder an den Mann gedacht und das Internet für die künftige Partnersuche als Option gestrichen. Es liefen einfach zu viele irre Typen herum, und das Netz war die perfekte Spielwiese für diese Psychopathen. Einer von ihnen war Ben Weidner, der Mann, der nun vor Sammys Bett stand und ihr zulächelte. Ein Verrückter. Katrin merkte erst jetzt, dass sie am ganzen Leib zitterte, hektisch atmete und gleichzeitig wie gelähmt war, unfähig sich vor- oder zurückzubewegen.

Was wollen Sie von mir? Lassen Sie meinen Sohn in Ruhe! Verschwinden Sie aus seinem Zimmer und aus meiner Wohnung oder ich rufe die Polizei! Die hilflosen Worte formten sich in Katrins Gedanken. Doch sie brachte keinen Ton heraus. Zu groß war die Furcht vor der Antwort. Was sollte sie tun? Er stand zwischen ihr und ihrem Kind. Wenn sie sich auf ihn stürzte, hätte sie keine Chance, und wenn sie das Zimmer verließ, um Hilfe zu holen, hätte sie das Gefühl, ihren Jungen im Stich zu lassen.

»Gehen Sie da weg, lassen Sie meinen Sohn in Ruhe und verschwinden Sie. Ich verspreche auch, dass ich nicht die Polizei verständige.« Katrin Thornau merkte selbst, wie unsicher und vor allem unglaubwürdig ihre Worte klangen. Natürlich würde sie umgehend die Polizei rufen, sobald sie konnte. War es möglich, dass dieser Sonderling sie im Anschluss an ihr damaliges Treffen verfolgt hatte, um herauszufinden, wo sie wohnte? Waren dieses Gefühl, unter Beobachtung zu stehen, und das unterschwellige Unbehagen, das sie in den letzten Tagen wahrgenommen hatte, etwa eine Vorahnung der kommenden Bedrohung gewesen? Was sollte sie jetzt tun? Der Eindringling stand mit dem Rücken zum Bett ihres Kindes, das trotz des grellen Lichts in seinem Zimmer und des ohrenbetäubenden Schreis seiner Mutter nicht wach wurde. Und mit diesem Gedanken wurde ihr klar, dass das nicht sein konnte. Sammy hätte aufwachen müssen! Erst jetzt wagte sie es, ihren Blick von dem Mann abzuwenden und ihren Sohn genauer in Augenschein zu nehmen. Atmete er? Was hatte er ihm angetan? Wieder schrie Katrin auf. Diesmal rannen Tränen ihre Wangen hinunter.

Dann erst bahnte sich der ätzende Geruch, der im Zimmer lag, einen Weg zu den vollkommen überlasteten Synapsen in ihrem Gehirn. Und dann entdeckte sie auch das weiße Tuch, das auf dem Bettlaken neben Sammys Kopf lag. Aus diesen Informationen formte sich ein Film vor ihrem inneren Auge, der ihr einen erneuten panischen Schub in die schon zitternden Glieder versetzte. Der Wahnsinnige hatte Sammy betäubt. Die Gedanken nach dem Was und Warum stoben durch ihren Kopf, während der Mann in seiner Position verharrte und sie weiterhin nur anlächelte. Und gerade die Tatsache, dass er weder Anstalten machte zu flüchten noch unruhig wirkte, machte Katrin noch mehr zu schaffen.

Dann fasste sie einen Entschluss. Es gab nur eine Möglichkeit. Sie nahm all ihren Mut zusammen. Vorsichtig machte Katrin einen Schritt zurück in den Flur. Ihre Beine waren dabei schwer wie Blei. Aber sie musste weg, raus aus der Wohnung, nur so würde sie Sammy helfen können. Die Spannung zwischen ihr und dem Mann, der offenbar bemerkte, was sie vorhatte, und sie nun sprungbereit beäugte wie ein Tiger seine Beute, stieg ins Unermessliche. Dann ging alles ganz schnell. Katrin schlug Sammys Zimmertür zu und war mit einem Satz an der Wohnungstür.

Verdammt, verdammt, verdammt. Der Kerl hatte die Tür abgesperrt und die Riegelkette vor die Tür gelegt. *Den Riegel, den ich nie vorlege, weil ich dachte, hier in dieser Gegend keine Angst haben zu müssen. Weil ich immer stolz darauf war, mein Leben nicht von meiner Angst bestimmen zu lassen.*

Jetzt wurde Katrin schlagartig bewusst, dass dieser an sich gute Ansatz, sie und Sammy nun teuer zu stehen kommen würde. Sie schob den Riegel aus der Halterung und riss an der Tür. Doch das Schloss hielt, und dann war es auch schon zu spät. Eine Hand schlang sich von hinten um ihr Gesicht und presste ihr einen feuchten Lappen so fest auf ihren Mund und ihre Nase, dass sie glaubte, ihr Nasenbein müsse jeden Moment nachgeben und brechen. Instinktiv stellte Katrin das Atmen ein. Nur, lange konnte sie das nicht durchhalten. Sie musste sich irgendwie befreien. Todesangst durchflutete ihren Körper und mobilisierte all ihre Kräfte. Sie merkte, dass sie die Luft nur noch wenige Sekunden würde anhalten können, bis der Atemreflex einsetzte. In dieser Zeit versuchte sie alles, um sich aus dem festen Griff Ben Weidners zu befreien. Sie stieß sich von der Wand ab und torkelte mit ihrem Angreifer durch den Flur. Er behielt sie jedoch weiter fest im Griff. Sie boxte mit den Armen nach hinten, traf ihn aber nicht richtig.

Stattdessen bekam er ihren Arm zu fassen und drückte ihn ihr in einem unnatürlichen Winkel auf den Rücken, so dass sie vor Schmerz in das Tuch schrie und im Anschluss daran tief einatmen musste. Sekunden später trübte sich ihr Blick. Die Müdigkeit kam schnell und schlagartig. Es wurde dunkel, ihre Beine wurden weich, und sie sackte in sich zusammen.

15

Es musste Weidner gewesen sein, der die Bibel auf den Altar gelegt hatte, in der eine Passage aus dem Matthäusevangelium markiert war: *Was Gott verbunden hat, darf kein Mensch trennen.*

Bis dass der Tod euch scheidet, ging es Sarah durch den Kopf. Dass die Ermordung Tamara Engels einen religiösen Hintergrund haben könnte, hatten sie bislang noch nicht in Betracht gezogen. Bisher hatten sie vermutet, dass Ben Weidner die Trennung von Frau und Kind nicht verkraften konnte und seiner Frau die Schuld dafür gab. Da Weidner seine Tochter liebte und ihr nicht die Mutter nehmen wollte, hatte er dann stellvertretend, um seiner Wut Luft zu machen, Tamara Engel büßen lassen, die er zufällig kennengelernt hatte. Eine geschiedene Frau mit einem Kind. Vielleicht war er schon länger auf der Suche nach einer passenden Frau und hatte sie schließlich in Tamara Engel, die ihm sein Freund Viktor nichtsahnend vorgestellt hatte, zufällig gefunden. Die Ausführung der Tat ließ auf längere Planung schließen. Warum Weidner aber den Jungen hätte zuschauen lassen sollen, als er dessen Mutter ertränkte, dafür hatten sie noch keinen plausiblen

Grund gefunden. Für den Täter musste das aber einen Sinn ergeben, der sich ihnen noch nicht erschloss. Der Fall nahm nun auch noch andere Züge an. Jetzt mussten sie entweder davon ausgehen, dass Weidner ein religiöser Fundamentalist war oder doch ein anderer die Tat begangen hatte. Denn der Haken war, dass Weidner auf Sarah nicht den Eindruck gemacht hatte, es mit der Kirche besonders ernst zu nehmen.

Nachdem sie sich die Zusammenhänge klargemacht hatte, kam Sarah eine Idee, und sie wandte sich wieder an den Pfarrer: »Kennen Sie jemanden aus Ihrer Kirchengemeinde, dessen Frau sich von ihm getrennt hat und der nun sehr unter der Trennung leidet?«

Weyland brauchte nicht lange zu überlegen. »Ja, da gibt es tatsächlich jemanden. Der junge Mann arbeitet hart als Schichtarbeiter in einer Schraubenfabrik. Seine Frau hat ihn schon vor über einem Jahr verlassen. Er ist sehr gläubig. Ich würde ihn sogar als erzkonservativ einstufen. Wann immer ich nach der Messe mit ihm ins Gespräch komme, jammert er über die Sünde, die seine Frau begangen habe, indem sie den heiligen Bund der Ehe eigenmächtig verlassen hat. Egal, was ich zur Beschwichtigung sage, er akzeptiert es nicht, sondern verwickelt mich in eine theologische Diskussion über die Auslegung der Bibel zum Thema Ehe.«

»Haben er und seine Frau ein Kind?«

Der Pfarrer nickte und machte ein besorgtes Gesicht. »Ja, einen Sohn. Er dürfte noch keine zehn Jahre alt sein.«

Hartmann rief sofort wieder Slibow an und beauftragte ihn, schnellstmöglich über den Namen der Frau deren Adresse herauszufinden. Als André Slibow nach wenigen Minuten zurückrief und ihnen die Wohnanschrift der Frau nannte, saß Hartmann bereits hinter dem Steuer des BMW und Sarah neben ihm.

»Dann also los«, sagte er und gab Gas. »Hoffen wir, dass der Täter uns mit der Bibelstelle nicht nur hinsichtlich seiner Motivation auf die Sprünge helfen, sondern mit der Wahl genau dieser Kirche auch auf das nächste Opfer hindeuten wollte.«

16

Als Katrin Thornau wieder zu sich kam, war ihr speiübel und schwindlig. Sie öffnete die Augen und erkannte verschwommen die Decke ihres Schlafzimmers, die sich zu drehen schien. Der Kerl hatte sie auf ihr Bett gelegt. Ihr erster bewusster Gedanke galt ihrem Sohn. Katrin lauschte angestrengt. Die Party über ihr war noch in vollem Gange. Durch die Musik konnte sie keine anderen Geräusche in der Wohnung ausmachen. Wie spät es wohl war? Viel Zeit konnte noch nicht vergangen sein. Sie wollte den Mund öffnen, um zu schreien. Da erst registrierte sie, dass er bereits weit aufgerissen war und ein Band schmerzhaft in das Fleisch ihrer Wangen schnitt. Sie stöhnte leise. In ihrem Mund befand sich ein Gegenstand, der durch das Band in Position gehalten wurde. Ein kleiner Ball aus hartem Kunststoff, wie sie an dem Plastikgeschmack auf ihrer Zunge feststellte. Sie fühlte sich unglaublich geschwächt. Dennoch war sie mit einem Mal hellwach. Der durch die zurückkehrende Angst einsetzende Adrenalinstoß verdrängte plötzlich all ihre ursprüngliche Benommenheit.

Als Nächstes rückten schlagartig Schmerzen an den Armen und Beinen in den Vordergrund. Sie versuchte sich zu bewegen und merkte erst in diesem Moment, dass ein dicker Strick von den Knöcheln bis zum Hals um sie herumgeschlungen war. So fest, dass ihr das grobe Seil empfindlich in die Haut schnitt, die Blutzirkulation abschnitt und sie sich kaum noch bewegen konnte. Sie fühlte sich wie in einer Zwangsjacke. Nur den Kopf konnte sie noch drehen und anheben. Sie hörte jetzt ihr Herz hämmern. *Ruhig, ganz ruhig*, dachte sie und versuchte dadurch, ihre innere Panik loszuwerden. Ohne Erfolg. Immer wieder sagte sie sich: *Er ist weg. Er wollte mir nur einen Schreck einjagen und mir seine Macht beweisen.*

Vielleicht hatte auch ihr Exmann Severin ihr das Schwein auf den Hals gehetzt, aus Rache und zur Bestrafung, weil sie ihn verlassen hatte. Dabei hatte sie neun seiner Affären abgewartet, bis sie bei der zehnten die Konsequenz gezogen hatte. Dann beendete die Realität plötzlich all ihre Spekulationen. Denn plötzlich stand der Kerl neben dem Bett. War er die ganze Zeit im Raum gewesen? Er gab keinen Ton von sich. Eine Weile beobachtete er sie nur. Sein Gesicht verbarg er jetzt unter einer schwarzen Henkershaube. Es war wie in einem Horrorfilm. Dann packte er sie unvermittelt an den nackten Füßen, zog sie vom Bett, so dass sie mit dem Rücken und dem Kopf auf den Boden schlug und schleifte sie durch den Flur hinter sich her in Richtung Badezimmer. Ihre verzweifelten Schreie hallten nur in ihr selbst wider, was ihr das Gefühl verlieh, sich in einem so unwirklichen Zustand zu befinden, dass es sich nur um einen Traum handeln konnte. Doch die Schmerzen des Seils, das in ihre Haut schnitt, holten sie zurück in die Realität. Er hat mich ausgezogen. Was hat er noch mit mir angestellt, während ich betäubt war? Tränen traten aus Katrins Augenwinkeln. Was geschah hier mit ihr und warum? Und wo war Sammy? Im Badezimmer hievte er zuerst ihre Beine über den Rand der Wanne. Sie wog gerade einmal vierundfünfzig Kilo. Obwohl der Kerl nicht gerade groß und auch nicht besonders muskulös war, schien er keine größeren Probleme zu haben, sie in die Wanne zu hieven. Dann hörte sie ein kaum wahrnehmbares Wimmern aus Richtung der Tür. Sie drehte den Kopf herum und fand ihre schlimmste Befürchtung bestätigt: Er hatte auch Sammy etwas angetan. Ihr Sohn kauerte gefesselt am Heizkörper. Sein Mund war mit einem breiten Klebeband verschlossen, das es ihm unmöglich machte, um Hilfe zu rufen. Sammy starrte sie angsterfüllt an. Der Scheißkerl wollte, dass ihr kleiner Sohn alles miterlebte, was er mit seiner Mutter vorhatte.

17

Der schwarze BMW schoss mit quietschenden Reifen auf die Gneisenaustraße Richtung Westen. Hartmann trat das Gaspedal durch, während Sarah das Blaulicht durch das geöffnete Beifahrerfenster auf dem Dach des Kombis befestigte. Es war zwar mitten in der Nacht, und selbst in der Stadt, die niemals schlief, waren um diese Zeit die Straßen frei. Das Blaulicht konnte aber dennoch nicht schaden, da Hartmann jetzt, wo es auf jede Minute ankam, weder die Vorfahrtsregelungen noch rote Ampeln beachtete. Sarahs nervöser Blick fiel auf das Display mit der Uhrzeit im Armaturenbrett: 2 Uhr 34. Normalerweise brauchte man für die Strecke gute zehn Minuten. Sarah schätzte, dass sie es bei dem Tempo in fünf bis sechs Minuten bis zu der Adresse der Frau schaffen würden. Der Pfarrer der Basilika hatte Sarah und Hartmann den Exmann dieser Frau als erzkatholischen Gläubigen beschrieben, der es für eine nicht wiedergutzumachende Sünde hielt, dass seine Frau den Bund der Ehe verlassen hatte. Sie mussten in Betracht ziehen, dass die markierte Bibelstelle und die Wahl der Basilika, in der die Ehe geschlossen worden war, darauf hinwiesen, dass die abtrünnige Frau dieses Mannes als Nächstes sterben sollte. Es gab mehrere Möglichkeiten. Entweder, Weidner hatte irgendwie erfahren, dass die Frau sich hatte scheiden lassen und diese deshalb ausgewählt, oder er und der Exmann der Frau arbeiteten sogar zusammen, so dass auch dieser plötzlich als Mörder von Tamara Engel in Frage kam. Aber selbst wenn sie richtiglagen, war fraglich, ob sie es in der verbleibenden Zeit schaffen würden, einen weiteren Mord zu verhindern. Jedenfalls würde es verdammt knapp werden. Aber vielleicht würden die Kollegen von der Schutzpolizei auch schneller sein. Slibow hatte den nächstgelegenen Streifenwagen angefordert.

»Wenn dieser Erzkatholik, den der Pfarrer uns genannt hat, der Mörder von Tamara Engel ist und er es jetzt auch noch auf seine Exfrau abgesehen hat, dann frage ich mich, warum?«, sagte Sarah.

»Was meinst du?«, fragte Hartmann, während er den Dienstwagen mit annähernd hundert Stundenkilometern über eine zweispurige langgestreckte Gerade lenkte.

»Warum hat er nicht sofort seine Exfrau ermordet, sondern vorher noch Tamara Engel?«

»Was weiß ich, vielleicht sieht er sich gern in der Rolle des Vollstreckers, der alle möglichen Frauen bestraft, die ihre Männer verlassen haben. Du bist doch die Psychotante, sag du es mir.«

Sarah hatte sich bereits ihre Gedanken gemacht. »Er könnte sich berufen fühlen, den Worten der Bibel mehr Gehör zu verschaffen. Nachdem er mit Tamara Engel, die ihm wahrscheinlich nicht nahe stand, seine Probe bestanden hat, wagt er sich nun an eine größere Herausforderung, nämlich an seine eigene Exfrau heran.«

»Du meinst, er hat erst mal mit Tamara Engel geübt, wobei wir noch nicht wissen, woher er sie gekannt haben kann.«

»Möglicherweise. Und übrigens habe ich mich vorhin mal über die Basilika informiert. Sie ist nach Johannes dem Täufer benannt. Er hat die Menschen mit Wasser als Zeichen des Lebens zu Christen getauft.«

»Und unser Mörder tötet die sündigen Christen mit Wasser. Der Kreis schließt sich also. Gut recherchiert, Sarah!«

Hartmanns Fahrstil war rasant, und Sarah hielt es für möglich, dass sie es allein schon deshalb nicht mehr pünktlich zu der Wohnung der Frau schafften, weil sie unterwegs einen Unfall bauen würden. Sie konnte der verkniffenen Miene und der starren Körperhaltung ihres Partners entnehmen, dass er extrem angespannt war. Hartmann überholte die wenigen anderen Fahrzeuge rechts und links. Fünfzig Meter vor ihnen schaltete jetzt die Ampel an einer großen Kreuzung auf Rot.

»Brems!«, schrie Sarah und drückte sich in ihren Sitz.

Hartmann schenkte dem keine Beachtung und fuhr mit unverminderter Geschwindigkeit weiter. Sarah bemerkte, wie Hartmanns Armmuskeln sich anspannten. Ihr selbst trat Angstschweiß auf die Stirn. Autos schoben sich nun vor ihnen von links und rechts über die Ampel.

»Bist du wahnsinnig?«, schrie Sarah. Ihre Hände krampften sich in die Sitzpolsterung. Dann war es zu spät. Selbst wenn Lu jetzt eine Vollbremsung hinlegte, würde der Wagen nicht mehr vor der Kreuzung zum Halten kommen.

»Die sehen doch am Blaulicht, dass wir kommen«, schrie Hartmann, mehr um sich selbst zu beruhigen.

Dann bretterte der BMW in die Kreuzung hinein. Reifen quietschten. Ein Wagen fuhr knapp vor der Motorhaube ihres Kombis vorbei, so dass sie um ein Haar noch dessen Stoßstange erwischt hätten. Hupen dröhnten aus allen Richtungen. Dann waren sie durch. Sarah drehte sich um. Ihre Augen waren vor Panik geweitet. Hinter ihnen standen zwei Autos quer auf der Kreuzung. Es war jetzt 2 Uhr 38. Sie brauchten höchstens noch eine Minute, dann wären sie da.

»Meinst du, wir schaffen es rechtzeitig?«, fragte Sarah.

Hartmanns starrer Blick blieb auf der Straße haften. »Keine Ahnung. Es wird jedenfalls verdammt eng.«

18

Den einzigen Trost fand Katrin Thornau darin, dass ihr Sohn lebte. Der Irre hatte ihn jedoch wie sie betäubt. Er hatte sie achtlos in die leere Badewanne fallen lassen. Dann setzte er sich auf den Wannenrand und betrachtete sie eine Weile. Durch die Sehschlitze in der Maskerade konnte sie seine Augen genau erkennen. Sein Blick war kalt und entschlossen. Er war derjenige, den sie im Internet kennengelernt hatte. Seine Augen waren ihr von allem am besten in Erinnerung geblieben. Sie hatten dieses nervöse Flackern. Katrin hatte schon damals erkannt, dass mit dem Kerl irgendwas nicht stimmte.

Jetzt raste ihr Herz wie verrückt. Sie war sich sicher, dass er sie in der Wanne ertränken wollte. Sie spannte ihre Muskeln an, aber es war unmöglich, die Fesseln zu sprengen. *Du bist mit deinem Sohn in der Gewalt eines Wahnsinnigen, und keiner kann dir helfen.* Dann drehte der Kerl den Wasserhahn auf. Katrin konnte Sammys durch das Klebeband unterdrückte Wimmern hören. Weshalb tat ihnen der Irre das nur an? Warum musste Sammy zusehen? Erneut setzte der Überlebenswille Kräfte in ihr frei. Sie stützte sich mit den freiliegenden Füßen auf dem Wannenboden ab und versuchte sich hochzuschieben. Doch mit zunehmendem Füllstand der Wanne wurde das immer schwieriger, und schließlich rutschte sie auf dem feuchten Untergrund ab und sank tiefer ins Wasser hinein. Sie hob das Kinn an. So konnte sie gerade noch den Mund über Wasser halten. Panisch zappelte sie mit ihren freiliegenden Füßen. Das Gewicht des mit Wasser vollgesogenen Seils hielt sie aber auf dem Grund der Wanne. Dann drehte der Mistkerl das Wasser wieder ab. Wollte er ihr doch nur Angst machen? Oder spielte er mit ihr? Er schaute jetzt Sammy an.

»Deine Mutter ist schuld. Sie trägt die Verantwortung dafür, dass ich hier sein muss. Irgendwann wirst du verstehen, dass es richtig war.«

Es war die Stimme eines Verrückten, kein Zweifel. Katrin hörte, wie die Musik über ihr leiser wurde. Die alte Holztreppe im Hausflur, an das das Badezimmer angrenzte, knarrte. Dann vernahm sie eine Stimme. Sie hörte die Worte sehr gedämpft, aber dennoch klar und deutlich: »Wir haben hier eine Anzeige wegen nächtlicher Ruhestörung. Ich muss Sie bitten, die Musik auszuschalten, andere Menschen wollen schlafen.«

Sie registrierte, dass Sammy mit den Fesseln am Heizkörper riss, wie er versuchte, trotz des Klebebandes auf seinem Mund zu schreien. Doch es kamen nur dumpfe Töne hervor. Den Psychopathen schien weder die Polizei noch Sammys Befreiungsversuch im Geringsten zu beeindrucken. Er musste sich seiner Sache völlig sicher sein. Jetzt erhob er sich und kramte seelenruhig in ihrem Kosmetikmäppchen herum. Er kam mit einem Kajalstift und einer kleinen Schere zurück zu ihr und kritzelte etwas an die Fliesen über der Wanne. Sie konnte jedoch nicht erkennen, was er schrieb. Dann schnitt er eine Strähne von ihrem Haar ab. Dabei beugte er sich tief zu ihr herunter. Sie stellte sich vor, wie sie hochschnellte und ihn in die Halsschlagader biss, so dass sein verrücktes Blut spritzte. Doch sie konnte sich einfach nicht bewegen und hatte außerdem einen Knebel im Mund.

Die Polizisten stapften mit ihren schweren Stiefeln wieder an ihrer Wohnungstür vorbei nach unten. Die Rettung war so nah und doch so unerreichbar fern. Jetzt nahm der Irre wieder am Wannenrand Platz und bekreuzigte sich. »Was Gott zu einem Fleisch vereint hat, das darf der Mensch nicht trennen. Ich bin hier, um die göttliche Gerechtigkeit wiederherzustellen. Ich bin Gottes Richter und Vollstrecker. Und ich bin sein Erzengel, der die Seele nach dem Tod vom Leibe trennt.« Er hatte die Worte fast gesungen.

Was redete er da? Sollte sie etwa sterben, weil sie sich von ihrem untreuen Ehemann hatte scheiden lassen? Bilder der kirchlichen Trauung tauchten vor ihrem inneren Auge auf. Severin hatte es so gewollt. Nach außen hin zeigte er sich gern als Vorzeigechrist. Er hatte sich eine traditionelle Zeremonie gewünscht, wie sie heute nicht mehr üblich war. Deshalb hatte der Pfarrer den Bund auch mit den Worten »Bis dass der Tod euch scheidet« besiegelt.

Mehr Zeit zum Nachdenken blieb ihr nicht. Mit einem Mal war sie sich sicher, dass der Kerl ihr nicht nur Angst einjagen wollte, denn er beugte sich erneut nach vorn und drehte den Wasserhahn wieder auf. Im nächsten Moment strömte auch schon Wasser in ihren durch den Knebel offen gehaltenen Mund. Sie röchelte. Ihre Augen weiteten sich noch mehr. Ihr Mörder schaute ihrem Todeskampf ohne Anteilnahme zu. Dann blickte er auf die Uhr und nickte zufrieden. Katrin meinte, ein Klopfen zu hören, als ob jemand laut gegen ihre Wohnungstür schlug. Aber vermutlich war das nur Einbildung, heraufbeschworen durch den überstarken Wunsch nach Rettung in letzter Sekunde. Im nächsten Moment hörte sie nichts mehr. Ihr Mörder drückte ihren Kopf nach unten, wodurch ihr Körper fast widerstandslos tiefer in die Wanne rutschte. Der Mann war fest entschlossen und scheute nicht davor zurück, selbst eine Todsünde zu begehen, um die Dinge aus seiner Sicht wieder ins Gleichgewicht zu bringen. Erst wenn sie tot war, war sie nach dem Regelwerk Gottes von ihrem Mann getrennt. Aber was hatte Sammy damit zu tun? Sie würde keine Chance mehr haben, das herauszufinden. Wie gern hätte sie die nächtliche Ruhestörung ihr Leben lang ertragen, wenn es doch nur weitergehen würde. Wieder stemmte sie sich mit den Füßen gegen den Wannenboden. Doch der Mann übte weiterhin Druck auf ihren Kopf aus und hielt sie so mit Leichtigkeit unter Wasser. Ihre Lunge schrie bereits nach Sauerstoff. Mit ihrem Blick, der durch die Wasseroberfläche hindurch an den Augen hinter der Henkersmütze klebte, bettelte sie um Gnade. Doch der Mann sah sie nur starr an. Ersticken war ein grässlicher Tod. Sie hatte einmal gelesen, dass das Gehirn am empfindlichsten auf Sauerstoffentzug reagierte. Während das Herz noch länger weiterschlagen konnte, war das Gehirn bereits viel früher irreversibel geschädigt. Die unendliche Panik in ihr und der Schmerz der nach Sauerstoff schreienden Lunge wurden unerträglich. *Es ist vorbei, ich sterbe,* dachte sie. Dann übernahm der Überlebensinstinkt das Kommando und entgegen aller Vernunft setzte der Atemreflex ein. Katrin sog das Wasser mit einem tiefen Zug in ihre Lunge. Das Brennen war schmerzhaft, als ob in ihrem Inneren eine Feuersbrunst toben würde. Der nachfolgende Hustenreflex trieb noch mehr Wasser in ihre Lunge. Langsam wurde es dunkel um sie herum.

Nur der Schmerz war noch unvermindert. Letzte Luftblasen, die an die Wasseroberfläche stiegen. Dann verlor sie das Bewusstsein.

19

Im Herannahen sahen Hartmann und Sarah den ebenfalls gerade ankommenden Streifenwagen anhalten und die uniformierten Kollegen aussteigen. Die Hoffnung, dass die Polizisten weit vor ihnen da sein würden und die Wohnung schon gestürmt hätten, wenn sie eintrafen, war somit vergebens gewesen. Sekunden später schlitterte der BMW über den asphaltierten Gehweg, bevor er unmittelbar vor dem Haus, in dem Ben Weidners vermeintlich nächstes Opfer wohnte, zum Stehen kam. Wie ein Bullterrier sprang Hartmann aus dem Wagen und rannte die wenigen Meter auf die Eingangstür des Wohnkomplexes zu. Mit beiden Händen drückte er alle Klingeln gleichzeitig. Dann lehnte er sich gegen die Tür und versuchte die Haustür mit seinem Gewicht aufzustemmen. Inzwischen waren Sarah und die beiden Streifenpolizisten neben ihm.

»Verdammte Scheiße, wann macht denn da endlich mal einer die Tür auf«, fluchte er. Nach ein paar weiteren Sekunden knisterte es im Lautsprecher, und ein Mann meldete sich über die Sprechanlage.

»Sofort aufmachen! Hier ist die Polizei!«

»Das kann ja jeder sagen«, entgegnete der Mann verschlafen.

»Hören Sie, wir haben keine Zeit …«

Dann summte es. Hartmann, dessen Gewicht noch immer gegen die Tür drückte, fiel nun fast zu Boden, als die Tür so unerwartet nach innen in einen schmalen Flur aufsprang. Wahrscheinlich hatte irgendeiner der Mieter, bei denen Hartmann geklingelt hatte, ohne nachzufragen einfach den Türöffner betätigt, oder jemand hatte das blinkende Blaulicht der beiden Fahrzeuge vor dem Haus gesehen und deshalb geöffnet. Ein Bewegungsmelder ließ die Flurbeleuchtung anspringen.

»Dritter Stock«, rief Sarah, die Hartmann im nächsten Moment mit den beiden Polizisten auf den Fersen, zwei Stufen auf einmal nehmend, die Treppe nach oben folgte. Als sie mit gezogenen Dienstwaffen vor der Wohnungstür der Frau ankamen, war es genau 2 Uhr 41. Aber wenn sie hier richtig waren, dann konnten sie der Frau vielleicht dennoch helfen und den Täter festnehmen.

Hartmann trommelte mit den Fäusten gegen die Tür. Sarah klingelte Sturm.

»Polizei! Öffnen Sie die Tür!«, schrie Hartmann.

Hinter der Tür blieb es still. Ein Nachbar aus der gegenüberliegenden Wohnung trat, nur mit einem Bademantel über dem Pyjama bekleidet, in den Flur.

»Was'n hier los?«, stammelte er und gähnte.

Hartmann sah ihn nur kurz irritiert an und wandte sich dann wieder, ohne ihm eine Antwort zu geben, der Tür zu.

»Gehen Sie sofort wieder in Ihre Wohnung, und schließen Sie die Tür. Sie behindern einen Polizeieinsatz«, zischte Sarah. Erschrocken kam der Mann der Aufforderung nach. Sarah war sich sicher, dass er das weitere Geschehen durch seinen Türspion beobachten würde.

Hartmann hob jetzt das Bein an und trat mit der Schuhsohle, so fest er konnte, gegen das Türblatt. Es bog sich ein wenig, das Schloss gab aber nicht nach. Einer der Streifenpolizisten stellte sich neben ihn. »Bei drei«, sagte er.

Hartmann nickte und begann zu zählen. »Eins, zwei ...«

»Hey, was machen Sie denn da?« Die Worte waren kaum mehr als ein Lallen. Die Polizisten drehten sich wie auf ein Kommando um.

Vor ihnen stand eine junge Frau Mitte zwanzig. Sie schwankte ein wenig und war offensichtlich angetrunken. Ihre schwarze Haarmähne war wild hochtoupiert und von unzähligen roten Strähnen durchzogen. Die knallrot angemalten Lippen standen in starkem Kontrast zu ihrem bleichen Gesicht, und die Augen waren mit dickem schwarzem Kajal umrandet. Ihr schlanker Körper war lediglich von einem kurzen Lederkleid mit Spaghettiträgern bedeckt. Eine schwarze löchrige Strumpfhose und Springerstiefel rundeten das Bild ab. Im Schlepptau hatte sie einen glattrasierten Mann in einem schwarzen Anzug, seinen zarten Gesichtszügen nach zu urteilen ebenfalls nicht älter als fünfundzwanzig.

»Wer sind Sie?« Hartmanns Augen funkelten wild, als er der Frau die Frage stellte.

»Verena Zimkowski, und die Wohnung, deren Tür sie gerade eintreten wollen, gehört mir.« Sie hielt einen klimpernden Schlüsselbund in die Höhe und lächelte in die fassungslosen Gesichter der Polizisten. Dann drängte sie sich an ihnen vorbei, steckte einen Schlüssel ins Schloss und öffnete die Tür.

»Wenn Sie hereinkommen wollen, bitte schön, das geht auch einfacher.« Sie machte dabei eine ausladende Armbewegung mit einer angedeuteten Verbeugung und kam dabei leicht aus dem Gleichgewicht.

Sarah, Hartmann und ihre Kollegen starrten die junge Frau fassungslos an. Torsten Zimkowski, Verena Zimkowskis Exmann, konnten sie somit als Täter ausschließen. Einziger Verdächtiger war damit weiterhin Ben Weidner.

20

»Hau ab!«

»Was?«, ächzte Ben und stieß ein leises Stöhnen aus. Seine Kopfschmerzen waren so heftig, dass er kaum klar denken konnte. Er drückte sich das Telefon an die Ohrmuschel und glaubte, im Hintergrund Motorengeräusche zu hören.

»Verschwinde sofort aus deiner Wohnung, mach schon, jede Sekunde zählt!«

Freddies Stimme am Telefon überschlug sich fast und drang wie aus einem weit entfernten Winkel zu ihm.

Freddie war die Nummer eins unter den Berliner Polizeireportern. Beim *Berliner Boulevardblatt* war er schon eine Legende. Freddie hieß in Wirklichkeit Paul Färber. Wegen einer riesigen Brandnarbe, um deren Entstehung er ein Geheimnis machte, und die fast seine gesamte linke Gesichtshälfte verunstaltete, hatte er irgendwann den Spitznamen Freddie, nach dem bis zur Unkenntlichkeit verbrannten Serienmörder Freddie Krüger aus den *Nightmare*-Filmen, bekommen. Jeden anderen hätte der Spitzname gestört, Paul schien er völlig egal zu sein. Freddie war klein, ungepflegt, und seine zotteligen Haare glänzten in der Regel vor Fettigkeit. Zudem war er äußerst mürrisch. Geduldet wurde sein Verhalten nur deshalb, weil er seine Arbeit besser als jeder andere erledigte und zu jeder Tages- und Nachtzeit einsatzbereit war. Keiner wusste, wie Freddie das schaffte, und welche Quellen er anzapfte, aber er wusste oft viel früher als die Konkurrenz von Verbrechen, und es kam nicht selten vor, dass er sogar vor der Polizei an öffentlichen Tatorten auftauchte und dort Fotos machte, die den später ankommenden Reportern bereits nicht mehr gestattet wurden. Freddie hatte vor einem Jahr zum wiederholten Mal seinen Führerschein wegen Alkohol am Steuer verloren und es bis jetzt nicht mehr geschafft, einen Neuen zu bekommen. Das Problem war nur, dass er in seinem Job, in dem es darum ging, möglichst schnell und am besten vor der Konkurrenz an einem Tatort zu sein, auf ein Auto angewiesen war. Da er aber für die Zeitung so wertvoll war, hatte man Freddie einen Praktikanten zugestanden, der ihm als Fahrer Tag und Nacht auf Abruf zur Verfügung stand. Auch wenn das ein anstrengender Job war, lernten die meist noch jungen Berufsanfänger das Geschäft eines Polizeireporters so doch am besten kennen und langweilig wurde es ihnen dabei auch nicht.

Auf Freundschaften legte Freddie nicht den geringsten Wert. Nur an Ben schien er aus irgendeinem Grund einen Narren gefressen zu haben.

Und jetzt fragte sich Ben, was Freddies aufgeregter Anruf zu bedeuten hatte. Er fühlte sich ebenso benommen und elend wie am Vortag. Der einzige Unterschied zu seinem Erwachen am gestrigen Morgen bestand darin, dass er aus seinem komatösen Zustand nicht erst durch das Klingeln des Telefons geweckt worden, sondern schon eine halbe Stunde früher von selbst im Flur seiner Wohnung wieder zu Bewusstsein gekommen war. Mühsam hatte er sich aufgerappelt und sich im Bad kaltes Wasser ins Gesicht geschöpft. Dann hatte er völlig zerstört vor einem Becher Kaffee gesessen, als das Telefon ihn aus einem neuerlichen Dämmerzustand riss.

»Mach, dass du wegkommst! Die Bullen sind auf dem Weg zu dir. Und wir im Übrigen auch. Dir bleiben höchstens noch zwei Minuten.«

Jetzt musste Ben den Hörer vom Ohr nehmen, so laut brüllte Freddie in das Telefon. Mit ›wir‹ konnte Freddie eigentlich nur sich und seinen Praktikanten Lukas Kerner meinen, der ihn seit ein paar Monaten auf der Jagd nach möglichst skrupellosen Verbrecherstorys begleitete. Und die Tatsache, dass sowohl die Polizei als auch ein Polizeireporter zu ihm unterwegs waren, konnte nur bedeuten, dass man ihn wegen des Mordes an Tamara Engel nun doch wieder in Gewahrsam nehmen wollte. Allein der Gedanke an die enge Gefängniszelle verursachte Ben auf der Stelle Magenkrämpfe. Von der Schlagzeile, die Freddie formulieren würde, ganz zu schweigen.

Ben hatte sich mittlerweile von der Hektik anstecken lassen und lief nun mit dem Hörer am Ohr im Zimmer auf und ab. Gleichzeitig wurde ihm wieder bewusst, dass er letzte Nacht dabei gewesen war, seine Wohnung zu verlassen. Er wollte sich freiwillig bei der Polizei einquartieren, um ein Alibi zu haben, falls der Mörder von Tamara Engel, wie angekündigt, um 2 Uhr 41 erneut zuschlagen würde. Weshalb er stattdessen vollständig bekleidet im Wohnungsflur zu sich gekommen war, dafür hatte er keine Erklärung. Aber er hatte jetzt eine Vorahnung, warum Freddie ihn warnen wollte. Es ging gar nicht mehr nur um Tamara Engel. Aber bevor er fragen konnte, kam Freddie ihm schon zuvor.

»Vor einer Stunde wurde eine weitere Frauenleiche gefunden, und für die Bullen bist du der Mörder.«

Freddie musste aus dem Polizeifunk, den er rund um die Uhr abhörte, davon erfahren haben. Ben hielt die Luft an und presste die Augenlider zusammen. Es war klar, dass die Polizei ihn als Hauptverdächtigen betrachten würde. Und wenn er kein Alibi hatte, könnte er dem Verdacht auch nichts entgegensetzen. Er stellte sich ans Fenster und schaute auf die Straße.

Sein Gehirn arbeitete fieberhaft. Was hatte er gestern Abend gemacht? Er erinnerte sich, dass er die Wohnung verlassen wollte. Aber ob er es getan hatte oder gleich auf der Stelle aus unerfindlichen Gründen zusammengebrochen war, das wusste er einfach nicht mehr. Hatte er schon wieder ein Blackout gehabt? Würde das sein Aufwachen im Flur und die noch angezogenen Schuhe und die Jacke tatsächlich erklären? Zumindest sprachen die vielen schmerzenden Stellen an seinem Körper dafür, dass er hingefallen war. Aber was sollte der Auslöser gewesen sein? Dann kam ihm ein anderer Gedanke, der ihm die Furcht in jeden einzelnen Winkel seines Körpers trieb. Genauso gut konnte er die Wohnung zunächst verlassen haben und erst nach seiner Rückkehr zusammengebrochen sein. Wenn das der Fall war, dann musste er sich fragen, was er während seiner Abwesenheit getan hatte. Die Polizei schien sich diesbezüglich ziemlich sicher zu sein. Er aber hatte erneut, wie in der Nacht zuvor, keine Erinnerungen. Und das war keine gute Ausgangsposition, um sich gegen eine Mordanklage zur Wehr zu setzen. Während die Gedanken durch seinen Kopf stoben, streifte sein Blick über den Boden des Wohnzimmers und blieb an einer Stelle hängen. Da lugte ein Gegenstand unter seinem Sessel hervor. Ben wollte nicht, dass es das war, wonach es aussah. Jetzt erst bemerkte er, dass er das Telefon noch in der Hand hielt, wenn auch sein Arm inzwischen vor Fassungslosigkeit nach unten gesunken war. Aus dem Hörer dröhnte wieder Freddies Stimme. Er sprach so laut, dass er mühelos zu verstehen war.

»Ben, bist du immer noch in deiner Wohnung? Wir sind in dreißig Sekunden bei dir, und ich schätze, die Bullen auch. Die Frau wurde ertränkt, auf die gleiche Weise wie die Frau gestern. Und so wie ich das deute, haben sie irgendeinen eindeutigen Beweis, dass du es gewesen sein musst. Sonst würden sie auch nicht gleich mit einer ganzen Armee ausrücken, um dich dingfest zu machen.«

Ben erstarrte. Zumindest in einem Punkt hatte Freddie sich geirrt: Ihm blieben keine dreißig Sekunden mehr. Die Polizei war schon da. In nächster Nähe vor dem Eingang des Mietshauses hielt ein Großraumwagen in zweiter Reihe, aus dem drei Männer in schwarzen Kampfanzügen und zwei weitere Personen in weißen Overalls stiegen. Gleich dahinter hielten ein Streifenwagen mit zwei uniformierten Polizisten und dann ein Zivilfahrzeug mit blinkendem Blaulicht auf dem Dach, in dem Ben glaubte, Hauptkommissar Hartmann und seine Kollegin Sarah Winter ausmachen zu können.

»Ben, ich glaube nicht, dass du das warst, aber jetzt sieh verdammt noch mal zu, dass du dich aus deiner Wohnung verpisst, solange du noch kannst. Du solltest ab jetzt selbst versuchen herauszufinden, wer hinter den Morden steckt. Wenn du erst mal in Untersuchungshaft steckst, geht das nicht mehr. Ich fürchte nämlich, wenn die Beweislage ausreicht, wird die Mordkommission nicht weiter nach einem anderen Täter suchen. Und sonst tut es auch keiner für dich. Und wenn du den Bullen beweisen kannst, dass sie sich irren, dann gibst du mir ein Exklusivinterview.«

Ben hörte Freddies heiseres Lachen. Dann drückte er das Gespräch weg und warf das Telefon achtlos aufs Bett. Wenn er flüchten würde, sähe es wie ein Schuldeingeständnis aus, wenn nicht, würde er vielleicht für ein Verbrechen belangt, das er nicht begangen hatte. *Zumindest erinnere ich mich nicht mehr daran, aber sie müssen einen Beweis haben, sonst wären sie nicht hier*, dachte er.

Bald würden die Polizisten vor seiner Tür stehen. Er hatte eigentlich keine Zeit mehr, sich über den Gegenstand, den er soeben unter dem Sessel entdeckt hatte, Gewissheit zu verschaffen. Dennoch stürzte er zum Sessel, kniete sich davor und griff darunter. Er zog eine Flasche *Jim Beam* hervor. Sie war bis auf den letzten Tropfen geleert. Kein Wunder, dass ihm jedwede Erinnerung an den Verlauf des Abends fehlte. Aber selbst daran, eine Flasche Whiskey gekauft und getrunken zu haben, konnte er sich nicht erinnern. Da war einfach nichts. Freddies Worte kreisten durch seinen umnebelten Verstand. *Ein eindeutiger Beweis, dass du es gewesen sein musst.* Für ihn, der so gut wie nichts vertrug, war die leere Flasche eine einleuchtende Erklärung für einen erneuten Filmriss. Die Gedankenfetzen zuckten durch Bens Kopf, während er versuchte, sich aus seiner Starre, die der Schock über die leere Flasche erzeugt hatte, zu lösen. Sollte diesmal der Alkohol für ein weiteres Blackout gesorgt haben? Dann endlich gelang es ihm umzuschalten, und plötzlich war er von abgrundtiefer Panik ergriffen.

Es ist zu spät. Sie müssen jeden Moment an der Tür sein. Er hatte wertvolle Zeit vergeudet. Wäre er doch nur sofort und ohne Umschweife geflohen. Auch wenn er nun Zweifel an sich hegte, konnte er nicht glauben, ein eiskalter Mörder zu sein.

Noch nicht!

Hartmann würde ihn diesmal nicht mehr aus seinen Fängen lassen und auch nicht das geringste Interesse daran haben, nach Beweisen für seine Unschuld zu suchen. Niemand, außer ihm selbst, würde das tun. Und in diesem Moment entschied er sich. Er musste flüchten, um die Wahrheit ans Licht zu bringen. Auch wenn ihn dieser Weg am Ende vielleicht zu sich selbst als Täter führen würde.

21

Ben riss die Tür seiner Wohnung auf und rannte in den Flur. Nur wenige Meter trennten ihn noch von der Abbiegung zum Treppenhaus, wo er vor den Blicken der Polizisten sicher wäre, wenn sie aus dem Aufzug traten und zu seiner Wohnung gingen. Es war zwar anzunehmen, dass sie sich aufgeteilt hatten und auch über die Treppe nach oben kamen, so dass er das Risiko einging, ihnen genau in die Arme zu laufen. Aber einen anderen Fluchtweg gab es für ihn nicht und zuerst einmal musste er es überhaupt unbemerkt bis dorthin schaffen. Hinter sich hörte er die sich öffnende Aufzugtür. Im gleichen Augenblick erreichte er die Schwingtür, drückte sie auf und verschwand dahinter ins Treppenhaus, wo er kurz innehielt und lauschte. Er hatte Glück, hier tat sich im Moment zumindest noch nichts. Während die Schwingtür wieder zurück in ihre Ausgangsposition glitt, hörte er aus dem Flur vor seiner Wohnungstür das Geräusch von schnellen Schritten. Es musste sich um mehrere Personen handeln. Sie sprachen kein Wort. Alles deutete darauf hin, dass sie so wenig Aufmerksamkeit wie möglich erzeugen wollten. Ben ahnte, was das bedeutete. Wenn er richtiglag, hatten sie vor, seine Wohnung zu stürmen und dabei das Überraschungsmoment auszunutzen. Mit einem leisen Schnappen fiel die Tür zum Treppenhaus ins Schloss.

Im nächsten Augenblick bestätigte sich Bens Vermutung. Ein lauter explosionsartiger Knall hallte durch den Gang und drang durch die Tür gedämpft ins Treppenhaus. Vermutlich hatten sie die Tür zu seiner Wohnung mit einer Ramme aufgebrochen. Ben wollte gerade den Fuß auf die erste Treppenstufe nach unten setzen, als er etwas hörte, das ihn erstarren ließ. Schritte. Zuerst leise, dann immer lauter. Schwere Stiefel schlurften über die Betonstufen. Sie kamen schnell näher. Schnell schlich er die Stufen hinauf in das oberste Stockwerk und kauerte sich auf den Treppenabsatz. Nach ein paar Sekunden hörte er ein Schnaufen. Jemand öffnete die Schwingtür, schritt hindurch und ließ sie wieder zufallen.

Ben schloss die Augen, versuchte seinen Atem zu kontrollieren und zählte bis zehn. Dann rannte er, ohne weiter nachzudenken, die Stufen hinunter, vorbei an seiner Wohnetage, weiter bis hinunter ins Erdgeschoss, wo er abrupt abstoppte. Bislang war ihm niemand begegnet. Von hier aus hätte er problemlos über die Hintertür in den Hof und dann weiter nach vorne auf die Straße gelangen können. Und am liebsten wäre er auch diesem Fluchtinstinkt gefolgt, doch was würde ihn auf der Straße vor dem Haus erwarten? Mit großer Wahrscheinlichkeit würde dort zumindest einer der Beamten den Hauseingang im Blick behalten. Dieses Risiko konnte er nicht eingehen. Er blickte nach rechts. Die Treppen führten noch weiter nach unten in den Keller. Er musste schnell nachdenken. Da unten gab es keinen Ausweg mehr. Dann hörte er von oben Schritte. »Schau du eine Etage drüber nach, ich gehe nach unten«, rief einer der Polizisten.

Bens Herz hämmerte in seiner Brust. Wenn er in den Keller auswich, würde er in eine Sackgasse laufen. Aber er hatte jetzt keine andere Möglichkeit mehr und konnte nur hoffen, dass sie dort nicht nach ihm suchen würden. Also lief er nach unten in das fensterlose Kellergeschoss, wo ihm bei seinem Einzug, wie allen anderen Mietern, eine kleine, durch einen Holzverschlag eingegrenzte Parzelle als Kellerabteil zugeteilt worden war.

22

Die Tür flog auf, und die beiden mit schusssicheren Westen und Helmen geschützten Polizisten des Mobilen Einsatzkommandos stürmten mit ihren Gewehren im Anschlag in die Wohnung. Der Dritte, der die Tür mit einer Ramme geöffnet hatte, legte das Teil ab und folgte ihnen nach. Sie brauchten nur Sekunden, um festzustellen, dass die Zielperson sich nicht in der Wohnung befand.

Lutz Hartmann war eigentlich klar gewesen, dass Weidner sich nicht mehr in seiner Wohnung aufhalten würde. Seit heute Morgen gab es ein zweites Mordopfer, das auf die gleiche Weise getötet worden war wie Tamara Engel. Es handelte sich um die siebenunddreißigjährige Katrin Thornau, und auch deren kleinen Sohn hatte der Mörder gezwungen zuzuschauen, wie er seine Mutter in der Badewanne ertränkte. Die Schwester der Toten hatte sie und ihren an den Badheizkörper gefesselten Sohn gefunden, nachdem Katrin Thornau nicht zu einer Verabredung erschienen war. Diesmal hatten sie in der Wohnung des Opfers einen Beweis dafür gefunden, dass Weidner der Mörder war. Damit waren Hartmanns schlimmste Befürchtungen eingetreten: Wenn er den Irren gestern Nacht nicht aus den Augen verloren hätte, hätte er diesen zweiten Mord wahrscheinlich verhindern können. Weidner hatte sich vermutlich denken können, dass sie wieder direkt zu ihm fahren würden, sobald man das zweite Opfer fand, und war nach der Tat möglicherweise gar nicht mehr in seine Wohnung zurückgekehrt. Dennoch wollte Hartmann kein Risiko eingehen und hatte ein MEK-Team angefordert.

Die Männer vom MEK kamen aus der Wohnung und verabschiedeten sich. Gleich danach betrat Hartmann, gefolgt von

Sarah Winter und zwei Kollegen von der Spurensicherung, die Wohnung Ben Weidners. Links neben der Tür war eine Garderobennische und rechts die Badezimmertür. Der Wohnraum selbst bestand aus nur einem einzigen Zimmer. An der Stirnseite befanden sich zur Straße hin zwei breite Fenster. Zwischen ihnen stand ein Sideboard, davor ein kleiner Tisch mit zwei Stühlen. Die Spurensicherung begann mit der Suche nach DNA-Material und Fingerabdrücken. Sie hofften, etwas zu finden, das Weidner mit den mittlerweile zwei ertränkten Frauen in Verbindung bringen würde, wie zum Beispiel Fasern aus den Wohnungen der Opfer. Hartmann und Sarah hielten nach offensichtlichen Hinweisen Ausschau, die ihnen Indizien oder Beweise dafür lieferten, dass Weidner der Mörder war. Hartmann überließ Sarah das Sideboard, den Tisch und die rechts gelegene Küchenzeile. Er selbst widmete sich der linken Seite der Wohnung mit dem Kleiderschrank, dem Sessel und dem in einer Nische stehenden Bett. Die beiden Kollegen von der Schutzpolizei, die inzwischen über das Treppenhaus hinaufgekommen waren, schickte er gleich wieder hinunter. Sie sollten die Flure des Mietshauses absuchen, falls Weidner doch erst kurz vor ihrem Eintreffen aus seiner Wohnung geflohen war, und sich abschließend Weidners Kellerabteil ansehen. Hier in der schätzungsweise fünfunddreißig Quadratmeter messenden Wohnung reichten vier Polizisten völlig aus. Zu sechst hätten sie sich nur im Weg gestanden. Schon beim Hereinkommen fiel Hartmann die leere Flasche *Jim Beam* auf. Aber darum sollte sich die Spurensicherung kümmern. Vermutlich würden sie Weidners Fingerabdrücke darauf finden. Während Sarah die Schubladen und Schränke des Sideboards durchwühlte, nahm Hartmann sich zuerst das Bett und den Nachttisch vor. Die Nachttischschublade war so gut wie leer. Darin war nichts, das Ben Weidner mit den Morden an Tamara Engel und Katrin

Thornau, dem Opfer von letzter Nacht, in Verbindung brachte. Er nahm die Schublade heraus, schüttete den Inhalt auf die Bettdecke und besah sich die Unterseite der Schublade. Dort wurden nicht selten geheime Schlüssel oder Papiere festgeklebt. Er fand jedoch nichts dergleichen. Überhaupt erinnerte ihn die ganze Wohnung an ein Hotelzimmer. Es gab hier außer zwei Fotos, die gerahmt auf dem Sideboard standen und Weidner mit seiner Frau und seiner Tochter zeigten, nichts Persönliches, keine Bilder an den Wänden und auch sonst keinen unnötigen Krimskrams. Spartanisch war das richtige Wort. Der Eindruck verstärkte sich noch, als Hartmann den Kleiderschrank öffnete. Auf den Bügeln der Kleiderstange hingen drei Hemden, eine dicke Daunenjacke für den Winter sowie zwei Jeanshosen. In den Fächern daneben befanden sich ordentlich gestapelte Unterhosen, Socken, T-Shirts und zwei Pullover. Als er über die Schulter sah, fing Hartmann Sarahs Blick auf. Auch sie hatte sich kurz zu ihm umgedreht. Sie durchsuchte gerade die Küche, und er sah ihr an, dass sie das Gleiche dachte wie er. Mit den wenigen Gegenständen, die sie in der Wohnung vorfanden, wären sie bald fertig. Hartmann durchwühlte die Kleider. Nichts. Dabei war er sich absolut sicher, dass Weidner der Killer der beiden Frauen war. Ganz unabhängig davon, dass ›der König‹ ihm den Auftrag gegeben hatte, Weidners Ergreifung höchste Priorität einzuräumen. König, so nannte Hartmann insgeheim den Mann im Hintergrund, der hin und wieder einen Gefallen von ihm einforderte. Er musste dem König gehorchen, weil der König ihn in der Hand hatte. Hartmann hatte keine Ahnung, warum dieser sich in den Fall einmischte und auf Weidners Festnahme so viel Wert legte. Wahrscheinlich hatte der König einfach noch eine Rechnung mit dem Irren offen. Jedenfalls sollte Hartmann nicht zimperlich mit Weidner umgehen, wenn er ihn in die Finger bekam. Und das hatte er auch nicht vor.

Er spürte wieder diesen rechtschaffenen Zorn in sich aufsteigen. Er hasste nichts mehr als Gewaltverbrecher, die ihre Opfer quälten, bevor sie sie umbrachten. Wenn er konnte, zahlte er es diesen Tieren gern mit gleicher Münze heim. Aber er musste aufpassen. Seine zügellose Wut wäre ihm schon einmal fast zum Verhängnis geworden. Hartmann seufzte. Er hatte jeden Winkel des Kleiderschranks durchsucht, hatte dessen Unterseite abgetastet, war auf einen Stuhl gestiegen und hatte sich die Oberseite angeschaut. Er hatte den Schrank vorgeschoben, die Rückwand begutachtet und nichts Brauchbares gefunden. Jetzt stand er resigniert vor dem Wäschehaufen, den er aus dem Schrank gezerrt hatte, und kratzte sich den kahlen Schädel. *Wo bist du jetzt, du irres Schwein?*, dachte er und schloss die Augen. *Warum bist du gestern durch den Hinterausgang der Kirche getürmt, wenn du nichts zu verbergen hast?* Als er die Augen wieder öffnete, fiel sein Blick unweigerlich auf den Wäscheberg zu seinen Füßen. Diesmal sah er dort etwas, das ihm zuvor nicht aufgefallen war: Die Jeans lag unter einem schwarzen Pullover und einem blauen T-Shirt begraben. Nur ein Teil der Gesäßtasche war zu sehen, und aus ihr lugte etwas heraus, das mit bloßem Augen kaum zu erkennen war. Hartmann ging in die Hocke. Es war tatsächlich das, was er angenommen hatte. Er spürte die freudige Aufregung in sich, die den Zorn in den Hintergrund drängte.

»Hast du was gefunden?«, fragte Sarah und kam auf ihn zu.

Hartmann wandte sich ihr mit einem breiten Grinsen zu. »Jetzt haben wir ihn«, sagte er.

23

Die selbstschließende Sicherheitstür, die in den Keller führte, war wie üblich nicht abgeschlossen. Als Ben sie aufzog und den schmalen Gang dahinter betrat, schlugen ihm abgestandene Luft und ein schimmeliger Geruch entgegen. Ein wenig Tageslicht drang durch die Lüftungsschächte in den Keller, die sich alle paar Meter entlang der zum Hof gelegenen Hauswand reihten. Das spärliche Licht reichte gerade aus, um die Ausmaße des riesigen Raumes schemenhaft erkennen zu können. Ben betätigte den Lichtschalter neben der Tür. Die an der Decke verteilten Neonröhren flammten der Reihe nach auf und erhellten den Keller. Der Betonboden war schwarz vor Dreck. Als sein Blick auf das Backsteinmauerwerk der Hauswand zu seiner Linken fiel, durchfuhr ihn ein Schock, der ihn erstarren und die Luft anhalten ließ. Er begann zu zittern und zu schwitzen. Er war wieder zurück in dem Haus in Äthiopien und hielt den Revolver in der Hand. Er wusste, dass es nicht real war und sich das Ganze nur vor seinem inneren Auge abspielte. Diesmal hatten der durch seine Flucht vor der Polizei ausgelöste Stress und die groben unverputzten Steine der Kellerwand den Anfall ausgelöst. Er hörte wieder das tiefe Brummen der Fliegen, die damals um seinen Kopf herumgeschwirrt waren. Instinktiv presste Ben die Lider zusammen, ging in die Hocke und hielt sich mit beiden Händen die Ohren zu. Aber es nützte nichts.

Als er die Augen wieder öffnete, hatten der Keller und die Gegenwart sich aufgelöst. Er befand sich Tausende Kilometer entfernt und zielte mit dem Revolver auf den Kopf des ihm unmittelbar gegenüberstehenden Arztes. Marshall hatte seinerseits den Revolver auf Bens Kopf gerichtet. Dann fielen fast zeitgleich die beiden ohrenbetäubenden Schüsse. Ben spürte wieder den brennenden Schmerz an seiner Schläfe, sah sich zu Boden fallen, hörte den anhaltend lauten Pfeifton in seinen Ohren und nahm seine Umgebung nur noch wie in Zeitlupe wahr. Er wollte nicht hinschauen, musste es aber doch. Kevin Marshall lag langgestreckt auf dem Boden. Unter seinem Schädel bildete sich eine Blutlache. In seiner Stirn klaffte ein Loch. Am Mauerwerk dahinter klebte eine Mischung aus Blut, Schädelknochen, Gehirnmasse.

Ein Blitz zuckte vor Bens Augen auf. Das Bild wechselte und er befand sich wieder im Keller seines Mietshauses und kauerte an der Wand auf dem Boden. Er atmete tief durch, in der Hoffnung, den Schock und die Todesangst dadurch vertreiben zu können. Es gelang ihm jedoch kaum. Doch er musste sich zur Ruhe zwingen, wollte er nicht die Aufmerksamkeit der Polizisten auf sich ziehen, die vielleicht schon auf dem Weg in den Keller waren, um nach ihm zu suchen.

Mühsam rappelte er sich auf. Die Übelkeit, die ihn seit seinem Erwachen quälte, hatte noch zugenommen. Er wusste nicht, wie viel Zeit während des Flashbacks vergangen war. Aber die dadurch ausgelöste Angst würde nun über Stunden wie ein dunkler Schatten an ihm haftenbleiben. Verschlimmernd kam hinzu, dass er sich auf der Flucht vor der Polizei, die ihn des Mordes verdächtigte, befand. Ben musste daran denken, dass Hartmann ihn für einen psychisch traumatisierten Irren hielt, dem alles zuzutrauen war, und fragte sich, ob er sich seiner selbst tatsächlich noch sicher sein konnte, bei den Kapriolen, die seine Wahrnehmung zurzeit schlug. Was er dringend brauchte, war Zeit, um sich zu erholen, und vor allem, um nachzudenken.

Die Brettertüren der Kellerabteile trugen kleine weiße Metallschilder mit blauen Nummern der zugehörigen Mietwohnung. Ben war erst ein einziges Mal hier unten gewesen, als ihm der Hausmeister seine Parzelle gezeigt hatte.

Er erinnerte sich, dass das Licht hier unten nach einer gewissen Zeit von selbst erlosch. Eine Einsparmaßnahme, wie ihm der Hausmeister erklärt hatte, da jeder Zweite, der den Keller verließ, das Licht brennen ließ. Dafür waren an den zahlreichen Mauerpfeilern, die die Decke stützten, weitere Lichtschalter angebracht, die man betätigen konnte, wenn man sich hier länger aufhielt und das Licht schon vor dem Verlassen des Kellers wieder ausging. Da es jetzt noch an war, schlussfolgerte Ben, dass er nur einen kurzen Aussetzer gehabt haben konnte.

Ben lief weiter, nahm die zweite Abbiegung, die etwa in der Mitte des Gebäudes lag, und suchte in dem daran anschließenden Gang, bis er einen Verschlag gefunden hatte, an dem die übliche Absperrkette fehlte. Er öffnete die Holztür und schlüpfte hinein. In der Parzelle befanden sich eine ausrangierte Matratze, eine alte auf dem zugehörigen Tisch stehende Nähmaschine und zwei altertümliche Reisekoffer. Zehn Sekunden später erlosch das Licht, und er stand in völliger Dunkelheit. Keine Sekunde zu früh, denn nur zwei unruhige Atemzüge voller Beklemmung später öffnete sich die Zugangstür zum Keller unter einem lauten Quietschen. Durch ein paar Schlitze im Holzverschlag konnte er erkennen, dass das Deckenlicht den Kellergang erhellte.

»Hier ist es«, sagte jemand mit einer auffallend hohen und jungen Stimme. Er klang aufgeregt. Jemand schob den Riegel einer Brettertür zur Seite.

»Komplett leer«, sagte derselbe Mann.

»Hab dir doch gesagt, dass der sich nicht in seinem Kellerabteil versteckt hat.« Die Stimme des zweiten Mannes war tief und rau und ließ auf einen älteren Mann schließen.

»Und jetzt?«

Obwohl Ben im Dunkeln hinter einer bis an die Decke reichenden Holzvertäfelung verborgen war, kam er sich durch die deutlich zu hörenden Stimmen der Beamten, die sich in weniger als fünf Metern Luftlinie von ihm entfernt befanden, wie auf einem Präsentierteller vor.

»Na, hier ist nichts, was wir durchsuchen oder mitnehmen könnten. Wir sind also fertig. Ich schlage vor, wir gehen ganz gemütlich wieder rauf und dann an die frische Luft. Da warten wir, bis die vom LKA fertig sind.«

»Was ist mit den anderen Verschlägen?«

»Was soll damit sein?«

»Sollen wir die nicht auch noch kontrollieren?«

Ein belustigtes Glucksen erklang. Ben hingegen trieb die Frage Schweißperlen auf die Stirn. Die ganze Zeit über hatte er das Gefühl, dass sie irgendwie spüren mussten, nicht alleine in diesem Keller zu sein. Ein metallisches Schnappgeräusch verriet ihm, dass der Riegel wieder vor die Holztür seines Kellerabteils geschoben worden war.

Der junge Polizist gab aber nicht auf. »Wir könnten zumindest in den Abteilen nachsehen, die nicht abgeschlossen sind.«

Ein kurzes Schweigen trat ein. Vermutlich überlegte der Ältere, und der Grünschnabel mit der piepsigen Stimme lieferte weitere Argumente. »Die halbe Stadt sucht nach ihm. Wäre doch ganz großes Kino, wenn wir ihn schnappen würden.«

Ein geräuschvolles Seufzen erklang. Während der anschließenden kurzen Stille hörte Ben das Blut in seinem Kopf rauschen. Dann vernahm er das heisere Lachen des älteren Polizisten. »Ganz großes Kino? Träum nur weiter, Junge. Als ich in deinem Alter war, hätte ich wahrscheinlich genauso gedacht. Aber benutz mal deinen Verstand. Glaubst du wirklich, der Kerl sitzt hier unten in einer unabgeschlossenen Kellerparzelle, während wir oben seine Wohnung durchsuchen?«

»Kann doch sein.«

»Nein, kann es nicht. Ich sage dir, wir würden nur unsere Zeit verschwenden. Der wusste doch, dass wir kommen und ist schon längst über alle Berge.«

Wieder trat ein kurzes Schweigen ein. Er glaubte Stiefel im Staub des Fußbodens hin und her schleifen zu hören. Ben sah förmlich vor sich, wie sich der junge Bursche am Kopf kratzte und nachdachte.

»Hast schon recht, Manfred. Wir gehen lieber wieder nach oben. In dem Muff hier unten ist es sowieso kaum auszuhalten.«

Wieder ertönte das Lachen des Älteren, begleitet von einem klatschenden Geräusch, vermutlich ein väterliches Schulterklopfen auf die Lederjacke der Polizeiuniform seines jungen Kollegen. Die Tür quietschte, dann fiel sie ins Schloss, und es war totenstill.

Jetzt erst erlaubte sich Ben, der die Luft vor Anspannung angehalten hatte, auszuatmen.

Weitere fünf Minuten stand er einfach nur da und lauschte. Nichts geschah, niemand schien sich anders besonnen zu haben, den Keller doch genauer zu untersuchen. Er griff nach der an der Holzwand lehnenden Matratze, legte sie auf den Boden und setzte sich darauf. Jeder Muskel in seinem Körper schmerzte, als ob er Gewichte gestemmt und danach an einem Marathonlauf teilgenommen hätte. Außerdem war ihm übel und sein Kopf dröhnte. Er dachte an die leere Whiskeyflasche in seiner Wohnung.

Als auch weiterhin alles ruhig blieb, legte er sich auf die Matratze und konzentrierte sich darauf, mit bewusst langsamen Atemzügen seiner inneren Unruhe Herr zu werden.

Er würde einfach hier warten, bis die Polizei wieder weg war. Und danach würde er Arnulf Schilling, dem Wahrsager, einen

Besuch im Krankenhaus abstatten. Er würde schon aus ihm herausbekommen, warum dieser die Polizei angelogen hatte und leugnete, mit Ben gesprochen und ihm das Datum und die Uhrzeit genannt zu haben, die bei der ermordeten Tamara Engel an die Badezimmerwand geschrieben standen. Die genaue Zeit, zu der nun eine weitere Frau auf die gleiche Weise wie Tamara getötet worden war. Er würde sich nicht so einfach abspeisen lassen. *Wahrsager sind Scharlatane. Niemand kann die Zukunft vorhersagen.* Und deshalb war die wahrscheinlichste Erklärung, dass Arnulf Schilling entweder selbst der Mörder war oder zumindest mit diesem unter einer Decke steckte. Und über diesem Gedanken geschah etwas völlig Unerwartetes: Er schlief unvermittelt vor völliger Erschöpfung ein.

24

»Zwei tote Frauen, innerhalb von vierundzwanzig Stunden«, brüllte Hartmann, als er in den Besprechungsraum in der dritten Etage des Landeskriminalamtes fegte. Im Vorbeigehen knallte er die vorläufige Ermittlungsakte auf den langen breiten Tisch, an dessen Kopfende Staatsanwalt Daniel Müller bereits Platz genommen hatte. Sarah Winter, die hinter Hartmann den Raum betrat, setzte sich seitlich an den Tisch neben den Staatsanwalt. Hartmann blieb theatralisch am Fenster stehen und starrte hinaus auf die Straße.

»Jetzt mal ganz ruhig, Herr Kriminalhauptkommissar«, sagte Müller und rückte sich seine blau-grau gestreifte Seidenkrawatte zurecht. »So reden Sie nicht mit mir!«

Vor einer halben Stunde war eine Teambesprechung der vierten Mordkommission zu Ende gegangen, bei der die neuesten Ermittlungsergebnisse vorgetragen und bewertet worden waren. Staatsanwalt Müller war nicht zugegen gewesen. Er hatte vom Golfplatz aus mitteilen lassen, dass er sich verspäten würde, weshalb sie ihm nun die Fakten noch einmal extra darstellen mussten. Sarah merkte, dass Lu hätte kotzen können. Nicht nur, weil sie dadurch wertvolle Zeit verloren. Sie wusste, dass Lu Typen wie Staatsanwalt Müller nicht ausstehen konnte. Für ihn waren das borniertie, aalglatte Lackaffen mit täglich frisch polierten Businessschuhen und Gel in den Haaren, die glaubten, die Weisheit mit Löffeln gefressen zu haben. Hinzu kam, dass Lu seit über dreißig Stunden nicht mehr geschlafen hatte und entsprechend gereizt war. Anstatt sich hinzusetzen und die Warnung des Staatsanwaltes ernst zu nehmen, umrundete er den Tisch und fuhr mit seinen Vorwürfen fort.

»Hätten wir Weidner gestern hierbehalten dürfen, dann hätten wir es jetzt mit nur einem und nicht zwei Morden zu tun. Wie wär's, wenn Sie dem Jungen, der seiner Mutter gestern Nacht beim Sterben zusehen musste, verklickern, warum wir unseren Hauptverdächtigen laufengelassen haben?«

Müller warf Hartmann einen geringschätzigen Blick zu und schob seine schmale rahmenlose Brille mit dem Zeigefinger auf dem Nasenrücken zurecht. Die Wangen seines blassen Gesichts hatten einen rosaroten Farbton angenommen.

Sarah Winter gab Hartmann mit zusammengepressten Lippen und einem vielsagenden Blick zu verstehen, dass er sich endlich hinsetzen und die Klappe halten sollte. Ihr Partner wusste, dass er gut darin war, sich um Kopf und Kragen zu reden, aber was rausmusste, musste eben raus. Dennoch kam er diesmal Sarahs unausgesprochener Aufforderung nach und setzte sich ihr gegenüber an den Tisch.

Müller klopfte bereits missmutig mit seinem *Mont Blanc*-Kugelschreiber auf den vor ihm liegenden Notizblock.

»Haben Sie sich nun wieder im Griff, Herr Kriminalhauptkommissar?« Er machte eine Pause und musterte Hartmann argwöhnisch. Der hielt seinem Blick stand, sagte nichts mehr und verzog keine Miene. »Ich kann voll und ganz nachvollziehen, dass Sie angespannt sind. Das sind wir alle. Nur aus diesem Grund entschuldige ich auch Ihr Verhalten. Außerdem geben wir in einer Stunde gemeinsam eine Pressekonferenz. Dann sollten wir zumindest den Eindruck vermitteln, dass wir an einem Strang ziehen.« Müllers Stimme war ruhig, doch man merkte ihm die Wut auf Hartmanns Gefühlsausbruch an.

Hartmann und Sarah wussten, dass nicht Müller es zu verantworten hatte, dass Ben Weidner wieder auf freien Fuß gesetzt wurde, sondern der leitende Oberstaatsanwalt Wiesen, der Müller diese eindeutige Anweisung erteilt hatte. Doch dass die Staatsanwaltschaft schon nach dem ersten Mord vermeintlich genügend Indizien gegen Weidner in der Hand gehabt hatte, um ihn in Untersuchungshaft zu bringen, würde die Presse selbstverständlich niemals erfahren.

»Können wir dann jetzt sachlicher werden, und kann einer von Ihnen beiden so nett sein, mich über den aktuellen Stand der Ermittlungen aufzuklären?«, fragte Müller und sah dabei Sarah Winter lächelnd an.

Sarah nickte und machte den Mund auf, als Hartmann ihr doch noch zuvorkam und in seiner für ihn typischen schnodderigen Art den Stand der Ermittlungen zusammenfasste.

»Das erste Mordopfer heißt Tamara Engel, fünfunddreißig, wohnhaft in Schönefeld. Der Gerichtsmediziner gibt als Tatzeitpunkt die Nacht von Freitag auf Samstag zwischen zwei und drei Uhr an. Der Täter hat die Frau und ihren Sohn zunächst mit Äther betäubt. Dann stellte er beide für die Zeit nach ihrem Erwachen mit Mundknebeln beziehungsweise Klebeband still. Er band den Jungen an den Heizkörper im Badezimmer und umwickelte die Frau fest mit einem Strick. Im Anschluss daran legte er sie in die Badewanne. Nachdem sie wieder zu Bewusstsein gekommen war, ertränkte er sie. Der Täter schnitt der Frau ein Haarbüschel ab, das er mitnahm. Während der Tat trug er eine schwarze Henkersmütze. So deuten wir zumindest die Angaben des Sohnes. Mit einem Kajalstift des Opfers schrieb der Täter den 24. Juni und die Zeit 2 Uhr 41 an die Badezimmerfliesen. Wie wir jetzt leider mit Genauigkeit wissen, handelte es sich dabei um die Ankündigung eines weiteren Mordes, der letzte Nacht zur besagten Zeit auf die gleiche Art verübt wurde. Das zweite Opfer heißt Katrin Thornau, siebenunddreißig, wohnhaft in Wilmersdorf. Sie war ebenfalls von ihrem Mann, einem bekannten Herzchirurgen, geschieden, dunkelhaarig und hat einen Sohn. Der Tathergang ist identisch. Auch im Fall Thornau hat der Täter dem Opfer ein Haarbüschel abgeschnitten und mitgenommen. Außerdem wurde sie mit dem gleichen Strick gefesselt, und die Knebel, die der Täter für die Mütter benutzte, waren ebenfalls vom gleichen Fabrikat. Wahrscheinlich hat er die Dinger im Zehnerpack in irgendeinem Onlineshop gekauft. Wie auch bei dem Seil handelt es sich um ein Massenprodukt, das keinen Rückschluss auf den Täter oder auf den Ort, an dem er die Artikel gekauft hat, zulässt. Die Kollegen sind aber dabei, die einschlägigen Shops ausfindig zu machen und nachzufragen. Vielleicht haben wir ja Glück und finden darüber doch unseren Täter.«

Müller hatte sich während Hartmanns Ausführungen Notizen gemacht. Hartmann öffnete jetzt die Akte und entnahm dem hinteren Fach mehrere Tatortfotos und legte sie auf den Tisch. Das Foto aus dem Badezimmer von Tamara Engel, auf dem die Nachricht auf den Fliesen abgebildet war, zog Müller zu sich heran und betrachtete es genauer. Unterdessen fuhr Hartmann fort.

»Katrin Thornau wurde heute Morgen um neun Uhr dreißig von ihrer Schwester tot aufgefunden. Die beiden Frauen waren um neun Uhr zum Tennis verabredet. Nachdem Katrin nicht kam und auch nicht ans Telefon ging, fuhr ihre Schwester in die Wohnung, zu der sie einen Schlüssel hat. Dort fand sie das Opfer in der Badewanne, vor der ihr Sohn Samuel gefesselt zusehen musste, wie die Mutter starb. Wie im Fall Engel gab es eine Zeitangabe, die mit Kajal auf die Fliesen geschmiert war: 25. Juni, 2 Uhr 41. Wir müssen davon ausgehen, dass der Täter weitermacht und in der kommenden Nacht eine weitere Frau, die dann sein drittes Opfer wäre, töten will.«

Müller fuhr sich mit der Hand durch die Haare. Auf seiner Stirn hatten sich Schweißperlen gebildet, und er presste die Lippen zusammen. Das Rosa auf seinen Wangen war inzwischen in ein leuchtendes Rot übergegangen.

»Das heißt, der Täter tötet alle vierundzwanzig Stunden eine Frau, die sich von ihrem Mann hat scheiden lassen, und wenn wir ihn nicht aufhalten, kann das noch ewig so weitergehen. Wir brauchen sofort eine Übersicht aller kürzlich geschiedenen Ehen.«

Hartmann fuhr fort: »Meine Leute arbeiten daran. Und nun zu den Beweisen und unserem Hauptverdächtigen: In der Wohnung des zweiten Opfers haben wir im Schlafzimmer neben dem Bett ein Handy gefunden, auf dem sich ausschließlich Ben Weidners Fingerabdrücke befinden. Die Anfrage bei der Telefongesellschaft hat ergeben, dass der Handyvertrag auf Weidner läuft. Er gab hingegen gestern bei seiner Vernehmung an, sein Handy in der Wohnung des ersten Opfers, Tamara Engel, verloren zu haben. Er hat uns also angelogen, als er angab, er sei nur deshalb am Samstagmittag zu Tamara Engel gefahren, um dort sein Handy zu holen. Die Kollegen sind noch dabei, die Inhalte der Notebooks von Katrin Thornau und Ben Weidner, die wir jeweils in deren Wohnungen sichergestellt haben, zu untersuchen. Vielleicht findet sich auf den Festplatten etwas, das uns weiterhilft. Ein Abgleich mit Weidners Handschrift führte zwar nicht zu einer Übereinstimmung mit der Schrift auf den Badezimmerfliesen, aber das ist kein Ausschlusskriterium. Das stärkste Beweisstück haben wir im Kleiderschrank in Weidners Wohnung gefunden. Genauer gesagt in der Gesäßtasche einer Jeans.« Hartmann machte eine kurze Pause. Dann ließ er die Bombe platzen. »Haare. Er hat sie achtlos in seine Hosentasche gestopft. Und vor zwei Stunden haben die Kriminaltechniker bestätigt, dass es sich um die Haare von Tamara Engel handelt.«

Müller hatte Hartmanns Bericht angespannt zugehört. Jetzt blies er die Backen auf, hielt die Luft kurz an und ließ sie dann wieder entweichen. Die gefüllte Kaffeetasse, die vor ihm stand, hatte er bislang noch nicht angerührt.

»Also dürfte Weidner tatsächlich unser Mann sein. Gibt es Spuren von den Tatwerkzeugen?«

»In der Wohnung und in seinem Kellerraum haben wir nichts dergleichen gefunden. Er könnte Seil, Äther und Knebel woanders aufbewahren, vielleicht in einem angemieteten Raum, von dem wir noch nichts wissen.«

Müller lehnte sich in seinen Stuhl zurück und schlug die Beine übereinander.

»Wenn er es nur auf einen so speziellen Frauentyp abgesehen hat, müssen wir davon ausgehen, dass er seine Opfer vorher ausgekundschaftet hat«, sagte er.

Sarah nickte.

»Korrekt. Der Täter verfolgt definitiv einen Plan und will

eine Botschaft übermitteln. Deshalb inszeniert er die Taten auch. Er will Aufmerksamkeit.«

Hartmann stand auf und wanderte im Zimmer auf und ab. Sarah kannte ihn nur zu gut. Ihm dauerten ihre psychologischen Auswertungen jetzt schon zu lange, und am liebsten hätte er ganz darauf verzichtet. Für ihn war wichtig, Ben Weidner so schnell wie möglich in die Finger zu bekommen. Er glaubte, dann würde er dessen Motive ohnehin aus ihm herausbekommen. Deshalb ließ er den Staatsanwalt auch nicht zu Wort kommen, sondern tat seine ganz persönliche Meinung kund.

»Unser Mörder heißt Ben Weidner. Wir müssen ihn nur noch finden, bevor er erneut zuschlagen kann. Ich schlage vor, wir bringen unter den gegebenen Umständen das volle Programm zum Einsatz.«

Jetzt hielt es auch Müller nicht mehr auf seinem Stuhl. »Sie meinen, wir bitten die Bevölkerung über die Medien um Mithilfe?«

Hartmann nickte. »Die regionalen Fernsehsender, die Presse und das Radio, unter Verwendung von Lichtbild und voller Namensnennung. Das volle Programm eben.«

Müller wirkte plötzlich unsicher. Von seiner anfänglichen Überheblichkeit fehlte jetzt jede Spur. So eine Nummer konnte schnell in einem Karriereknick enden, von dem er sich nie wieder erholen würde. Er richtete seine Krawatte und setzte sich wieder auf seinen Stuhl. »Für einen solchen Schritt zur Fahndung nach einem Tatverdächtigen gibt es klare Grundsätze. Die Anordnung der Untersuchungshaft durch den Ermittlungsrichter dürfte problemlos funktionieren. Aber die dadurch heraufbeschworene Rufschädigung muss gerechtfertigt sein, und das ist sie nur, wenn es einerseits um ein schweres Verbrechen geht und andererseits dringender Tatverdacht besteht«, erklärte Müller.

»Aber die Voraussetzungen sind doch alle erfüllt«, sagte Hartmann. »Die Beweislage ist eindeutig. Ben Weidner hat für die erste Tatzeit kein Alibi, und ich wette, für die zweite auch nicht. Tamara Engel hat Weidner erst kurz vor ihrer Ermordung kennengelernt. Er gibt sogar zu, mit ihr in ihrer Wohnung gewesen zu sein. Am nächsten Tag findet er sie dann zufällig tot in ihrer Badewanne, mitsamt einer Zeitangabe für den nächsten Mord, die Weidner auf die Minute genau in seinem am Vortag verfassten Zeitungsartikel drucken lässt. Er will diese Information von einem Hellseher erhalten haben, der aber angibt, Weidner nicht zu kennen und seit Tagen im Krankenhaus liegt. In der Zeit, als wir Weidner gestern wegen des Verdachts, Tamara Engel ermordet zu haben, befragt haben, hat der Kollege André Slibow mit Weidners Frau am Telefon über ihren Mann gesprochen. Er hat von ihr erfahren, dass sie die Scheidung eingereicht hat, und ihr Mann ziemlich fertig war, als er am Freitagnachmittag die entsprechenden Papiere im Briefkasten vorfand und sie daraufhin anrief. Das muss ihn wie aus heiterem Himmel getroffen haben. Meiner Meinung nach sind Weidner dann ein paar Stunden später in der Wohnung von Tamara Engel die Sicherungen durchgebrannt. Sie war ebenfalls geschieden und hatte ein Kind. Das erinnerte ihn an seine Frau. Tamara Engel war wie sie. Vermutlich hat er seine Wut, die er nach dem Scheidungsantrag auf seine Frau aufgestaut hatte, deshalb auf Tamara Engel projiziert und sie büßen lassen. Er hat sie getötet, um Dampf abzulassen.«

»Das lässt sich hören«, sagte Müller und nickte gedankenversunken. »Gut. Die Beweislage ist tatsächlich mehr als eindeutig. Hinzu kommt, dass Weidner sich der Observierung entzogen hat. Er hat Sie ausgetrickst und in einer Kirche abgehängt«, sagte er dann. »Gibt es noch andere Tatverdächtige?«

Hartmann verzog genervt das Gesicht.

»Na ja«, sagte Sarah, »da wären einmal Torsten Zimkowski, für den nach Aussage des Pfarrers der St.-Johannes-Basilika der Bund der Ehe eine extrem hohe Bedeutung hat, und dann der Exmann von Katrin Thornau.«

Hartmann schnaufte und rollte mit den Augen, um seinen Missmut erneut auszudrücken. Sarah spürte, dass ihrem Kollegen gleich wieder der Geduldsfaden riss.

»Es muss in alle Richtungen ermittelt werden. Zumal wenn wir zur öffentlichen Jagd auf den mutmaßlichen Täter blasen. Da will ich mir nichts nachsagen lassen«, wandte sich Müller an ihn.

»Von mir aus«, knurrte Hartmann und stieß einen tiefen Seufzer aus.

»Was ist mit dem Ex des ersten Opfers, Tamara Engel?«, fragte Müller, nun wieder Sarah ansprechend.

»Sebastian Engel hat für den zweiten Mord ein sicheres Alibi. Die Kollegen haben ihn zur fraglichen Zeit observiert. Er hat die ganze Nacht in einer Spielhalle gezockt und sich gnadenlos betrunken. Hat wohl den Tod seiner Frau ziemlich schlecht weggesteckt. Eine Spielhallenangestellte hat darüber hinaus bestätigt, dass er zum Zeitpunkt der Ermordung seiner Frau ebenfalls am Automaten gesessen hatte. Sie wusste auch, dass Sebastian Engel nicht nur hohe Spielschulden hat, sondern außerdem das beträchtliche Vermögen von Tamara, die es von ihren früh verstorbenen Eltern geerbt hatte, verspielt hat. Das war neben seiner Eifersucht und dem Hang, seine Frau zu schlagen, dann auch ein Hauptgrund für die Scheidung.«

Müller wiegte noch immer unentschlossen den Kopf hin und her.

»Verdammt, was brauchen Sie denn noch?«, blaffte Hartmann ihn nun an. »In weniger als zwölf Stunden geschieht der nächste Mord. Wollen Sie dafür verantwortlich sein? Ben

Weidner ist ein traumatisierter Psychopath. Die leere Flasche *Jim Beam*, die wir in seiner Wohnung gefunden haben, passt ins Bild. Er säuft, baut Frust auf und muss dann Dampf ablassen.«

Müller wandte sich an Sarah Winter. »Sehen Sie das auch so?«

Sarah nahm sich einen Moment Zeit, bevor sie antwortete. Sie ahnte, dass Müller seine Entscheidung von ihrem Votum abhängig machen würde. Sie wollte sich weder von ihren Gefühlen noch von Hartmanns Tunnelblick beeinflussen lassen, der es ihm nicht erlauben würde, eventuelle Beweise für Ben Weidners Unschuld zu erkennen oder zuzulassen. Durch das gekippte Fenster zur Straßenseite drangen neben dem Gezwitscher der Vögel die Geräusche der vorbeifahrenden Autos in den Raum. Noch einmal ging sie im Kopf alle gesammelten Beweise durch.

»Es ist schon richtig, dass alles für Weidner als Täter spricht. Er leidet wahrscheinlich wegen dem, was er in Äthiopien durchmachen musste, unter einer posttraumatischen Belastungsstörung. Deshalb läuft es für ihn auch beruflich nicht mehr so gut wie vor den schrecklichen Ereignissen. Zudem hat seine Frau die Scheidung eingereicht, und wie sie uns außerdem verriet, ist seine Tochter auf Distanz mit ihm gegangen. Er könnte die Frauen stellvertretend für seine eigene Frau getötet haben, um sie zu bestrafen, weil auch sie ihre Ehemänner verlassen haben. Weidner hat in beiden Fällen kein Alibi. Täterprofil und Motiv passen. Bei seiner Vernehmung hatte ich zwar nicht den Eindruck, dass Weidner gelogen hat, aber wenn man alle Fakten zusammenzählt, muss ich mich meinem Kollegen anschließen. Alles spricht dafür, dass Ben Weidner einen düsteren Plan verfolgt, der nicht nur auf Rache, sondern vor allem auf Gerechtigkeit und Bestrafung abzielt.«

»Gerechtigkeit und Bestrafung?« Müller zog die Augenbrauen zusammen.

»Auf dem Altar der Kirche, über deren Hinterausgang Weidner gestern Nacht abgetaucht ist, lag eine Bibel. Auf der aufgeschlagenen Seite war ein Text aus dem Matthäusevangelium markiert: *Was Gott verbunden hat, das darf der Mensch nicht trennen.* Der Pfarrer der Kirche hat die Bibel nicht dort liegen lassen. Weidner muss sie mitgebracht und dort platziert haben. Das lässt darauf schließen, dass er sich von Gott berufen sieht, diejenigen zu richten, die gegen das heilige Sakrament der Ehe verstoßen haben.«

»Ein religiöser Fanatiker?«, warf Müller ein.

Hartmann schüttelte den Kopf, lehnte sich im Stuhl zurück und rieb sich mit der Hand übers Gesicht. Seinem geräuschvollen Atmen konnte Sarah entnehmen, dass es ihm bald zu viel werden würde. Sie warf ihm einen ernsten und entschlossenen Blick zu. Auch wenn er es nicht hören wollte, so viel Zeit musste sein. Dann fuhr sie fort: »Frauen nahmen nach konservativer frühchristlicher Sicht die Rolle der Sklavin des Mannes ein. Sie hatten ihm bedingungslos zu dienen. Wenn eine Ehe auseinandergeht, wird ein strenger Katholik unweigerlich immer die Schuld bei der Frau sehen. Egal, was der Mann ihr angetan hat. Demnach ist es dann auch immer die Frau, die zu richten ist. Und erst durch den Tod der Frau wird der Mann wieder frei, erneut zu heiraten. Es heißt nicht umsonst: Bis dass der Tod euch scheidet. Jede andere Trennung, als die durch den Tod, wäre eine Sünde, die erst wieder durch den Tod der Frau gesühnt werden könnte. Gleichzeitig wird dadurch der göttlichen Gerechtigkeit Genüge getan. Auch die Botschaft, die der Täter den Menschen vermitteln will, wäre nach dieser Theorie klar.«

»Und die wäre?«, fragte Müller.

»Abschreckung. Frauen, die sich erdreisten, sich von ihren Ehemännern abzuwenden, werden mit dem Tod bestraft. Wenn Weidner der Täter ist, dann sieht er sich gerade durch die ihm selbst widerfahrene Trennung von seiner Frau zum Kampf für die Wahrung des Sakramentes der Ehe berufen und fungiert gleichzeitig als Richter und Vollstrecker Gottes auf Erden, und er will, dass alle Welt davon erfährt.«

»Das Medieninteresse, das der Fall auslösen wird, wenn wir ihn an die große Glocke hängen, wäre dann wohl ganz in seinem Sinne«, sagte Müller.

»Möglicherweise hat er es genau darauf angelegt. Dazu würde dann auch die allzu eindeutige Beweislage passen. Denn ansonsten wäre anzunehmen, dass jemand, der seine Taten so genau plant, Vorkehrungen trifft, die ihn nicht so offenkundig mit den Taten in Verbindung bringen. Aber ihm scheint das egal zu sein. Hauptsache, er kann sein Werk zu Ende bringen und den nächsten Mord verüben, der aus seiner Sicht nur eine gerechte Strafe darstellt. Weidner wusste, dass wir ihn beschatten. Trotzdem entschied er sich abzutauchen. Aber die Beweise gegen ihn hat er in seiner Wohnung gelassen.«

»Verrückt«, murmelte Müller nach einer Weile des Schweigens.

Während Sarah gesprochen hatte, hafteten Hartmanns zweifelnde Blicke auf ihr. Sarah hatte dem keine Beachtung geschenkt. Sie wusste, wie Lu tickte. Psychologische Profile waren einfach nicht sein Ding. Für ihn war jeder Mörder simpel strukturiert, was auf die Mehrzahl der Fälle auch zutraf. Eifersucht, Rache, Habgier, Hass, Verdeckung von Straftaten, das waren die Motive, die gängig und leicht nachvollziehbar waren. Religiöse Fanatiker ließen sich nicht in dieses Schema einordnen.

»Eines der Gebote lautet auch: Du sollst nicht töten«, sagte

Hartmann. »Wie passt denn das zu einem religiös motivierten Mord?«

Sarah wusste, dass Lu sie für ihre Analyse des Falles belächelte. Und nun versuchte er auch noch, das Fundament ihrer Theorie ins Wanken zu bringen. Sie fixierte ihn kurz und zog eine Augenbraue hoch, bevor sie antwortete. »Im Auftrag Gottes gab es schon viele Tote. Da wäre zum Beispiel die Inquisition. Und die Kreuzzüge sahen ihre Rechtfertigung in dem Bibelzitat: ›Gehet hin und lehret alle Völker.‹ Das wurde so gedeutet, dass es Gottes Wille sei, dass alle Andersgläubigen entweder bekehrt oder gerichtet werden sollten. Von Gott gewollte Tötungen können keine Sünde sein. Und so finden Fanatiker auch heute noch immer wieder fadenscheinige Begründungen, um ihr Tun vor Gott zu rechtfertigen.« Sie machte eine kurze Pause. »Andererseits kann ich mir nicht vorstellen, dass Weidner ein so extrem religiöser Mensch ist. Es bleiben also auch noch viele Fragen offen.«

»Und die wären?«, fragte Müller.

»Ach Sarah, hör doch mit deinem Psychogequatsche auf«, winkte Hartmann ab.

Sarah ließ sich davon nicht beeindrucken.

»Wir wissen nicht, warum er eine Henkersmütze trägt und die Kinder bei der Ermordung der Mütter zusehen müssen. Warum ertränkt er die Frauen und wählt ausgerechnet die Uhrzeit 2 Uhr 41 für die Taten aus? Dafür muss es einen besonderen Grund geben. Die Ausführung der Taten ist geplant, und es steckt ein tieferer Sinn dahinter. Ein Spontantäter, dem die Sicherungen durchbrennen, passt nicht in dieses Bild. Letztlich ist unklar, was der Auslöser dafür war, dass er gerade jetzt mit dieser Mordserie begonnen hat. In seinem Leben muss es eine gravierende Veränderung gegeben haben, die ihn veranlasste, damit anzufangen.«

»Ja, Weidner hat 'nen Knacks weg und seine Frau hat die Scheidung eingereicht. Das reicht ja wohl«, blaffte Hartmann sie an. »Ich sehe nicht ein, warum wir unsere Zeit mit weiteren Ermittlungen in andere Richtungen verschwenden sollen. Es kann nur Weidner gewesen sein. Denkt doch mal an die Haare in seiner Jeans.«

Sarah schnaufte genervt. Sie wusste, dass es Lu nicht gefiel, dass sie beim Staatsanwalt für Zweifel hinsichtlich Ben Weidners Täterschaft sorgte. »Das sehe ich anders«, entgegnete sie. Sie würde sich von Lu nicht den Mund verbieten lassen. »Je mehr ich darüber nachdenke, desto mehr Ungereimtheiten fallen mir auf, die ich nicht mit Weidner als Täter in Einklang bringen kann.«

Müller schaute sie über ihren Richtungswechsel erstaunt an und hob zum Zeichen, dass sie seine ganze Aufmerksamkeit genoss, die Augenbrauen.

»Die St.-Johannes-Basilika ist nach Johannes dem Täufer benannt. Dieser hat mit Wasser getauft, als Zeichen des Lebens. Unser Täter benutzt das Wasser umgekehrt, als Zeichen des Todes, eventuell auch als Zeichen der Reinigung. Aber es geht vorrangig um die Bestrafung der Frauen für ihre Sünde. Nur warum ertränkt der Täter sie ausgerechnet? Es gibt andere Tötungsmethoden, die unkomplizierter zu realisieren sind. Er hat wahrscheinlich einen besonderen Bezug zu dieser Tötungsart, den ich bei Weidner nicht sehe.«

Jetzt räusperte sich Müller und warf dabei einen Blick auf seine Uhr. Offensichtlich hatte er sich nun doch entschieden. »Also gut«, sagte er an die beiden Kommissare gewandt, »die Zeit drängt wirklich. Informieren Sie die Medien!«

»Das volle Programm?«, fragte Hartmann.

»Ja, das volle Programm. Bei der Beweislage können wir nur verlieren, wenn wir nicht alles tun, um Weidner kommende

Nacht vor 2 Uhr 41 in Gewahrsam zu nehmen. Stellen Sie klar heraus, dass nur noch wenige Stunden verbleiben, um den dringend Tatverdächtigen, Ben Weidner, zu schnappen und so einen weiteren Mord zu verhindern. Lassen Sie alle Frauen zur Vorsicht mahnen, besonders solche, die dunkle Haare, ein Kind und sich von ihrem Mann getrennt haben. Ich sorge für die Anordnung der Untersuchungshaft für Weidner. Außerdem ordne ich hiermit die Observation von Weidners Noch-Ehefrau Nicole an. Es ist möglich, dass er Kontakt zu ihr aufnimmt. Wir können nicht ausschließen, dass sie sein nächstes Opfer sein wird. Schließlich ist sie dadurch, dass sie die Scheidung eingereicht hat, wahrscheinlich der Auslöser dafür, dass er ausgerastet ist.« Jetzt machte der Staatsanwalt eine gewichtige Pause, die er nutzte, um nach seinem langen Monolog Luft zu holen. »Und weiterhin ordne ich an, dass zusätzlich auch noch in alle anderen denkbaren Richtungen weiterermittelt wird.«

Als Hartmann und Sarah hinter Staatsanwalt Müller das Zimmer verließen, kam André Slibow auf sie zu und nahm sie beiseite. »Da wartet ein Mädchen auf euch.« Er zeigte mit dem Daumen seitlich hinter sich auf den kleinen Warteraum, dessen Tür wie immer offen stand. »Sie heißt Jennifer Braun, ist achtzehn Jahre alt und wohnt in Westend in der Siedlung Eichkamp. Ich denke, ihr solltet mit ihr reden.«

»Jetzt nicht«, sagte Hartmann barsch. Nach einem kurzen Blick auf seine Armbanduhr begann er zu schwitzen. Es war schon Viertel nach drei. Die Pressekonferenz war für sechzehn Uhr angesetzt.

»Hat sie denn was Neues für uns?«, fragte Sarah.

Slibow machte große Augen, zog die Stirn in Falten und spitzte die Lippen. Das tat er immer, bevor er eine wichtige Information losließ. »Würde ich euch sonst damit belämmern?

Jennifers zwei Jahre ältere Schwester Karla ist vor drei Monaten nach einer Party in der Nacht zum Ostersonntag spurlos verschwunden. Die Kollegen von der Vermisstenstellte vermuten, dass sie unmittelbar vor ihrem Elternhaus, in dem sie noch wohnte, entführt wurde. Die Mutter hatte am nächsten Morgen Karlas Handtasche in einem Vorgartengebüsch gefunden und zwei Freundinnen gaben an, sie mit dem Auto vor dem Haus abgesetzt zu haben. Außerdem lag eine aufgeschlagene Bibel vor der Haustür. Die Stelle ›Was Gott verbunden hat, darf der Mensch nicht trennen‹ war markiert. Darüber stand eine Uhrzeit. Der Fall ist bis heute nicht aufgeklärt, und auf die Bibel konnte sich bislang auch niemand einen Reim machen.« Slibow grinste. Er genoss es sichtlich, seinen Chef mit erstauntem Blick und offenem Mund vor sich stehen zu sehen. Auch Sarah hatte es für einen Moment die Sprache verschlagen. »Aber der Hammer kommt jetzt erst«, fuhr Slibow schließlich fort. »Ratet mal, welche Uhrzeit in die Bibel gekritzelt war?«

»2 Uhr 41«, sagten Sarah und Hartmann wie aus einem Mund.

»Volltreffer«, sagte Slibow und grinste noch breiter. »Die Ermittlungsakte Karla Braun liegt bereits auf deinem Schreibtisch, Lutz. Kopie der Bibelstelle samt handgeschriebener Uhrzeit ist drin.«

Sarah und Hartmann sahen sich kurz ungläubig an.

»Okay«, sagte Sarah dann, »schick das Mädchen in zwei Minuten zu uns rein.«

25

Ben war mit einem Mal hellwach. Ein Geräusch hatte ihn geweckt. Er setzte sich auf und brauchte einen Augenblick, um sich bewusst zu werden, dass er auf einer alten Matratze in einem fremden dunklen Kellerabteil saß. Durch die Schlitze des Bretterverschlags konnte er sehen, dass die Kellergänge wieder hell erleuchtet waren. Jemand musste also hier unten sein. Ein Scheppern drang an sein Ohr. Das gleiche Geräusch, das ihn gerade aufgeweckt hatte. Es klang, als ob jemand in einer der Parzellen mit Kochtöpfen und Pfannen hantierte. Ben drückte einen Knopf an seiner Armbanduhr und schaute auf die beleuchtete Digitalanzeige. Es war schon nach fünfzehn Uhr. Er erschrak darüber, so lange geschlafen zu haben. Die Polizei musste mittlerweile schon lange wieder weg sein.

Quälend langsame Schritte schleppten sich an seiner Parzelle vorbei. Dann hörte er die Kellertür ins Schloss fallen. Ben stand auf und tastete an der Holzwand nach dem Lichtschalter. Im Licht einer in einer Baulampenfassung von der Decke baumelnden Glühlampe stellte er die Matratze wieder an ihren Platz und überlegte, ob er es nun wagen konnte, aus seinem Versteck zu kommen. Wahrscheinlich hatte die Polizei jemanden zur dauerhaften Beobachtung des Hauseingangs zurückgelassen. Sein Blick fiel auf die beiden Koffer. Er öffnete einen von ihnen und fand neben Pullovern und Hemden einen ihm etwas zu großen beigen Trenchcoat mit braunem Kragen, einen grauen Hut und einen Gehstock. *Besser als nichts*, dachte er. Er schaute noch im zweiten Koffer nach, in der Hoffnung auf etwas Moderneres, aber darin befanden sich nur alte Handtücher. Dem Aussehen nach gehörten die Sachen einem älteren Herrn. Damit verkleidet, schlüpfte er aus dem Schutz des Kellerabteils hinauf ins Erdgeschoss und von dort aus über den Hof auf den breiten, von Bäumen gesäumten Fußgängerweg. Auch wenn er am liebsten gelaufen wäre und sich nach allen Seiten umgeschaut hätte, zwang er sich dazu, es nicht zu tun. Seinem Äußeren nach gab er vor, ein älterer Mann zu sein, der auf einen Gehstock angewiesen war. Entsprechend langsam und in leicht gebückter Haltung bewegte er sich vorwärts. Dabei wandte er das Gesicht nach unten und hoffte, dass der Hut und der hochgeschlagene Kragen des Mantels ihm genügend Schutz vor prüfenden Blicken bieten würden. Er spürte förmlich schon die Hand eines Polizisten auf seiner Schulter.

Nach fünf Minuten, in denen nichts geschah und er unversehens seines Weges gehen konnte, schöpfte er Hoffnung. Die nächste U-Bahn-Station lag in etwa hundert Metern Entfernung vor ihm. Als er dann die Treppen der Station nach unten ging und noch immer niemand ihn entdeckt und festgenommen hatte, spürte er, wie die Anspannung ein wenig von ihm abfiel.

Unten an den Bahnsteigen hütete er sich davor, sein Gesicht direkt in die in verschiedenen Ecken an der Decke angebrachten Überwachungskameras zu halten. Jetzt durften sie ihn nur nicht ohne Ticket erwischen. Ben wandte sich der Tafel mit dem Fahrplan und dem Streckennetz zu. Wenig später hatte er die passende Verbindung gefunden.

Hauptkommissar Hartmann hatte bei Bens Verhör fallen lassen, dass der von Ben angeblich aufgesuchte Wahrsager, Arnulf Schilling, im Krankenhaus Westend lag. In fünf Minuten fuhr die nächste Bahn in diese Richtung. Ben ging zu seinem Abfahrgleis und spürte, wie er innerlich erstarrte, als zwei Schutzpolizisten, ein Mann und eine Frau, mit suchendem Blick auf ihn zukamen. Sie kämpften sich langsam, aber stetig durch die unzähligen Leute, die ihnen im Weg standen und auf die Bahn warteten. Ben schien es, als ob sie an den anderen Leuten vorbeisehen und nur ihn allein fixieren würden. Er machte auf dem Absatz kehrt und wandte sich erneut der Karte mit dem Streckennetz zu. Dabei streifte er den erstaunten Blick eines Teenagermädchens mit Nasenring in schwarzen weiten Klamotten, Springerstiefeln und mit den Stöpseln eines MP3-Players in den Ohren. Sie hatte nicht nur seine abrupte Kehrtwende beobachtet, sondern vermutlich auch erkannt, dass die Bekleidung nicht zum Alter des Mannes passte, der darin steckte. Dann waren die Polizisten auf seiner Höhe. Die U-Bahn fuhr ein. In dem spiegelnden Plexiglas, hinter dem sich der Fahrplan befand, konnte Ben beobachten, wie die Polizisten ihn kurz von hinten musterten. Dann wandten sie sich ab und ließen ihre Blicke wieder über die Leute am Bahnsteig schweifen, die nun in die U-Bahn strömten.

Schnell drehte Ben sich um, lief die paar Schritte zum Gleis, wo die Bahn mit noch geöffneten Türen wartete, und schlüpfte hinein, bevor sich die Türen eine Sekunde später schlossen und die Bahn losfuhr. In einer Nische fand er einen Stehplatz zwischen einer Gruppe Studenten und zwei Männern in dunklen Anzügen. Während er sich an einer Stange festhielt und das Abteil in Augenschein nahm, traf sich sein Blick erneut mit dem Mädchen vom Bahnsteig. Diesmal lächelte sie kurz und kniff ihm ein Auge zu. Dann sah sie wieder in eine andere Richtung.

Eine Dreiviertelstunde später betrat Ben das Krankenzimmer, in dem Arnulf Schilling nach Auskunft der Dame vom Empfang des Krankenhauses untergebracht war. Es war ein länglicher, in freundlichem Gelb gestrichener Raum mit einem kleinen Bad gleich links neben der Tür und zwei nebeneinanderstehenden Betten in der dahinterliegenden Nische. Gegenüber befand sich ein Tisch mit zwei Stühlen. Durch die breite

Fensterfront an der Stirnseite des Zimmers hatte man einen herrlichen Ausblick auf die grüne Umgebung des Klinikgeländes. Der penetrante Geruch antiseptischer Mittel überlagerte den Duft des bunten Blumenstraußes auf der Fensterbank.

Ben war fest entschlossen, den Wahrsager zur Rede zu stellen und so lange Druck auf ihn auszuüben, bis er seine Aussage gegenüber der Polizei revidieren würde. Doch das Bett von Arnulf Schilling war leer. Der zerwühlten Bettdecke, dem zerknautschten Kopfkissen, den Getränken und dem Glas auf dem zugehörigen Rollcontainer nach zu urteilen, war Schilling jedoch noch Patient. Er musste das Zimmer nur kurzfristig verlassen haben. Während Ben noch unschlüssig war, ob er hier auf einem Stuhl oder draußen im Flur auf den Hellseher warten sollte, beobachtete ihn Schillings Zimmergenosse, dessen Augen durch eine klobige Brille mit dicken Gläsern unnatürlich vergrößert wurden. Der Mann drehte das Radio auf seinem Nachttisch etwas leiser und wandte sich dann Ben zu.

»Kann ich Ihnen vielleicht weiterhelfen?«

Ben überlegte kurz. Irgendwie machte der Mann, den er auf Anfang fünfzig schätzte, einen seltsamen Eindruck auf ihn.

»Ich möchte zu Arnulf Schilling. Am Empfang sagte man mir, dass er in diesem Zimmer liegt.«

Der Mann nickte zustimmend und schaute zugleich erstaunt. »Das stimmt auch. Ich bin Arnulf Schilling. Aber wer sind Sie?«

26

Völlig perplex starrte Ben den freundlich lächelnden Mann, der sich nun in seinem Krankenbett aufrichtete, an. Einzig die leise Musik, die aus dem Radio auf dem Rollcontainer neben dem Bett kam, erfüllte für einen Moment den Raum.

Mit ungläubigem Gesichtsausdruck trat Ben näher. Es bestand kein Zweifel. Dieser Mann war nicht der gleiche Mann, den er als Arnulf Schilling kennengelernt hatte. Der Mann vor ihm hatte nichts Unheimliches an sich. Keinen weißen Vollbart und keine weißen lange Haare, sondern störrisches, nach allen Seiten abstehendes strohblondes Haar. Außerdem war er mindestens fünfzehn Jahre jünger als derjenige, der Ben das unheilvolle Datum genannt hatte.

Arnulf Schilling bemerkte nun offenbar Bens Verwirrung und schlug die Bettdecke zur Seite. Zwei bis zu den Knien eingegipste Beine kamen zum Vorschein.

»Ist am Donnerstagnachmittag passiert. Ich war mit dem Fahrrad unterwegs zum Supermarkt.« Die Stimme des Mannes war kaum mehr als ein heiseres Krächzen. Sein Kopf und seine Hände zitterten leicht, wenn er redete. Ohne Zweifel Anzeichen einer Nervenkrankheit. »An einer Kreuzung kam dann ein Wagen, wie aus dem Nichts, und hat mich umgefahren. Der Fahrer ist abgehauen. Auf das Kennzeichen habe ich nicht achten können, da alles zu plötzlich und schnell passierte, und Zeugen gab es auch keine.«

Ben musste sich auf einen der Stühle setzen. Sein Plan war es gewesen, Arnulf Schilling dazu zu bringen zuzugeben, dass er es war, der Ben am Freitagvormittag die Zukunft vorhergesagt hatte. Jetzt zerplatzte seine Hoffnung, er könne selbst seine Unschuld beweisen, wie ein Luftballon, in den jemand eine Nadel gestochen hatte. Nun musste er mit eigenen Augen feststellen, dass der Mann, der ihm den verhängnisvollen Todeszeitpunkt genannt hatte, der auf den Fliesen von Tamara Engels Badezimmer stand, gar nicht der Hellseher gewesen war, für den er ihn hielt. Aber was hatte das zu bedeuten? Am wahrscheinlichsten war, dass Ben mit dem Mörder gesprochen hatte, der später die beiden Frauen zum angekündigten Zeitpunkt ertränkte. Doch warum sollte dieser sich als Hellseher ausgeben und Ben dadurch so schwer belasten? Fieberhaft dachte er darüber nach, wer und vor allem warum jemand ihm das hätte antun sollen.

Arnulf Schilling räusperte sich. »Ich vermute mal, Sie sind der, der gegenüber der Polizei behauptet hat, er habe am Freitagmorgen in meinem Haus mit mir gesprochen.«

Ben überlegte, wie viel er Schilling erzählen konnte. Irgendetwas sagte ihm aber, dass er diesem Mann vertrauen durfte. Außerdem hatte Ben das Gefühl, dass es ihm guttun würde, über seine Situation zu sprechen. Und wen hatte er sonst, der ihm zuhören würde?

Der Mann im Krankenbett wühlte mit einer Hand in der Schublade des neben dem Bett stehenden Rollcontainers und hielt Ben anschließend seinen Personalausweis entgegen. »Hier, schauen Sie selbst nach! Ich bin Arnulf Schilling!«

Ben stand auf, zog behäbig den alten Mantel und seine Lederjacke aus, hängte die Sachen an den Kleiderhaken an der Wand und stellte den Gehstock dazu. Dann trat er vor Schillings Bett und besah sich kurz den Ausweis. Obwohl er dem Mann auch so glaubte, wollte er sich doch vergewissern. Noch mal wollte er nicht mit einem falschen Arnulf Schilling reden.

Er hatte keine Ahnung, was er jetzt noch tun konnte. Bevor er überhaupt begonnen hatte, eigene Nachforschungen anzustellen, war er auch schon am Ende. Immerhin würde die Polizei, die davon ausging, dass die Unterredung mit Schilling in dessen Haus ohnehin erlogen war, hier im Krankenhaus am wenigsten nach ihm suchen.

»Mein Name ist Ben Weidner. Ich bin Journalist und habe mir für meine Artikelreihe über Hellseherei von drei Berliner Wahrsagern die Zukunft vorhersagen lassen. Sie waren meine letzte Testperson, und ich habe mich in Ihrem Wohnzimmer mit einem Mann unterhalten, der vorgab, Sie zu sein. Er nannte mir den 24. Juni, 2 Uhr 41 als Zeitpunkt, der mich mit etwas abgrundtief Bösem in Verbindung bringen würde. Am Samstagmittag fand ich dann eine Frau, die in ihrer Badewanne ertränkt wurde. Auf den Badezimmerfliesen stand das Datum und auf die Minute genau die Zeitangabe, die mir der Mann am Vortag genannt hatte. Natürlich habe ich diese abstruse Vorhersage in meinem Artikel, der am Samstagmorgen erschien, erwähnt und mich sogar darüber lustig gemacht. Und letzte Nacht ist schon wieder eine Frau ermordet worden.«

»Von Ihrer Behauptung, in meinem Haus gewesen zu sein, hat mir die Polizei berichtet. Auch, dass die Haustür offen stand, als die Polizisten nach mir suchten, um mich zu befragen. Meine Nachbarin hat ihnen schließlich erzählt, dass ich im Krankenhaus liege. Die Tür wurde aufgebrochen, vermutlich mit einem Stemmeisen. Es scheint aber im Haus nichts zu fehlen, jedenfalls soweit meine Nachbarin feststellen konnte. Haben Sie etwas damit zu tun?«

Ben versuchte sich an die Situation zu erinnern, als er vor der Haustür stand.

»Die Tür stand weit offen, als der Mann mich begrüßte. Einbruchsspuren sind mir dabei nicht aufgefallen.«

»Meine Haustür ist ziemlich leicht zu knacken. Es ist noch

eine alte Holztür mit einer einfachen Verriegelung. Die Polizei sagte, man sieht kaum etwas. Aber das Schloss musste ausgetauscht werden.«

»Aber das bedeutet doch, dass, wer immer in Ihrem Haus war, vermutlich der Mörder der Frauen ist.«

Und noch etwas wurde Ben jetzt klar. Falls es sich so verhielt, wie er dachte, musste der Mörder von seinem geplanten Besuch bei Schilling gewusst und von Anfang an vorgehabt haben, ihm die Morde anzuhängen. Aber aus welchem Grund sollte jemand so etwas tun?

Schilling rutschte in seinem Bett ein Stück höher und lehnte sich an das hochgestellte Kopfende. Er seufzte und zog die Augenbrauen hoch. »Wer hat denn den ominösen Mann in meiner Wohnung außer Ihnen noch gesehen?«

»Niemand, vermute ich«, sagte Ben.

»Dann wird es schwierig. Sehen Sie, die Polizei wird annehmen, dass Sie die Tür aufgebrochen haben, um meine Wohnung beschreiben zu können, wenn man Sie danach fragt.«

So hatte Ben das noch nicht betrachtet. Aber er musste Schilling zustimmen. Es gab nicht den geringsten Beweis für die Existenz des falschen Hellsehers außer seiner Aussage. *Der Aussage eines Mannes, der nach Auffassung der Polizei zwei Frauen ermordet hat*, dachte Ben.

Und dann sprach Schilling einen Gedanken aus, den Ben bisher immer, wenn dieser in ihm selbst aufgekeimt war, verdrängt hatte. »Ich gehe einmal davon aus, dass Sie für die Tatzeitpunkte keine Alibis haben«, sagte Schilling. Bens Schweigen schien er als Zustimmung zu deuten, denn er sprach kurz darauf weiter.

»Ich will nicht sagen, dass Sie den Mann in meinem Haus nicht gesehen oder dass Sie nicht mit ihm gesprochen haben. Aber könnte es nicht auch sein, dass Sie sich den Mann nur eingebildet haben, um ihm die Schuld für Ihre nachfolgenden Taten geben zu können?«

Ben musste sich am Bettgestänge festhalten. Seine Beine wurden weich, und er knickte kurz mit den Knien ein.

Dir fehlt die Erinnerung an die letzten beiden Nächte, ausgerechnet an die Zeit, in der zwei Frauen umgebracht wurden, während ihre Kinder dabei zusehen mussten. Ben hielt die Luft an und presste die Augenlider kurz zusammen. War er wirklich zu so einer Tat in der Lage? Und wenn ja, wieso?

Arnulf Schilling bemerkte, dass seine Worte nicht ohne Wirkung geblieben waren.

»Vor der Hellseherei habe ich als Psychiater gearbeitet. Dabei ist es von entscheidender Wichtigkeit, zuhören und sich in die Situation und Gefühlswelt der Menschen hineinversetzen zu können.« Dann machte er eine kurze Pause. »Entschuldigen Sie bitte, wenn ich das sage, aber Sie sehen fürchterlich aus, irgendwie krank. Möchten Sie etwas trinken?«, fragte Schilling seelenruhig und griff nach einer Wasserflasche auf seinem Rollcontainer und einem frischen Glas.

Nein, ich will nichts trinken. Und ich will kein verdammter Mörder sein.

Ben brauchte frische Luft. Er war angeschlagen von Schillings psychiatrischer Diagnose.

»Möglicherweise leiden Sie unter Halluzinationen, ausgelöst durch eine ausgeprägte Schizophrenie«, sagte Schilling.

Auch wenn seine Wertschätzung, was Psychoanalytiker betraf, gering war, so kam Ben nicht umhin, zuzugeben, dass Schillings Theorie einer gewissen Logik nicht entbehrte. Halluzinationen zu akzeptieren, war die eine Sache. Aber konnte er wirklich möglicherweise geistig so verwirrt sein, dass er zu so grausamen Morden fähig war und sie dann anschließend in den Tiefen seines Unterbewusstseins ohne Zugriffsmöglichkeit begrub? Von seinem Trauma, den Blackouts und dem Scheidungsantrag seiner Frau hatte Ben dem ehemaligen Psychiater noch gar nichts erzählt. Er wusste auch so, welche Rückschlüsse Arnulf Schilling wahrscheinlich daraus ziehen würde. Auch dieser würde vermutlich, wie schon damals der Notarzt im Rettungswagen, von einer posttraumatischen Belastungsstörung ausgehen. In Kombination mit der Trennung von Frau und Kind und dem Verlust seines renommierten Jobs konnte ein Psychiater womöglich eine stressbedingte Abspaltung einer neuen Persönlichkeit in ihm konstruieren, von der Ben selbst gar nichts wusste und von deren Handlungen, wenn die andere Person in den Vordergrund trat, er gar nichts mitbekam. Die Vorstellung war beängstigend. Aber das würde zumindest seine Blackouts erklären. Es waren die Zeiten, in denen ein anderer Ben in ihm das Ruder übernommen hatte. Ben war kurz nach seinem Start beim *Berliner Boulevardblatt* in einer Redaktionskonferenz dazu verdonnert worden, sich im Rahmen eines Artikels mit dem Thema dieser sogenannten dissoziativen Identitätsstörung zu befassen. Sie trat nur in sehr seltenen Fällen auf, was ihre Diagnose schwer machte und weshalb die Experten lange uneins waren, ob die multiple Persönlichkeitsstörung, wie die Krankheit auch bezeichnet wurde, überhaupt existierte. Auch über die Behandlung bestand noch größtenteils Uneinigkeit.

Vom Flur des Krankenhauses drangen die Geräusche von stampfenden Schritten herein. *Stiefel! Eines Einsatzkommandos? Sie kommen, um dich festzunehmen. Um dich hinter Schloss und Riegel zu bringen. Und vielleicht gehörst du ja auch da hin!*

Es waren mehrere Personen, die schnell und hektisch den Flur hinaufgestapft kamen. Als sie kurz darauf an der Tür von Schillings Krankenzimmer vorbeigingen, vernahm Ben, dass die Leute sich in einer anderen Sprache unterhielten. Vermutlich handelte es sich um eine Großfamilie, die jemanden besuchte. Doch Ben war keineswegs erleichtert.

Gerade wollte er sich von Schilling verabschieden, als der sich zum Zeichen, dass ihm noch etwas eingefallen war, seitlich an die Stirn tippte. »Eine Sache allerdings macht mich stutzig«, sagte er und sah Ben an. Danach machte er eine gewichtige Pause, als müsse er über die Tragweite dessen, was er sagen wollte, noch einmal nachdenken. Aber Ben machte sich keine Hoffnung. Der ehemalige Psychiater, der sich entschlossen hatte, auf das Feld der Hellseherei umzusatteln, machte auf Ben eher den Eindruck, selbst eine kleine Therapie notwendig zu haben. »Diese Zeitangabe, die Sie genannt haben, 2 Uhr 41, ist doch sehr ungewöhnlich«, fuhr Schilling schließlich fort. Er hatte offensichtlich bemerkt, dass er Ben bei der Stange halten musste, wenn er seine Bedenken mit ihm teilen wollte.

Darüber hatte Ben sich auch schon Gedanken gemacht. Es musste eine besondere Bewandtnis haben, dass der Killer eine so ungewöhnliche Zeit für seine Taten benutzte.

»Ich bin mir ziemlich sicher, dass Karla, eine meiner beiden Nichten, vor drei Monaten um genau diese Uhrzeit, die sie gerade nannten, spurlos verschwand.«

27

»Karla wurde entführt«, sagte Schilling. »Ihre Mutter, meine Schwester Anita, hat daraufhin einen Schlaganfall erlitten und nur knapp überlebt. Anita musste Karla und ihre jüngere

Schwester Jennifer allein großziehen, nachdem ihr Mann mit Mitte dreißig an Krebs starb. Jennifer ist gerade mal achtzehn Jahre alt und jetzt ganz auf sich allein gestellt. Damals lag eine aufgeschlagene Bibel mit genau der Zeitangabe, von der Sie gerade sprachen, am Morgen nach ihrem Verschwinden vor Anitas Haustür.«

Ben wurde auf einmal unerträglich heiß und seine Kehle schnürte sich ihm zu. Im Krankenzimmer war es unangenehm stickig. Tatsächlich konnte die Übereinstimmung der Zeitangabe auf den Badezimmerfliesen von Tamara Engel und in dem Entführungsfall vor drei Monaten kaum ein Zufall sein. Noch konnte er nicht einschätzen, ob ihm die Information wirklich weiterhalf. Der Entführer konnte der Mörder der beiden Frauen sein. Nur hatte die Polizei es in den letzten drei Monaten nicht geschafft, ihn ausfindig zu machen. Wie sollte er das bewerkstelligen, wo er sich auch noch auf der Flucht vor der Polizei befand?

»Karla Braun. Die Presse hat ausgiebig über ihr Verschwinden berichtet. Haben Sie das nicht mitbekommen?«

Ben überschlug kurz im Kopf, dass sich dieses Drama um Ostern herum abgespielt haben musste.

Schilling war noch nicht fertig. »Ich bin mir außerdem sicher, dass es sich um eine Vollmondnacht handelte, als sie verschwand, und jetzt raten Sie mal, was kommende Nacht ist.«

Ben sagte wieder nichts. Er musste diese neuen Informationen erst verarbeiten und Ordnung in das Chaos in seinem Kopf bringen.

»Vollmond!«, triumphierte Schilling. Dabei lächelte er und zeigte seine kleinen Mäusezähne. Sein Schädel zitterte dabei noch mehr, als vorher beim Reden. »Es hat doch seine Vorteile, wenn man sich neben der Hellseherei auch noch mit Astrologie beschäftigt.«

Mittlerweile fragte sich Ben, wer hier an der Schwelle zum Wahnsinn stand.

»Was meinen Sie damit?«, fragte Ben.

Schilling zuckte mit den Achseln. »Es hat ja vielleicht nichts zu bedeuten. Aber wenn Karlas Entführer und der Mörder der Frauen ein und dieselbe Person ist, wäre es doch möglich, dass er kommende Nacht ein drittes Mal zuschlägt, weil er seine Verbrechen eben gerne bei Vollmond begeht.«

Ben war sich auf einmal ziemlich sicher, dass Schilling einen an der Klatsche hatte. Bei den Morden der letzten beiden Nächte hatte zwar zunehmender Mond, aber kein Vollmond geherrscht. Deshalb anzunehmen, dass noch ein Mord geschehen würde, war daher reine Spekulation. Dennoch versetzte ihm Schillings Mutmaßung, es könnte ein dritter Mord geschehen, einen Stich. Wer konnte schon mit Sicherheit behaupten, dass die Mordserie mit den beiden Frauen abgeschlossen war?

Als Ben sich wieder setzte, um Kraft zu schöpfen und nachzudenken, hörte der Song, der gerade im Radio lief, mitten im Refrain auf, und die Moderatorin begann, in ernstem Ton zu sprechen. »Wir unterbrechen unser Programm für eine wichtige Mitteilung.«

Schilling drehte das Radio etwas lauter.

»Die Polizei bittet die Bevölkerung um Mithilfe. Gesucht wird der Journalist Ben Weidner, 43, Größe ein Meter achtzig. Weidner ist schmal und hat dunkelblondes glattes Haar. Er steht unter dem dringenden Verdacht, zwei Frauen ermordet zu haben, und befindet sich auf der Flucht. Ein dritter Mord ist für die kommende Nacht angekündigt. In diesem Zusammenhang werden alle geschiedenen oder getrennt lebenden Frauen mit Kind gebeten, besonders vorsichtig zu sein. Ein Fahndungsfoto Weidners finden Sie auf unserer Homepage und auf der Internetseite der Berliner Polizei.« Es folgte die Angabe einer Telefonnummer für sachdienliche Hinweise.

Ben stockte der Atem. Nun würde ihn Berlin für einen Serienmörder halten. Er dachte an seine Tochter. Was würde Lisa von ihm denken, und wie würde ihr Umfeld darauf reagieren? Ihre Freunde in der Schule, die sie schon einmal ›Mördertochter‹ genannt hatten? Ben verfluchte sich dafür, dass er sich heute Morgen seiner Festnahme entzogen hatte. Aber er hatte nicht im Entferntesten damit gerechnet, dass die Polizei zu solchen Maßnahmen greifen würde.

Arnulf Schilling hingegen schien die Radiomitteilung völlig kaltzulassen. »Was haben Sie jetzt vor?«, fragte er nüchtern.

»Gestatten Sie mir eine Gegenfrage: Es scheint Ihnen gar nichts auszumachen, dass in Ihrem Zimmer ein gesuchter Mörder steht. Warum nicht?«

Schilling lachte auf. »Wissen Sie, Ben, ich bin Psychologe und Hellseher und habe daher eine gute Menschenkenntnis, möchte ich meinen. Ich mag mich irren, aber ich sehe nicht das Böse in Ihnen und warum sollten Sie mir diese Fragen stellen, wenn Sie der Mörder wären? «

Der Erste, der an meine Unschuld glaubt, dachte Ben. Nur leider auch einer der vermutlich Wenigen. Und jetzt, wo ganz Berlin wusste, dass man ihn suchte, würde man ihn sicher schnell fassen und direkt wegsperren. Und falls er wirklich an einer multiplen Persönlichkeitsstörung litt, wäre es, da er sich nur nicht mehr erinnerte, was der andere Ben in ihm getan hatte, keineswegs verwunderlich, dass er hier war, Schilling befragte und nach einem Mörder suchte, der eigentlich er selbst war. Dann durfte er sich seiner selbst nicht mehr sicher sein. Ein erneuter Schauder überlief ihn.

Die Situation hatte sich für Ben nun in zweierlei Hinsicht komplett verändert: Erstens waren sein Ruf und der seiner Familie zerstört, und die Polizei würde jetzt, wo sie ihn öffentlich gebrandmarkt hatte, keine großen Anstrengungen mehr unternehmen, in eine andere Richtung zu ermitteln und Beweise für seine Unschuld zu suchen. Zweitens hatte Schilling ihm gerade eben einen Hinweis gegeben, dem er nachgehen konnte. In der unaufgeklärten Entführung von Schillings Nichte Karla spielte dieselbe ungewöhnliche Uhrzeit eine Rolle. Ben ließ sich von Arnulf Schilling ein Blatt Papier und einen Kugelschreiber geben und notierte sich die Adresse von Schillings Schwester Anita. Sie wohnte in einem Reihenhaus im Zikadenweg in der Siedlung Eichkamp in Westend.

»Meine Schwester liegt noch im Krankenhaus. Sie ist fast komplett gelähmt und kann noch nicht einmal mehr sprechen. Vor ihrem Schlaganfall hat sie aber einen Ordner angelegt. Darin hat sie alles Mögliche zu Karlas Entführung gesammelt. Jennifer lässt Sie sicher hineinschauen. Sie würde alles tun, um Karla zu finden.«

Ben nickte. Irgendwie mussten die aktuellen Geschehnisse mit dem Verschwinden Karlas zusammenhängen. Mit Jennifer zu reden, bot zumindest den Hauch einer Chance, etwas zu erfahren, das ihn dem wahren Täter näherbrachte und damit seinem Ziel, seine Unschuld zu beweisen.

»Gab es denn damals keine Hinweise auf den Entführer oder jemanden, den die Polizei unter Verdacht hatte?«, fragte Ben.

Schilling kratzte sich am Kopf, schob die Unterlippe vor und wiegte den Kopf hin und her. »Ja und nein. Meine Schwester will einen Abiturienten namens Michael Rubisch um die Mittagszeit vor Karlas nächtlichem Verschwinden vor ihrem Haus herumlungern gesehen haben. Allerdings hatte der Knabe sowohl für diese Zeit als auch für die geschätzte Entführungszeit ein durch mehrere Personen bestätigtes Alibi. Die Polizei ging dann davon aus, dass meine Schwester sich geirrt haben musste. Soweit ich weiß, sind alle Ermittlungen im Sand verlaufen.«

Als Ben aufschaute und sein Blick auf die Blumen auf der Fensterbank fiel, kam ihm der Gedanke, dass wer immer ihn in Schillings Haus in die Irre geführt hatte, gewusst haben musste, dass Ben sich von der Identität des Mannes, der hier im Krankenhaus lag, überzeugen würde. Vielleicht hatte der Kerl sogar beabsichtigt, dass Ben von Schilling von dessen verschwundener Nichte erfuhr. In Ben verdichtete sich mehr und mehr die Überzeugung, dass der Frauenmörder und die Person, die sich in Arnulf Schillings Haus als Wahrsager ausgegeben hatte, ein und dieselbe Person waren. Er streut Brotkrumen und führt mich auf seine Fährte, dachte Ben. Aber warum tut er das? Ben stand auf und ging zum Fenster. Karlas Mutter hatte einen Abiturienten in Verdacht. Der falsche Wahrsager aus Schillings Haus war ein Mann über sechzig. Wie passte das zusammen?

»Wissen Sie, wo ich Michael Rubisch finden kann?«

Schilling zuckte mit den Schultern. »Vor drei Monaten wohnte er noch in diesem vornehmen Klosterinternat im Grunewald.«

Ben hatte plötzlich einen Kloß im Hals und die Zeit schien für einen Moment stillzustehen. »Meinen Sie etwa das Klosterinternat am Teufelssee?«, fragte er.

»Ja genau. Das ist nur was für reiche Leute. Dieser Rubisch passt da eigentlich nicht rein. Der durfte nur deshalb dort sein, weil seine Großmutter dort arbeitet.«

Ben konnte es nicht fassen. Die Sache wurde immer bizarrer. Er kam sich vor, wie in einem Alptraum, in dem er ein verworrenes Puzzle mit viel zu vielen Teilen in einer viel zu kurzen Zeit zusammenfügen musste, und immer, wenn er glaubte, ein passendes Teil gefunden zu haben, stellte sich heraus, dass es doch das Falsche war.

»Sie scheinen das Internat zu kennen?«, fragte Schilling.

Ben nickte und aus seinem Gesicht war jetzt trotz der Hitze im Raum jegliche Farbe gewichen. »Ich war dort auch einmal Schüler.«

28

In Jennifers kleinem quadratischem Zimmer standen noch immer die Möbel aus Kindertagen. An der Wand hing die dazu passende, mittlerweile vergilbte und abblätternde Tapete mit dem bunten Blumenmuster. Das Kieferdekor der Schrankwand war an unzähligen Stellen beschädigt, so dass die dunklen Holzfaserplatten darunter wie Schmutzflecke zum Vorschein kamen. Auf den Schranktüren und den Seitenwänden klebten verblasste Abziehbilder von Sängern, Bands und Fußballstars längst vergangener Tage. Glücklicher Tage. Jennifer saß auf dem Drehstuhl vor ihrem winzigen, in die Schrankwand integrierten Schreibtisch, den Kopf auf die Arme gestützt, und weinte.

Am frühen Nachmittag hatte das Telefon geklingelt. Der Polizist, der sich ihr mit dem Namen Metzger vorstellte, war von der Mordkommission, was Jennifer einen riesigen Schrecken einjagte. Er erklärte ihr aber gleich im Anschluss, dass sich in Karlas Fall noch nichts Neues ergeben habe, er sie aber dennoch gern gleich für eine kurze Befragung abholen würde. In zwei aktuellen Mordfällen gäbe es Parallelen zur Entführung ihrer Schwester. Jennifer hatte sofort zugestimmt, wenn auch mit einem mulmigen Gefühl.

Auf dem Weg ins LKA-Gebäude klärte der in Zivil gekleidete Ermittler sie auf, warum sie nochmals befragt werden sollte. Ein Kollege aus dem Dezernat 11, der die Entführung Karlas bearbeitet habe, hatte in der Kantine von einem Kollegen bei der Mordkommission von der ominösen Uhrzeit 2 Uhr 41 erfahren, die ein aktuell unter Hochdruck gesuchter Mörder am Tatort hinterlassen hatte, und sich gleich daran erinnert, dass genau diese Uhrzeit auch in Karlas Fall eine Rolle gespielt habe.

Nach der Befragung hatte Kommissar Metzger sie wieder nach Hause gebracht und sie sogar bis zur Haustür begleitet. Hätten Karlas Freundinnen das in der Nacht, in der sie entführt worden war, ebenso gemacht, wäre ihre Schwester jetzt noch bei ihr. Jennifer ermahnte sich, nicht in Selbstmitleid zu verfallen. Es fiel ihr schwer.

Hunderte Male hatte sie den Ordner schon durchgeblättert, den ihre Mutter angelegt und gehütet hatte wie einen Schatz. Dabei hatte sie immer wieder versucht, aus den Fotos, den Presseberichten und den Kopien aus der polizeilichen Ermittlungsakte etwas Neues herauszulesen. Doch ohne Erfolg. Auch jetzt lag der Ordner ihrer Mutter vor Jennifer auf dem Schreibtisch.

Als eine Träne auf einen handgeschriebenen Vermerk ihrer Mutter traf, wischte sie diese schnell weg und verschmierte dadurch die Tinte auf dem Papier. »Verdammte Scheiße«, fluchte sie. Warum konnte in ihrer Familie nicht alles so normal verlaufen, wie in denen ihrer Freundinnen. Aber nein, ihr Vater war mit fünfunddreißig Jahren an Lungenkrebs gestorben. Damals war sie fünf und Karla war sieben gewesen. Außer dem kleinen Häuschen, das ihre Mutter durch die Lebensversicherung ihres Ehemannes hatte abbezahlen können, besaßen sie nichts. Sie litten unter chronischem Geldmangel. Ihre Mutter war immer für Jennifer und Karla da gewesen und hatte sich ihre Ängste, Sorgen und Nöte angehört. Sie hatte sich nie beschwert, dass ihr alles zu viel würde. Als Karla von einem Tag auf den anderen verschwand, fiel ihre Mutter in ein tiefes Loch. Nachts hatte Jennifer sie weinen hören und dabei ihre eigenen Tränen über Karlas Verschwinden lautlos im Kopfkissen versickern lassen. Dabei hatten sie und ihre Mutter sich in den ersten beiden Monaten danach gegenseitig noch Mut zugesprochen.

»Karla ist nicht tot. Irgendwann steht sie wieder vor der Tür, und wir können sie wieder in unsere Arme schließen«, hatte ihre Mutter immer gesagt, wenn Jennifer über der Vorstellung, was Karla alles zugestoßen sein könnte, glaubte, verrückt werden zu müssen. Doch Karla kam nicht wieder zurück. Und trotz der Tatsache, dass sie aller Wahrscheinlichkeit nach tot war, blieb doch ein Funken Hoffnung, dass sie doch noch lebte. Aber gerade diese, durch die Ungewissheit ausgelöste Hoffnung hinderte Jennifer und ihre Mutter daran, abschließen zu können, zu trauern und den Verlust zu verarbeiten. Daran, so glaubte Jennifer, war ihre Mutter schließlich zerbrochen.

Vor vier Wochen hatte sie einen Schlaganfall erlitten. Seitdem lag sie im Krankenhaus. Die Ärzte sagten, sie würde vielleicht nie wieder gehen können. Ihr Sprachzentrum war ebenso gelähmt wie ihr Körper, bis auf den rechten Arm, mit dem sie in krakeliger Schrift in der Lage war, Botschaften für Jennifer zu schreiben. Jennifer war seitdem allein im Haus. Sie hasste die Stille.

Den Ordner mit den Unterlagen zu Karlas Verschwinden hatte sie an sich genommen, und es verging kein Tag, in dem sie nicht darin blätterte. Sie glaubte, wenn es ihr gelänge, etwas Neues herauszufinden, das dazu beitrug, dass Karla gefunden wurde, würde ihre Mutter wieder gesund werden. Jennifer verbot sich auszumalen, wie es weitergehen sollte, wenn dem nicht so wäre. Hilfe brauchte sie von niemandem zu erwarten. Das hatte sie in den Wochen, nachdem Karla verschwunden war, bitter erfahren müssen. Ihre wenigen Freundinnen, von denen sie dachte, dass es echte Freundschaften wären, hatten sich aus unerklärlichen Gründen in dieser schweren Zeit von ihr distanziert. Seitdem fühlte sie sich, als ob von ihr eine unheilbare Krankheit ausging, weshalb die Menschen das Weite suchten, sobald sie sie sahen. Hinzu kamen die unerträglichen, mitleidigen Blicke der Nachbarn und Bekannten. Von Zeit zu Zeit traute sich sogar jemand zu fragen, wie es ihr ging. Dann sagte sie nur »schlecht« und ließ die Leute stehen, weil ihr die Tränen in die Augen schossen. Gleichwohl wusste sie, dass für alle anderen um sie herum das Leben weiterging. Ihre Situation konnte niemand nachempfinden, und daher wollte sie auch niemand anderen in ihre Gefühlswelt einweihen.

Auch eben bei der Befragung durch diesen Kommissar Hartmann und seine Kollegin Frau Winter hatte sie sich zusammengerissen und sich nicht anmerken lassen, wie verzweifelt sie wirklich war. Sie hatte alle Fragen nach bestem Wissen beantwortet und glaubte, auch ein wenig Enttäuschung in den Gesichtern der Ermittler bemerkt zu haben. Wahrscheinlich dachten diese, dass sie ihre Zeit verschwendet hatten, denn alles, was Jennifer wusste, hatte sie schon damals zu Protokoll gegeben. Und so hätten die Polizisten es sich auch sparen können, sie extra ins Kommissariat bringen zu lassen, um sie nochmals persönlich zu befragen.

Dennoch hatte sie sich gefreut, wieder mit jemandem über ihre Schwester Karla reden zu können. Sonst vermieden es die Leute, auf Karla zu sprechen zu kommen, ganz so, als hätte sie niemals existiert. Es schauderte Jennifer bei dieser Vorstellung. Den Polizisten hatte sie ihre Schwester ganz genau beschrieben. Ihr engelhaftes Aussehen, ihre Hobbys und ihr freundliches Wesen. Karla war seit jeher eine Pferdenärrin gewesen, doch als sie ein Kind war, fehlte in der Familie das Geld für dieses kostspielige Hobby. Vor einem Jahr hatte Karla eine Ausbildung als Medienkauffrau begonnen und nebenher Werbeblätter ausgetragen. Während andere Mädchen in ihrem Alter von dem ersten selbstverdienten Geld den Führerschein machten oder in eine eigene Wohnung zogen, hatte Karla ihre Ersparnisse für Reitstunden und ein Pflegepferd ausgegeben. Wieder rannen Jennifer Tränen über die Wangen, als das Bild ihrer lachenden Schwester auf dem Rücken ihres Pflegepferdes bei einem Reitturnier im letzten Jahr vor ihrem inneren Auge auftauchte.

Als man sie heute zur Befragung abholen ließ, hatte Jennifer gehofft, die Polizei hätte bei der Suche nach Karla Fortschritte gemacht. Wie sie dann aber erfuhr, suchte die Polizei einen Mann namens Ben Weidner, der mit Karlas Verschwinden etwas zu tun haben sollte. Sie kannte weder den Namen noch den Mann auf dem Foto, das sie ihr gezeigt hatten. Doch ab diesem Zeitpunkt wusste sie, dass die Polizei nicht, wie erhofft, nach jenem jungen Mann suchte, vom dem ihre Mutter schon vor drei Monaten der Überzeugung war, dass er Karla entführt hatte.

Michael Rubisch war neunzehn Jahre alt. Als Karla vor drei Monaten spurlos verschwand, war er Schüler im Klosterinternat am Teufelssee. Seine Großmutter Marlene wohnte nur ein paar Häuserblocks von Jennifers Elternhaus entfernt. Sie arbeitete als Haushälterin in dem Klosterinternat, das von hier aus wenige Kilometer entfernt mitten im Grunewald lag. Marlene Rubisch kümmerte sich vor allem um das zum Klosterinternat gehörige Pfarrhaus und zudem um die Küchenarbeiten und die Bewirtung der Internatsschüler und der angestellten Lehrer und Geistlichen. Ihr Enkel Michael verbrachte die Woche und meistens auch die Wochenenden im Internat. Niemand in der Siedlung kannte ihn wirklich. Wenn er zu Hause war, schien er niemals rauszugehen. Aber Jennifers Mutter hatte ihn schon ein paarmal gesehen, wenn er mit seiner Großmutter einkaufen war.

Am Ostersamstag, dem Tag vor Karlas Entführung, wollte Jennifers Mutter Michael Rubisch gegen ein Uhr mittags gesehen haben, wie er von der anderen Straßenseite aus ihr Haus beobachtet hatte. Als Michael bemerkte, dass Jennifers Mutter ihn entdeckt hatte, sei er weggelaufen. Was hatte Michael dort zu suchen gehabt?

Jennifer hatte, nachdem sie diesen Umstand den Kommissaren noch einmal vorgetragen hatte, inständig darauf gehofft, dass die Polizisten nun endlich Michael Rubisch ins Visier ihrer aktuellen Mordermittlungen nehmen würden. Vielleicht wären dann neue Hinweise auf den Verbleib ihrer Schwester zutage getreten. Doch dann hatte sie von dem Leiter der Mordkommission, diesem Kriminalhauptkommissar Hartmann, erfahren müssen, dass die gesamte Polizei Berlins nach einem ganz anderen Mann fahndet. Jennifer hatte das Gefühl, dass Hauptkommissar Hartmann und seine Kollegin Winter ihr zwar zuhörten, dabei aber nur ihren aktuellen Fall im Kopf hatten. Zu Karlas Verbleib sagten sie kein einziges Wort.

Auf dem Rückweg nach Hause hatte Jennifer sich selbst auf die quälende Frage, was mit ihrer Schwester geschehen war, dann endlich eine Antwort gegeben. Sie musste tot sein. Alles andere sprach gegen jede Logik. Wahrscheinlich hatten die Polizisten sie deshalb nur schweigend und mit traurigem Gesichtsausdruck angesehen, als sie gefragt hatte, ob sie Karla nun vielleicht doch noch finden würden.

Als Jennifer wieder begonnen hatte, den Ordner ihrer Mutter zu durchstöbern, erlaubte sie sich zu weinen. Um sich abzulenken, begann sie im Wohnzimmer Staub von den alten Möbeln und den Rahmen der in einem Wohnwandregal stehenden Familienfotos zu wischen. Sie hatte ihrer Mutter versprochen, dass sie das Haus in Ordnung halten würde, bis diese wieder aus dem Krankenhaus zurück war. Sie nahm sich vor, den dichten Gardinen, die kaum Licht ins Innere durchdringen ließen, bald wieder zu ihrem strahlenden Weiß zu verhelfen. Ihre Mutter würde es sofort nach ihrer Heimkehr bemerken und sich freuen. Zudem würde sie die Hausarbeit ablenken.

Was sollte sie nur ihrer Mutter sagen, wenn sie diese heute Abend im Krankenhaus besuchen würde? Jennifer hatte sie dummerweise kurz angerufen und ihr erzählt, dass sie zur Polizei müsse, es Neuigkeiten gäbe und nun vielleicht endlich Licht in Karlas Fall käme. Sie hatte ihre Mutter aufheitern wollen und ihr gesagt, dass sie Karla womöglich schon bald wieder in ihre Arme schließen konnten. Hätte sie es doch nur nicht getan. Weitere enttäuschte Hoffnungen waren das Letzte, was ihre arme Mutter jetzt noch gebrauchen konnte.

Als Jennifer mit dem Staubwischen fertig war, nahm sie wieder den von ihrer Mutter angelegten Rechercheordner zur Hand und blätterte weiter darin. Sie stockte beim Anblick der Fotos, die ihre Mutter von dem Klosterinternat gemacht hatte. Es handelte sich um einen riesigen Komplex eines katholischen Mönchsordens in Ufernähe zum Teufelssee. An dem Klostergymnasium, in dem überwiegend die Mönche selbst, aber mittlerweile auch weibliches Lehrpersonal, als Erzieher und Lehrer wirkten, konnten Jungen und Mädchen ihr Abitur machen. Einige von ihnen fuhren nachmittags nach der Schule wie bei einem gewöhnlichen Gymnasium heim. Aber die meisten Schüler und auch einige Schülerinnen übernachteten dort und begaben sich erst am Wochenende oder in den Ferien nach Hause.

Ein Uferbereich des Teufelssees und die bis ans Kloster reichende Vegetation dahinter standen unter Naturschutz. Jennifer hatte diesen Teil des Grunewalds schon immer unheimlich gefunden. Der Wald war dicht und düster, das Klostergelände selbst war nur über eine einzige Zufahrtsstraße zu erreichen und wegen der hohen und dichten Bäume, die die Straße überschatteten, erst zu sehen, wenn man schon fast da war. Der ursprüngliche Klosterkomplex war bereits im Mittelalter erbaut worden. Heute bestand er aus einem Schulgebäude, einer Turnhalle und einem Wohnheim für die Schülerinnen und Schüler. Weitläufige Rasenflächen, auf denen Parkbänke zum Verweilen einluden, säumten die Zufahrtswege. Das Zentrum des von einer hohen Mauer umgebenen Geländes bildete die klostereigene Kirche im gotischen Stil mit dem seit Urzeiten den Ordensbrüdern vorbehaltenen kleinen Friedhof, auf dem sich diese nach ihrem Tod beerdigen lassen konnten. Der imposante Eindruck wurde noch durch den dahinter aufragenden Teufelsberg verstärkt, der seinen Namen vom Teufelssee erhalten hatte und aus den durch die Bomben des Zweiten Weltkrieges entstandenen Trümmern Berlins künstlich aufgeschüttet worden war. Inzwischen war der hohe Berg ebenfalls vollständig bewaldet.

Die Schüler des gemischten Klosterinternats stammten grundsätzlich aus wohlhabenden Familien, die vor allem auf eine katholische Erziehung ihrer Sprösslinge Wert legten. Außerdem wurde die ruhige Lage abseits der Großstadthektik als Vorteil betrachtet. Jennifers Mutter hatte alles, woran sie sich erinnerte und was sie selbst herausgefunden hatte, in Vermerken notiert und in diesem Ordner abgeheftet. Jennifer blätterte weiter, wie immer in der Hoffnung einen neuen Hinweis zu entdecken, der ihr die Lösung des Rätsels um das Verschwinden ihrer Schwester näherbringen würde. Dabei gingen ihr die verschiedensten Gedanken durch den Kopf. Jennifers Mutter hatte Michael Rubisch bei der Gegenüberstellung eindeutig als den Jungen identifiziert, den sie einen Tag vor Karlas Verschwinden auf der anderen Straßenseite das Haus hatte beobachten sehen.

Die Polizei hatte den neunzehnjährigen Abiturienten vernommen und das von ihm angegebene Alibi überprüft. Er hatte zu Protokoll gegeben, zu der Zeit, als Jennifers Mutter ihn vor dem Haus gesehen haben wollte, mit einem weiteren Jungen und zwei Mädchen mit dem Küchendienst in der Schülerkantine des Internats beschäftigt gewesen zu sein. Seine Großmutter Marlene, die die Aufsicht führte, und die anderen Schüler bestätigten, dass Michael die ganze Zeit über anwesend war. Gerade an diesem Tag habe der Abwasch besonders lange gedauert. Und die Nacht auf Ostersonntag, in der Karla verschwand, hatte Michael Rubisch bis zur Auferstehungsmesse um fünf Uhr in der Frühe mit dem Priester der Klosterkirche Berthold Erlenbach und einer Handvoll Klassenkameraden mit Gebeten durchwacht. Die Schülerinnen und Schüler durften außerdem das Gelände ohne Erlaubnis nicht verlassen. Zuwiderhandlungen wurden sehr streng bestraft.

Jennifer wollte das alles nicht glauben. Auch wenn sie es noch so oft las. Sie glaubte ihrer Mutter mehr als den vielen Zeugen, die das Gegenteil behaupteten. Vielleicht, weil die weiteren Recherchen der Polizei zu nichts führten und sie sich doch an irgendetwas klammern musste, um nicht ganz zu verzweifeln.

Karla hatte die traditionelle Osterparty im Jugendtreff Eichkamp um ein Uhr nachts verlassen. Zwei Freundinnen hatten sie mit dem Auto nach Hause gebracht und waren weitergefahren. Leider ohne abzuwarten, bis Karla im Haus war. Die Polizei ging deshalb davon aus, dass jemand Karla in unmittelbarer Nähe des Hauses aufgelauert haben musste. Später sagten die Mädchen aus, Karla habe sich im Jugendtreff angeregt mit einem Jungen unterhalten, der mit seiner Familie neu in die Siedlung gezogen sei. Der war aber noch bis morgens um vier Uhr mit Freunden unterwegs und stand noch unter Restalkohol, als die Polizei ihn mittags aus dem Bett holte und anschließend vernahm.

In den folgenden Tagen hatten mehrere Hundestaffeln der Polizei die Wälder rund um die Siedlung ergebnislos durchsucht. Und Michael Rubisch war aufgrund der Beobachtung von Jennifers Mutter bis heute die einzige heiße Spur geblieben. Jetzt hatte die Polizei einen Ben Weidner unter dringendem Tatverdacht für die beiden Morde der letzten Tage. Und wenn es damals wie heute Weidner gewesen war, dann wäre Karla höchstwahrscheinlich tot.

Sie hatte durch eine Sondermeldung im Radio weitere Details zu den Morden erfahren. Karla entsprach nicht dem Frauentyp, auf den es der Mörder abzusehen schien. Sie war weder verheiratet noch hatte sie ein Kind. Umso mehr sie jetzt darüber nachdachte, desto mehr reifte in ihr die Überzeugung, dass damals mit ihrer Schwester etwas anderes geschehen sein musste, als mit den beiden Frauen, die in ihren Badewannen ertränkt wurden.

»Die Fahndung läuft jetzt unter Mithilfe der Bevölkerung und der Medien«, hatte ihr Fahrer, Kommissar Metzger, Jennifer erklärt und gelächelt. »Bald haben wir ihn, da bin ich ganz sicher. Ganz unterzutauchen gelingt den wenigsten.«

Außerdem hatte der Mörder die beiden toten Frauen offen zur Schau gestellt. Karla hingegen war wie vom Erdboden verschluckt. Vielleicht hat der Mörder seine Vorgehensweise geändert, vielleicht auch seine Ausgangsmotivation, dachte Jennifer. Aber wenn nicht, dann könnte die Polizei, jedenfalls was ihre Schwester betraf, mit Weidner den falschen Mann suchen. Und wieder landete sie unweigerlich bei Michael Rubisch. Zu ihm würde auch die Bibel passen, die vor dem Haus gelegen hatte. Schließlich gilt das katholische Kloster, in dem er aufgewachsen ist, als erzkonservativ, dachte sie. Und mit diesem Gedanken wurde sie auf einmal unruhig.

Jennifer stand auf. Ihr Herz schlug schnell. Sie musste sich beruhigen und endlich mit der Grübelei aufhören. Sie ging zu ihrer alten Stereoanlage, um eine CD anzumachen. Der Soundtrack von *Das letzte Einhorn* gefiel ihr im Moment am besten, auch wenn die düstere Stimmung, die die Musik erzeugte, ihre Traurigkeit nur noch mehr verstärkte. Als sie sich umdrehte und sich auf ihr Bett fallen lassen wollte, blieb ihr Blick an den runden Spiegeln hängen, die sie in verschiedenen Größen an ihren Kleiderschrank geklebt hatte, um die Kratzer daran zu verdecken.

Sie war schon immer zierlich gewesen und mit ihrem einen Meter sechzig fünfzehn Zentimeter kleiner als Karla. In den letzten Monaten hatte sie stark an Gewicht verloren. Ihre Gesichtsknochen zeichneten sich scharf ab und verliehen ihrem Äußeren den Ausdruck von Harm und Verbitterung. Ihr langes braunes Haar hatte jeden Glanz verloren, und auf ihren Augen lag ein seidenmatter Schimmer der Melancholie. Als sie sich so sah, schlug sie mit der Faust so fest gegen eine der Spiegelscheiben, dass sich darauf unzählige Risse bildeten. Ihre Finger schmerzten von dem Schlag. Aber es tat gut. Der Schmerz lenkte sie von dem unerträglichen Wehleiden in ihrem Herzen ab. Wieder schlug Jennifer zu, dann wieder und wieder, bis die Knöchel ihrer Finger aufgeschlagen waren und bluteten. Die Spiegel auf ihrem Schrank waren nun vollständig zertrümmert. So passt ihr viel besser zum Schrank und zu meinem Leben, dachte Jennifer zornig. Sie ging ins Badezimmer und umwickelte ihre Hand mit einem Verband.

Die Polizei würde ihr wieder nicht helfen. Ihre Mutter hat ein gutes Personengedächtnis. Sie hat noch nie jemanden verwechselt. Wenn sie sagt, dass es eindeutig dieser Michael Rubisch gewesen war, der vor dem Haus stand, dann war das auch so. Blieb die Frage offen, warum so viele Menschen dem Jungen ein falsches Alibi gaben, wenn es nichts zu verbergen gab? Jennifer trat vor den Waschtisch und betrachtete trotzig ihr eigenes Spiegelbild. Sie wischte sich die Tränen mit dem Handrücken aus dem Gesicht. Zorn überkam sie. Warum half ihr denn schon wieder niemand? Warum ließ die Polizei sie im Stich? Die Wut kochte weiter in ihr hoch. Ich muss hier raus, ich muss etwas tun, dachte sie. Insgeheim wusste sie, dass die Situation aussichtslos war und sie sich in etwas verrannte. Doch das war besser, als nichts zu tun. Besser, als zu akzeptieren, dass ihre Schwester tot war und ihre Mutter nie wieder gesund werden würde. Jennifer zog die Nase hoch, wusch sich das Gesicht und trocknete es ab. Dann lief sie aus dem Haus. Marlene Rubisch wohnte nur wenige Häuserblocks entfernt, und Jennifer würde ihr einen Besuch abstatten. Diesmal hätte sie keine Angst, die über Sechzigjährige selbst zu fragen, ob ihr Enkelsohn an dem fraglichen Nachmittag tatsächlich in der Küche des Klosterinternats gearbeitet hatte. Und sie würde es schon merken, ob die alte Dame die Wahrheit sagte oder nur ihren Enkel schützen wollte.

29

Ben war von der fünften bis zur siebten Klasse Schüler des katholischen Klosterinternats am Teufelssee gewesen, und in dieser Zeit war seine Freundschaft mit Viktor von Hohenlohe entstanden.

In den Augen von Bens Vater Maximilian war Ben ein aufsässiges, stures und widerspenstiges Kind gewesen, dem das für seine strenge christliche Erziehung bekannte Internat bessere Manieren beibringen sollte. Für Ben waren die drei Jahre, die er dort hatte verbringen müssen, die Hölle gewesen. Er war dort von Anfang an ein Außenseiter gewesen. Aber nur, weil er es selbst so wollte. Er war lieber allein, während die anderen in den Pausen und am Abend in Gruppen zusammenhingen. Sein Klassenkamerad Viktor mochte es damals, die Haare etwas länger als angebracht zu tragen. Er legte Wert darauf, dass seine dichten glänzenden blonden Haare stets sauber gescheitelt waren und gepflegt aussahen. In Kombination mit der perfekt geraden Haltung und der herausgedrückten Brust erschien ihm Viktor noch heute als ein edler Ritter.

Auch Viktor fand zumindest in den ersten Jahren keinen Anschluss im Internat. Im Gegensatz zu Ben hätte Viktor allerdings nur allzu gern dazugehört, die anderen Schüler und Schülerinnen lehnten ihn jedoch wegen seiner aristokratisch arroganten Art kategorisch ab.

Im zweiten Jahr auf dem Internat waren die beiden Außenseiter, die verschiedener nicht sein konnten, zunächst zu Zimmergenossen und dann zu Freunden geworden. Viktor war schon als Heranwachsender ein arroganter Snob und irgendwie anders gewesen. Er wirkte nicht nur eingebildet, er war es auch. Aber Ben wusste mit seiner Art umzugehen. Schon damals übernahm Viktor gern die Rolle des Anführers. Allerdings war niemand bereit, ihm zu folgen. Ein Kind, wie es in jeder Klasse vorkam. Eines, das den Neid und die Aggressionen der Mitschüler gegen sich provozierte und zu den Gruppenspielen immer als Letzter gewählt wurde. Viktor war schmächtig, hatte unreine Haut und strahlte doch ein immenses Selbstbewusstsein aus, von dem man sich immer fragte, woher es rührte. Für die meisten anderen Internatsschüler war Viktor von Hohenlohe wie ein Boxsack, an dem man seine Aggressionen abreagieren konnte. Ben konnte es nicht leiden, wenn sich die Stärkeren an den Schwächeren vergriffen, nur weil sie es konnten. Und so kam es, dass Ben, der schon damals einen starken Hang zur Gerechtigkeit verspürte und dafür keiner Rauferei aus dem Weg ging, seinen Freund Viktor ein ums andere Mal vor einer Tracht Prügel durch seine Mitschüler bewahrt hatte.

Ben war heilfroh gewesen, als er dann in der achten Klasse endlich wieder auf eine normale Schule gehen durfte, was er nur dem Umstand zu verdanken hatte, dass sein Vater den größten Teil seines Geldes von einem auf den anderen Tag verloren hatte.

Bens Vater war mit Immobiliengeschäften reich geworden. Dabei nahm er es mit dem Gesetz nicht so genau, weshalb er wegen Steuerhinterziehung für vier Jahre im Gefängnis landete. Die hohe Rückzahlungssumme an das Finanzamt, die ihm zusätzlich auferlegte Geldbuße sowie hinzukommende geschäftliche Fehlspekulationen führten dazu, dass er in Insolvenz geriet und seine Bankkonten eingefroren wurden. Somit konnte Bens Vater die Schulgebühren für das Klosterinternat nicht mehr aufbringen.

Während Bens Mutter sich sehr schnell wieder einen anderen reichen Mann geangelt hatte und mit diesem durch die

Welt reiste, gründete Bens Vater nach dem Knast wieder eine neue Familie, mit der er alle Hände voll zu tun hatte, und kümmerte sich daher nicht mehr groß um seinen Erstgeborenen.

Ben sah aus dem Fenster in Arnulf Schillings Krankenzimmer und ließ seinen Blick über die Landschaft schweifen. Tamara Engel, das erste Mordopfer, hatte zusammen mit Viktor Abitur gemacht. Sie musste also auch eine Klosterschülerin gewesen sein, was Ben mit einem Mal merkwürdig vorkam. Ben wusste noch nicht, worin die genauen Zusammenhänge bestanden. Aber das Klosterinternat schien auf irgendeine Art und Weise das Bindeglied zwischen den aktuellen Morden und der Entführung von Schillings Nichte Karla darzustellen. Und der wahre Täter musste, warum auch immer, absichtlich eine Spur dorthin gelegt haben. Wollte ihn wirklich jemand bewusst zu jenem Ort steuern, und was sollte es dort zu entdecken geben? Oder war alles nur ein großer Zufall, und er bildete sich die Zusammenhänge nur ein? Nach dem Fahndungshinweis der Polizei über die Medien würden viele Leute sein Gesicht aus dem Fernsehen und seinen Namen und seine Beschreibung aus dem Radio kennen. Ben fragte sich, ob er es unter diesen Gegebenheiten überhaupt schaffen konnte, bis zum Klosterinternat zu gelangen, ohne dass die Polizei ihn vorher festnahm.

Das Klostergelände und der nahe Teufelssee lagen abseits der besiedelten Gebiete mitten im Grunewald. Mit der U-Bahn oder der S-Bahn war das Internat nicht direkt zu erreichen. Außerdem würde es gerade rund um die öffentlichen Verkehrsmittel vor Polizei und Menschen nur so wimmeln.

Als er sich wieder zu Schilling umdrehen wollte, blieb Bens Blick an einem ungeöffneten gelben Umschlag, der in einem Blumenstrauß steckte, haften.

»Sind das Ihre Blumen?«, fragte Ben.

»Allerdings. Die hat heute Mittag ein Bote gebracht. Auf dem Beistelltisch stand bereits das Essen, deshalb habe ich ihn gebeten, den Strauß in die leere Vase auf der Fensterbank zu stellen. Der junge Mann war sogar so freundlich und hat die Vase vorher noch mit Wasser gefüllt.«

Auf dem Umschlag stand nicht der übliche Aufdruck eines Blumengeschäftes. Dieser hier war gänzlich unbeschriftet, was Ben merkwürdig erschien.

»Von welcher Firma kam denn dieser Bote?«

»Das hat er nicht gesagt, nur, dass er einen Blumenstrauß für Arnulf Schilling überbringen soll.«

Schillings Augen blitzten auf einmal auf, als ob er eine Erleuchtung gehabt hätte.

»Aber klar doch. Sie müssen der angekündigte Besucher sein!«, rief er dann aus.

Ben sah den ehemaligen Psychiater verständnislos an. Schilling richtete sich in seinem Bett noch weiter auf und begann aufgeregt zu erzählen.

»Der Bote sagte, der Blumenabsender habe ihn gebeten, mir mitzuteilen, dass später noch Besuch kommen würde und ich den Umschlag bis dahin geschlossen lassen soll. Es würde dann eine Überraschung geben. Ich habe meine Freunde aus dem Musikverein oder meine Nachbarin Irene hinter der ganzen Sache vermutet.«

Ben spürte ein Kribbeln auf seiner Kopfhaut und sein linkes Augenlid begann zu zucken. »Darf ich ihn aufmachen und reinschauen?«, fragte er.

»Aber bitte gern, ich bin selbst ganz gespannt, was das für eine Überraschung sein soll.«

Als Ben das Foto aus dem Umschlag herauszog, begann die Welt im Bruchteil einer Sekunde um ihn herum zusammenzubrechen. Sein Magen verkrampfte sich, als ob sich eine glühend heiße Kugel darin befände, und sein Herz zog sich zusammen. Die Angst in seiner Brust schien es ihm unmöglich zu machen, Luft zu holen und zu atmen. Jetzt wusste er: Die gleichen Zeitangaben im Entführungsfall Karla und bei den Morden waren kein Zufall. Er sollte herkommen, um sich von Schillings Identität zu überzeugen. Es war von Anfang an der Plan des Monsters da draußen gewesen, dass er diesen Umschlag fand. Er war nicht für Schilling bestimmt, sondern für ihn. Dem Kerl genügte es nicht, ihm, aus welchem Grund auch immer, eine Mordserie anzuhängen. Mit dem Inhalt des Umschlags hatte derjenige den Einsatz erhöht und das grauenvolle Spiel, das er offensichtlich mit Ben trieb, auf eine ganz andere Ebene gehoben.

Wie paralysiert betrachtete Ben das Foto in seiner Hand. Darauf waren Nicole und Lisa zu sehen, wie sie gerade dabei waren, das Haus zu verlassen. Über Nicoles Kopf war ein Kreuz gemalt. Auf der Rückseite des Fotos stand eine Nachricht: *Sein Wille geschehe! Um 2 Uhr 41!*

30

Ben musste sich zwingen, das Gaspedal nicht voll durchzutreten und so noch mehr Aufmerksamkeit auf sich zu lenken, als es der rote Chevrolet Camaro, Baujahr 1968, ohnehin schon tat. Er hatte Schilling das Foto gezeigt. Die Botschaft auf der Rückseite war klar: Entweder Ben würde es schaffen, bis 2 Uhr 41 den Irren aufzuhalten, oder seine Frau musste auf die gleiche Art sterben, wie die beiden anderen Frauen. Und

Lisa würde dabei zusehen müssen, wie ihre Mutter ertränkt wurde.

Noch von Schillings Zimmer aus hatte Ben versucht, Nicole zu erreichen. Doch sie ging weder ans Festnetztelefon noch ans Handy. Er ärgerte sich, dass er in der Kellerparzelle eingeschlafen war. Aber wie hätte er wissen sollen, was ihn in Schillings Krankenzimmer erwarten würde? Und hätte es was geändert? Befanden sich Nicole und Lisa womöglich schon in der Gewalt dieses Irren? Nachdem er Nicole nicht erreichen konnte, hatte er, obwohl es ihm innerlich widerstrebte und erneut Wut in ihm aufflammte, Viktor angerufen. Da Viktor und Nicole jetzt anscheinend ein Paar waren, war es gut möglich, dass sie bei ihm war, oder er zumindest wusste, wo sie und Lisa sich aufhielten oder zuletzt gewesen waren. Wahrscheinlich war Viktor sogar der Grund, warum Nicole die Scheidung eingereicht hatte, aber hier ging es schließlich um das Leben von Nicole und Lisa. Doch leider war auch Viktor nicht ans Telefon gegangen. Seit den erfolglosen Anrufen hämmerte sein Herz mit der Wucht und Lautstärke eines Glockengeläuts in seinem Brustkorb. Arnulf Schilling hatte Ben auf die Idee gebracht, sich den Wagen des Patienten auszuborgen, der mit Schilling das Krankenzimmer teilte und bei jeder sich bietenden Gelegenheit mit seinem roten Baby prahlte.

»Von diesem Wagen wurden damals nur siebentausendzweihundert Stück weltweit verkauft, davon existieren heute nur noch ganz wenige, und einer davon gehört mir. 4,9-Liter-V8-Motor, 290 PS, rundum überholt und aus den Staaten importiert«, äffte Schilling ihn nach. Er hielt den grobschlächtigen Kerl namens Arno Reinicke für einen schmierigen Typen, der außerdem nervte, weil er die Nacht hindurch im Zimmer fernsah.

»Dem Idioten haben sie das Nasenbein zertrümmert, und

am Kopf hat er auch was abgekriegt. Platzwunde, Gehirnerschütterung. Aber wenn Sie mich fragen, hatte der vorher schon 'ne Meise. Arno hat aber darauf bestanden, dass sein alter Camaro hier parkt, weil er nämlich vorhat, ab und zu mit der Karre nach Hause zu fahren.«

Schilling hatte Ben den Tipp gegeben, dass er die Autoschlüssel in Arnos Kleiderschrank finden würde.

»Hey, so ein kleiner Autodiebstahl fällt bei den zwei Morden, die man Ihnen anlastet, nun wirklich nicht mehr ins Gewicht«, hatte Schilling gesagt, als Ben mit dem Autoschlüssel in der Hand den Schrank wieder schloss. Ben wurde das Gefühl nicht los, dass es Schilling eine diebische Freude bereitete, seinem Zimmergenossen eins auszuwischen.

»Am besten, Sie nehmen die stinkende Lederkutte von diesem Armleuchter auch gleich noch mit. Verdammt, der wird total ausrasten, da ist endlich mal Leben in der Bude. Und keine Sorge, ich werde Sie nicht verraten. Ich werde sagen, dass ich tief und fest geschlafen habe. Die Schmerztabletten sind aber auch ganz schön stark.« Schilling gluckste. Dabei kniff er die Augen zusammen.

»Das Parkticket und seinen Geldbeutel finden Sie übrigens in der Containerschublade neben seinem Bett. Bedienen Sie sich ruhig. Weiß doch jeder, dass man im Krankenhaus auf seine Wertsachen aufpassen muss.«

Ben war, so schnell er konnte, über das Treppenhaus nach unten geeilt, hatte das Parkticket bezahlt und war mit dem Wagen vom Klinikgelände gerast.

Während der Fahrt gingen Ben zwei Fragen durch den Kopf: Warum hatte der Killer ihm die Morde angehängt, und aus welchem Grund hatte er es auf seine Familie abgesehen? Wenn er diese Fragen beantworten könnte, würde er wahrscheinlich schlussfolgern können, wer der gesuchte Mörder war. Er glaubte nun aber zumindest ausschließen zu können, dass er selbst während seiner beiden Blackouts, ohne sich daran erinnern zu können, zum Mörder geworden war. Es sei denn, er litt wirklich unter einer abgespaltenen Persönlichkeit. Dieses andere Ich konnte dann in einem Zeitraum, an den er keine Erinnerung oder sich schlafend geglaubt hatte, die Kontrolle übernommen haben. Er wollte einfach nicht glauben, dass er psychisch so krank sein könnte und versuchte sich deshalb darauf zu konzentrieren, dass es jemand anderes geben musste, der es auf seine Familie und ihn abgesehen hatte. Aber ein Restzweifel blieb.

Der Killer musste jemand sein, der nicht nur einem religiösen Wahn folgte, sondern auch seine persönlichen Rachegelüste an ihm befriedigte, indem er ihm die Morde anhängte und nun Nicole und Lisa als seine nächsten Opfer ausgesucht hatte. Und gerade darauf konnte Ben sich keinen Reim machen.

Kurz hatte Ben überlegt, Hartmann über das Foto mit der Nachricht zu informieren. Aber da dieser steif und fest behauptete, dass Ben der Mörder war, ließ er davon ab. Er würde ihn nur auf seine Spur bringen, und dieses Risiko konnte Ben nicht eingehen. Es war, als ob dieser Kommissar Scheuklappen trug und einseitig ermittelte, mit dem Ziel, Ben zu schaden. Ähnlich wie der Killer. Der Blumenstrauß mit der Nachricht wäre kein Beweis, der Ben entlastete. Die Kripobeamten würden davon ausgehen, er selbst hätte einen Kurier mit der Auslieferung beauftragt, und ihm unterstellen, das Ganze sei ein Ablenkungsmanöver. Der Mörder musste das ins Kalkül gezogen haben, als er Ben indirekt dazu aufforderte, in das Spiel einzusteigen und ihn zu stoppen.

Dann war Ben endlich da. Er parkte den Camaro ein paar hundert Meter weit entfernt von Nicoles Wohnung. Er musste die Möglichkeit in Betracht ziehen, dass die Polizei die Wohnung observierte, weil sie vermuteten, dass er hier auftauchen könnte. Erst in letzter Sekunde hatte er noch daran gedacht, Hut, Stock und Mantel aus dem Krankenhaus wieder mitzunehmen. Hier in seiner alten Wohngegend war die Gefahr besonders groß, dass ihn jemand erkannte, und auch, wenn er sein Gesicht nicht verändern konnte, so schützten ihn doch der tief ins Gesicht gezogene Hut, der hochgeschlagene Mantelkragen und seine nach vorn gebeugte Haltung. Wer interessierte sich schon für einen älteren Herrn bei einem Sonntagsspaziergang?

Sicherheitshalber beschloss Ben, sich Nicoles Wohnung von hinten über den Garten der Familie Holzer zu nähern. Früher hatten sie gelegentlich zusammen mit den Holzers gegrillt. Die Nachbarn schienen nicht zu Hause zu sein, denn ihr Wagen stand nicht auf dem überdachten Stellplatz. Ben ging seitlich am Haus vorbei in den Garten. Dabei spähte er durch die seitlichen Fenster. Es war niemand zu sehen. Er hoffte, dass tatsächlich niemand zu Hause war. Zu seinem Glück existierte auch noch der durch einen Strauch verdeckte ausgesparte Platz in der Hecke, der es ermöglichte, von einem Garten in den anderen zu gelangen, ohne um den halben Block laufen zu müssen.

Mit klopfendem Herzen und in der Erwartung, dass ihn jeden Moment jemand zur Rede stellte, was er hier zu suchen habe, schlüpfte er in Nicoles kleinen Garten. Mit schnellen Schritten überquerte er die ehemals gepflegte Rasenfläche, die zurzeit nur noch als Wiese mit allerlei Unkraut und Wildblumen durchging. Auf der schief stehenden Wäschespindel hing längst getrocknete Kleidung. Der kleine Geräteschuppen, in dem auch die Fahrräder untergebracht waren, war stark verwittert und benötigte dringend einen frischen Anstrich. Der Duft des Jasmins, den Nicole so sehr liebte, schlug ihm entgegen, als er über die Terrasse an das bodentiefe Fenster zum Wohnzimmer herantrat. Es war niemand zu sehen. Er klopfte mehrmals fest gegen die Scheibe und legte Mantel, Hut und Stock ab, damit Lisa und Nicole ihn erkannten, falls sie ins Zimmer kamen. Aber irgendwie spürte er, dass die Wohnung leer war. Dennoch würde er sich davon überzeugen müssen. Vielleicht hatte derjenige, der seine Familie bedrohte, Nicole und Lisa in der Wohnung überwältigt und gefesselt. Und selbst wenn Nicole und Lisa einfach nur unterwegs waren, musste er dennoch irgendwie in die Wohnung gelangen. Vielleicht würde er dort einen Hinweis finden, wo die beiden sein konnten.

Er klopfte noch fester an die Scheibe. Er wusste, dass man dieses Geräusch bis in die zur Straße gelegene Küche, das Arbeitszimmer und Lisas Kinderzimmer hören konnte. Als Lisa klein war, hatte sie nur zu oft diese Methode benutzt, um von draußen auf sich aufmerksam zu machen. Als sich kurz darauf noch immer nichts rührte, trat er an den rechten Rand der Terrasse und hob einen großen Zierstein an, unter dem sich je ein Ersatzschlüssel für die Haustür und die Wohnungstür befanden, die er schon vor Jahren dort deponiert hatte. Nicole hatte er nie davon erzählt. Sie hätte es aus Angst davor, dass ein Einbrecher die Schlüssel finden könnte, nicht geduldet.

Die Schlüssel waren für Ben in diesem Moment allerdings nutzlos, denn wahrscheinlich stand der Hauseingang unter Polizeibeobachtung. Der schwere Zierstein erschien ihm als sehr viel nützlicher. Während der zur Wohnung gehörige Garten von einigen umliegenden Häusern her einsehbar war, lag die Terrassentür in einer Nische, die dank des Laubdachs eines Ahornbaumes auf dem rechts angrenzenden Grundstück und einer Eiche im Garten des Hauses, in dem die Holzers wohnten, vor den neugierigen Blicken der Nachbarn vollkommen geschützt lag. Er holte aus und schleuderte den Stein mit voller

Wucht durch das Glas der Terrassentür. Es gab ein lautes Krachen, das sicher in der Nachbarschaft zu hören war. Ben konnte nur hoffen, dass sich dadurch niemand veranlasst sehen würde, nach dem Rechten zu sehen. Dann griff er vorsichtig durch das scharfzackige Loch in der Glasscheibe und öffnete die Tür.

»Nicole, Lisa, seid ihr da?« Es kam keine Antwort. Er betrat das Wohnzimmer. Das zerbrochene Glas knirschte unter seinen Schuhen. Wieder rief er Nicoles Namen. Keine Reaktion. Die Enttäuschung nahm ihm alle Kraft. Der Anrufbeantworter blinkte, und Ben hörte ihn ab. Es war nur seine eigene Nachricht, die er bei seinem Anruf aus Schillings Krankenzimmer darauf hinterlassen hatte: »Nicole, wenn du das hörst, bleib bitte mit Lisa im Haus. Ruf die Polizei an. Jemand will euch entführen. Öffnet niemandem die Tür, wenn es klingelt. Ich bin gleich bei euch und erkläre alles. Aber bitte, ihr müsst mir glauben, ihr seid in Gefahr.«

Schnell arbeitete sich Ben durch alle Räume des Hauses. Mit jeder weiteren Tür, die er öffnete, verflog ein weiteres Stück seiner Hoffnung, Nicole und Lisa könnten doch hier sein. Vielleicht gefesselt und geknebelt, so dass sie ihm nicht antworten konnten.

Nachdem er alles abgesucht hatte, ging er wieder zurück ins Wohnzimmer. Auf der hohen Küchentheke, vor der zwei Barhocker standen, sah er Nicoles aufgeklapptes Notebook. Mit einem Tastendruck ließ er den Computer hochfahren. Daneben lag die Sonntagsausgabe des *Berliner Boulevardblatts*. Der aufgeschlagene Artikel ließ Ben zusammenfahren. *Hellseher sieht Mord auf die Minute genau voraus*, tönte der Titel. Schnell überflog Ben den Inhalt, der sich weniger damit beschäftigte, wer der Mörder von Tamara E. war, als vielmehr mit den mysteriösen Fähigkeiten des Hellsehers Arnulf Schilling, dessen Name mit einem roten Stift umrandet war.

O nein, bitte nicht, dachte Ben und stöhnte innerlich auf. Er kannte Nicole. Sie war süchtig nach Esoterik, allen möglichen Verschwörungstheorien und Pseudowissenschaften. An der Decke über ihrem Bett klebte das Poster einer Finca in der Provence. Nicole glaubte ernsthaft, wenn sie morgens nach dem Aufwachen und abends vor dem Einschlafen darauf blickte und sich vorstellte, wie es wäre, dort zu leben, dann würde das Universum ihr diesen Wunsch irgendwann erfüllen.

Als Ben den Verlauf des Internetbrowsers aufrief, fand er seinen Verdacht bestätigt. Nicole hatte Arnulf Schillings Adresse gesucht und über ein Kartenprogramm die Wegbeschreibung dorthin abgefragt. Es war Sonntag. Der Tag, an dem Nicole immer gern etwas Besonderes mit Lisa unternahm, und Ben war sich in diesem Moment sicher, wohin der Ausflug heute gegangen war.

Ben hatte keine Ahnung, wie Viktors Schmierblatt Wind davon bekommen hatte, dass der Mörder in Tamara Engels Wohnung genau die Zeitangabe zurückgelassen hatte, die der falsche Arnulf Schilling Ben genannt hatte. Die Polizei hatte diese Information jedenfalls nicht an die Presse weitergegeben. Ben vermutete, dass es auf den engen Draht, den Viktor zum leitenden Oberstaatsanwalt pflegte, zurückzuführen war.

Das Telefon lag auf dem Wohnzimmertisch. Als Ben die getätigten Anrufe durchklickte, stutzte er. Nicole hatte tatsächlich Arnulf Schillings Nummer angerufen. Bereits gestern am späten Nachmittag. Das Gespräch hatte über zwei Minuten gedauert. Wie konnte das sein, wenn Schilling doch im Krankenhaus lag?

Erneut versuchte Ben nun Nicole auf dem Handy zu erreichen. Wieder sprang die Mailbox an. Das war eigentlich nicht ungewöhnlich. In der Regel vergaß Nicole ihr Handy, wenn sie aus dem Haus ging oder aber steckte es so tief in ihre Handtasche, dass es zwischen all dem anderen Zeug eingeklemmt und wegen des viel zu leise eingestellten Klingeltons nicht zu hören war. Und die im Moment wahrscheinlichste Erklärung war, dass sie vergessen hatte, den Akku aufzuladen, weshalb die Mailbox sofort ansprang und erst gar kein Klingeln zu hören war. Eine andere Möglichkeit bestand darin, dass Nicole und Lisa sich bereits in der Gewalt des Mörders befanden. Doch das musste nicht zwangsläufig so sein. Und er wollte es sich nicht ausmalen.

Zumindest wusste Ben nun, wo die beiden wahrscheinlich hingefahren waren. Dieses Wissen musste er mit jemandem teilen, dem er vertrauen konnte. Nur für den Fall, dass ihn die Polizei schnappen und man ihm nicht glauben würde, bevor er Arnulf Schillings Haus erreichte. Als Erstes kam ihm Viktor in den Sinn. Aber auch der zweite Versuch, diesen zu erreichen, blieb erfolglos. Deshalb wählte Ben nun eine Nummer, die ebenfalls zu den wenigen Telefonnummern gehörte, die er auswendig kannte.

»Färber«, meldete sich die von Zigaretten und Whiskey knarzende Stimme des Polizeireporters. Er wirkte verschlafen.

»Hier ist Ben.«

»Was? Soll das ein Witz sein? Wo bist du? Die halbe Welt sucht nach dir. Man könnte meinen, du bist der Staatsfeind Nummer eins.« Freddie wirkte auf einmal hellwach.

»Du musst mir jetzt gut zuhören«, sagte Ben.

»Ja, ja, ist schon klar. Ich glaube übrigens immer noch nicht, dass du das warst.«

Ben hörte einen Schraubverschluss, der geöffnet wurde, und dann ein gluckerndes Geräusch. »Hey Freddie, du sollst jetzt nicht saufen. Ich brauche dich wach und voll bei der Sache.«

Freddie trank gern einen über den Durst, und er machte auch kein Geheimnis daraus.

»Mann, du hast mich gerade geweckt, Ben. Ich trink doch nur einen kleinen Schluck, um wieder zu mir zu kommen.«

Ben blies die Backen auf. Er war auf Freddie angewiesen. Er hatte sonst niemanden, dem er vertrauen konnte. »Also gut. Du bist jetzt so was wie mein Joker, okay?«

Ein Rülpser drang durch die Leitung. »Geht klar. Schieß los, ich bin ganz Ohr, alter Kumpel.«

»Der wahre Mörder hat mir eine Nachricht zukommen lassen. Er will Nicole auf die gleiche Weise wie die anderen Frauen umbringen, wenn ich ihn nicht vorher finde und stoppe.«

»Scheiße!«

»Ich glaube, Nicole und Lisa sind zu Arnulf Schillings Haus gefahren. Wenn die Polizei mich auf dem Weg dorthin festnehmen sollte, musst du an meiner Stelle alles tun, um Nicole und Lisa zu finden. Aber ganz wichtig: Es gibt eine Frist, bis wann wir den Killer aufgespürt haben müssen. Kommende Nacht um 2 Uhr 41. Hast du dir das gemerkt?«

»Ja.«

»Danke Freddie. Ich verlass mich auf dich«, sagte Ben und legte auf.

Anschließend ging er in die Küche und trat ans Fenster. Von dort aus spähte er auf die Straße vor dem Haus, darauf bedacht, dass man ihn nicht sehen konnte. Er wollte wissen, ob die Polizei tatsächlich vor Ort war. In diesem Fall konnte er davon ausgehen, dass der Killer sich Nicole und Lisa nicht schon hier in der Wohnung geschnappt hatte. Das wäre ein viel zu großes Risiko gewesen. Auf der gegenüberliegenden Seite parkte ein Audi A4. Zwei Männer saßen darin. Zigarettenrauch strömte auf der Fahrerseite aus dem einen Spalt weit geöffneten Fenster. Und dann wurde Bens Verdacht, dass es sich in dem Wagen um Polizisten handelte, zur Gewissheit, denn im nächsten Moment hielt direkt vor dem Hauseingang ein Streifenwagen an. Der Fahrer des Audis stieg aus, warf seine Zigarette weg und eilte mit dem ebenfalls ausgestiegenen Beifahrer auf die uniformierten Polizisten zu, die bereits auf dem Gehweg standen. Ein Mann, den Ben als einen Nachbarn aus dem Haus nebenan erkannte, trat zu ihnen und zeigte auf Nicoles Wohnung. Genau auf das Küchenfenster hinter dem Ben stand. Er musste die Polizei gerufen haben, als er das Klirren der Fensterscheibe gehört hatte. Dann gingen die Streifenpolizisten auf den schmalen Weg, der hinter das Haus führte, zu, während die beiden in Zivil gekleideten Männer aus dem Audi vor dem Haus stehen blieben.

Ben rannte nach hinten zur Terrassentür. Er drehte sich nicht um, als er durch den Garten in Richtung der Hecken rannte. Hinter sich glaubte er die Stimmen der Polizisten zu hören, die über einen schmalen Seitengang neben dem Mietshaus vorbei in den Garten kamen. Noch versperrte ihnen der Schuppen die Sicht auf den Flüchtenden, und solange würden sie sich hoffentlich nur langsam und vorsichtig der Rückseite der Wohnung nähern. Im nächsten Moment gelangte Ben an den Hecken vorbei in den Garten der Holzers. Er lief, so schnell er konnte, weiter. Dann ertönte eine laute weibliche Stimme hinter ihm. Erschrocken zuckte er zusammen, beschleunigte dann aber sein Tempo.

»Dahinten läuft er«, schrie eine Frau vom Balkon ihrer Mietwohnung. Vermutlich war es die Frau des Nachbarn, der die Polizei gerufen hatte.

Ben rannte nun am Haus der Holzers vorbei. Dabei kam es ihm vor, als hätte er Blei in den Schuhen. Gewiss würden die Polizisten ihn einholen. Auf dem Gehweg angelangt, beherrschte ihn nur ein Gedanke: Er musste es so schnell wie möglich bis zur nächsten Straßeneinmündung schaffen, dann abbiegen und hinter einer Häuserwand verschwinden. Wenn die Verfolger ihrerseits erst dann auf den Gehweg traten, würden sie nicht wissen, ob er nach links oder rechts oder in einen der gegenüberliegenden Gärten gelaufen war. Sie würden Zeit damit verlieren, zu überlegen, wohin sie laufen sollten und mit Sicherheit würden sie sich aufteilen.

Tatsächlich gelang es Ben, noch an Tempo zuzulegen. Beim Laufen hörte er nur seinen hechelnden Atem und seine eigenen Schuhsohlen auf dem Bürgersteig. Keine Schritte hinter ihm, keine Rufe, er solle stehen bleiben, und vor allem kein Warnschuss. Nur noch ein paar Meter, dann scharf links, und er wäre so gut wie an dem Platz, wo er den Camaro geparkt hatte. Dann bog er ab, und seine Rechnung schien aufzugehen. Er sah den Camaro und zog noch im Laufen den Schlüssel hervor. Er öffnete die Wagentür, sprang hinein, zog die Tür wieder ins Schloss und startete den Wagen. Dann wendete er und raste davon. Als er die nächste rettende Kreuzung erreichte und nach rechts abbog, war im Rückspiegel noch immer niemand zu sehen.

31

Mit jedem Schritt, den Jennifer Braun sich Marlene Rubischs Haus näherte, schlug ihr Herz ein wenig schneller, und ihre ursprüngliche Entschlossenheit wandelte sich in eine immer größer werdende Unsicherheit. Sie fragte sich mittlerweile, ob sie das Richtige tat. Bald würde die Polizei ihren Hauptverdächtigen festnehmen, und dann würde sich herausstellen, ob er etwas mit Karlas Verschwinden zu tun hatte. Also warum sollte sie jetzt eine ältere Dame der Lüge bezichtigen? Ihr Nachhaken würde nichts anderes bedeuten. Allein schon die Frage, ob Marlene Rubischs Enkel Michael tatsächlich am Mittag vor Karlas Verschwinden in der Küche des Internats gearbeitet hatte, wo doch ihre Mutter ihn zur selben Zeit vor ihrem Haus gesehen hatte, implizierte, dass Jennifer Marlene Rubisch nicht glaubte.

Jennifers Mutter Anita kannte Marlene Rubisch und hatte diese als freundlich und hilfsbereit beschrieben. Dennoch verließ Jennifer allmählich vollständig der Mut, und sie hatte ein mulmiges Gefühl in der Magengegend bei der Vorstellung, gleich Marlene Rubisch gegenübertreten zu müssen. War sie anfangs noch zügig vorangekommen, so war ihr Gang nunmehr nur noch ein zögerliches Schlendern.

Marlene Rubisch war schließlich nicht die Einzige, die angegeben hatte, dass ihr Enkel bis in den frühen Nachmittag hinein in der Kantine mit dem Abwasch beschäftigt war. Jennifers Mutter hingegen stand mit ihrer Behauptung, Michael Rubisch sei zu dieser Zeit vor ihrem Haus gewesen, alleine da. Hier draußen auf dem Bürgersteig betrachtete Jennifer die Situation dann doch ganz anders als eben im Haus. Das war ihr schon oft so gegangen. Draußen waren die Dinge plötzlich einfacher, und alles erschien klarer. Ihre Wut auf die Polizisten war fast verebbt. Es war, als ob der Wind, der ihr Gesicht streichelte, auch die dunklen Wolken, die ihr Gehirn umnebelten, vertreiben würde. Das ganze Unterfangen kam ihr plötzlich unsinnig vor. Dennoch ging sie langsam weiter in Richtung des Hauses von Marlene Rubisch.

Keine fünfzig Meter von ihrem Ziel entfernt blieb Jennifer neben einer der Platanen, die die Straße auf dieser Seite säumten, stehen und betrachtete verstohlen Marlene Rubischs Haus auf der anderen Straßenseite. Dabei tat sie so, als würde sie etwas in ihrem Rucksack suchen.

Es war ein einfaches, seitlich angebautes Haus mit einem Satteldach. Die roten Ziegel waren von einem Grünstich überzogen und die einst weiß getünchte Fassade trug einen grauen Schleier. Der Vorgarten wurde durch eine niedrige Mauer mit einem hüfthohen schwarzen Eisenzaun umgrenzt. Links neben dem Haus führte eine gepflasterte Einfahrt nach hinten in den Garten und, wie Jennifer vermutete, da sie es aus ihrer Position nicht genauer sehen konnte, zu einer Garage. Es handelte sich um eine alte Wohnsiedlung aus den Sechzigerjahren. Hier lebten vorwiegend ältere Leute, wobei hier und da eine junge Familie zuzog, wenn ein Haus zu verkaufen war, weil die Eigentümer verstarben oder in Pflegeheimen untergebracht werden mussten. Während Jennifer vor dem Haus stand und es genauer betrachtete, fuhr lediglich ein einziges Auto an ihr vorbei.

Verdammt, Jenny, was machst du hier eigentlich? Das ist doch total verrückt. Nein, ist es nicht, ermahnte sie sich. Und diesmal war sie sich nicht sicher, ob sie ihre Gedanken laut ausgesprochen hatte. Unauffällig blickte sie sich um. Ein Fußgänger mit einem Hund an der Leine spazierte an ihr vorbei, ohne ihr Beachtung zu schenken. Noch einmal musste Jennifer sich sagen, dass es wichtig war, mit der Frau zu sprechen. Für sich und ihre Mutter musste sie mit eigenen Worten hören, was Marlene Rubisch bei der Polizei zu Protokoll gegeben hatte. Dann würde sie wissen, ob die Frau log oder die Wahrheit sprach. Schließlich nahm sie all ihren Mut zusammen und ging die fünf Stufen der seitlich gelegenen Haustreppe hinauf. Sie hob die Hand und streckte den Finger in Richtung des runden Klingelknopfs. Einen halben Zentimeter davor stoppte sie in der Bewegung abrupt ab. Ihr Finger schwebte bewegungslos über dem Knopf. Diesmal war es kein gegenläufiger Gedanke, der sie davon abhielt, die Klingel zu betätigen. Sie hatte etwas gehört, und obwohl sie sich nicht sicher war, um was genau es sich handelte, wusste sie doch instinktiv, dass das Geräusch aus dem Inneren des Hauses kam, vermutlich aus dem Keller. Jennifer spürte, wie sich ihre Nackenhaare aufstellten. Sie bekam fürchterliche Angst und sprang wieder die Treppe hinunter. Da war es schon wieder. Diesmal noch etwas lauter und deutlicher. Es hörte sich an, als ob jemand vor Schmerzen schrie. Jennifer erschauderte. Im ersten Moment wäre sie am liebsten weggelaufen. Doch dann dachte sie nach. *Was, wenn Karla hier ist? Was, wenn sie in diesem Keller ist und meine Hilfe braucht?*

Jennifer wandte sich der abschüssigen Einfahrt zu, die an einem Garagentor endete. Dort führte ein schmaler Weg hinter dem Haus vorbei in den Garten. Sie blickte sich kurz nach allen Seiten um. Möglich, dass sie jemand hinter den Gardinen des Hauses beobachtete. Aber das war ihr egal. Sie hatte einen guten Grund, hier rumzuschleichen. Dann huschte sie an der Treppe vorbei über die Einfahrt in den hinteren Bereich des Hauses. Sie schlich zu dem kleinen gekippten Kellerfenster am Ende der Hauswand, aus dem die Geräusche nach außen traten. Wegen der hohen Hecke zum Nachbarhaus konnte sie hier niemand mehr sehen. Nur wäre es ihr jetzt lieber gewesen, sie wäre weniger gut versteckt. Dann würde sie gegebenenfalls einen Passanten auf dem Bürgersteig um Hilfe bitten können, wenn sie denn welche benötigte.

Das Kellerfenster bestand aus Milchglas. Jennifers Herz pochte stark, als sie sich mit angehaltenem Atem dem gekippten Fensterrahmen näherte und einen Blick durch den Spalt warf. Aber sie konnte nichts erkennen, denn im Inneren des Hauses war hinter der Fensterlaibung eine weitere Blicksperre angebracht, eine silberne Jalousie, deren Lamellen, bis auf haarfeine Ritze, geschlossen waren. Der Raum dahinter schien vollständig im Dunkeln zu liegen. Welchen Grund konnte es schon geben, ein Kellerfenster doppelt gegen Blicke von außen zu schützen?

Dann meinte Jennifer einen dumpfen Schrei zu hören. Sie zuckte zusammen und rutschte mit dem Rücken an der Wand entlang in die Hocke. Sie zitterte, ihre Lippen bebten. Es fiel ihr schwer, das Geräusch einzuordnen. Es klang so weit entfernt, nicht so, als ob unmittelbar hinter der Wand, an der sie kauerte, etwas Schreckliches geschah. Es klang viel weiter weg.

Sie musste die Polizei rufen. Als sie ihr Handy aus ihrem Rucksack holen wollte, klemmte dessen Reißverschluss. Sie riss wie verrückt daran. Dann endlich schaffte sie es, den Rucksack zu öffnen. Sie durchwühlte ihn und wurde dabei immer nervöser. Ihr Handy war nicht da. Jennifer biss sich auf die Unterlippe und schloss die Augen. Sie konnte es nicht fassen. Sie hatte das Haus überstürzt verlassen und ihr Handy vermutlich auf dem Küchentisch liegenlassen. *Verfluchter Mist, wenn man das Scheißding einmal braucht*, fuhr es ihr durch den Kopf.

Im nächsten Moment mahnte sie sich zur Ruhe. Sie musste sich zusammenreißen und nachdenken. Sie nahm an, dass der Schrei, den sie gehört hatte, von einem Mann stammte. Sie konnte sich aber auch täuschen. Könnte es nicht auch Karla gewesen sein, ihre Stimme verzerrt durch den Schmerz und kaum wiederzuerkennen?

Jennifer richtete sich wieder auf und spähte noch einmal durch die Schlitze der Jalousie in den Raum. Jetzt brannte Licht. Und für den Bruchteil einer Sekunde glaubte sie, eine Gestalt zu erkennen, die Marlene Rubischs kleine, rundliche Statur besaß. Das Licht erlosch. Eine Tür fiel ins Schloss. Dann war es still.

Eine Weile hielt Jennifer die Luft an und lauschte. Es blieb ruhig.

»Ist jemand da drin?«, flüsterte sie dann durch den Spalt. Es kam keine Reaktion. Sie probierte es noch einmal, wartete. Wieder nichts. Ihr Kopf war leer. Sie wusste nicht, was sie tun sollte. Plötzlich hörte sie ein Motorengeräusch vor dem Haus. Ein Auto hielt, und der Motor wurde abgestellt. Jennifer kroch an die Wand des Treppenpodests und presste sich dagegen, damit man sie nicht sehen konnte. Jemand ging die Treppe zur Haustür hinauf und klingelte. Die Tür wurde geöffnet.

»Einen Moment. Ich bin gleich fertig. Ich hole nur noch meine Handtasche, und dann können wir los«, rief eine Frauenstimme.

Kurz darauf hörte Jennifer zwei Absatzpaare die Treppenstufen hinuntergehen. Dann schlugen zwei Wagentüren fast gleichzeitig zu. Jennifer lugte hinter dem Treppenpodest hervor. Die Fahrerin des Wagens gab zu viel Gas. Der Motor heulte kurz auf. Dann machte der goldfarbene Golf Plus einen Satz auf die Straße und war im nächsten Moment aus Jennifers Sichtfeld verschwunden. Sie war sich sicher, auf dem Beifahrersitz Marlene Rubisch mit ihren von weißen Strähnen durchzogenen dunkelgrauen Haaren gesehen zu haben.

Jennifer atmete erleichtert aus. Dem ersten Impuls folgend, wollte sie zum Nachbarhaus laufen, um die Polizei zu alarmieren. Doch dann kamen ihr Zweifel. Wenn sie sich aus irgendeinem Grund irrte und man aufgrund ihrer Aussage Marlene Rubischs Haus auf den Kopf stellen würde, ohne etwas zu finden, würde man unterstellen, sie wolle der alten Frau nur eins auswischen, weil diese die Aussage von Jennifers Mutter ad absurdum geführt hatte. Nachdem ein paar Minuten vergangen waren und sie kein weiteres Geräusch gehört hatte, fragte sich Jennifer, ob sie sich die dumpfen Schreie nicht nur eingebildet hatte. Es schien geradezu unvorstellbar, dass Marlene Rubisch in diesem Haus jemanden gefangen hielt und folterte. Aber was, wenn doch jemand Hilfe benötigte? Ein kalter Schauer lief Jennifer über den Rücken. Sie hatte eindeutig viel zu viel Phantasie. Wie sollte es denn diese alte Dame, die sich für die Kirche und das Wohl so vieler Kinder engagierte, fertigbringen, einen Menschen gefangen zu halten und zu quälen? Und welchen Grund hätte sie überhaupt dafür? Das passte einfach nicht zusammen. Jennifer musste sich getäuscht haben. Aber wenn sie wirklich sicher sein wollte, würde sie selbst nachsehen müssen.

Jennifer atmete durch, dann folgte sie dem Weg hinter das Haus. Marlene Rubisch war alleinstehend, das hatten die Recherchen ihrer Mutter ergeben. Und eben war sie weggefahren. Es war also ausgeschlossen, dass jemand sie hier ertappen würde. Im Garten wucherte das Unkraut. Der alte Baumbestand ragte über die umliegenden Häuser hinweg. Unter dem Balkon befand sich eine grün gestrichene Holztür, die in den Keller führte. Jennifer näherte sich ihr vorsichtig und legte das rechte Ohr an das schief hängende Türblatt. Nichts. Sie drückte die Klinke nach unten. Es war abgeschlossen. *Und was jetzt?*, dachte sie resigniert. Ihr Blick schweifte über das Rosenbeet neben dem Gartenweg. Einfache Eisenstangen dienten den Rosenbüschen als Stützen. Sollte sie etwa wirklich in das Haus einbrechen? Was, wenn Karla in dem Keller gefangen war? Und wenn nicht? Selbst wenn man sie erwischen sollte und es für alles eine Erklärung gab, so hätte sie doch nicht in böser Absicht gehandelt. Sie tat es, um zu helfen. Und diese Hilfe rechtfertigte auch die Beschädigung einer alten, maroden Kellertür. Mit einem kräftigen Ruck zog sie eine der Eisenstangen aus der Erde, setzte sie zwischen Türblatt und Türrahmen in Höhe des Schlosses an und drückte die Stange in Richtung der

Türlaibung. Dank der Hebelwirkung der langen Stange ging es leichter, als sie gedacht hatte. Mit einem Knacken sprang das Türschloss auf. Quietschend bewegte sich das Türblatt nach innen und gab den Blick auf einen dunklen Gang frei, aus dem Jennifer ein modriger Geruch entgegenschlug. Die Wände waren unverputzt und voller Spinnweben.

»Das ist doch ein Alptraum«, sagte sie leise zu sich selbst.

Sie betrat den Keller und stieß nach ein paar Metern zu ihrer Rechten auf die Tür, hinter der sich der Raum, aus dem die vermeintlichen Schreie gekommen waren, befinden musste. Sie legte die Hand auf die Türklinke, hielt den Atem an und drückte sie nach unten. Zu Jennifers Überraschung war die Tür nicht abgeschlossen. Bevor sie das Türblatt aufstieß, musste sie noch einmal ihren ganzen Mut zusammennehmen. Sie musste damit rechnen, dass dahinter jemand lag, der schwer verletzt, vielleicht sogar blutüberströmt war. Obwohl sie es zu vermeiden versuchte, hatte sie das Gesicht ihrer Schwester vor Augen.

Als sich dann der Raum in dem spärlichen Licht, das durch die Jalousien und den Flur hereindrang, vor ihr auftat, entsprach die Wirklichkeit nicht im Geringsten ihrer Vorstellung.

Im Gegensatz zu den schroffen Wänden des Kellerganges waren die Wände des Raumes verputzt und weiß gestrichen. Nirgendwo war Blut zu sehen. Und vor allem war niemand in dem Raum. Verdutzt trat Jennifer ein, schaltete das Licht an, stellte sich in die Mitte des quadratischen Zimmers und blickte sich um.

An einer Wand befand sich ein Schreibtisch mit Computer, Tastatur, Maus und Bildschirm. Daneben stand ein geschlossener Aktenschrank. An der Außenwand, vor der Jennifer soeben noch gestanden hatte, war gleich neben dem Fenster ein alter Bauernschrank untergebracht. Davor stand eine Gebetsbank mit einem Podest zum Knien, wie man es aus der Kirche kannte. Auf dem Schreibtisch stand eine Duftlampe, die den Geruch von Rosen versprühte. Als Jennifer sie anfasste, spürte sie, dass sie noch warm war. Langsam näherte sie sich dem Schrank. War es möglich, dass jemand darin gefangen war? Groß genug war er. *Meine Güte, was tue ich hier?*, ging es ihr durch den Kopf. Aber es gab jetzt kein Zurück mehr. Sie wollte nur noch schnellstmöglich Gewissheit und dann wieder raus aus Marlene Rubischs Haus. Mit beherzten Schritten trat sie vor den Schrank und zog gleichzeitig und ohne zu zögern die beiden Türen auf. Was sie dann erblickte, war verstörend und ängstigte sie. Im Schrank befand sich ein Altar, bestehend aus einem einzelnen grauen Steinblock, in den verschiedene christliche Ornamente eingemeißelt waren. Ein Kreuz, ein Fisch, ein siebenarmiger Leuchter, ein Taufbecken. Darauf thronte ein goldenes Kreuz, auf dem das verblichene Foto eines etwa sechsjährigen Kindes klebte. Es war ein Junge. Er stand mit gelbem T-Shirt und kurzer Hose auf einer Wiese, hatte ein Eis in der Hand und lachte. Vor dem Kreuz standen mehrere Kerzen, getrocknete Blumen und eine Muttergottesstatue.

Jennifer stockte der Atem. Warum hatte Marlene Rubisch im Keller ihres Hauses einen Totenschrein für ein Kind aufgebaut? Und woher kamen die Geräusche, die sie meinte wahrgenommen zu haben? Sie sah zum Computer. Das musste die Antwort sein. Deshalb hatten die Geräusche wie weit entfernt und irgendwie unecht geklungen. Sie waren aus den Lautsprecherboxen neben dem Monitor gekommen.

Jennifer ging zu dem Schreibtisch, setzte sich auf den davorstehenden Stuhl und drückte eine Taste der Tastatur. Wie sie gehofft hatte, befand sich der Computer im Stand-by-Modus. Kurz darauf sah Jennifer den Desktop des Betriebssystems vor sich. Sie spürte, wie sich jeder Muskel in ihr anspannte. Es gab nur wenige Programmsymbole, auf die sie klicken konnte. Sie wählte eine Software zum Abspielen von Videos, dann fuhr sie mit zittrigen Fingern mit der Maus über das Menü, klickte auf ›Datei öffnen‹ und kurz darauf wurde ihr der zuletzt angesehene Film angezeigt.

Für einen Augenblick war sie zu keiner Reaktion mehr fähig. Mit vor Entsetzen offenem Mund starrte sie auf den Bildschirm und verfolgte das Grauen, das sich dort abspielte. Ein Mann, den Jennifer noch nie zuvor gesehen hatte, lag, nur mit einer Unterhose bekleidet, in einem Raum, der an ein mittelalterliches Verlies erinnerte, auf einem Holztisch. Seine Arme und Beine waren an Seile gefesselt, die die Gliedmaßen straff auseinanderzogen. Der Körper des Mannes war von unzähligen feinen Schnitten übersäht, aus denen Blut tropfte. Der Boden des Raumes war mit einer Plastikfolie ausgelegt. Im Hintergrund begann jemand, der eine schwarze Henkersmütze über den Kopf gestülpt hatte und in einen blauen OP-Anzug, wie ihn Ärzte im Krankenhaus trugen, gehüllt war, an einer Kurbel zu drehen. Die Seile spannten sich noch mehr und der Mann schrie. Jennifer erkannte es als das dumpfe Schreien, das sie hierhergelockt hatte. Marlene Rubisch hatte im Keller ihres Hauses nicht nur einen Schrein für ein vermutlich verstorbenes Kind, sie besaß auch einen Film, in dem ein Mann auf einer mittelalterlichen Streckbank gefoltert wurde. Hinter der Fassade der nach außen hin ruhigen und fürsorglich erscheinenden Frau versteckte sich eine Irre.

Jennifer sprang so hastig auf, dass der Stuhl nach hinten kippte. Sie wollte nur noch schnellstmöglich diesen Raum verlassen. Als sie sich der Tür zuwandte, entfuhr ihr ein spitzer Schrei. Ein Mann stand im Türrahmen. Wo kam er her? War er die ganze Zeit im Keller gewesen? War er der Mann mit der Henkersmütze in dem Video? Alles in ihr schrie: »Ja!«

Jennifer wich ein paar Schritte zurück, bis sie mit dem Rücken an der kalten Wand stand, während der Mann wie eine Spinne im Netz im Türrahmen verharrte. Ihr Atem ging in kurzen Stößen, und ihre Augen weiteten sich vor Angst. Noch wollte ihr Gehirn den Wahnsinn nicht glauben.

»Wer in fremde Häuser einbricht, um seine Nase in fremder Leute Angelegenheiten zu stecken, sollte vorher überprüfen, ob auch wirklich niemand zu Hause ist«, sagte der Mann. Seine Stimme war brüchig.

Jennifer glaubte, ihr Herz müsste aussetzen, so schnell schlug es. Sie wusste, was auch immer sie zur Entschuldigung sagen würde, der Mann würde sie nicht gehenlassen, und er würde auch nicht die Polizei rufen. Er ging auf Jennifer zu, und sie glaubte Trauer in seinen Augen zu erkennen. Und das machte ihr mehr Angst als das weiße Tuch in seiner Hand, dessen Äthergeruch ihr nun in die Nase stieg.

32

Nicoles roter Mini stand an der Straße vor Schillings Haus in der Spreetalallee. Ben parkte den Camaro in der zum Haus zugehörigen Garageneinfahrt und rannte zur Haustür. Sie war nur angelehnt, was sein ungutes Gefühl nur noch verstärkte. Sein Puls raste vor Aufregung, als er in den schmalen dunklen Flur des Hauses trat.

»Nicole, Lisa, seid ihr da?«, schrie Ben. Doch es kam keine Antwort.

Auf dem Weg vom Prenzlauer Berg zu Schillings Haus in

Charlottenburg waren Ben zwei Streifenwagen entgegengekommen. Ein weiterer fuhr sogar längere Zeit hinter ihm her. Ben konnte währenddessen nur hoffen, dass Schillings Zimmergenosse noch nicht bemerkt hatte, dass seine Autoschlüssel fehlten, sonst hatte er den Camaro sicher schon als gestohlen gemeldet. Es war ihm nichts anderes übriggeblieben, als die vorgeschriebene Geschwindigkeit peinlichst genau einzuhalten, damit er der Polizei keinen Grund gab, ihn anzuhalten und nach seinen Papieren zu fragen. Nach einer gefühlten Ewigkeit war der Streifenwagen hinter ihm abgebogen. »Nicole? Lisa?«, schrie er noch einmal. Wieder kam keine Reaktion, und im Haus des Hellsehers blieb es mucksmäuschenstill. Immer wieder rief er beim Durchschreiten des langgezogenen Flures Nicoles und Lisas Namen und warf dabei einen Blick in die angrenzenden Zimmer. Und mit jedem Rufen, auf das keine Antwort kam, wuchs die Verzweiflung in ihm.

Durch einen Rundbogen trat Ben vom Esszimmer in die Küche. Von dort aus führte eine Tür nach draußen auf die Terrasse und in den Garten. Das Verwunderliche daran war, dass die Tür offen stand. Gleich beim Hereinkommen war Ben aufgefallen, dass die Luft frisch und nicht abgestanden war, wie es in einem Haus, das über Tage niemand betreten hatte, typisch gewesen wäre.

Als Ben in die obere Etage ging, knarrten die alten Holzstufen. Irgendwo da draußen war ein Wahnsinniger, der es auf ihn und seine Familie abgesehen hatte. Es musste einen Grund dafür geben. Jedenfalls schien alles, was geschah, von langer Hand geplant zu sein. Er konnte jeden Winkel des Hauses nach Nicole und Lisa absuchen, er würde sie nicht finden. Es war offensichtlich, dass sie nicht mehr hier waren. Doch Nicoles Auto stand vor der Tür. Welche Schlussfolgerung sollte er daraus ziehen? Es gab nur die eine: Der Irre hatte Nicole und

Lisa schon in seiner Gewalt, und er war zu spät gekommen. Bens Atem ging schnell und flach. Er glaubte, jeden Moment durchdrehen zu müssen.

Spätestens jetzt war klar, dass er es alleine nicht schaffen würde, Nicole und Lisa zu retten. Sie waren weg, und er wusste nicht, wo er nun nach ihnen suchen sollte. Er musste jetzt Viktor um Hilfe bitten. Alles in ihm sträubte sich dagegen, aber es ging nicht mehr anders. Viktor hatte ihm Nicole weggenommen. Ben hingegen hatte sich Viktor gegenüber loyal verhalten, damals, vor vierzehn Jahren, als er in einer ähnlichen Situation Berlin in einer Nacht-und-Nebel-Aktion verlassen hatte und nach Hamburg gezogen war, weil er niemals seinen besten Freund hintergangen hätte.

Veronika war zweiundzwanzig Jahre alt gewesen, Italienerin und Vollwaise, als Viktor sie gegen den Willen seiner damals noch lebenden Eltern heiratete. Soweit sich Ben erinnerte, war es das erste und einzige Mal gewesen, dass Viktor nicht das getan hatte, was seine Eltern von ihm verlangten. Sein Gehorsam hatte sonst gar manische Züge. Ben wusste also, dass nur eine außergewöhnliche Liebe dazu imstande war, dieses Band zwischen Viktor und seinen Eltern zu zerschneiden.

Sechs Jahre nach der Hochzeit und fünf Jahre nach der Geburt ihres Sohnes Johannes hatte Viktors Frau Veronika während einer ausgelassen Party Ben im Garten des Familienanwesens ihre Liebe gestanden. Sie erzählte ihm, dass sie Viktor, der herrschsüchtig sei und sie wie sein persönliches Eigentum behandle, verlassen wolle. Das waren Seiten seines Freundes, von denen Ben bislang nichts geahnt hatte. Erschwerend kam hinzu, dass er ebenfalls etwas für Veronika empfand. Doch niemals hätte er sich auf eine Affäre mit der Frau seines besten Freundes eingelassen. Also hatte er die Konsequenzen gezogen und die Stadt verlassen. Als er zwei Jahre danach wieder nach

Berlin zurückkam, hatte Veronika Viktor bereits verlassen und ihren Sohn Johannes mitgenommen.

Wieder rief Ben Nicoles und Lisas Namen. Wieder meldete sich niemand. Wo konnten sie nur sein? Er wollte den Gedanken nicht zu Ende denken. Vielleicht waren sie doch nur auf einen Spaziergang in den nahen Ruhwaldpark aufgebrochen.

Schnell öffnete Ben nacheinander alle Zimmertüren des Obergeschosses einschließlich der Abstellkammer. Aber was erwartete er eigentlich? Nicole und Lisa mit verweinten Augen gefesselt und geknebelt auf dem Boden kauern zu sehen? Mein Gott, Lisa war erst acht Jahre alt. Er wollte sich nicht ausmalen, wie sie sich fühlen musste, falls das Schwein sie und ihre Mutter in seine Gewalt gebracht hatte. Nein, das konnte und das durfte nicht sein. Obwohl er sich das immer wieder sagte, spürte Ben, wie sich sein Herz mehr und mehr zusammenkrampfte.

Im Haus blieb es gespenstisch still. Umso mehr erschreckte ihn deshalb das schrille und unerwartete Klingeln des Telefons, das aus dem Erdgeschoss nach oben drang. Er rannte die Treppen zwei Stufen auf einmal nehmend hinunter und fand das Telefon auf seiner Station im Wohnzimmer. Die Rufnummer war unterdrückt. Er zögerte kurz, dann nahm er ab.

»Ben?« Allein Nicoles gequälte Stimme traf ihn wie ein glühendes Eisen in den Magen, und seine Beine wurden weich. Er glaubte, die entsetzliche Angst, unter der seine Frau das Wort hervorgepresst hatte, durch das Telefon zu spüren.

»Ja, ich bin's. Wo seid ihr?« Ben versuchte, das Zittern in seiner Stimme zu unterdrücken und so ruhig wie möglich zu sprechen. Bei dem nachfolgenden Satz Nicoles glaubte er herauszuhören, wie sehr sie mit den Tränen rang: »Du musst uns finden, sonst bringt er mich um!«

»Ich verspreche dir, ich finde euch. Euch wird nichts passieren. Alles …«, die Leitung wurde unterbrochen, »… wird gut«, wollte Ben noch sagen. Resigniert ließ er den Hörer auf den Boden fallen. Für eine Sekunde herrschte in seinem Kopf völlige Leere. Danach brach die grauenvolle Gewissheit über ihn herein, dass das Leben seiner Tochter und seiner Frau nun in seinen Händen lag. Er hob den Kopf und sah auf die Uhr an der Wand. Es war kurz nach acht. Ihm blieben noch sechseinhalb Stunden, um herauszufinden, wer hinter all dem steckte und vor allem, wo derjenige seine Familie festhielt. Aber wie sollte er das schaffen? Er hatte nichts außer den übereinstimmenden Zeitangaben im Entführungsfall von Arnulf Schillings Nichte Karla und den Morden. Es war sehr wahrscheinlich, dass es eine Verbindung zwischen den Verbrechen gab. Fragte sich nur, welche. Ben hatte die Adresse von Karlas Mutter Anita Braun, die einen Abiturienten des Klosterinternats verdächtigt hatte. Das war aber auch schon alles. *Denk nach, denk nach! Hast du etwas übersehen? Gibt es noch etwas, das dir weiterhelfen könnte?* Ben überlegte fieberhaft. Aber da war nichts.

Kurz bebte sein Körper, und sein Blick wurde trüb. *Nein, diesmal nicht*, sagte er sich. *Ich gehe nicht zurück. Nicht zurück in dieses Spiel, nicht in dieses Haus. Nicht zu Kevin Marshall. Jetzt nicht. Das ist vorbei. Ich darf keine Zeit verlieren.* Es gelang ihm, die aufkommenden Bilder zu unterbinden. Zu seiner eigenen Verwunderung tauchte Kevin Marshalls blutiger Schädel nicht vor seinem inneren Auge auf, und der gewohnte Flashback blieb diesmal aus. Langsam verzogen sich die Wolken, die sein Gehirn seit Nicoles Anruf vernebelt hatten, und ihm fiel eine naheliegende Frage ein: Woher wusste der Entführer seiner Familie, dass er sich gerade jetzt hier im Hause Arnulf Schillings aufhielt und der Anruf ihn deshalb erreichen würde?

Die offene Tür in der Küche! Er trat hinaus auf die kopfsteingepflasterte Terrasse. Vor ihm lag der Garten, der durch einen

Maschendrahtzaun von dem unmittelbar dahinterliegenden Spazierweg und der anschließenden, etwa siebzig Meter breiten Rasenfläche des Ruhwaldparks abgegrenzt war. Dahinter ragten die Bäume des Waldgebietes auf. Das Licht der untergehenden Sonne fiel in Richtung der Bäume. Und dort, zwischen zwei eng beieinanderstehenden Birken, blitzte plötzlich etwas auf. Etwas, das die Sonnenstrahlen reflektierte. Vielleicht ein Fernglas. Dann glaubte Ben, an der Stelle am Waldrand eine Bewegung im Unterholz wahrzunehmen. Er hörte einen Motor in der Ferne aufheulen, sah aber nichts. Vielleicht ein Wagen, der hinter den ersten Baumreihen parkte. Ben lief durch den Garten auf die Zauntür zu. Während seine Konzentration dabei auf den einen Punkt im Wald gerichtet war, setzte sein Verstand einen möglichen Ablauf der Dinge zusammen. *Vermutlich hat der Wahnsinnige Nicole und Lisa im Haus überwältigt. Dann hat er sie fortgebracht und versteckt zwischen den Bäumen gewartet, bis ich im Haus bin, um dann Nicole zum richtigen Zeitpunkt zu zwingen, mich anzurufen.*

Nur unterbewusst nahm Ben wahr, dass mehrere Autos heranrasten und vor dem Haus mit quietschenden Reifen zum Stehen kamen.

Seine Gedanken überschlugen sich, doch auf einmal passte alles zusammen. Der Psychopath hatte das Haus mit einem Fernglas beobachtet und die Terrassentür offen gelassen, damit er ihn besser sehen konnte, sobald er auf der Suche nach Lisa und Nicole in die Küche kommen würde.

Ben erreichte nun den etwa zwei Meter hohen Zaun am Ende des Gartens und zerrte an der metallenen Zauntür, die mit einem Zahlenschloss verriegelt war.

Verdammt, um den Anruf zu tätigen, muss Nicole dort hinten bei ihm sein, dachte er. Dann fiel ihm ein, dass es auch einen Komplizen geben konnte, der seine Familie an einem anderen Ort gefangen hielt und dann, nachdem ihn der Beobachter im Gebüsch informiert hatte, Nicole zu dem Anruf von dort aus gezwungen hatte.

»Stehen bleiben, Weidner! Polizei!«

Ben ignorierte die Aufforderung und versuchte den Drahtzaun neben der Tür nach unten zu drücken, um sich darüber auf die andere Seite zu hieven und dann in Richtung des Waldes laufen zu können. Er musste wissen, wer sich dort aufhielt und ihn beobachtete. Vielleicht saßen auch Lisa und Nicole in dem Auto. Wut stieg in ihm auf. Die Bestie war vermutlich so nah, und jetzt wollte die Polizei ihn daran hindern, die Verfolgung aufzunehmen.

»Er hat meine Frau und meine Tochter gekidnappt. Er ist da vorne im Wald«, schrie Ben, ohne sich umzudrehen.

»Es ist vorbei, Weidner. Sie sind festgenommen.« Die Stimme des Polizisten klang schon viel näher. Ben spürte, wie die Verzweiflung ihn innerlich zerriss. Dabei pumpte das Blut große Mengen Adrenalin durch seine Venen. Wenn er sich jetzt festnehmen ließ, und er die Polizei nicht von seiner Unschuld überzeugen konnte, dann waren Lisa und Nicole verloren. Er würde das Spiel, zu dem der Psychopath ihn herausgefordert hatte, nicht mehr gewinnen können.

Dann vernahm er eine weibliche Stimme hinter seinem Rücken: »Heben Sie die Hände, so dass wir sie sehen können, und dann drehen Sie sich langsam zu uns um! Zwingen Sie uns nicht, von der Schusswaffe Gebrauch zu machen!«

Dieser verdammte Zaun! Ben riss daran, und endlich gelang es ihm, den Draht so weit nach unten zu biegen, dass er sich vornüber auf die andere Seite fallen lassen konnte. Doch dazu kam es nicht mehr, denn schon im nächsten Augenblick wurde er niedergeworfen.

33

»Jemand hat meine Frau und meine Tochter entführt. Er ist noch da hinten im Wald!«, schrie Ben noch einmal. »Ihn sollten Sie verfolgen, nicht mich!«

Ben erkannte, dass es Hartmann, der Kommissar, der ihn verhört hatte, war, der ihn zu Boden geworfen hatte und ihn dort nun mit brachialer Gewalt festhielt. Ben war beim Hinfallen mit dem Kopf auf den Rasen aufgeschlagen und fühlte sich benommen. Dennoch versuchte er, sich aus der Umklammerung des massigen Polizisten, der mit seinem gesamten Gewicht auf ihm lag, zu befreien. Doch seine Gegenwehr war nur von kurzer Dauer. Als Hartmann Bens rechten Arm zu greifen bekam und diesen in einem so unnatürlichen Winkel auf den Rücken drehte, dass er vor Schmerz aufschreien musste, war der Kampf vorbei. Ben zweifelte nicht daran, dass Hartmann ihm den Arm notfalls auch brechen würde.

»Sie sind verhaftet, Weidner«, ächzte Hartmann.

Ben wurde noch fester auf den Boden gedrückt, und er hörte das Klappern von Handschellen. Hartmanns Partnerin Sarah Winter trat näher an ihn heran. Ben hob den Kopf an, um sie besser sehen zu können. Ihre Hand lag am Holster ihrer Dienstwaffe. Plötzlich verschwamm das Bild vor seinen Augen, und Kevin Marshall zielte mit einer Pistole auf ihn. Die Dienstwaffe im Holster der Polizistin hatte ihn schließlich doch zurück an den Ort des Grauens gebracht. Gleich darauf verschwand Marshall aber wieder. Viel schneller als sonst. Ben stieß die angehaltene Luft aus. Er musste sich irgendwie befreien und Nicole und Lisa finden. »Sie haben den Falschen«, presste er hervor. Schweiß rann ihm von der Stirn und brannte in seinen Augen. »Der Irre, den Sie suchen, hat jetzt meine

Familie. Sie müssen mir helfen, ihn zu finden, sonst bringt er auch noch meine Frau um. Fragen Sie Arnulf Schilling. Er wird Ihnen die Botschaft des Killers bestätigen.«

Die Handschellen rasteten an Bens rechtem Handgelenk ein. Dann zog Hartmann Bens linken Arm hervor. Mit einem Klicken schloss sich auch der andere Teil der Fessel, so dass Bens Hände nun auf dem Rücken fixiert waren.

»Halten Sie die Klappe, Weidner, und heben Sie sich Ihre Märchen für den Untersuchungsrichter auf! Wenn es irgendwelche Botschaften gibt, dann stammen die von Ihnen.«

Hartmann zog Ben an der Schulter nach oben. Ben richtete sich auf und drehte sich um. Hartmann unterzog Ben mit geübten Griffen einer Leibesvisitation.

»Unbewaffnet«, sagte er schließlich an seine Kollegin gewandt.

Ein weiterer in Zivil gekleideter Mann mit weißen kurz geschnittenen Haaren trat auf die Terrasse.

»Ist jemand im Haus?«, rief Hartmann ihm zu.

Der Mann schüttelte den Kopf. »Nein, hier ist niemand.«

Hartmann seufzte und sah Ben mit zornigem Blick an.

»Okay, wo halten Sie Ihre Frau und Ihre Tochter versteckt?«

Ben konnte es nicht fassen.

»Sind Sie bescheuert? Irgendjemand versucht mir diese Morde anzuhängen, und jetzt hat derjenige auch noch meine Familie. Er hat eben meine Frau gezwungen, mich anzurufen und mir eine Nachricht zu übermitteln: Wenn ich ihn nicht finde, bringt er sie um, und zwar um 2 Uhr 41. Ich liebe meine Familie. Ich bin doch kein Mörder. Wenn Sie den wahren Täter finden wollen, dann sollten Sie Ihre Leute sofort in den Wald hinter dem Haus schicken. Er muss mich von dort aus beobachtet haben. Oder vielleicht hat er sogar einen Komplizen.«

Bens Stimme überschlug sich.

Hartmanns Kopf wurde rot und seine Halsschlagader trat hervor. Wie aus dem Nichts rammte er seine Faust in Bens Magengrube. Ben krümmte sich und japste nach Luft.

»Lu, hör auf, so geht das nicht«, hörte Ben Sarah Winter rufen, während sich ihm der Magen umdrehte.

Hartmann schnaubte verächtlich und hob beschwichtigend die Hände zum Zeichen, dass er seinen Fehler einsah. Ben nahm es ihm nicht ab.

»Ich bin wieder in Ordnung. Es kommt nicht noch mal vor«, sagte Hartmann und lächelte. »Geh jetzt bitte zu den Kollegen ins Haus und sieh nach, ob sich irgendetwas findet, das uns weiterbringt. Und sucht auch im Wald. Möglich, dass er sie dorthin gebracht hat.«

Sarah zögerte kurz. Dann drehte sie sich um und ging zurück zum Haus. Ben war nicht wohl dabei, dass sie ihn mit Hartmann allein ließ.

Zwei Minuten später saß Ben mit den Händen hinter dem Rücken gefesselt auf dem Rücksitz von Hauptkommissar Lutz Hartmanns BMW Kombi. Hartmann ließ den Motor des Wagens an, den er hinter dem Camaro in der Einfahrt geparkt hatte, setzte auf die Straße zurück und fuhr dann mit quietschenden Reifen an den beiden seitlich auf der Straße vor dem Haus parkenden Streifenwagen vorbei. Aus dem Seitenfenster erblickte Ben Hartmanns Kollegin Winter, die vor die Haustür getreten war. Sie schüttelte fassungslos den Kopf. In ihren Augen glaubte Ben zu erkennen, dass sie nicht die geringste Ahnung hatte, was in ihren Kollegen gefahren war, und weshalb er allein mit dem Verdächtigen davonfuhr.

Hartmann fuhr auf den Spandauer Damm in Richtung Schloss Charlottenburg.

»Wo bringen Sie mich hin?«, schrie Ben.

Hartmann gab ihm keine Antwort.

»Verdammt, Sie haben wirklich den Falschen. Der Irre wird meine Frau töten, wenn wir ihn nicht rechtzeitig stoppen.«

»Ich glaub dir nicht, Weidner. Auch wenn du die Geschichte noch hundertmal erzählst.«

Seine Verzweiflung brachte Ben fast um den Verstand. Der Mörder zweier Frauen hatte jetzt Nicole und Lisa in seiner Gewalt. Die Erfolgsaussichten, sie zu retten, standen so schon schlecht. Er hatte ohnehin nur die winzige Hoffnung gehabt, dass eine Verbindung zwischen Arnulf Schillings vermisster Nichte Karla, dem Klosterinternat, auf welches er, Viktor und das erste Opfer, Tamara Engel, gegangen waren, und einem Jungen namens Michael Rubisch bestand, durch die die aktuellen Morde aufklärbar waren. Und nun befand er sich auch noch im Gewahrsam eines offensichtlich durchgedrehten Bullen und war damit völlig chancenlos, das Ultimatum des Killers einzuhalten.

»Wollen Sie es verantworten, wenn meine Frau ermordet wird und meine Tochter dabei zusehen muss? Es bleibt nicht mehr viel Zeit«, schrie Ben nach vorn.

Diesmal drehte Hartmann den Kopf kurz zur Seite. Dann starrte er wieder auf die Straße. Die Ampel vor ihnen schaltete auf Orange. Hartmann trat das Gaspedal durch. Die Ampel wurde rot. Hartmann blieb unbeeindruckt, gab weiter Gas und raste über die Kreuzung. Die rechts und links bereits anfahrenden Autos mussten abrupt abbremsen. Einige Fahrer hupten. Mit einem Mal war Ben klar, dass er Hartmann mit keinem Argument der Welt dazu bewegen konnte, ihn gehenzulassen. Und das jagte ihm eine noch größere Angst ein.

»In einem einzigen Punkt stimme ich dir zu, Weidner«, schrie Hartmann jetzt. »Die Zeit läuft uns davon. Und deshalb muss ich die Prozesse nun beschleunigen.«

»Aber das ergibt doch keinen Sinn. Warum sollte ich Frauen ertränken, ihre Kinder dabei zusehen lassen und mit meiner Frau und meiner Tochter das Gleiche tun wollen?«

»Du hast für die Tatzeiten kein Alibi. Und es gibt etliche Beweise, die gegen dich sprechen. Außerdem hast du genügend gute Gründe durchzudrehen.«

»Ihre angeblichen Beweise hat mir jemand untergeschoben. Außerdem habe ich kein Motiv, verdammt noch mal!«

»Ich denke doch. Ich weiß genau, dass du die Morde begangen hast, und auch, warum du es getan hast.«

»Ach ja?«

»Ja! Du bist tief gestürzt, seit dieser Entführungsgeschichte in Äthiopien. Deine Frau hat dich vor die Tür gesetzt, und deine Tochter will nichts mehr von dir wissen. Dann verlierst du auch noch deinen Job, weil du unfähig bist, auch nur einen einzigen Artikel zu schreiben. Du wärst nicht der erste Kerl, der in so einem Fall durchdreht. Ich weiß nicht, warum du Tamara Engel und Katrin Thornau umbringen musstest. Aber das bekomme ich auch noch aus dir heraus. Vielleicht waren sie so etwas wie eine Aufwärmübung für dich, damit du bei deiner Frau dann auch wirklich alles richtig machst. Aber dazu wird es nicht mehr kommen.«

Ben schluckte den Kloß in seinem Hals herunter. Es war Wahnsinn, was Hartmann für Schlussfolgerungen zog. Der Kommissar fuhr noch immer zu schnell, überholte, wo er konnte. Und Ben hatte noch immer keine Ahnung, wohin der Polizist fuhr und was er vorhatte.

»Und warum lasse ich die Kinder bei der Ermordung ihrer Mütter zusehen?«

Hartmann zuckte mit den Schultern.

»Weil du ein traumatisiertes, psychisch krankes Arschloch bist. Wie gesagt, es gibt Beweise. Meine Aufgabe ist es jetzt nur noch, den Aufenthaltsort deiner Frau und deiner Tochter herauszufinden. Dann bin ich mit dir fertig. Also Weidner, sag mir, wo wir sie finden!«

»Ich bin hier nicht das kranke Schwein! Ich wüsste selbst zu gern, wo meine Frau und meine Tochter sind!«

Darauf reagierte Hartmann nicht. Er bremste scharf ab und bog nach rechts auf das Gelände eines Autohauses. Die umliegenden Gebäude bestanden aus Mietshäusern, Bürokomplexen und Geschäften. Neben der Einfahrt war ein zwei mal vier Meter großes rotes Schild zwischen zwei Holzpfosten befestigt. Darauf stand in gelber Schrift *USA Cars – Oldtimer und Neuwagen. Wir importieren Ihren Wunschwagen! Inhaber Alexander Jarkas.*

Auf dem danebenstehenden Fahnenmast wehte die Flagge der USA. Auf dem Hof stand kein einziger Wagen. Hartmann fuhr nun in Schrittgeschwindigkeit an einem Flachbau vorbei, dessen Außenwände fast vollständig verglast waren. An der Eingangstür des Verkaufsraumes hing ein Schild mit der Aufschrift *Wegen Geschäftsaufgabe geschlossen.* Hartmann fuhr an dem Gebäude vorbei und hielt vor einer dahintergelegenen alten Halle mit zwei Garagentoren und einer Tür. Darüber befanden sich Fenster aus dünnem Glas, von denen eines ein Loch aufwies, das wahrscheinlich von einem Steinwurf herrührte. Es musste sich um die Reparaturwerkstatt handeln, die zu dem ehemaligen Autohandel gehörte.

»Was machen wir hier?«, fragte Ben.

»Das wirst du schon noch sehen«, sagte Hartmann und ließ den Blick umherschweifen.

Es lag nahe, dass Hartmann deshalb ohne seine Kollegin Winter davongefahren war, weil er nicht wollte, dass sie ihm, bei dem, was er vorhatte, in die Quere kam.

»Die Beweise, die Sie haben, müssen ziemlich eindeutig sein, wenn Sie sich nicht davon abbringen lassen, dass ich der Täter bin«, sagte Ben.

»Eindeutiger geht es nicht«, erwiderte Hartmann. »Dein Handy, das du angeblich bei Tamara Engel vergessen haben willst, haben wir in der Wohnung von Katrin Thornau, deinem zweiten Opfer, gefunden, wo du es anscheinend verloren hast.«

Ben fühlte sich, als ob er einen Schlag ins Gesicht bekommen hätte. Ihm wurde schwindlig. Wie konnte das sein? Was Hartmann da sagte, verwirrte ihn so sehr, dass er keinen Ton herausbrachte und ihm der Atem stockte. Der Kommissar wartete kurz, bevor er zu seinem nächsten verbalen Treffer ausholte. »Außerdem haben wir in deiner Wohnung abgeschnittene Haare von Tamara Engel sicherstellen können.«

Ben musste schlucken. Jetzt war ihm klar, warum Hartmann ihm nicht glauben wollte.

Hartmann stieg aus dem Wagen und öffnete den Kofferraum. Als er an die Tür der Halle trat, sah Ben, dass Hartmann ein Stemmeisen in den Händen hielt. Mit einer schnellen, anscheinend mühelosen Bewegung brach er damit die Hallentür auf. Dann öffnete er die hintere Wagentür, zerrte Ben heraus und stieß ihn in die Halle.

»Ich kenne aber keine Katrin Thornau. Deshalb kann ich auch nicht in ihrer Wohnung gewesen sein und mein Handy dort verloren haben. Jemand hat das alles geplant und will mir die Morde anhängen«, stammelte Ben während er vorwärtsstolperte.

»Katrin Thornau war bei einer Onlinepartnervermittlung angemeldet. So hast du die Frau kennengelernt. Wir haben im Computer der Toten den kompletten Chatverlauf gefunden, den du mit ihr hattest. Dein Notebook war zwar sauber, aber das hat nichts zu sagen. Die Spuren lassen sich löschen, und die IP-Adresse, von der aus du agiert hast, ist die eines öffentlichen Internetcafés. Gib auf, Weidner, alle Indizien sprechen gegen dich.«

»Ich kann mir das alles nicht erklären. Ich weiß nur, dass Sie sich irren und einen gewaltigen Fehler machen«, verteidigte sich Ben. Ihm war noch nie der Gedanke gekommen, sich auf die Internetseite einer Partnervermittlung zu verirren. Er war so überrascht über Hartmanns Aussage, dass er sich von dem Polizisten, der ihm das Stemmeisen in den Rücken drückte, widerstandslos in die Mitte der Werkstatt treiben ließ. Es roch nach Öl, und der Betonboden war mit einer Schicht aus Straßendreck und Ruß überzogen. Eine der zwei Hebebühnen war hochgefahren, obwohl kein Auto darauf stand. Auf der linken Seite hingen verschiedene Werkzeuge an der Wand wie Schraubenschlüssel unterschiedlicher Größe und diverse Zangen. Darunter befand sich eine Reihe ölverschmierter Werkbänke, auf denen Ersatzteile, Verpackungsabfall und nicht mehr an ihren ordnungsgemäßen Platz zurückgelegte Werkzeuge lagen.

»Rüber da und setzen!«, forderte Hartmann Ben auf und stieß ihn in Richtung eines Holzstuhles, der vor einer der Werkbänke stand.

Ben wollte es nicht glauben. Was hatte Hartmann vor? Wollte er etwa gewaltvoll Informationen aus ihm herausholen? Aber er hatte keine Informationen! Als Ben der Aufforderung nicht sofort Folge leistete, nahm Hartmann seine Pistole und richtete sie auf Bens rechten Oberschenkel.

»Wenn du dich nicht augenblicklich auf den Stuhl pflanzt, verpasse ich dir eine Kugel.«

Ben setzte sich. Erstaunlicherweise blieb Ben angesichts der Waffe ruhig. Die Sorge um Nicole und Lisa schien sein Trauma in den Hintergrund zu drängen. Dabei bezweifelte er nicht einmal, dass Hartmann bluffte. Der Leiter der Mordkommission hatte bereits eine Grenze überschritten, indem er ihn anstatt zur Vernehmung ins LKA-Gebäude in diese verlassene Werkstatt gebracht hatte. Aber auch ohne eine Kugel im Bein tendierten die Chancen, Hartmann zu überwältigen und von hier zu entkommen gegen null. Seine Hände waren gefesselt und Hartmann war im Besitz einer Waffe.

Plötzlich holte Hartmann unvermittelt aus und schlug zu. Seine Faust traf Ben an der linken Schläfe. Von der Wucht des Aufpralls kippte Ben mitsamt dem wackeligen Stuhl nach rechts, und er wäre vom Stuhl gefallen, hätte Hartmann ihn nicht an der Schulter zurückgezogen. Ben wurde schwarz vor Augen, Blitze zuckten auf. Dann war er wieder da. Sein Kopf dröhnte, als ob er gegen eine Wand gelaufen wäre. Er war benommen, seine Worte formten sich deshalb nur langsam und stockend.

»Woher wussten Sie überhaupt, dass Sie mich in Schillings Haus finden?«

Hartmann steckte seine Pistole wieder weg und nahm eine Rolle Klebeband von der Werkbank. Dann zerrte er Bens Arme über die Stuhllehne und begann das Band um seinen Oberkörper und die Stuhllehne zu wickeln. Danach fixierte er Bens Unterschenkel auf die gleiche Weise an den Stuhlbeinen.

»Glaubst du, wir sind blöd? Nach deinem Einbruch ins Haus deiner Frau haben die Kollegen eins und eins zusammengezählt und erkannt, dass deine Frau zu Schilling wollte.« Hartmann fesselte ihn immer fester an den Stuhl und hörte erst auf, als die Rolle mit dem Klebeband aufgebraucht war.

»Aber ich habe Nicole und Lisa dort nicht mehr angetroffen. Sie waren schon weg, als ich eintraf.«

»Du lügst!«

»Was macht Sie denn da so sicher, verdammt?«

»Deine Frau hat uns angerufen. Sie sagte, du seist gerade vor-gefahren und kämst ins Haus. Sie habe Angst, dass du ihr und ihrer Tochter etwas antun würdest. Und dann war plötzlich die Verbindung unterbrochen.«

Ben stöhnte.

»Der Entführer, der Kerl den Sie eigentlich suchen sollten, muss sie zu diesem Anruf gezwungen haben.«

»Unwahrscheinlich.«

Ben schüttelte fassungslos den Kopf.

»Wo hätte ich Nicole und Lisa denn so schnell hinbringen sollen? Und warum sollte ich anschließend zu Schillings Haus zurückkehren? Das passt doch nicht zusammen.«

Hartmann zögerte kurz. Ben hatte eine Lücke in seinem Konstrukt aufgedeckt.

»Du hattest genug Zeit. Vielleicht hast du ja auch einen Komplizen, der deine Frau und deine Tochter mitgenommen hat. Außerdem wolltest du gerade abhauen, als ich dich er-wischt habe.«

»Das sind zu viele Vielleichts. Sie haben sich da in etwas ver-rannt und begehen gerade einen Riesenfehler. Ich kann Ihnen nicht sagen, wo meine Frau und meine Tochter sind. Ich will es selbst gern wissen.« Bens Stimme zitterte. Aber er konnte Hartmann noch nicht einmal für das, was er vorhatte, verurtei-len. Hartmann versuchte mit allen Mitteln, das Leben zweier Menschen zu retten. Und wenn er nicht den Falschen hier auf dem Stuhl sitzen gehabt hätte, sondern den wahren Mörder, dann hätte Ben dieses Vorgehen angesichts der Zeitnot sogar befürwortet. Auch wenn es moralisch verwerflich war. Aber es ging schließlich um seine Familie. Jedes Mittel wäre ihm recht gewesen, um Nicole und Lisa zu retten. Und manchmal hei-ligte der Zweck eben die Mittel.

Hartmann ging jetzt an die Werkbank hinter Bens Rücken.

Die Geräusche verrieten Ben, dass Hartmann etwas durchwühlte, Gegenstände in die Hand nahm und wieder ablegte.

»Was haben wir denn hier? Eine Säge, einen Hammer, eine Bohrmaschine. Ah, fangen wir doch damit an.«

Als der Polizist wieder vor Ben trat, hatte er eine Kneifzange in der Hand.

»Der Laden hier gehört einem Alexander Jarkas. Kennst du den?«

Ben fragte sich, ob Hartmann den Verstand verloren hatte, und bewegte langsam den Kopf hin und her.

»Sie müssen das nicht tun«, sagte Ben.

Aber Hartmann schien seine Entscheidung längst getroffen zu haben.

»Jarkas' US-Autohandel lief richtig gut. Bei manchen Menschen läuft ihr ganzes Leben wie am Schnürchen. Jarkas dachte, er wäre einer von ihnen. Doch dann trat etwas ein, das Knall auf Fall sämtliche Sicherungen bei ihm durchbrennen ließ. Er fand heraus, dass seine Frau ihn mit einem seiner Monteure hinterging, und das schon seit einem Jahr. Jarkas fuhr nach Hause, holte seinen Revolver aus dem Waffenschrank, fuhr zu dem Monteur und schoss ihm in den Kopf. Das war vor zwei Monaten. Ich habe Jarkas, der ansonsten ein netter Kerl ist, festgenommen. Seitdem steht die Bude hier leer. Was ich damit sagen will, ist, in diese Werkstatt hier verläuft sich so schnell niemand.«

Hartmann trat jetzt von hinten an den Stuhl heran und ging in die Hocke. Mit seiner freien Hand hielt er Bens linke Hand, die unter dem Klebeband hervorlugte, fest. Dann klemmte er Bens kleinen Finger an der Kuppe mit der Zange ein und bog ihn langsam nach hinten.

»Ich weiß nicht, wo Nicole und Lisa sind«, schrie Ben panisch.

Hartmann drückte die Zange weiter nach hinten, bis der Finger zum Zerbersten im Gelenk gespannt war. Ben schrie auf. Der Adrenalinstoß, den der Schmerz verursachte, war heftig. Sein Körper bebte, sein Herz raste, und er spannte jeden Muskel an, in dem aussichtslosen Versuch, dadurch seine Fesseln sprengen zu können.

Hartmann benutzte die Zange wie einen Hebel und drückte den Finger weiter nach hinten. »Letzte Chance«, sagte er. »Wusstest du, dass in den Fingerspitzen die meisten Nerven sitzen? Entsprechend schmerzhaft ist es, wenn man sich daran verletzt.«

»Hartmann, während Sie hier Ihre Zeit mit mir verschwenden, sucht der Irre, der meine Familie in seiner Gewalt hat, das Weite.«

»Wie du willst.«

Als es krachte und der dünne Knöchel brach, glaubte Ben für einen Moment, er würde das Bewusstsein verlieren. Der Schmerz war überwältigend und übertraf alles, was er bisher erlebt hatte. Sterne funkelten vor seinen Augen, und ihm wurde schlagartig speiübel. Seine lang anhaltenden Schreie hallten von den Wänden wider. Die Bruchstelle pochte und sendete ihre unerträglichen Schmerzsignale in unverminderter Intensität ans Gehirn. Ben biss die Zähne aufeinander. Als er den Kopf hob und in Hartmanns Augen sah, blickte er in Abgründe. Ben hatte bisher geglaubt, der Polizist würde nur das tun, was er seiner Meinung nach tun musste. Doch nun war sich Ben sicher, einen zutiefst befriedigten Menschen vor sich zu sehen. Jemand, dem es Freude bereitete, anderen Menschen Leid zuzufügen.

»So, und nun sagst du mir, wo du die beiden gefangen hältst! Raus mit der Sprache!« Hartmann war mit jedem Wort lauter geworden. Den letzten Satz hatte er aus vollem Hals geschrien.

»Ich weiß es nicht!«

Hartmanns Handy klingelte. Er holte es aus seiner Jacke, warf einen Blick auf das Display und nahm dann das Gespräch an. Er hörte kurz zu. Der Ausdruck in seinem Gesicht blieb grimmig und ernst. »Das habe ich mir gedacht. Keine Sorge, ich weiß, was ich tue«, sagte er dann und legte auf.

»Das war meine Kollegin. Von deiner Frau und deiner Tochter fehlt noch immer jede Spur.«

Ben seufzte und schloss die Augen. »Sie können mir noch alle Finger brechen, aber Sie werden aus mir nichts rausholen. Denn ich weiß nichts. Wenn meine Familie stirbt, sind Sie schuld. Sie werden dann damit leben müssen, dass Sie auf ganzer Linie versagt haben.«

»Du hast es nicht anders gewollt«, sagte Hartmann. Er trat nun an eine weiter entfernt stehende Werkbank. Als Ben den Gegenstand erkannte, den Hartmann in der Hand hielt, als er wieder zurückkam, begann sein Herz vor Angst noch mehr zu rasen.

»Kannst du dir vorstellen, was man mit so einem kleinen Bunsenbrenner alles anrichten kann?«, fragte Hartmann und grinste dämonisch. Er zog ein Feuerzeug aus seiner Hosentasche und legte einen Hebel an der Flasche um. Gas, dessen Austrittsmenge über einen pistolenartigen Abzug steuerbar war, zischte aus dem Stabaufsatz. Hartmann hielt das Feuerzeug an den Gasaustritt und zündete es an. Augenblicklich flammte ein feiner bläulicher Feuerstrahl aus der Staböffnung. Zur Probe betätigte Hartmann den Abzug, wodurch die Flamme dichter und länger und das Zischen lauter wurde.

Ben wackelte mit dem Stuhl hin und her und stemmte sich mit all seiner verbliebenen Kraft gegen seine Fesselung. Hartmann trat nun ganz nah an ihn heran und hielt den dünnen Strahl nur wenige Zentimeter neben seine Schläfe.

»Wo sollen wir anfangen? Hier oben, oder lieber weiter unten? Ja, fangen wir doch mit dem Schienbein an. Die Flamme ist so heiß, dass man damit Eisen weichmachen und durchtrennen kann. Was glaubst du, was mit deinem Bein passiert?«

Panik ergriff Ben. Seine Atmung ging unkontrollierbar schnell und flach. Der heiße Feuerstrahl absorbierte seine ganze Aufmerksamkeit. Stück für Stück näherte Hartmann sich nun Bens Bein, der den punktförmigen Hitzestrahl schon jetzt unerträglich heiß auf seiner Jeans spürte.

»Hören Sie auf!«, schrie Ben.

Hartmann nahm den Brenner ein wenig zurück.

»Hast du was für mich?«

»Sie sind doch verrückt.«

Hartmann schüttelte den Kopf. Dann richtete er den Strahl auf die Mitte von Bens Schienbein und drückte den Abzug. Augenblicklich versenkte die Hitze die Jeans, bevor sie kreisrund wegschmorte und die Haut schutzlos der Flamme ausgesetzt war. Ben schrie, so laut er konnte. Er spürte, wie die dünnen Härchen verbrannten, wie die Haut unter dem Feuerstrahl schmorte. Der Geruch von angesengtem Fleisch stieg ihm in die Nase. Im selben Augenblick, als Hartmann den Brenner noch näher heranführen wollte, flog die Tür der Halle auf, und das metallene Türblatt donnerte gegen die Wand. Hartmann zuckte instinktiv zurück und drehte sich um, als zwei Männer in die Halle stürmten.

34

»Hartmann, hören Sie auf mit dem Scheiß! Noch ist nichts passiert«, schrie Freddie, während er, gefolgt von seinem Praktikanten Lukas Kerner, noch ein paar Meter weiter in die Halle lief und dann abrupt stehen blieb. Beinahe wäre Lukas in ihn reingerannt.

Angesichts der extremen Schmerzen, die Bens gebrochener Finger und sein angeschmortes Schienbein aussendeten, war Ben sehr wohl der Meinung, dass schon etwas passiert war. Gleichwohl war er noch nie so glücklich gewesen, den Polizeireporter mit der Schnapsnase zu sehen. Auch wenn er sich fragte, wie Freddie ihn hier aufgespürt hatte.

»Paul Färber, Freddie mit dem Brandnarbengesicht«, rief Hartmann. Seine Stimme klang teils verachtend, teils verwundert. »Da kommt ja genau der Richtige. Freddie weiß nämlich aus eigener Erfahrung am besten, wie schmerzhaft Brandverletzungen sind.« Hartmann lachte schallend auf und hielt dabei den Bunsenbrenner hoch. Freddies und Lukas' Erscheinen schien ihn nicht sonderlich zu beeindrucken. »Wusstest du, dass dein Kollege einmal ein ziemlich angesagter Modefotograf war?«

Nein, das wusste Ben nicht, und er fragte sich auch, was das in diesem Moment zur Sache tat. Freddie war schon Jahre bevor Ben zum *Berliner Boulevardblatt* gestoßen war, dort als Polizeireporter angestellt gewesen. Durch sein Erscheinen hier in der Fabrikhalle würde die Situation nicht leichter zu entschärfen sein. Eher komplizierter. Freddie war Vollblutreporter und Hartmann der Leiter einer Mordkommission, den er dabei erwischt hatte, wie er einen Verdächtigen folterte.

»Unser Freddie war mal verheiratet, aber er ist auch gern mal in den einen oder anderen Stripclub gegangen und sah den Damen beim Table-Dance zu. Als er mitbekam, wie ein Gast eine Angestellte des Etablissements draußen auf der Straße vermöbelte, kam er ihr zu Hilfe. Nur leider ging er etwas zu weit. Er hat den Kerl nämlich beinahe umgebracht und ist dafür in den Knast gewandert. Da er sich auch dort nicht aus den Angelegenheiten anderer Leute heraushalten konnte, haben ein paar Mitgefangene versucht, ihn abzufackeln. Als er wieder aus dem Bau kam, war seine Frau weg und sein Fotoatelier auch. Außerdem gab ihm keiner aus der Branche mehr einen Auftrag. Das Einzige, was ihm da noch blieb, waren das Saufen, dieses Schmierblatt und die hässlichen Fotos, die er jetzt macht, und mit denen er tagtäglich unsere Arbeit behindert, damit sich die Zeitung verkauft. Er ist also eine gescheiterte Existenz, genau wie du, Weidner.«

»Hier geht es nicht um mich«, sagte Freddie. »Sie haben die Grenzen überschritten. Und Sie sind dabei, Ihren Job zu verlieren, Hartmann. Was machen Sie dann? Sitzen Sie auf der Couch in Ihrer Wohnung und lösen Kreuzworträtsel? Wenn Sie für das, was Sie Weidner hier gerade antun, nicht ohnehin ein paar Jahre bekommen.«

Hartmann knurrte. Er zögerte mit seiner Antwort.

»Hauen Sie ab, Freddie! Oder wollen Sie nicht, dass wir die Frau und die Tochter Ihres Kollegen retten?«

»Wer sollte Nicole denn umbringen, wenn der angebliche Mörder hier auf dem Stuhl sitzt?«

Hartmann schnaufte. Sein Gesicht wurde rot.

»Halten Sie sich einfach aus der Sache raus, verschwinden Sie und tun Sie so, als hätten Sie nichts gesehen.«

»Ich bin Polizeireporter. Sie glauben doch nicht, dass ich mir die Story entgehen lasse«, sagte Freddie. Dann hob er seine um den Hals hängende Kamera und schoss ein Foto von Ben und Hartmann, der den Bunsenbrenner in seiner linken Hand hielt und mit der rechten jetzt seine Pistole aus dem Halfter nahm.

»Jetzt haben wir wirklich ein kleines Problem«, sagte Hartmann und richtete seine Waffe auf Freddie. Der lachte nur auf. In dem Moment wurde Ben klar, dass Freddie Färber ebenso durchgeknallt war wie Hartmann. Vermutlich wurde man so, wenn das Schicksal einem das Leben, das man liebte, von einem auf den anderen Tag in Stücke riss.

»Was wollen Sie denn machen, Herr Hauptkommissar, oder soll ich besser sagen, Ex-Hauptkommissar? Wollen Sie uns alle hier erschießen?«, fragte Freddie.

Ben hoffte, dass Freddie wusste, was er tat, und nicht einfach nur zu betrunken war, um die Konsequenzen seiner Worte abschätzen zu können.

»Solange Herr Weidner nicht verurteilt ist, gilt er als unschuldig«, meldete sich nun auch Lukas mit piepsiger Stimme mutig zu Wort.

Ben wusste, dass Lukas vor dem Praktikum angefangen hatte, Jura zu studieren, es aber bereits nach dem ersten Semester wieder abgebrochen hatte. Von der Tätigkeit an der Seite eines windigen Polizeireporters hatte er sich mehr Action versprochen, als es bei endlosen Vorlesungen und Aufenthalten in der juristischen Bibliothek der Fall war. Ben bezweifelte aber stark, dass sich der Praktikant unter mehr Abwechslung vorgestellt hatte, von einem in die Enge getriebenen Polizisten, der nicht mehr richtig denken konnte, mit der Pistole bedroht zu werden. Aber Lukas hatte trotz seines jungen Altes anscheinend erkannt, dass die Situation eskalieren würde, wenn nicht jemand Vernunft walten ließ.

»Was will denn der Klugscheißer? Noch Pickel im Gesicht, aber schon mit den Großen reden wollen«, sagte Hartmann und schenkte Lukas' Worten keine weitere Beachtung. »Letzte Chance, Freddie. Macht, dass ihr hier wegkommt.«

Freddie hatte sich während der Unterhaltung Hartmann langsam und Schritt für Schritt genähert. Ben war klar, dass Freddie viel zu viel riskierte.

»Schon mal was von Menschenrechten gehört?«, fragte Freddie.

Jetzt lachte Hartmann lauthals auf und zielte auf Freddies Brust. Der Feuerstrahl zischte noch immer aus dem Bunsenbrenner. »Und was ist mit den Menschenrechten der Mordopfer und den Rechten der Kinder, die zusehen mussten, wie ihre Mütter starben? Deren Leben ist doch im Arsch. Genauso wie ihr beiden Vögel, wenn ihr nicht bei fünf aus der Halle seid.«

Freddie schüttelte den Kopf. Lukas sah ihn mit ungläubiger und angstverzerrter Miene an. Sein Blick brachte zum Ausdruck, dass er nur zu gern abgehauen wäre. Freddie schob die Unterlippe vor, zog die Augenbrauen zusammen und fixierte Hartmann. »Tut mir leid, aber das geht nicht, Hartmann. Wir kneifen nicht. Du gibst uns jetzt Weidner, und wir bringen ihn dann zu deiner Kollegin.«

Hartmann lachte auf.

»Glaubt ihr wirklich, ich überlasse euch einen festgenommenen Mörder?«

Noch während Hartmann sprach, drückte Freddie plötzlich wieder den Auslöser seiner Kamera und fotografierte Ben und Hartmann mit der Serienbildfunktion in einem Blitzlichtgewitter. Hartmann hob kurz schützend den Arm vors Gesicht. Dann donnerte ein Schuss durch den Raum. Hartmann hatte die Pistole in Richtung der Decke gehalten und gefeuert. Der ohrenbetäubende Knall hallte von den Wänden wider. Freddie zuckte zusammen und hörte auf zu fotografieren. Lukas suchte hinter einer großen Stahltonne Schutz.

»Schluss jetzt!«, schrie Hartmann in die nachfolgende Stille. »Gib mir sofort die Kamera oder …«

»Oder was?«, schrie Freddie, der sich wieder aufgerichtet hatte. »Wir gehen jetzt. Sobald wir hier raus sind, schicke ich die Fotos an alle großen Presseagenturen. Ihren Job sind Sie dann los, Hartmann, und in den Knast wandern Sie auch. Es sei denn, Sie lassen Ben in Ruhe. Dann gebe ich Ihnen die Kamera.«

Freddie wandte sich der Ausgangstür zu, und Lukas tat es ihm gleich.

Hartmann schien unsicher zu sein, was er tun sollte. »Warte«, rief er Freddie schließlich hinterher. »Gib mir die Kamera, und ich höre auf. Das alles hier ist niemals vorgefallen. Weidner hat den kleinen Finger zwischen die zuschlagende Autotür bekommen und sich sein Bein am Auspuff des Wagens verbrannt, okay?«

Freddie drehte sich um. »Einverstanden.«

Er ging auf Hartmann zu, der seine Pistole zurück in seine Gürteltasche steckte. Ben hatte ein ungutes Gefühl. Hartmann war nicht der Typ, der sich Vorschriften machen ließ.

Einen Meter von Hartmann entfernt blieb Freddie stehen und hielt dem Kommissar mit ausgestrecktem Arm die Kamera hin. Als der danach greifen wollte, zog Freddie sie wieder weg.

»Machen Sie Ben zuerst vom Stuhl los.«

Hartmann seufzte. Dann richtete er blitzschnell den Bunsenbrenner auf Freddies Arm und drückte den Abzug. Freddie schrie auf. Während er nach hinten torkelte, riss Hartmann die Kamera aus Freddies kraftlosem Griff. Alles ging rasend schnell. Ben konnte nichts weiter tun, als zuzuschauen. Hartmann legte die Kamera auf eine Werkbank und löste die Speicherkarte aus ihr heraus. Dann richtete er den Feuerstrahl des

Bunsenbrenners darauf, woraufhin das Plastikteil augenblicklich verschmorte. Die kurze Zeit, die Hartmann dafür brauchte, nutzte Freddie, der sich erstaunlich schnell wieder gesammelt hatte, um sich von hinten anzuschleichen und sich auf Hartmann zu stürzen. Nach einem kurzen Gerangel fiel der Bunsenbrenner zu Boden. Noch immer loderte die Flamme aus der Staböffnung. Freddie hielt Hartmann fest umklammert. Dann gelang es Hartmann, einen Arm freizubekommen und Freddie damit zwei schnelle, harte Schläge mit dem Ellbogen in den Magen zu rammen. Freddies Muskeln erschlafften. Sein Griff löste sich. Hartmann drehte sich, brachte Freddie zu Fall und saß im nächsten Moment auf ihm. Er ballte die Faust und holte aus. Freddie schloss die Augen und drehte den Kopf weg. Ben nahm einen vorbeihuschenden Schatten wahr. Dann krachte es, als ob ein Stück Holz mit dem Beil gespalten würde. Hartmanns Oberkörper fiel wie ein nasser Sack zu Boden und dabei beinahe auf Freddie, der sich aber gerade noch rechtzeitig zur Seite drehen konnte. Lukas stand über ihnen. In seiner Hand hielt er das blutverschmierte Stemmeisen, mit der Hartmann die Tür zur Halle geöffnet hatte.

35

Es war bereits zwölf Minuten nach 21 Uhr. Um diese Zeit war wenig Verkehr auf den Straßen. Entsprechend zügig kam Ben in Richtung Süden voran. Sein Ziel war der noch vier Kilometer entfernte Zikadenweg in der Siedlung Eichkamp. Arnulf Schilling hatte ihm die Adresse seiner Schwester gegeben, deren ältere Tochter Karla vor drei Monaten entführt worden war. Laut dem Navigationsgerät, mit dem die Redaktionsfahrzeuge des *Berliner Boulevardblatts* standardmäßig ausgestattet waren, waren es noch sieben Minuten bis zum Ziel.

Ein Wahnsinniger hatte beschlossen, ihm eine Mordserie anzuhängen, zu deren weiteren Opfern seine Frau Nicole und seine achtjährige Tochter Lisa zählen würden, wenn es ihm nicht gelang, den Irren vorher zu finden und unschädlich zu machen. Eigentlich hätte er jetzt am Sonntagabend, wie so viele andere Menschen, einen Thriller im Fernseher geschaut und einfach den Ausschalter gedrückt, wenn ihm die Szenen zu krass wurden. Aber was er jetzt erleben musste, war nicht der Phantasie eines Autors entsprungen. Er konnte nicht einfach das Programm wechseln oder den Fernseher ausschalten. Ihm blieben weniger als sechs Stunden, um das Leben seiner Familie zu retten.

Nachdem Ben Freddie aus Nicoles Wohnung angerufen hatte, war dieser zu dem Schluss gekommen, dass er nicht untätig auf seiner Couch herumlungern konnte, während sein einziger ihm freundlich gesonnener Kollege von der Polizei gesucht wurde. Freddie hatte versucht seinen Praktikanten, der an seinem freien Tag den Redaktionswagen des *Berliner Boulevardblatts* benutzen durfte, anzurufen. Doch statt Lukas hatte Freddie nur dessen Mailbox erreicht. Er hatte eine Nachricht darauf hinterlassen, dass der Praktikant umgehend mit dem Wagen zu Arnulf Schillings Haus kommen solle. Dann hatte Freddie ein Taxi geordert und war damit in der Erwartung, Ben bei Schillings Haus zu treffen, dorthin gefahren, um ihm seine Hilfe anzubieten.

Als das Taxi in Schillings Wohnstraße eingebogen war, hatten gerade die Polizeiwagen vor dem Haus des Wahrsagers gehalten. Freddie hatte das Taxi bezahlt und sich hinter einem der Stadtbäume, die die Straße alle zehn Meter säumten, verborgen gehalten. Dann hatte er abgewartet, was geschah. Anschließend hatte er Hartmann fotografiert, wie der Ben unsanft in seinen Dienstwagen beförderte, einstieg und unter dem entsetzten Blick seiner Kollegin Sarah Winter davonfuhr.

In dem Moment hatte Lukas neben ihm am Straßenrand gehalten. Freddie war auf den Beifahrersitz gesprungen und hatte Lukas angewiesen, Hartmanns Wagen zu verfolgen. Auf den letzten Metern hatten sie den BMW dann wegen einer roten Ampel, an der sie halten mussten, aus den Augen verloren. Eine Weile waren sie planlos herumgefahren, bis sie den geschlossenen Autohandel entdeckten, der Freddie an einen kürzlich erschienenen Artikel von hoher Brisanz erinnert hatte. Alexander Jarkas, dem der Laden gehörte, war wegen Mordes festgenommen worden und saß nun im Knast. Freddie wusste noch, dass Hartmann in dem Fall ermittelte und hatte den Rückschluss gezogen, dass er Ben vermutlich zu Jarkas Hallen gebracht hatte. Als sie davor gehalten hatten und ausgestiegen waren, hatten sie auch schon Bens Schreie gehört.

Ben schaltete einen Gang zurück und gab Gas. Der Motor des roten Renault Modus heulte auf, bevor der Wagen ein älteres Pärchen überholte, das in einem weißen Porsche Cabrio ohne Eile vor ihm herschlich. Beim Treten der Kupplung schmerzte die verbrannte Stelle an Bens Schienbein, die Lukas notdürftig mit einer Mullkompresse aus dem Verbandskasten des Autos verarztet hatte. Schlimmer noch war der stetig pochende Schmerz, der von seinem kleinen Finger ausgehend die gesamte Hand befallen hatte und über den Arm bis zur Schulter hinaufströmte, und es ihm fast unmöglich machte, das Lenkrad festzuhalten, während er mit der anderen Hand die Gangschaltung bediente. Noch in der Reparaturwerkstatt hatte Freddie die abstehende Fingerkuppe gerichtet. Er hatte

Ben zunächst mit dem passenden Schlüssel, den er in Hartmanns Hosentasche fand, von den Handschellen befreit und sich den gebrochenen Finger genauer angesehen, während Lukas Ben von dem Klebeband, mit dem er an den Stuhl gefesselt war, befreit hatte.

Lukas hatte beherzt zugeschlagen, und im ersten Moment hatte Ben gedacht, Hartmann müsse tot sein. Doch nachdem Freddie den Kommissar untersucht, ihn in die stabile Seitenlage gebracht und Ben mit einem erleichterten Seufzen zugenickt hatte, war klar gewesen, dass Hartmann nur bewusstlos war. Ben hatte die Hände vom Rücken genommen und die linke Hand behutsam in den Schoss gelegt. Freddie hatte sich nach unten gebeugt, sich die abstehende Fingerkuppe erneut aus nächster Nähe besehen und dabei die Lippen geschürzt. Ben hatte Freddies rasselnden Atem hören können. Der Geruch von Freddies billigem Aftershave, das seinen Schweißgeruch nicht vollständig übertünchen konnte, war ihm entgegengeströmt, und der Atem des Polizeireporters hatte nach irgendeinem Fusel gerochen.

In der Zwischenzeit war Lukas nach draußen zum Wagen gegangen, um das Verbandszeug aus dem Auto zu holen und einen Rettungswagen für Hartmann zu bestellen.

»Du beißt jetzt besser noch einmal auf die Zähne. Der Finger muss gerichtet und geschient werden. Da du nicht ins Krankenhaus kannst, muss ich das wohl übernehmen.«

»Und du weißt, was zu tun ist?«, hatte Ben gefragt.

»Hab ich im Fernsehen gesehen. Wenn wir nichts tun, wirst du irgendwann Fieber bekommen und die Schmerzen nicht mehr aushalten.«

»Scheiße, das ist doch nicht dein Ernst.«

»Sehe ich so aus, als würde ich Witze machen? Ich mach's, wenn du willst. Aber entscheide dich jetzt, der Krankenwagen für Hartmann kann jeden Moment um die Ecke biegen. Und dann kannst du nicht mehr so einfach abhauen.«

Ben hatte den gebrochenen Finger betrachtet und Freddie seine Augenbrauen fragend nach oben gezogen.

»Also gut.«

Freddie hatte nicht lange gefackelt und war beherzt vor Ben getreten. Er hatte Ben einen Lappen, den er auf dem Boden gefunden hatte, gereicht.

»Hier, steck dir den zwischen die Zähne.«

Der Lappen hatte nach Öl geschmeckt. Es folgten ein kurzer heftiger Ruck und ein erstickter Aufschrei und Ben war schwarz vor Augen geworden. Er hatte das Tuch ausgespuckt und sich neben dem Stuhl übergeben. Zumindest war der Finger wieder in gerader Stellung. Im nächsten Moment hatte Freddie silbernes Klebeband in den Händen gehalten. Das Gleiche, mit dem Ben zuvor gefesselt worden war. Freddie nutzte es, um Bens Finger zu stabilisieren, indem er alle Finger außer dem Daumen zusammen umwickelte. Diesmal waren Bens Schmerzensschreie ohne den dämpfenden Lappen in seinem Mund ungehindert in die Halle gedrungen.

Ben hatte daraufhin Freddie und Lukas mehr vor Schmerzen stammelnd, als sprechend und in kurzen Worten erklärt, was geschehen war. Sie hatten ihm geglaubt und wollten ihm helfen, aber nicht von der Polizei festgenommen werden, weil sie einem gesuchten Verbrecher zur Flucht verholfen hatten. Der Plan war gewesen, dass sie warten würden, bis der Krankenwagen da war und der Polizei erzählen, dass sie Hartmann schon so vorgefunden hätten. Ben müsse sich, ohne dass sie es bemerkt hatten, in der Nähe versteckt haben und im allgemeinen Chaos mit dem Redaktionswagen geflüchtet sein. Die Geschichte ließ sich hören.

Ben verließ die A100 an der Ausfahrt Messedamm und fuhr weiter Richtung Süden. Trotz der fortgeschrittenen Uhrzeit war es draußen noch hell. Plötzlich tauchte im Rückspiegel ein Streifenwagen auf. Er kam schnell näher und Bens Puls beschleunigte sich. Er konnte nur hoffen, dass sie noch nichts von den Geschehnissen in der alten Werkstatt wussten, und dass er den Redaktionswagen des *Berliner Boulevardblatts* zur Flucht benutzte. Denn dann würde die Polizei besonders verbissen nach ihm fahnden, da sie davon ausgehen würden, dass er ihren Kollegen, Hauptkommissar Hartmann, niedergestreckt und schwer verletzt hatte. Der Streifenwagen setzte zum Überholen an. Sie hatten weder das Blaulicht noch die Sirene angeschaltet. Ben hielt den Atem an und starrte so unauffällig wie möglich geradeaus auf die Fahrbahn. Während sie an ihm vorbeifuhren, beobachtete Ben die Polizisten in dem Fahrzeug aus den Augenwinkeln. Sie schenkten ihm keinerlei Beachtung. Ben atmete die angehaltene Luft aus. Die brennenden Schmerzen in seinem Finger und seinem Schienbein drängten sich wieder in den Vordergrund. Es war unfassbar, was sich in der Reparaturwerkstatt vor wenigen Minuten zugetragen hatte. Hartmann war zweifellos ein Polizist, der sich ganz seiner Aufgabe verschrieben hatte. Aber er war geradezu besessen davon, dass Ben der Täter sein musste.

Während Ben von der Eichkampstraße rechts in den Lärchenweg einbog, wurde ihm schlagartig bewusst, wie chancenlos er war. Die Polizei hielt ihn für den Mörder. Von denjenigen, die sich professionell mit dem Auffinden von entführten Personen befassten, konnte er also keine Hilfe erwarten. Wenn er sich stellen würde, würden sie ihn verhören, und dann wäre es für Nicole und Lisa schon zu spät. *Nur noch wenige Stunden*, dachte er. Und ihm blieb nicht mehr als ein dünner Strohhalm, an den er sich verzweifelt klammern musste.

Er überlegte, ob er direkt zum Klosterinternat am Teufelssee fahren sollte. Aber was hätte er dort tun sollen? Er hatte nichts als einen losen Verdacht gegen einen Schüler namens Michael Rubisch, den die Mutter eines entführten Mädchens entgegen anderer Zeugenaussagen vor ihrem Haus gesehen haben wollte. Selbst wenn der Entführer des Mädchens und derjenige, der Nicole und Lisa in seiner Gewalt hatte, ein und dieselbe Person waren, so konnte es sich doch genauso gut um jemand anderen handeln, der bisher noch gar nicht ins Visier der Ermittlungen geraten war. Wie beispielsweise der Mann, der sich in Schillings Wohnung für diesen ausgegeben und auf die Minute genau prophezeit hatte, wann die Morde geschehen würden. Er hatte mit Sicherheit etwas mit den Morden und damit auch mit Lisas und Nicoles Entführung zu tun. Aber er war ein alter Mann, darauf ließen der weiße Bart und die langen weißen Haare schließen. Michael Rubisch hingegen war ein Abiturient von höchstens zwanzig Jahren. Es war jedoch nicht auszuschließen, dass Rubisch sich mittels einer Verkleidung älter gemacht hatte. Wegen der dichten Bartbehaarung und der langen, teils über die Stirn ins Gesicht fallenden Haare, war nur ein kleiner Ausschnitt von dem eigentlichen Gesicht des Mannes zu sehen gewesen. Der falsche Hellseher in Schillings Haus konnte daher doch auch Rubisch gewesen sein. Aber Ben wusste nicht, ob Michael Rubisch, dessen Schulzeit nach dem Abitur ja vorüber sein musste, noch im Internat wohnte. Und selbst wenn er ihn dort vorfand, sollte er dann etwa versuchen, Rubisch zu entführen und die Wahrheit mit Gewalt aus ihm herauszuholen? Dann wäre er nicht besser als Hartmann. Schlimmer noch: Wenn er falschlag, wäre die Zeit zu knapp, den wahren Täter noch finden zu können, bevor das gesetzte Ultimatum ablief. Nein, er brauchte stichhaltigere Beweise oder zumindest mehr Hinweise auf den Täter. Er konnte nur hoffen, dass der Mörder sich gerade deshalb für den Hellseher Arnulf Schilling ausgegeben hatte, um Ben die Möglichkeit zu geben, über den echten Schilling eine Verbindung zu dessen Nichte Karla herzustellen, bei deren Entführung die gleiche Uhrzeit wie bei den Morden aufgetaucht war. Er wusste nur noch nicht, warum der Mörder das getan haben sollte. Aber wenn Ben mit dieser Vermutung richtiglag, dann hatte der Kerl es ihm dadurch, dass er in Schillings Rolle geschlüpft war, absichtlich ermöglicht, auf seine Fährte zu gelangen und ihm eine Chance eingeräumt, das Rätsel zu lösen und seine wahre Identität herauszufinden. Dann hätte auch die Uhrzeit 2 Uhr 41, die der Täter im Falle der Entführung Karla Brauns und bei den Morden am Tatort hinterlassen hatte, eine tiefere Bedeutung. Hinzu kam, dass Tamara Engel, Viktor von Hohenlohe und er selbst ehemalige Schüler des Klosterinternats waren – wie auch Michael Rubisch. Der Zusammenhang erschloss sich Ben noch nicht, aber der Schlüssel war möglicherweise das Klosterinternat. Letztlich wusste er nicht, was er sonst tun konnte, außer den vermeintlichen Wegweisern des Mörders zu folgen. Dabei versuchte er, so gut es ging, zu verdrängen, dass der Mörder ihn genauso gut auch aus purem Sadismus absichtlich in die Irre geführt haben konnte.

Ben bog nach links in die Alte Allee und kurz darauf nach rechts in den Zikadenweg. Eine Minute später parkte er den Wagen vor dem Haus der Familie Braun.

Vielleicht konnte Jennifer Braun ihm helfen, die Zusammenhänge zwischen den Verbrechen zu begreifen, oder ihm etwas liefern, das den zwingenden Schluss zuließ, dass Michael Rubisch etwas mit Nicoles und Lisas Entführung zu tun hatte.

Beim Aussteigen bemerkte Ben den Schatten einer Person hinter den zugezogenen Gardinen. Er ging zur Tür und klingelte. Fast zeitgleich öffnete ihm eine gedrungene Frau mit

Pausbacken, Stubsnase und Dauerwelle, die er auf Ende fünfzig schätzte.

»Ich habe Sie schon vom Fenster aus kommen sehen«, sagte die Frau.

»Ich möchte zu Jennifer Braun. Ist sie zu Hause?«

Die Frau schüttelte bestürzt den Kopf, sah kurz zu Boden und wandte sich dann wieder Ben zu.

»Das ist es ja, warum ich am Fenster stehe und warte. Ich bin die Nachbarin von rechts nebenan. Ich kümmere mich ein wenig um das Mädchen, weil sie doch jetzt ganz allein zu Hause wohnt. Wir hatten vereinbart, dass wir um halb acht zu ihrer Mutter ins Krankenhaus fahren. Jennifer hat ja kein Auto, und ihre Mutter will nicht, dass das Kind spätabends noch mit der Bahn fährt.« Die Frau blickte erneut betroffen nach unten und sprach leise weiter. »Verständlicherweise, nachdem, was mit Karla geschehen ist.« Sie sah wieder auf, und jetzt lag unverhohlene Angst in ihrem Blick. »Jennifer ist nicht gekommen. Ich weiß nicht, wo sie ist. Sie ist ein sehr zuverlässiges Mädchen, und einen Besuch bei ihrer Mutter würde sie nie freiwillig versäumen.« Tränen traten in ihre Augen. Sie nahm ein Papiertaschentuch aus ihrer Hosentasche und wischte sich die Tränen weg. »Ich bin doch jetzt gewissermaßen verantwortlich für sie. Und wenn Jennifer jetzt auch noch verschwunden ist … Ihre Mutter würde das nicht überleben.« Sie trat einen Schritt zur Seite. »Aber kommen Sie doch herein, Herr Kommissar. Sie sind doch von der Polizei? Jedenfalls kommen Sie mir irgendwie bekannt vor.«

Ben wusste nicht, was er sagen sollte. Ihm gingen zu viele Gedanken gleichzeitig durch den Kopf. Jennifer war jetzt also seit mehr als zwei Stunden überfällig. Hatte sie Freunde getroffen und nur die Zeit vergessen? Oder steckte mehr dahinter? Etwas, das mit Bens Suche nach dem Entführer seiner Frau und Tochter, der vermutlich auch Karlas Verschwinden zu verantworten hatte, zu tun hatte?

Ben trat in die geräumige Diele. »Haben Sie denn schon versucht, ihre Freundinnen anzurufen? Vielleicht ist sie ja dort.«

Die Frau schloss die Tür hinter ihm. »Ihre Kollegin hat die im Telefon gespeicherten Nummern schon abtelefoniert. Keine ihrer Freundinnen hat sie gesehen, und von einem neuen Freund wissen sie auch nichts.«

»Meine Kollegin?«, stammelte Ben.

»Ja, sie hat mich ganz schön erschreckt, als sie an der Tür stand. Schließlich hatte ich zu dem Zeitpunkt die Polizei über Jennifers Verschwinden noch gar nicht informiert.«

Plötzlich öffnete sich eine Tür, die offensichtlich zum Wohnzimmer führte. Dahinter stand eine Frau, die ihre Pistole auf Ben richtete. Die Nachbarin riss erschrocken die Augen auf, trat einen Schritt zurück aus der Schussbahn und sah abwechselnd zwischen Ben und der Kommissarin hin und her. »Dieser Mann ist kein Polizist. Und er kommt Ihnen wahrscheinlich nur deshalb so bekannt vor, weil Sie sein Fahndungsfoto in den Regionalnachrichten gesehen haben«, sagte Kriminalhauptkommissarin Sarah Winter.

36

Er saß mit dem Rücken an die Wand gelehnt auf der Matratze, die auf dem Fußboden seiner schäbigen Einzimmerwohnung lag. Die Wohnung befand sich in einem dringend renovierungsbedürftigen Neuköllner Plattenbau. Er vermutete, dass das Haus bald der Abrissbirne oder zumindest einer Kernsanierung zum Opfer fallen würde. Für seine Zwecke war die Wohnung völlig ausreichend und aus einem anderen Grund sogar wie geschaffen. Die Nachbarn kannten sich nicht, gingen sich aus dem Weg und interessierten sich auch nicht füreinander. Das kam ihm sehr gelegen.

»Renovierung durch den Mieter bei Einzug«, hatte der ungepflegte Mann von der Hausverwaltung gesagt, einen provozierenden Blick aufgesetzt und mit den Schultern gezuckt.

Heute, zwei Monate später, sah die Wohnung noch genauso aus, wie er sie bei seinem Einzug vorgefunden hatte. Vergilbte und teils abgekratzte Tapete, die dem unruhigen Muster nach noch aus den Sechzigerjahren stammen musste. Die ursprünglichen Farben darauf ließen sich nur noch erahnen. Der Teppich war herausgerissen, und Reste des Klebers befanden sich noch auf dem Betonboden, auf dem seine Kleider sorgsam gestapelt in einer Ecke neben der Matratze lagen. Die Badkeramik war so verschmutzt, dass er sich sicher war, selbst mit den stärksten Reinigungsmitteln nichts ausrichten zu können. Doch das alles war ihm egal. Er benutzte die Wohnung ohnehin nur zum Schlafen, zur Körperhygiene und wenn er in Ruhe nachdenken musste, was ihm in letzter Zeit kaum noch möglich gewesen war. Zuerst war die Stimme in seinem Kopf da gewesen, später die Schmerzen. Erst da war er zum Arzt gegangen. Ein paar Tage später hatte er von diesem in nüchternem Tonfall, aber mit bedauerndem Blick die tödliche Diagnose erhalten. Er hatte einen bösartigen und schnell wachsenden Gehirntumor in seinem Kopf. Inoperabel. Er hatte herausgefunden, dass es genau zwei Möglichkeiten gab, die Schmerzen erträglicher zu machen: Stark dosierte Schmerztabletten, die der Arzt ihm verschrieben hatte, oder den Befehlen, die ihm die Stimme zuflüsterte, Folge leisten. Zuerst hatte er sich geweigert, dann hatte er erkannt, wer da zu ihm sprach und sich mit seinem Auftrag angefreundet. Konnte er seinem Herrn einen Wunsch abschlagen? Niemand konnte das.

Was Gott zusammengejocht hat, bringe kein Mensch auseinander, hatte die tiefe Stimme ihm immer wieder gesagt. Die Menschen kümmerten sich nicht mehr um die Worte des Herrn. Sie glaubten selbst, wie Gott zu sein, und tun und lassen zu können, was ihnen gefiel. Freizügigkeit hatte Disziplin ersetzt. Seine Aufgabe war es, das zu ändern. Das hatte er irgendwann begriffen. Wieder geradezurücken, was nicht im Sinne des Herrn war. Für Ausgleich zu sorgen, war seine letzte Mission. Ein Platz im Paradies wäre ihm sicher, wenn er diesen göttlichen Auftrag ausführen würde. Es ging jedoch nicht nur darum, die Schuld Einzelner zu bestrafen. Was hätte das gebracht? Es ging darum, für nachhaltige Veränderungen zu sorgen und den Menschen dabei zu helfen, auf den richtigen Weg zurückzufinden.

Die Menschen brauchten dafür Zeichen. Erst, wenn sie etwas mit eigenen Augen sahen, geschah etwas in ihren Köpfen. Dann erst waren sie bereit, ihr Verhalten anzupassen. Es war an ihm, diese Zeichen zu setzen. Gott hatte ihn genau dafür auserwählt. Nicht erst vor zwei Monaten, als er über die Stimme in seinem Kopf mit ihm zu reden begann. Es hatte schon viel früher begonnen, schon von Geburt an. Das war ihm aber in seiner menschlichen Beschränktheit erst aufgefallen, nachdem ihm die Stimme die Augen geöffnet hatte. Plötzlich ergab alles einen Sinn, alles, was er erlebt hatte, seine ganze Erziehung. Alles hatte nur dem einen Zweck gedient, ihn auf den einen großen Auftrag vorzubereiten. Er war der Erzengel des Herrn, der für Gerechtigkeit auf Erden zu sorgen hatte. Am Anfang hatte er mit Gott gehadert. Warum musste dieser ihn jetzt dahinraffen, wo er eine liebe Frau gefunden und geheiratet hatte? Doch die Stimme hatte nicht nachgelassen: *Es ist an dir, in meinem*

Namen Zeichen zu setzen. Bestrafe sie für ihre Sünden und sorge für Gerechtigkeit.

Dann plötzlich, in einer der zahllosen Nächte, in denen er nicht schlafen konnte, weil der dumpfe Schmerz und sein Schicksal an ihm nagten, wusste er plötzlich, was gemeint war. Er hatte das heilige Sakrament der Ehe zu bewahren. Das war die Aufgabe, die Gott ihm zugedacht hatte. Gott hatte ihn ausgesucht, weil es keinen Besseren dafür gab. Dieses Sakrament hatte ihn ein Leben lang begleitet. Niemandem sonst war so schmerzlich bewusst geworden, wie wichtig die Einhaltung dieses Sakramentes war. Wie konnte die Frau, was Gott zu einem Fleisch zusammengefügt hatte trennen? Es waren immer die Frauen, die für die Trennung verantwortlich waren. Sie hatten dem Mann untertan zu sein. Wie konnten sie sich erdreisten, selbst Entscheidungen zu treffen, die ihren Mann mit Hohn straften? Und selbst wenn die Trennung vom Mann ausging, so war es doch immer die Frau, die sich mit ihrer Rolle nicht abgefunden, ihn nicht geehrt hatte und ihm damit den Anlass dazu bot. So hatte er es von klein auf gelernt, und nun bewies Gott ihm, dass die strenge und manchmal schmerzhafte Erziehung, die er genossen hatte, richtig gewesen war. Seine Ausbildung hatte somit von Anfang an nie weltlichen Zielen gedient. Er war dazu bestimmt, Gottes Wort notfalls mit dem glühenden Schwert Gehör zu verschaffen und die Ordnung wiederherzustellen. Nur der Tod konnte die Ehe auflösen. Und so beschloss er, bevor der Tumor ihn dahinraffen würde, Gott zu besänftigen und die Ehefrauen von ihrer Sünde zu befreien, die sie durch die Trennung von ihren Männern auf sich geladen hatten. Noch im Augenblick ihres Todes waren die beiden Frauen, die er in den letzten beiden Tagen ertränkt hatte, davon ausgegangen, dass ihnen Unrecht widerfuhr. Dabei waren es nur eine gerechte Strafe und eine Wiedergutmachung.

Ihre Kinder waren ihm zu Dank verpflichtet. Sie durften zuschauen, wenn er das Urteil an ihren Müttern vollstreckte, und bekamen so die Chance, die wahre Größe des Herrn zu erkennen und ihr Leben, genau, wie er es getan hatte, ganz nach den Worten Gottes auszurichten. Zufrieden ließ er sich noch einmal durch den Kopf gehen, was er bisher schon erreicht hatte. Tamara Engel hatte sein Angebot gern angenommen. Sie brauchte das Geld. Sie hatte Ben die K. o.-Tropfen in ihrer Wohnung in dessen Kaffee gemischt. Tamara hatte ihm abgenommen, dass er Ben nur einen Denkzettel verpassen wollte. Genaueres hatte sie nicht hinterfragt. Sie hatte gedacht, er würde ihr gleich danach das versprochene Geld geben und ihn unvorsichtigerweise nachts in ihre Wohnung gelassen. Doch statt sie zu bezahlen, hatte er ihr etwas Wertvolleres als Geld geschenkt: Die Erlösung.

Er hatte Ben, der durch die Tropfen betäubt, aber noch fähig war, schwankend wie ein Betrunkener zu gehen, in seine Wohnung gebracht. Er war sich sicher, dass er sich daran später nicht mehr würde erinnern können. Anschließend hatte er Bens Handy an sich genommen.

Am darauffolgenden Abend hatte er sich schon früh im Treppenhaus des Mietshauses versteckt, in dem Ben seine Wohnung hatte. Nachdem Ben aus dem Polizeigewahrsam entlassen worden und in seine Wohnung zurückgekehrt war, hatte er in einer dunklen Nische im Flur vor dessen Wohnungstür gewartet, bis Ben wieder herauskam. Dann hatte er ihn mit einem Elektroschocker außer Gefecht gesetzt. Ben war zurück in den Flur seiner Wohnung gestürzt. Seine Beine und Arme hatten durch den Stromstoß gezuckt. Seine Augen hatten sich verdreht und die Lippen gezittert. Wie er das genossen hatte. Er hatte Ben den mitgebrachten Whiskey, in den er zuvor die bewährten K. o.-Tropfen gemischt hatte, mit einem Trichter eingeflößt. Danach erst hatte Ben das Bewusstsein verloren. Er hatte die Haarsträhnen, die er in der Nacht zuvor Tamara Engel abgeschnitten hatte, in die Gesäßtasche einer Jeans im Kleiderschrank gestopft. Um keine Spuren zu hinterlassen, hatte er während der ganzen Aktion Handschuhe und einen Einwegoverall mit Kapuze getragen. Die leere Whiskeyflasche ließ er, nachdem er sie ein paarmal in Bens Hand gedrückt hatte, um sie mit dessen Fingerabdrücken zu versehen, in der Wohnung zurück, so dass die Polizei annehmen musste, Ben habe die Flasche ausgetrunken, was seine fehlende Erinnerung begründen würde. Er hatte richtig vermutet, denn Ben hatte am nächsten Morgen aufgrund des Betäubungsmittels keine Ahnung, was passiert war.

Anschließend war er vor die Tür getreten. Wie vermutet, überwachte das LKA den Hauseingang. Er trug eine ähnliche Jacke wie Ben. Da auch Größe und Statur ähnlich waren, ging er davon aus, dass die Bullen ihn für Ben Weidner halten würden. Und diese Rechnung ging auf. Er ließ sich Zeit beim Gehen, damit der dicke Polizist es einfach hatte, ihm zu folgen. Nachdem er Hartmann dann wie geplant abgehängt hatte, indem er die St.-Johannes-Basilika durch den Kellerausgang verlassen hatte, konnte er in aller Ruhe sein Werk an Katrin Thornau vollbringen.

Er hatte die Frau über eine Partnervermittlung im Internet kennengelernt, bei der er sich mit Bens Namen angemeldet hatte. Sie hatte ihm ihr halbes Leben anvertraut. Anschließend hatte er sich bestätigt gefühlt, dass sie die Richtige war. Daraufhin hatte er sich mit Katrin Thornau in einem Café getroffen. Während sie auf der Toilette war, hatte er den Schlüsselbund aus ihrer Handtasche genommen und Abdrücke davon gemacht. Später hatte er die Schlüssel zu ihrem Hauseingang und der Wohnung nachmachen lassen.

Gestern Morgen, als Katrin mit ihrem Sohn außer Haus war, hatte er die Schlüssel getestet. Sie funktionierten einwandfrei. Er hatte sich dann in ihrer Wohnung umgeschaut.

In der Nacht, nachdem er Katrin Thornau bestraft hatte, hatte er dann Bens Handy neben ihr Bett gelegt, damit es so aussah, als habe er es dort verloren. Selbstverständlich hatte er, wie bei all seinen Unternehmungen, Handschuhe und Overall getragen, um keine Fingerabdrücke zu hinterlassen.

Nun nahte die Nacht, in der er sein Gesamtwerk vollenden würde. Er dachte an Nicole. Sie war selbst schuld. Warum hatte sie sich von Ben getrennt? Auch wenn er Ben aus ganz anderen Gründen eine Lehre erteilen musste, so hatte es doch kein Mann, auch Ben nicht, verdient, dass seine Frau ihn verließ.

Dort wo Nicole und Lisa jetzt waren, würde sie gewiss niemand schreien hören. Die alten Bruchsteinmauern waren zu dick, und die Stahltür, die hinunter in das Gewölbe und die zahlreichen Gänge führte, zu stark und dicht, als dass ein Luftzug ihr Gewimmer hätte nach draußen tragen können. Er musste grinsen. Wie er richtig vermutet hatte, verstand Ben, dass er ihm absichtlich Hinweise auf seine Identität gab. Ben folgte genau der Spur, die er für ihn gelegt hatte. Denn bei allem, was er tat, handelte er so, wie er es für richtig hielt. Doch ob Gott das auch wirklich guthieß, konnte er nur dadurch herausfinden, indem er sein Tun vor Gott auf die Probe stellte. Wenn Gott gefiel, was er für ihn tat, dann würde er ihn gewähren lassen. Wenn nicht, würde sich das dadurch offenbaren, dass jemand ihn vorher stoppte.

Ben hatte ihn entdeckt, als er ihn vom Wald aus mit dem Fernglas beobachtet hatte. In diesem Moment hatte er schon geglaubt, Gott würde seinen Plan nicht mehr unterstützen. Doch dann hatte die Polizei Ben davon abgehalten, ihn zu verfolgen. Wie sollte er diesen Umstand anders deuten, als dass

Gott ihn schützen wollte und ihm dadurch zurief, dass er weitermachen solle? Hinzu kam noch etwas anderes, das ihn mehr und mehr zu dieser Überzeugung brachte: Es waren die Stimme und Schmerzen, die kaum noch vorhanden waren, seitdem er mit dem Verfolgen von Sünderinnen begonnen hatte. Bereits nach Tamaras Tod hatte er eine Verbesserung bemerkt. Heute, nachdem auch Katrin dahingeschieden war, fühlte er sich noch besser. Und nun hatte vor ein paar Stunden auch noch der Arzt bei ihm angerufen:

»Endlich erreiche ich Sie«, hatte er gesagt. »Es ist zwar Sonntagabend, aber ich dachte mir, diese Nachricht müssen Sie so schnell wie möglich erfahren. Der Tumor hat sich zurückgebildet. Das ist ein Wunder.«

Er hatte sich für den Anruf bedankt und aufgelegt. Sofort war ihm klar gewesen: Gott hatte ihn aus Dankbarkeit geheilt und ein Wunder an ihm vollbracht. Die Stimme, der Tumor, waren nur Mittel gewesen, zu denen Gott greifen musste, um ihn auf den Pfad seiner Bestimmung zu führen. Und ab dem Tag, an dem er diese Bestimmung angenommen hatte, hatte Gott für seine Heilung gesorgt.

Er stand auf, trat ans Fenster und besah sich in der Abenddämmerung die Lichter der Stadt. Schon sehr bald würde die Vollmondnacht hereinbrechen.

Er hatte auch den selbsternannten Hellseher Arnulf Schilling nicht rein zufällig ausgewählt, ihn angefahren und somit dafür gesorgt, dass er im Krankenhaus lag, während ein anderer den Platz in seinem Haus einnahm. Wahrsager waren Ketzer und nicht besser als Hexen. Noch vor ein paar hundert Jahren wäre einer wie Arnulf Schilling auf dem Scheiterhaufen verbrannt worden. Schilling und seine Nichte waren für Ben weitere Wegweiser, die ihn gegebenenfalls zu ihm führen konnten.

Mit der Bibel, die er ausgerechnet in der St.-Johannes-Basilika hinterlassen hatte, und der einen, alles entscheidenden Uhrzeit verhielt es sich ebenso. Er fragte sich, ob Ben und die Polizei all die Zeichen würden deuten können. Irgendwann sicherlich schon. Die Frage war nur, ob sie es in der verbleibenden Zeit schaffen würden. Er warf einen Blick auf seine Armbanduhr. Nur noch wenige Stunden. Voller Vorfreude atmete er tief durch. Dann verließ er die Wohnung.

37

»Drehen Sie sich um, Beine auseinander, und lehnen Sie sich mit erhobenen Händen gegen die Wand.«

Ben war viel zu überrascht, um etwas sagen zu können. Er fragte sich aber, weshalb Hartmanns Partnerin überhaupt hier im Haus von Anita Braun war. Niemand wusste, dass er herkommen würde, außer Arnulf Schilling. Hatte der ihn verraten?

Die Nachbarin der Familie Braun hielt sich vor Entsetzen die Hände vor den Mund. Sie hatte Ben für einen Polizisten gehalten, und nun entpuppte er sich als gesuchter Verbrecher. Die Angst stand ihr ins Gesicht geschrieben.

Ben drehte sich zur Wand und tat, was die Kommissarin von ihm verlangt hatte. Es war vorbei. Hier endete sein Versuch, seine Familie zu retten. Für Sarah Winter war er ein brutaler Frauenmörder. Sie würde nicht zögern und auf ihn schießen, wenn er ihr die Veranlassung dazu gab. Und tot nutzte er Nicole und Lisa überhaupt nichts. Nein, er musste versuchen,

Sarah Winter davon zu überzeugen, dass sie mit ihrem Verdacht gegen ihn falschlag. Bei ihr hatte Ben zumindest nicht den Eindruck, dass sie wie ihr Kollege Hartmann entgegen aller Vernunft sämtliche Argumente für seine Unschuld in den Wind schießen würde.

Sarah Winter kam näher und tastete ihn systematisch mit der linken Hand ab, während sie mit der Pistole in der rechten Hand weiterhin auf ihn zielte. Als sie fertig war, machte sie zwei Schritte zurück. »Sie können die Arme jetzt runternehmen und sich wieder umdrehen.«

Ben war überrascht. Sie hatte ihm keine Handschellen angelegt. Als er sich umdrehte, sah ihm die Polizistin mit ausdrucksloser Miene in die Augen. Er hielt ihrem Blick stand. Es dauerte sechs, sieben Sekunden, in denen sie sich anschwiegen. Dann sagte sie: »Wenn Sie mir versprechen, dass Sie nicht versuchen abzuhauen, nehme ich die Waffe jetzt runter und stecke sie weg.«

Ben war verblüfft. Er nickte. »Versprochen.«

An eine erneute Flucht war ohnehin nicht zu denken. Nicht nur sein verstümmelter kleiner Finger, sondern auch sein Bein schmerzte noch immer höllisch und machte ein schnelles Weglaufen unmöglich. Selbst wenn es ihm gelungen wäre, die Haustür hinter sich zu öffnen und hinauszuschlüpfen, hätte die Kommissarin ihn doch spätestens an der Vorgartenmauer wieder eingeholt.

Die Polizistin senkte den Arm mit der Waffe langsam nach unten und steckte sie in ihre Gürteltasche. Dabei ließ sie ihn keine Sekunde aus den Augen. »Ich glaube nicht mehr, dass Sie der Mörder der beiden Frauen sind, auch nicht, dass Sie Ihre eigene Familie entführt haben«, sagte sie dann.

Ben starrte die Kommissarin ungläubig an. Er hatte damit gerechnet, dass sie Verstärkung rufen, ihn festnehmen und ihm seine Rechte vortragen würde. Nicht jedoch, dass sie ihn, ohne dass er ein Wort zu seiner Verteidigung gesprochen hatte, für unschuldig hielt.

»Kommen Sie mit, ich will Ihnen etwas zeigen«, sagte sie.

Sie drehte sich um und ging ein paar Schritte ins Wohnzimmer hinein. Die Nachbarin sank auf einen in der Diele stehenden Stuhl und verharrte dort regungslos. Sie schien völlig entkräftet.

Ben folgte der Kommissarin langsam nach. Er konnte es nicht fassen. Die kurz aufkeimende Freude wich dem Gedanken, dass es dafür keinen Grund gab. Ihr Chef, Hartmann, sah in ihm noch immer einen Mörder, und die Beweise sprachen klar gegen ihn. Außerdem war nun auch noch Jennifer Braun verschwunden. Er hatte gehofft, mit ihrer Hilfe der Identität des Täters ein Stück näherzukommen.

Über das Wohnzimmer gelangten sie durch eine Tür ins Esszimmer. Beide Räume waren mit alten Eichenholzmöbeln eingerichtet. Im Vorbeigehen nahm Ben wahr, wie ordentlich alles an seinem Platz lag. Selbst die Kissen auf dem Sofa reihten sich im selben Abstand voneinander auf. Wann hatte die Familie hier zuletzt glücklich und gemütlich beieinandergesessen? Der Gedanke an eine glückliche Familie versetzte ihm einen Stich ins Herz. *Mein Gott, Nicole, Lisa, wo seid ihr nur?*

Sarah Winter setzte sich an den Esszimmertisch. Vor ihr lag ein aufgeschlagener Ordner. Ben setzte sich ihr gegenüber. Sarah nickte in Richtung seiner mit silbernem Klebeband umwickelten Finger.

»War das Lu?«

Ben sagte nichts. Das war auch eine Antwort.

»Wo ist er jetzt? Er hat Sie doch wohl nicht freiwillig gehen lassen?«

Ben erzählte Sarah, was in der leer stehenden Reparaturwerkstatt von Alexander Jarkas geschehen war. Sarah sah ihm fest in die Augen. Ein besorgter Ausdruck lag auf ihrem Gesicht, das ansonsten keine Emotionen zeigte. Weder Überraschung noch Ärger darüber, dass ihr Kollege durch den Schlag mit dem Stemmeisen auf den Kopf nun vermutlich für eine Zeit lang außer Gefecht gesetzt sein würde und im Krankenhaus lag. Als Ben fertig war, nickte sie nachdenklich und richtete ihren Blick auf den vor ihr liegenden Ordner.

»Lu glaubt, dass Ihnen egal ist, was mit Ihnen geschieht. Und dass deshalb auch nicht verwunderlich sei, dass die Beweislage so offensichtlich gegen Sie spricht.«

»Und Sie glauben das nicht?«

Die blonde Polizistin drehte langsam den Kopf hin und her. »Nicht mehr.«

»Und warum nicht?«

»Weil Sie hier sind.«

Ben nickte erleichtert. Es tat gut, jemanden zu haben, der auf seiner Seite war. Dennoch erschloss sich ihm noch nicht, warum die Polizistin ihm jetzt auf einmal Glauben schenken wollte.

Sarah Winter schien seinen fragenden Gesichtsausdruck bemerkt zu haben und setzte zu einer Erklärung an. »Als ich zurück ins Kommissariat gekehrt bin, nachdem Lu mit Ihnen verschwunden ist, erreichte mich Arnulf Schillings Anruf aus dem Krankenhaus. Er gab an, dass Sie bei ihm gewesen seien und dass er Ihnen von Karlas Verschwinden erzählt habe. Er glaubte, dass es wichtig für die Polizei sei, zu erfahren, dass seine Nichte Karla vor drei Monaten zur selben Uhrzeit verschwand, zu der nun die Morde angekündigt wurden und auch stattfanden. Das wussten wir natürlich schon. Zuvor hatten wir schon Jennifer Braun bei uns im Präsidium, die uns noch mal von den Vorfällen erzählt hat. Sie war der festen Überzeugung, dass ein Internatsschüler mit der Sache etwas zu tun hatte. Wir haben die Information allerdings nicht weiterverfolgt, weil Lu und auch ich meinten, dass wir den richtigen Täter doch schon kennen, nämlich Sie. Schilling hat mir aber auch von der Botschaft des Mörders an Sie berichtet. Und nun tauchen Sie hier auf, ohne zu wissen, dass ich hier bin. Welchen Grund sollten Sie dafür haben, wenn Sie der Täter wären? Ebenso wenig hätte der Mörder Arnulf Schilling einen Besuch im Krankenhaus abgestattet. Nur jemand, der auf der Suche nach ihm ist, hätte das getan. Jemand, der seine Unschuld beweisen und seine Familie retten will.«

Ben nickte, und Tränen der Erleichterung stiegen ihm in die Augen. Die Kommissarin hatte die richtigen Schlüsse gezogen. Die Nachbarin trat ins Zimmer. Offensichtlich hatte sie sich wieder gefangen. Sie stellte eine Flasche Wasser und zwei Gläser auf den Tisch. »Sie sind doch bestimmt durstig«, sagte sie freundlich. Ihrer zarten Stimme waren jedoch die Bedrückung und Angst, die sie empfand, zu entnehmen.

»Danke«, sagte Sarah, »wir werden Jennifer finden, das verspreche ich Ihnen.« Die Frau begann zu schluchzen und verließ mit Tränen in den Augen das Zimmer.

Sarah wandte sich wieder Ben zu. »Mich würde aber noch interessieren, wo Sie letzte Nacht waren, als der zweite Mord geschah. Wir haben Sie ins Haus gehen sehen. Aber dann muss jemand herausgekommen sein, der es so aussehen lassen wollten, als wäre er Sie. Ich habe danach bei Ihnen geklingelt und an Ihre Wohnungstür geklopft. Es kam keinerlei Reaktion.«

Ben fasste sich bei dem Thema instinktiv in den Nacken. Schon den ganzen Tag über hatte er dort ein leichtes Jucken gespürt, aber nichts weiter darauf gegeben. Er überlegte kurz und beschloss dann, Sarah Winter die Wahrheit zu sagen.

»Ehrlich gesagt, ich weiß nicht, was letzte Nacht passiert ist oder was ich gemacht habe. Ich wollte ursprünglich zurück ins LKA-Gebäude, um ein Alibi zu haben, falls ein weiterer Mord geschieht. Aber dann bin ich am Morgen im Flur meiner Wohnung liegend aufgewacht und konnte mich an nichts erinnern.«

Die Kommissarin sah ihn nachdenklich an und deutete auf seinen Nacken. »Ich weiß nicht. Seit ich heute Morgen aufgewacht bin, tut die Stelle ein bisschen weh, und es juckt.«

Sarah stand auf und ging um den Tisch herum. »Lassen Sie mich mal schauen.« Sie betrachtete seinen Nacken und fuhr mit den Fingern über die Stelle, die Ben sich gerade noch gerieben hatte. »Ich kann zwei wenige Zentimeter voneinander entfernte kleine rote Punkte erkennen. Das könnten Wunden von einem Elektroschocker sein«, sagte sie dann und ging zurück auf ihren Platz.

»Das würde zumindest einiges erklären. Der Killer könnte Sie damit außer Gefecht gesetzt und Ihnen dann den Whiskey eingeflößt haben. Deshalb auch die leere Flasche in Ihrer Wohnung. Wenn er in den Alkohol noch GHB oder andere K. o.-Tropfen gemischt hat, ist klar, warum Sie nicht reagieren konnten, als ich vor Ihrer Tür war. Dann ist der Kerl rausspaziert, und wir mussten annehmen, dass Sie es sind.«

Ben war froh, eine Theorie zu hören, die ihn entlastete.

»Und warum sind Sie hergekommen?«, fragte er. »Wohl kaum, weil Sie annahmen, dass ich auch hier auftauchen würde, nachdem Ihr Kollege mich mitgenommen hatte?«

»Ich hatte von Anfang an kein gutes Gefühl dabei, nur in eine Richtung zu ermitteln. Nach Schillings Anruf wollte ich meiner ersten Intuition folgen und mir den Ordner mal ansehen, den Jennifer Brauns Mutter angelegt hatte. Schließlich hatten sie und ihre Mutter diesen Internatsschüler in Verdacht. Michael Rubisch hat zwar ein Alibi für den Zeitpunkt, als Karla verschwand, ansonsten passt er aber, zumindest was seinen religiösen Hintergrund angeht, ins Täterprofil des Frauenmörders, und es gibt eine offensichtliche Verbindung zwischen Karlas Verschwinden und den Morden. Der Entführer Karla Brauns hinterließ eine Bibel vor der Haustür von Karlas Elternhaus. Auch die aktuelle Mordserie hat einen religiösen Hintergrund. Das Klosterinternat, in dem Michael Rubisch den Großteil seiner Kindheit und Jugend verbrachte, ist wiederum für seine erzkatholische Erziehung bekannt. Es muss einfach einen Zusammenhang zwischen alldem geben.«

Ben nickte. Sarah Winter schenkte sich und Ben von dem Wasser ein und nahm anschließend einen Schluck. Dann redete sie weiter.

»Nachdem seine Alibis laut der damaligen Ermittlungsakte von mehreren Personen bestätigt worden waren, sahen wir auch keinen Grund mehr, uns näher mit Michael Rubisch zu befassen. Jetzt sieht es anders aus. Bevor ich herkam, habe ich einen Kollegen gebeten, ein paar Erkundigungen zu Marlene Rubisch einzuholen und bin zu ihrem Haus gefahren. Sie wohnt hier gleich in der Nähe, und ich wollte sie noch einmal zu dem Alibi, das sie ihrem Enkel gegeben hat, befragen. Aber leider war sie nicht zu Hause.«

»Sie halten es also für möglich, dass Michael Rubisch doch hinter der Entführung Karla Brauns und damit auch hinter den Morden stecken könnte.«

Sarah zuckte die Achseln. »Wir wissen so gut wie nichts über ihn. Diesen Ordner hier habe ich aus Jennifers Zimmer. Darin stecken mehr Informationen als in unserer eigenen Ermittlungsakte zum Fall Karla Braun. Dennoch finde ich bisher nichts, was uns weiterbringen könnte.«

»Seit ich den echten Arnulf Schilling im Krankenhaus kennengelernt habe, stelle ich mir die Frage, wer der Mann war, der sich in Schillings Haus als Wahrsager ausgegeben und mir den Todeszeitpunkt des zweiten Opfers genannt hat.«

»Bisher sind wir davon ausgegangen, dass Sie sich diesen ganzen Termin mit einem Wahrsager nur ausgedacht haben. Aber da dieser ominöse Mann nun doch zu existieren scheint, dürfte er damit zum Hauptverdächtigen avancieren. Nur haben wir zu seiner Person gar keine Hinweise, außer Ihrer Beschreibung seines Äußeren. Wir wissen auch noch nicht, wo wir nach ihm suchen sollen. Aber vielleicht werden wir mehr erfahren, wenn die Kollegen von der Kriminaltechnik Schillings Haus auf verwertbare Spuren untersucht haben.«

Sarah Winter holte ihr Handy hervor und beorderte ein Team der Spurensicherung zu Arnulf Schillings Haus.

»Ich kann nicht ausschließen, dass derjenige, mit dem ich gesprochen habe, verkleidet war. Es könnte theoretisch also auch Rubisch gewesen sein, mit dem ich gesprochen habe«, sagte Ben, nachdem die Kommissarin das Telefonat beendet hatte. Er hatte die ganze Zeit versucht, so ruhig wie möglich zu sprechen, obwohl ihm bewusst war, dass gerade wertvolle Zeit verstrich. Jetzt merkte er, wie seine Atmung sich beschleunigte und sich eine Unruhe in ihm ausbreitete, die er schon bald nicht mehr würde kontrollieren können.

»Was war denn Ihr Plan? Was wollten Sie von Jennifer Braun?«, fragte Sarah schließlich.

Ben überlegte kurz. Die Tatsache, dass Jennifer nun offensichtlich auch verschwunden war, erhärtete seinen Verdacht. »Ich hatte gehofft, Jennifer könnte mir irgendetwas sagen, das meinen Verdacht bestätigt, dass die Fäden in diesem Klosterinternat zusammenlaufen. Jetzt halte ich ein Gespräch aber gar nicht mehr für notwendig.«

Ben registrierte zum ersten Mal einen Anflug von Überraschung in Sarah Winters Gesicht. »Weshalb?«

»Kurz nachdem Jennifer heute bei der Polizei war, verschwindet sie. Sie hat nach wie vor Michael Rubisch im Verdacht, ihre Schwester entführt zu haben. Was, wenn sie beschlossen hat, die Sache nun selbst in die Hand zu nehmen? Wohin wäre sie dann gegangen?«

»Zum Klosterinternat«, sagte Sarah Winter.

Ben nickte und trank ebenfalls etwas Wasser. Erst jetzt bemerkte er, wie trocken seine Kehle gewesen war.

»Und was für Sie neu sein dürfte, ist die Tatsache, dass sowohl Tamara Engel als auch ich selbst einmal Schüler genau dieses Internats gewesen waren«, sagte er dann.

Sarah sah ihn erstaunt an und musste zugeben, dass sie das bei ihren Recherchen tatsächlich noch nicht festgestellt hatten.

»Sie meinen, jemand könnte den Verdacht in der Mordserie wegen einer Sache auf Sie gerichtet haben, die irgendwie mit dem Internat zu tun hat?«

»Ja.«

In diesem Moment klingelte Sarahs Handy. Sie warf einen kurzen Blick auf das Display und nahm das Gespräch dann an. Je länger das Gespräch dauerte, desto ernster blickte sie Ben an, und ihre Stirn zog sich mehr und mehr in Falten. Nach einer halben Minute verabschiedete sie sich von ihrem Gesprächspartner und legte auf.

»Das war der Kollege, den ich mit der Hintergrundrecherche zu Marlene Rubisch beauftragt habe. Und nun glaube ich allerdings auch, dass wir zum Klosterinternat fahren sollten. Wenn die Frau nicht zu Hause ist, dann ist sie wahrscheinlich dort bei der Arbeit.«

»Was hat Ihr Kollege denn herausgefunden?«

Sarah antwortete nicht sofort. Wahrscheinlich überlegte sie, ob sie Ben diese Informationen geben durfte. Schließlich entschied sie sich dafür. »Vor neunundzwanzig Jahren fiel Marlene Rubischs einziger Sohn einem Verbrechen zum Opfer. Der Junge war damals sechs Jahre alt. Er wurde missbraucht und ermordet. Man fand ihn tot in einem Waldstück. Ein Jahr später zog sie hier in diese Siedlung in der Nähe des Klosterinternats. Der Mörder ihres Sohnes wurde nie gefunden.«

Ben atmete geräuschvoll aus. »Wenn so etwas geschieht, hält man es in der alten Umgebung, die einen an das frühere Leben erinnert, kaum noch aus«, sagte er dann. Er dachte daran, dass auch Nicole mit Lisa wegziehen wollte, weil Lisas Mitschüler sie als ›Mördertochter‹ bezeichnet hatten.

»Da gibt es nur ein Problem«, sagte Sarah und stand auf. »Wie kann Michael Rubisch Marlene Rubischs Enkelkind sein, wenn ihr einziger Sohn mit sechs Jahren verstarb?«

Ben sah sie für einen Moment nur stumm an.

»Es stellt sich also die Frage, wer Michael Rubisch wirklich ist«, sagte Sarah.

Ben stand nun ebenfalls auf. »Nehmen Sie mich mit?«

Sarah war schon so gut wie aus der Tür, als sie sich umdrehte, den Kopf schief legte und lächelte. »Ben Weidner, gegen Sie liegt ein Haftbefehl vor. Glauben Sie ernsthaft, ich könnte Sie hier allein zurücklassen?«

38

Inzwischen war es dunkel geworden. Der Himmel war wolkenlos. Der Vollmond tauchte die Umgebung in ein bläuliches Licht. Sarah fuhr einen von Roststellen übersäten hellblauen Saab, der schon gute zwanzig Jahre auf dem Buckel hatte. Der

Motor brummte wie ein Traktor. Dennoch fuhr sie deshalb nicht weniger schnell.

Während der Fahrt rief Sarah ihre Kollegen im Kommissariat an und ließ Ben aus der Fahndung nehmen. Außerdem gab sie eine Anfrage hinsichtlich Michael Rubischs Wohnsitz in Auftrag. Nur wenige Minuten später kam der Rückruf. Ben konnte über die Freisprechanlage mithören, dass Michael Rubisch als wohnhaft bei seiner Mutter gemeldet sei. Da Sarah schon am Haus von Marlene Rubisch gewesen war und ihr niemand geöffnet hatte, brachte sie diese Information im Moment nicht weiter. Sie konnten nur hoffen, dass der Abiturient noch immer ein Zimmer im Internat hatte und dort war, wenn sie gleich ankamen.

»Bislang habe ich als Täter jemanden sehr Religiöses vermutet, der von seiner Frau geschieden wurde, wodurch er sich berufen sieht, Frauen für die mit der Scheidung begangene Sünde mit dem Tod zu bestrafen«, sagte Sarah.

»Und Michael Rubisch passt nicht ins Profil?«, fragte Ben.

»Er passt insofern, als dass er in einem katholischen Internat groß geworden ist. Aber er ist nicht verheiratet. Warum sollte er losziehen und mordend das Sakrament der Ehe verteidigen?«

»Das heißt, es ist wahrscheinlicher, dass es sich bei dem alten Mann, der sich mir gegenüber als Arnulf Schilling ausgegeben hat, um den Täter handelt.«

»Im Moment, ja. Und dann ist da noch etwas, das wir beachten müssen: Es geht dem Täter nicht nur darum, die Missachtung des Ehesakramentes anzuprangern. Er übt gleichermaßen auch eine persönliche Rache an Ihnen aus. Warum sonst sollte er Ihnen die Schuld für die Morde anhängen? Er hat es schließlich ganz bewusst so arrangiert, dass die Polizei glauben soll, dass Sie der Mörder sind.«

»Natürlich habe ich mich auch schon gefragt, warum er ausgerechnet mich und meine Familie ausgesucht hat.«

»Und ist Ihnen jemand eingefallen, der noch eine Rechnung mit Ihnen offen hat?«

»Nein«, sagte Ben. Er seufzte. Bisher wusste er von zwei Verdächtigen: Michael Rubisch und der alte Mann in Schillings Haus. Warum sollte es einer dieser ihm unbekannten Menschen darauf anlegen, ihm und seiner Familie zu schaden? Bedeutete das, dass sie gerade eine falsche Spur verfolgten, die sie dem wahren Täter gar nicht näherbringen würde?

»Was haben denn die bisherigen Ermittlungen ergeben? Gab es keinen weiteren Verdächtigen außer mir?«, fragte Ben. Sarah Winters Gesicht war ausdruckslos. Das machte ihm noch mehr Angst. Sie sah ihn nicht an, sondern schaute starr auf die Straße.

»Katrin Thornaus Exmann ist Arzt. Er hat am Samstag an einer Fortbildung in München teilgenommen und anschließend bis halb zwei in der Nacht mit anderen Kongressteilnehmern an der Hotelbar etwas getrunken. Torsten Zimkowski, ein sehr gläubiger Mensch, der regelmäßig den Gottesdienst in der St.-Johannes-Basilika besucht und dessen Frau sich vor einem Jahr von ihm scheiden ließ, hatte Nachtschicht, als der Mord geschah. Er arbeitet in einer Schraubenfabrik. Wir haben das überprüft. Es gab eine Sonderschicht in der Nacht zum Sonntag und seine Arbeitskollegen haben bezeugt, dass er die ganze Nacht durchgearbeitet hat.«

»Wie kommen Sie denn ausgerechnet auf diesen Zimkowski und die St.-Johannes-Basilika?«

»Hartmann und ich haben am Samstagabend das Mietshaus, in dem Sie wohnen, observiert. Jemand, der Ihnen der Statur nach glich und die gleiche Lederjacke trug, wie Sie eine anhaben, kam aus dem Haus. Hartmann folgte ihm zu Fuß. Der

Mann ging in die Basilika, hinterließ auf dem Altar eine Bibel mit markierter Stelle und entkam unbemerkt über den Kellerausgang auf der Rückseite der Kirche. Zimkowski ist Mitglied der Kirchengemeinde, extrem gläubig und geschieden. Unser Mörder hat es auf geschiedene Frauen abgesehen. Unklar ist noch, woher der Kerl, den wir suchen, den Schlüssel zu der Kirche und der Kellertür hatte. Die meisten Kollegen in der Mordkommission haben seit sechsunddreißig Stunden kein Auge mehr zugemacht, aber wir arbeiten weiter daran.«

Die Kommissarin umklammerte das Lenkrad des Wagens so fest, dass die Haut auf ihren Händen weiß wurde. Offensichtlich machte es ihr zu schaffen, dass alle Spuren, die ihr Team bisher verfolgt hatte, im Nichts endeten und dass ihnen jetzt die Zeit davonlief. Alle vierundzwanzig Stunden ein Mord. Zwei waren schon geschehen. Einen dritten mussten sie unter allen Umständen verhindern. Ben glaubte, ihre Gedanken lesen zu können. Sie waren im Begriff, die letzte verbliebene Fährte zu verfolgen. Wenn sie falschlagen, würde es diesmal *seine* Frau treffen, und *seine* Tochter würde bei ihrer Ermordung zuschauen müssen.

Als sie auf die von Wald umgebene Teufelsseechaussee einbogen, schien der Mond so hell, dass sie ohne Licht hätten fahren können. Ben öffnete das Seitenfenster. Frische Waldluft strömte in den Wagen. Mit jedem Meter, den sie sich dem Klostergelände näherten, wurde er nervöser. Wenigstens war er jetzt nicht mehr allein im Kampf gegen diesen Irren. Aber die Zeit arbeitete gegen sie. Er hatte nur noch wenige Stunden, um Lisa und Nicole zu finden.

Sie hielten vor dem verschlossenen gusseisernen Hauptportal des Internatsgeländes, das von einer hohen Mauer umgeben war. Es war bereits halb elf. Sarah stieg aus. Der Ruf eines Uhus, der in einem der uralten Bäume am Ufer des Teufelssees saß, ertönte in der Ferne. Sarah drückte auf die Klingel neben dem Eingangsportal. Eine auf dem rechten Torpfosten befindliche Kamera richtete sich auf sie. Sie sagte etwas, das Ben nicht verstehen konnte, in die Sprechanlage und hielt ihren Ausweis in die Kamera. Kurz darauf schwenkte das zweiflügelige Tor auf und sie fuhren auf den Zufahrtsweg, vorbei an frisch gemähten Rasenflächen, die eine Friedlichkeit verströmten, die in krassem Gegensatz zu Bens aktueller Gefühlslage stand. Immer wieder ging er alles durch, was er wusste. Hatte er etwas übersehen? Sarah Winter hatte ihm Schmerztabletten gegeben, von denen sie eine Großpackung im Handschuhfach des Saabs deponiert hatte. Doch noch immer schoben die pochenden Schmerzen an Finger und Bein seiner Konzentration einen Riegel vor. Immer wieder endeten seine Überlegungen hier an diesem Ort. Er konnte nur hoffen, dass ihm nicht erst dann, wenn es zu spät war, etwas Entscheidendes einfiel, das den Lauf der Dinge hätte verändern können.

Der Mann, der ihnen das Tor geöffnet hatte, hatte Sarah Winter den Weg zu dem Wohnhaus des Klosterabtes, der gleichzeitig der Direktor des Internats war, beschrieben. Sarah stellte den Wagen auf einer der drei geschotterten Parkflächen vor dem alten Backsteinhaus ab. An der Klingel stand der Name Jakob Dörr. Als der Vorsteher des Klosters ihnen die schwere Holztür öffnete, schien er kein bisschen überrascht, wer ihn zu so später Stunde noch besuchte. Vermutlich hatte ihn der Torwärter schon informiert, dass die Polizei ihn sprechen wollte. Er führte sie in ein großes, mit dunklem Holz vertäfeltes Arbeitszimmer. Dort bot er ihnen an, sich auf die vor einem riesigen Schreibtisch stehenden Stühle zu setzen. Er selbst setzte sich auf einen dick gepolsterten Drehstuhl hinter dem Schreibtisch und musterte Sarah und Ben mit durchdringendem Blick. Der Geistliche war in eine schwarze Kukulle gehüllt. Er war hochgewachsen und hatte eine auffällig große Hakennase. Der leicht nach vorn gebeugte Oberkörper, der runde Rücken und der lange Hals mit dem hervortretenden Kehlkopf verliehen ihm Ähnlichkeit mit einem Geier. Seine grauen Haare standen wirr in alle Richtungen ab.

»Worum geht es also?«, fragte Dörr.

»Um einen Ihrer Schüler. Wir halten es für möglich, dass er etwas mit dem Mord an zwei Frauen zu tun hat«, erwiderte Sarah.

Augenblicklich wich sämtliche Farbe aus dem Gesicht des Direktors und seine Züge erschlafften. Dann zog er die Augenbrauen zusammen. »Um wen handelt es sich?«

»Michael Rubisch.«

Dörr lehnte sich nun in seinem Stuhl zurück und machte ein bedauerndes Gesicht. Dabei schien er in gewisser Weise erleichtert zu sein. »Michael ist kein Schüler dieses Internats mehr. Und wenn es um die Entführung dieses Mädchens aus der Siedlung geht, da konnte man ihm nichts nachweisen. Er war hier auf dem Gelände, als es geschah.«

»Wir dachten, er könnte vielleicht noch im Internat wohnen«, sagte Sarah.

»Nein, er ist vor zwei Monaten aus dem Wohnheim ausgezogen. Wir wissen nicht wohin, und er hat sich seitdem auch nicht mehr gemeldet. Aber ich kann mir auch beim besten Willen nicht vorstellen, dass Michael etwas Derartiges getan haben könnte. Er ist ein netter junger Mann, immer hilfsbereit.«

»Aber seine Großmutter, Marlene, kann uns doch bestimmt sagen, wo ihr Enkel sich zurzeit aufhält. Zu Hause haben wir sie nicht angetroffen. Ist sie hier?«, fragte Sarah.

Dörr brauchte nicht lange zu überlegen. »Nein, sie hat ein paar Tage Urlaub genommen. Wahrscheinlich macht sie gerade eine Reise.«

Jetzt hielt es Ben nicht mehr auf dem Stuhl. Es konnte doch nicht sein, dass sie völlig umsonst hergekommen waren. Und vor allem, wie sollten sie weitermachen?

»Wir müssen Michael so schnell wie möglich finden. Denken Sie nach! Wo könnte er sein? Hat er Freunde, bei denen er sich aufhalten könnte? Wer könnte noch etwas über seinen Verbleib wissen?«, fragte er in viel zu lautem Tonfall und bemerkte erst danach, dass er zu emotional reagiert hatte. Sarahs erzürnter Blick verhieß ihm, sich wieder zu setzen, aber er konnte nicht. Panische Angst erfasste jede Faser seines Körpers. Angst, die er bisher im Zaum hatte halten können. Aber jetzt brach sie durch und ließ sich nicht mehr wegsperren.

Der Direktor sah irritiert zu Sarah.

»Als Nächstes müssten wir uns Michaels altes Zimmer näher ansehen, und sicherlich können Sie uns auch ein Foto von ihm geben«, sagte Sarah in besonders freundlicher und ruhiger Tonlage.

Der Mönch zog die Augenbrauen hoch, verschränkte die Finger und klopfte beide Daumen aneinander, als ob er seine Antwort abwägen müsse.

»Bedaure«, sagte er dann und bedachte sie mit einem eisigen Blick.

»Michaels Zimmer ist bereits wieder besetzt. Ich kann Ihnen versichern, dass es bei seinem Auszug leer war und sich somit nichts darin befand, was Ihnen weiterhelfen könnte. Im Übrigen brauchen Sie dafür einen Durchsuchungsbeschluss und den dürften Sie nicht haben, sonst hätten Sie ihn mir schon vorgelegt. Außerdem haben Sie mir noch keinen plausiblen Grund genannt, warum Sie ausgerechnet Michael des Mordes verdächtigen. Haben Sie irgendwelche Beweise?«

Dieser Satz traf Ben und Sarah gleichermaßen. Beweise hatten sie keine, nur Vermutungen.

»Was ist mit einem Foto?«, sagte Sarah.

Der Direktor machte eine ausladende Bewegung mit den Händen.

»Das Internat hat keine Fotos von Michael Rubisch.«

»Aber das ist doch vollkommen unmöglich. Es muss doch Klassenfotos, Jahrbücher oder Fotos von irgendwelchen Feierlichkeiten geben«, sagte Ben. Diesmal klang seine Stimme ruhig, aber bestimmt.

Dörr räusperte sich. Ben wurde das Gefühl nicht los, dass der Direktor ihnen einfach nicht helfen wollte. Das machte ihn zunehmend wütender.

»Wie Sie sicherlich wissen, dürfen Menschen normalerweise nur mit ihrer Zustimmung fotografiert werden. Marlene Rubisch hat es dem Internat schlichtweg untersagt, ihren Enkel auf Fotos abzubilden. Als Erziehungsberechtigte ist das ihr gutes Recht. Und als Michael volljährig wurde, hat er ebenfalls die Zustimmung verweigert. Michael ist hier kein Einzelfall. Unsere Schüler werden sehr streng erzogen. Sie legen wenig Wert auf weltliche Dinge. Sie werden auch kaum ein Bild eines unserer Schüler im Internet finden. Das ist der Vorteil, wenn man wie wir intensiv und früh genug über die Risiken dieses Mediums aufklärt und die Eltern dabei hinter sich stehen hat.«

Ben wurde übel. Viel länger würde er Dörrs selbstherrliche Art und seinen Vortrag über eine erzkonservative katholische Erziehung nicht mehr ertragen können. Aber der Abt hatte recht: Auf der Herfahrt hatte Ben versucht, mit Sarah Winters Smartphone übers Internet an Informationen über Michael Rubisch und ein Foto von ihm heranzukommen. Fehlanzeige. Es gab nichts über ihn. Ben rief sich den Ordner ins Gedächtnis zurück, den die Familie Braun angelegt hatte. Auch hier war kein Foto zu finden gewesen, ebenso wenig wie in der Ermittlungsakte, was aber durchaus normal war. Rubisch war nur als Zeuge befragt und nicht als Beschuldigter vernommen worden. Michael Rubisch war wie ein Geist. Das passte zu einem Menschen, der schon lange ein Verbrechen plante.

»Was ist mit seinen Freunden? Ich möchte Sie bitten, diese jetzt zusammenzurufen, damit wir sie befragen können«, sagte Sarah.

»Michael war ein Einzelgänger. Ziemlich ruhig und sehr verschlossen. Man musste ihm die Worte immer regelrecht aus der Nase ziehen. Er hat schon ein paar Freunde. Allerdings sind das Jungs aus seinem Jahrgang, und von denen ist nun keiner mehr hier. Ich kann Ihnen aber gern die Adressen heraussuchen.«

»Ja, bitte«, sagte Sarah.

Verdammt, das dauert doch alles viel zu lange, dachte Ben. Um sich abzulenken, betrachtete er die gerahmten Gemälde an der Wand hinter ihm. Es war eine Ahnengalerie der ehemaligen Leiter des Internats und der Klosteräbte. Ben erkannte Dörrs Vorgänger aus den paar Jahren, die er selbst hier als Schüler verbracht hatte. An der seitlichen Wand hingen weitere handgemalte Porträtbilder. Beim dritten Bild stockte Ben der Atem. Er starrte in das Konterfei Heinrichs von Hohenlohe, Viktors Vater, und Viktors Bild hing gleich daneben. Über den insgesamt zwölf Porträtgemälden stand in goldenen Lettern die Überschrift: *Den edlen Wohltätern zur Ehre.*

Ben setzte sich wieder neben Sarah. Eine Welle der Verzweiflung schwappte über ihn. Der Abt stellte nun seinerseits eine Frage.

»Wie kommen Sie überhaupt darauf, dass Sie Ihren Mörder ausgerechnet hier finden könnten?«

Sarah ließ sich ein paar Sekunden Zeit mit der Antwort und sagte dann: »Wir dürfen leider keine Details preisgeben, aber wir vermuten, dass die Morde religiös motiviert sind.« Jakob Dörr lehnte sich nun nach vorne und stützte sich mit den Ellbogen auf dem Schreibtisch ab. Seine Miene hatte sich stark verfinstert. »Und da unser Kloster den Ruf hat, eine streng katholische Erziehung zu bevorzugen, verdächtigen Sie gleich einen unserer ehemaligen Schüler.«

Sarah hielt seinem Blick stand. »Natürlich nicht. Wir gehen auch noch anderen Hinweisen nach. Aber eine Spur führt nun einmal zu Ihrem Klosterinternat. Wir machen nur unsere Arbeit, und es geht um Menschenleben. Daher wäre es angebracht, dass Sie uns jetzt behilflich sind.«

Jakob Dörr entspannte sich wieder etwas. »Sie müssen entschuldigen. Aber wir sind nur ein einfacher Benediktinerorden. Wir sind keine Fundamentalisten wie die Mitglieder von Opus Dei, der Piusbruderschaft oder den Legionären Gottes. Wir wollen nicht mit diesen Gruppierungen in einen Topf geworfen werden.«

»Das tun wir auch nicht. Aber dennoch muss ich Sie fragen, ob Sie von Abweichlern in Ihrem Kloster Kenntnis haben. Vielleicht gibt es einen unter Ihren Mönchen, dem die normalen Lehren nicht streng genug sind und der sich für mehr Gottesgehorsam einsetzt?«

Dörr dachte kurz nach. »Nein, da fällt mir niemand ein.«

Sarah nickte, und Ben hatte das Gefühl, dass sie unumstößlich in einer Sackgasse gelandet waren. Selbst wenn der Täter ein religiöser Fanatiker war, so konnte es Tage dauern, bis die Polizei alle sektenähnlichen katholischen Gruppierungen in Berlin unter die Lupe genommen hatte. Tage, die sie nicht hatten. Abermals schaute er auf die Uhr. Es blieben noch dreieinhalb Stunden, um seine Familie zu retten, und er hatte nichts.

»Zu welchem der hier lebenden Geistlichen hatte Michael Rubisch den engsten Kontakt?«, fragte Sarah jetzt.

Dörrs Gesicht hellte sich auf. »Das war unser hiesiger Priester Bruder Erlenbach. Ich glaube, er war so etwas wie ein Ersatzvater für Michael. Der Vater des Jungen ist verstorben, weshalb sich seine Großmutter seit seinem sechsten Lebensjahr um ihn kümmern musste.«

Ben warf Sarah einen vielsagenden Blick zu. Marlene Rubischs Sohn, der schon als Kind ums Leben kam, konnte nicht Michaels Vater sein, und Berthold Erlenbach und Marlene Rubisch waren die beiden Hauptzeugen, die Michael ein Alibi im Entführungsfall Karla Braun gegeben hatten. Ben überließ es Sarah, die Frage zu stellen, auf die er seine letzte Hoffnung setzte.

»Ich nehme an, Bruder Erlenbach wohnt auch auf dem Gelände?«

Dörr nickte. »Ja, wie jedem Gemeindepfarrer steht auch unserem Priester ein Pfarrhaus zum Wohnen und Arbeiten zur Verfügung.«

»Können wir mit ihm reden?«

Dörr griff zu dem Telefon, das auf seinem Schreibtisch lag, wählte eine Nummer und ließ es fast eine Minute lang klingeln. Ben konnte währenddessen seine Füße kaum stillhalten.

»Um diese Zeit müsste er eigentlich zu Hause sein«, sagte Dörr schließlich und legte auf. Anschließend versuchte er es bei Marlene Rubisch. Auch hier nahm niemand den Anruf entgegen.

Wieder brach für Ben vor Enttäuschung eine Welt zusammen. Niemand, der ihnen weiterhelfen konnte, schien greifbar zu sein. Jakob Dörr begleitete Sarah und Ben schließlich zur Tür. »Es steht Ihnen frei, am Pfarrhaus zu klingeln. Vielleicht schläft Bruder Erlenbach und hört deshalb das Telefon nicht.«

Nachdem sie das Haus verlassen hatten, liefen sie hinüber zum Pfarrhaus. Sie klingelten minutenlang. Doch im Inneren blieb es dunkel. Sarah Winters Handy klingelte. Sie nahm das Gespräch an. Ben konnte sehen, wie die Ernsthaftigkeit in ihrem Gesicht einem Ausdruck der Überraschung wich.

»Gut, damit haben wir einen neuen Hauptverdächtigen. Auch wenn wir noch kein Motiv haben.« Dann legte sie auf und berichtete: »Die Kollegen haben die Liste aller Personen durchgesehen, die in den letzten sechs Monaten in der St.-Johannes-Basilika gearbeitet haben und so theoretisch an die Schlüssel hätten herankommen können. Bei einem Namen gab es einen Treffer. Raten Sie mal, wer die Krankheitsvertretung für den Organisten war.«

Ben zuckte nur die Schultern.

»Michael Rubisch.«

Ben schloss kurz die Augen. Er konnte es nicht fassen. Auf der Hinfahrt hatte er sich kurz gefragt, was er tun würde, wenn er gezwungen wäre, das Klostergelände ohne Antworten, die ihm die Lösung des Rätsels um die Entführung von Nicole und Lisa näherbrachten, wieder verlassen müsste. Er hatte keine Antwort darauf gehabt. Jetzt wusste er wenigstens, dass höchstwahrscheinlich Michael Rubisch hinter den Morden steckte. Wo sie nach ihm suchen sollten, wussten sie hingegen nicht.

Gerade als Ben den Entschluss fasste, sich gewaltsam Zutritt zum Haus des Priesters zu verschaffen, in der Hoffnung dort einen Hinweis auf Michael Rubischs aktuellen Aufenthaltsort zu finden, drang das Motorengeräusch eines herannahenden Wagens über das Gelände.

39

Sarah und Ben liefen vorsichtig im Schatten der Klosterkirche um das Gemäuer herum, bis sie freie Sicht auf den Zufahrtsweg hatten. Im Licht des Vollmondes beobachteten sie einen schwarzen Ford Transit, der den neben der Kirche liegenden Friedhof ansteuerte. Der Schotter knirschte unter den Reifen des Transportfahrzeugs, das Sekunden danach auf einem der wenigen Parkplätze vor der Friedhofsmauer anhielt und dessen tief brummendes Geräusch des Dieselmotors kurz darauf erstarb. Sarah und Ben hielten sich in einer Seitennische des Kirchengemäuers versteckt. Die plötzlich eingetretene Stille wurde nur durch das Gequake der Kröten aus dem Teufelssee durchbrochen. Die Fahrertür des im hinteren Bereich fensterlosen Transporters öffnete sich und jemand stieg aus. Es war zu dunkel, um zu erkennen, wer der Fahrer war.

Sie hörten die Fahrertür zuschlagen, dann trat eine Gestalt aus dem Schatten eines Baumes heraus, die ein weites Gewand mit einer über den Kopf gezogenen Kapuze trug und durch einen offenen Durchgang hinter der Friedhofsmauer verschwand.

Sarah und Ben liefen auf die Stelle zu, gelangten an die Mauer und spähten vorsichtig daran vorbei auf die Ruhestätte, die den Mönchen des Klosters vorbehalten war.

Die mit einfachen Holzkreuzen versehenen Gräber waren symmetrisch angeordnet. In der Mitte verlief ein breiterer Weg bis zu der alten Leichenhalle an der Stirnseite des Friedhofs. Sarah und Ben konnten gerade noch erkennen, wie die Gestalt die Tür aufzog und in der Halle, die mit ihrem Kuppeldach wie eine Höhle aussah, verschwand. Sie brauchtes nicht darüber zu reden, ihnen ging das Gleiche durch den Kopf: Warum sollte einer der Mönche in der Nacht mit einem Kleinbus hier auftauchen und in der Leichenhalle des Friedhofes verschwinden?

»Ich sehe mir erst einmal den Transporter an. Sie halten den Friedhofsweg im Auge«, sagte Sarah, die jetzt ihre Pistole im Anschlag hielt.

Ben hielt den Atem an, als sie an das Fahrzeug herantrat und ihn die Vorstellung überkam, dass Lisa und Nicole sich darin befinden könnten. Sarah klopfte gegen die seitliche Schiebetür. Das leise Pochen drang wie Hammerschläge in die Stille.

»Ist da jemand?« Sie trat einen Schritt zurück.

Es blieb still. *Mein Gott, was, wenn er ihnen schon etwas angetan hat?*, dachte Ben. Was, wenn sie bereits tot sind? Nein, wer immer dahintersteckte, würde sie am Leben lassen, bis die Zeit abgelaufen war. Die Zeit 2 Uhr 41 hatte eine besondere Bedeutung für den Mörder. Seine Opfer vorher zu töten, würde ihm nicht die gleiche Befriedigung verschaffen. Ben begann zu zittern, sein Augenlid zuckte. Plötzlich sah er wieder den erhobenen Arm des Anführers der Entführer vor sich, das Zeichen zum Start des tödlichen Duells.

»Nicht abgeschlossen«, hörte er Sarah sagen. Das brachte ihn zurück in die Gegenwart. Die Bilder der Erinnerung waren verschwunden, die Panik, die sie heraufbeschworen hatten, blieb.

Sarah zog die Schiebetür des Transits auf. Der Laderaum war leer. Auch die Fahrertür war unverschlossen. Sarah stieg ein, durchwühlte das Handschuhfach und kam mit dem Fahrzeugschein wieder heraus. Sie holte eine kleine Taschenlampe aus ihrer Jackentasche und leuchtete darauf. »Der Wagen ist auf Berthold Erlenbach zugelassen«, sagte sie. Dann wandte sie sich wieder dem hinteren Teil des Wagens zu. Sie kletterte ins Innere und leuchtete den Laderaum nun Stück für Stück aus.

Ben spähte über den Friedhof. Derjenige, der den Wagen gefahren hatte, blieb weiterhin in der Leichenhalle verschwunden.

Sarah stieg wieder aus.

»Haben Sie etwas gefunden?«, fragte Ben.

Sie antwortete nicht sofort. Als sie ganz nah bei ihm war, sah er, dass sich etwas an ihr verändert hatte. Ihre Züge waren härter, ihre Haut blasser. Das Flackern in ihren Augen verriet Angst.

»Es sind nur wenige kleine Flecke«, flüsterte sie, »aber ich bin mir ziemlich sicher, dass es Blut ist.«

Ihre Worte waren wie Schläge. Ben geriet ins Taumeln. Von einem Moment auf den anderen schien er nichts mehr zu hören. Sarah öffnete den Mund, aber die Worte, die sie aussprach, konnte er nicht hören. Er sah, wie sie ihr Handy herausholte. Sie war im Begriff, Verstärkung anzufordern. Der Druck auf seiner Brust wog Tonnen. Blut bedeutet nicht, dass sie tot sind. Es ist noch Zeit. Vielleicht wurden sie verletzt, als er sie kidnappte. Ben gelang es, die angehaltene Luft auszuatmen. Nachdem er tief eingeatmet hatte, waren seine Ohren plötzlich wieder frei. Der Schock ließ nach. Aber Sarah wählte bereits eine Nummer.

»Halt, warten Sie!«, sagte Ben, und Sarah hielt inne. »Rufen Sie Ihre Kollegen noch nicht an.«

Sarah wandte sich wieder ihrem Handy zu. »Der Fahrer dieses Transporters ist vermutlich der Klosterpriester Berthold Erlenbach. Das Blut deutet auf ein Verbrechen hin, und möglicherweise hat er auch etwas mit den Morden zu tun«, zischte sie.

»Das sehe ich genauso. Aber wir können nicht auf Ihre Kollegen warten. Dafür reicht die Zeit nicht mehr. Stellen Sie sich vor, wir liegen falsch, und Erlenbach hat nichts mit der Entführung meiner Frau zu tun. Dann verschwenden wir hier nur wertvolle Zeit. Und selbst wenn Lisa und Nicole hier ganz in der Nähe sind. Falls er dann mitbekommt, dass ein Großaufgebot der Polizei auftaucht, könnte er den beiden etwas antun, bevor die Zeit um ist. Und wenn sie nicht hier sind und die Polizei ihn in Gewahrsam nimmt, erfahren wir vielleicht nicht rechtzeitig, wo er Lisa und Nicole versteckt hält.«

Sarah sah ihn ernst an, überlegte und schüttelte den Kopf. »Tut mir leid, aber mir sind in diesem Fall die Hände gebunden. Wenn ich einen Alleingang unternehme und der danebengeht, bin ich verantwortlich.«

Sie ist Polizistin, du nicht, dachte Ben. Sarah drückte die Taste für den Rufaufbau und hob das Handy ans Ohr.

Noch hat sie nicht angefangen zu sprechen. Noch weiß niemand, wo wir sind, dachte Ben. Er hatte keine Zeit länger nachzudenken. Er musste handeln, und das tat er. Auch wenn er nicht wusste, ob es verrückt war, ob er falsch oder richtig reagierte. In diesem Fall folgte er allein seinem Instinkt. Jetzt wo die Zeit so fortgeschritten und der Killer, der seine Familie entführt und ihm ein Ultimatum gesetzt hatte, vielleicht so nah war. Er griff nach Sarahs Arm und riss ihn nach unten. Das Handy fiel zu Boden. Sarah war viel zu überrascht, um Widerstand zu leisten. Sie bückte sich, um das Telefon wieder aufzuheben. Doch bevor sie es erreichte, trat Ben mit seinem Stiefelabsatz so kräftig darauf, dass das Gerät sich mit einem Knacken in der Mitte durchbog und das Display zersprang.

Sarah sah verblüfft zu ihm auf. Dann betrachtete sie das zerstörte Telefon. Ben drehte sich um und rannte, so schnell es ihm mit seinem lädierten Bein möglich war, auf den Durchgang in der Friedhofsmauer zu.

»Sie Idiot«, fluchte Sarah ihm hinterher.

Ben rannte über das Friedhofsgelände geradewegs in Richtung der Leichenhalle.

Er wusste nicht, was die Polizistin tun würde. Er hielt es für am wahrscheinlichsten, dass sie zurück zum Wohnhaus des Abtes laufen würde, um von dort aus zu telefonieren. Einen Moment später meinte er Schritte hinter sich zu hören. Er drehte sich um. Sarah Winter hatte ihn fast eingeholt. Als sie zeitgleich an der Halle ankamen, deren grobes Sandsteinmauerwerk Spuren starker Verwitterung aufwies, drängte Sarah ihn unsanft gegen die Wand neben der Rundbogenholztür. Im Schein des Mondes sah Ben den Zorn in ihrem Gesicht. Ihre Augen funkelten ihn an, und Schweißperlen standen auf ihrer Stirn, als sie ihre Dienstwaffe aus der Gürteltasche zog.

»Sie sind ein solcher Vollidiot. Nur damit das klar ist, ich helfe Ihnen, aber Sie tun ab jetzt genau das, was ich Ihnen sage.«

Ben nickte zustimmend.

Sarah zog vorsichtig an dem eisernen Knauf der Eingangstür zu der Leichenhalle, die der Bauart nach noch aus den Anfangszeiten des Klosters stammen musste. Die schwere Tür öffnete sich unter einem leisen Quietschen. Aus dem Inneren war kein Geräusch zu vernehmen. Gedämpftes Kerzenlicht ließ nur schemenhaft erahnen, wie der Raum ausgestaltet war. Ben hörte vor Anspannung das Blut in seinem Kopf rauschen. Sarah stieß nun die Tür ganz auf, trat einen Schritt in die Halle und leuchtete den Raum zügig mit ihrer Taschenlampe aus. Dabei folgte sie mit dem Lauf ihrer Pistole dem Lichtkegel. Ben war darauf gefasst, dass das Licht im nächsten Moment auf den Fahrer des Kleinbusses treffen würde. Dabei spürte er, wie sich eine Mischung aus Angst und Aufregung in seine Magengrube bohrte. Er hörte sein Herz laut gegen seine Brust hämmern, als er neben Sarah an einen Vorhang trat, der zusammen mit einer hüfthohen Mauer den dahinterliegenden Raum verbarg. Er stellte sich vor, dass der Wahnsinnige, der skrupellos zwei Frauen ertränkt hatte, hinter dem Vorhang auf sie lauerte. Es war gut möglich, dass er dahinter eine Waffe auf sie richtete. Den restlichen Teil der Leichenhalle hatten sie sofort überblickt. Dort war niemand. Sarah gab Ben ein Zeichen, vor der Mauer in die Hocke zu gehen. Er tat es.

»Hier ist die Polizei«, sagte Sarah dann und hielt ihre Waffe auf den Vorhang gerichtet, »kommen Sie mit erhobenen Händen raus.« Es tat sich nichts. »Letzte Chance«, sagte Sarah und trat nahe an den Vorhang heran. Ben bewunderte ihren Mut.

»Ich zähle jetzt bis drei.«

Sie begann zu zählen.

»Eins ...«, und zog den Vorhang in einer einzigen Bewegung zur Seite. Gleichzeitig duckte sie sich hinter die Mauer.

Sekunden vergingen, in denen Bens Körper unter einer krampfartigen Anspannung stand. Doch es blieb weiterhin still. Niemand stürzte sich über die Mauer hinweg auf sie.

Sarah hob schnell den Kopf über die Brüstung und wieder zurück. Wieder nichts. Dann erhob sie sich langsam und leuchtete den vier mal vier Meter großen Raum hinter dem Vorhang aus. Auf einem aus Stein gehauenen Tisch lag ein Sarg. Sonst gab es keine weiteren Gegenstände und vor allem keine weitere Person darin. Auf der rechten Seite befand sich eine Tür, die nach draußen führen musste. Aber es lag ein Holzbügel als zusätzliche Einbruchssicherung davor, und wenn jemand den Raum durch diese Tür verlassen hätte, wäre der Holzbügel hochgeklappt zurückgeblieben. Sarah überkletterte die Mauer, und Ben erkannte, was sie vorhatte. Sie wollte den Sarg öffnen. Sie wollte nachsehen, ob die Person, die vor ihnen in die Halle gegangen war, sich darin versteckt hielt. Ben lief ein kalter Schauer über den Rücken. Die Kerzen, die sie umgebende

Dunkelheit, der Sarg in einer mittelalterlichen Leichenhalle. Es war gespenstisch. Sarah gab ihm ein Zeichen, dass er den Sarg öffnen solle, während sie die Taschenlampe und die Pistole darauf gerichtet hielt.

Ben begab sich ans Fußende des Sarges, Sarah blieb seitlich davor stehen. Er umfasste den Griff des Deckels. Stumm nickte Sarah Ben zu, der noch einmal durchatmete und dann den Deckel nach oben klappte. Er wich zurück und begab sich zu Sarah, die den Sarg ausleuchtete. Trotz des wenigen Lichts in diesem Teil der Leichenhalle konnte Ben die sich in ihrem Gesicht abzeichnende Anspannung erkennen.

In dem Sarg lag ein Mann. Er trug eine schwarze Kukulle. Genau wie der Mann, der soeben die Leichenhalle betreten hatte. Seine Augen waren verschlossen, sein Gesicht leichenblass. Seine Hände lagen gefaltet auf seinem Bauch.

War der Mann tot, oder verstellte er sich nur? Sarah trat langsam näher, die Waffe auf den Oberkörper des Mannes gerichtet. Sein Brustkorb bewegte sich keinen Millimeter. Ben musste sich unweigerlich vorstellen, wie der Mann sich schlagartig aufrichtete und nach Sarahs Waffe griff. Sarah legte nun ihre Hand auf die Halsschlagader des Mannes. Kurz schloss sie die Augen und atmete erleichtert aus.

»Der Mann ist schon länger tot.« Ben und Sarah standen fassungslos da. Der Kerl, der die Kirche betreten hatte, konnte sich doch nicht in Luft aufgelöst haben. Sie mussten etwas übersehen haben.

Sarah wandte sich wieder dem Rest des Raumes zu, den sie nun noch einmal aufmerksamer mit der Lampe abzusuchen begann. Für einen kurzen Augenblick stand Ben allein neben dem Sarg mit dem Toten. Sicherlich ein Mönch des Klosters, der erst vor kurzem verstorben war und nun zur Totenschau hier aufgebahrt war.

Als Ben zu Sarah aufschloss, nahm diese gerade die kleine, in die Halle integrierte Grotte auf der linken Seite der Leichenhalle genauer in Augenschein. Einen Meter davor stand eine Bank. Langsam fuhr der Lichtstrahl der Taschenlampe über die Eisengittertür, mit dem die etwa zwei Meter hohe Grotte verschlossen war. An der rückwärtigen Wand hing eine geschnitzte Nachbildung Jesu am Kreuz. Daneben standen mehrere Vasen mit Blumen. In zwei Ständern brannten Kerzen. Vermutlich sollte dieser Ort in der Halle den Trauernden die Möglichkeit zum Gebet und zur inneren Einkehr geben. Plötzlich wandte Sarah sich Ben zu. Im nächsten Moment begriff er, warum. Die Kommissarin hatte ein Detail entdeckt, das ihnen vorhin, als Sarah beim Reinkommen jeden Winkel des Raumes nur kurz mit der Lampe angestrahlt hatte, nicht aufgefallen war. Der Bügel des Vorhängeschlosses, mit dem die Eisengittertür gesichert war, stand offen. Ben nahm das Schloss ab und öffnete die Tür. Sie gingen in die Grotte hinein, nahe heran an das Kreuz an der Wand. Auf den ersten Blick war nichts Auffälliges zu erkennen. Als Ben jedoch die Steinwand betastete, an der das Kreuz hing, glaubte er zu spüren, dass sie weniger kalt war als das übrige Mauerwerk. Er ließ seine Finger weiter nach rechts gleiten. Kurz bevor er die seitliche Wand erreichte, entdeckte er eine kleine Mulde. Als er hineinfasste, fühlte sie sich an wie ein Griff. Ben zog daran, und das scheinbar so feste Mauerwerk gab nach und ließ sich wie eine Drehtür öffnen. Als Sarah in das schwarze Loch, das sich vor ihnen auftat, leuchtete, blickten sie auf eine Treppe, die in ein uraltes Kellergewölbe führte.

40

Nicole Weidner wusste nicht, wie viel Zeit verstrichen war, seit der Mann sie und Lisa überwältigt und betäubt hatte. Sie wusste nur, dass die bohrende Angst, die sich seit ihrem Erwachen in ihr breitgemacht hatte, sie fast in den Wahnsinn trieb. Dabei ging es ihr in erster Linie um Lisa. Sie hatte ihr Kind in diese Situation gebracht. Ein Kind, das Schutz von ihr erwartete, den sie ihr nun aber nicht mehr geben konnte.

Am Samstagmorgen hatte Nicole Bens Abschlussartikel zu seiner Serie über Hellseherei mit den Tests von drei namentlich genannten Wahrsagern gelesen. Nachdem sie mit Lisa aus dem Zoo gekommen war, hatte sie im Briefkasten einen Werbeflyer von einem der getesteten Hellseher entdeckt, der eine Sitzung für Neukunden zum halben Preis anbot. Der Mann hieß Arnulf Schilling. Da sie sich aufgrund des Zeitungsberichtes ohnehin vorgenommen hatte, einen der drei genannten Hellseher um einen Termin zu bitten, rief sie kurzerhand die auf dem Flyer angegebene Handynummer an und erhielt einen Termin für Sonntagnachmittag. Sie hatte sich gewundert, dass der Mann so schnell Zeit für sie hatte. Erst jetzt realisierte sie, dass es sich von Anfang an um eine Falle gehandelt haben musste.

Als Nicole und Lisa an dem alten, windschiefen Haus, dessen Garten unmittelbar an den Ruhwaldpark angrenzte, angekommen waren, war die Haustür nur angelehnt gewesen.

»Treten Sie ruhig ein, und schließen Sie bitte die Tür hinter sich. Ich habe Sie bereits erwartet«, hatte eine freundliche Stimme aus dem hinteren Teil des Hauses gerufen, nachdem Nicole an der Tür geklingelt hatte. Sie und Lisa waren durch den dunklen schmalen Flur in das Wohnzimmer getreten. Eine Stehlampe hatte ein gedämpftes Licht verströmt. Sie hatten sich kurz umgeschaut und waren verwundert darüber gewesen, niemanden zu entdecken. Das Letzte, was Nicole dann noch bewusst wahrgenommen hatte, war ein Geräusch. Jemand war von hinten zwischen sie und Lisa getreten, hatte seine Arme von außen um sie geschlungen und ihnen, ehe sie sich umdrehen konnten, ein Tuch vors Gesicht gedrückt, das mit einer scharf riechenden Lösung durchtränkt war.

Unmittelbar danach hatten sie das Bewusstsein verloren und waren in einem mittelalterlich anmutenden Verlies wieder aufgewacht. Drei Wände ihres Gefängnisses bestanden aus grobem Mauerwerk, an der Vorderseite reihten sich dicke Eisenstangen mit einer verriegelten und ebenfalls vergitterten Tür von einer Wandseite bis zur anderen. Der breite Gang vor den Gitterstäben führte in einen rechts danebengelegenen, schwach beleuchteten Raum. Selbst wenn sie nahe an die Stangen herantrat, konnte sie nur einen Teil der Stirnwand des angrenzenden Raumes sehen, in die ein Eisenring mit einer dicken Kette eingelassen war. Diese reichte über den Boden bis in den für Nicole nicht einsehbaren Teil des Nebenraumes. Die abgestandene Luft roch nach Schimmel und Urin. Bis auf ihre Atemgeräusche war es unheimlich still. Das Mauerwerk des Gewölbes bestand aus großen Steinblöcken. Nicole vermutete deshalb, dass sie tatsächlich in einer alten Burg oder einer Kirche gefangen gehalten wurden. Wie lange waren sie bewusstlos gewesen? Wohin hatte er sie verschleppt?

Lisa klagte über entsetzliche Kopfschmerzen, als sie kurze Zeit nach Nicole wieder zu sich gekommen war. Beiden war speiübel. Nicole hatte, so laut sie konnte, um Hilfe geschrien, an den Gitterstäben gerüttelt, gegen die Wände getreten und an den Mauerfugen gekratzt, bis ihre Hände blutig und die Fingernägel abgebrochen waren. Sie hatte den Raum nach einem Gegenstand, den sie als Waffe benutzen konnte, abgesucht. Alles ohne Erfolg. Erschöpft war sie danach zusammengesunken und hatte sich seitdem nur noch darauf konzentriert, Lisa zu beruhigen. Immer und immer wieder, wie ein Mantra, erklärte sie Lisa, dass alles gut werden würde, und sie wiegte den Kopf ihrer Tochter in ihrem Schoß hin und her. Dabei hatte sie nicht den geringsten Grund, selbst an ein gutes Ende zu glauben. Sie konnte eins und eins zusammenzählen, und dabei kam sie zu dem Ergebnis, dass sie sich in der Gewalt des Mörders befinden mussten, der die Frauen ertränkt und ihre Söhne dabei hatte zuschauen lassen, wie es am Sonntag in der Zeitung gestanden hatte. Vermutlich würden sie und Lisa die nächsten Opfer dieses Psychopathen sein.

Zusätzlich zu der Übelkeit und der Benommenheit verspürte Nicole zahlreiche schmerzende Körperstellen, vor allem an den Beinen. Wahrscheinlich handelte es sich um Prellungen, die sie sich zugezogen hatte, als der Irre ihren bewusstlosen Körper in diesen Keller geschleift hatte. Bei Lisa war es nicht ganz so schlimm. Sie war zierlich, und es war anzunehmen, dass er sie tragen konnte.

Kurz darauf nahm sie zum ersten Mal das Rasseln der Kette wahr. Dann war eine junge Frau durch die Wandöffnung, die den Platz vor ihrer Zelle mit dem danebengelegenen Raum verband, vor die Gitterstäbe getreten und hatte Nicole und Lisa mit leblosen Augen angestarrt.

41

Vorsichtig schlichen Sarah und Ben durch die geöffnete Geheimtür an der Stirnseite der Grotte die steinernen Treppenstufen hinunter und folgten dem daran anschließenden unterirdischen Gang. Ein muffiger Geruch, wie er in lange nicht mehr gelüfteten Häusern in Verbindung mit einer zu hohen Luftfeuchtigkeit entstand, schlug ihnen entgegen. Auf dem Boden befand sich heller feiner Sand. Ben musste sich beim Gehen ducken, um nicht mit dem Kopf an die niedrige Rundbogendecke und die Spinnennetze, in denen unzählige Spinnen kauerten, zu stoßen. Nach wenigen Metern verzweigte sich der Weg nach links und rechts. Die Gänge waren stockfinster. Als sie von rechts ein Geräusch hörten, folgten sie dem Gang, der in seinem Verlauf einen langgezogenen Halbkreis beschrieb, im flackernden Lichtschein ihrer Taschenlampe. Plötzlich sahen sie schwache Lichtstrahlen, die scheinbar aus Rissen in der Wand etwa fünf Meter vor ihnen fielen. Erst als sie davorstanden, erkannten sie, dass es sich nicht um Mauerwerk, sondern um eine Holztür mit haarfeinen Spalten handelte. Auch unter der Tür drang ein Lichtschimmer zu ihnen durch. Wieder hörten sie ein Geräusch. Es klang wie ein unterdrückter Schrei.

Bens Herz schlug bis zum Hals, als seine Hand den Türgriff fand und er im gleichen Moment, ohne weiter nachzudenken, daran zog. Die schwere Tür schwang mit einer unvermuteten Leichtigkeit auf. Augenblicklich wurden Sarah und Ben durch das helle Licht des Raumes dahinter geblendet. Dann erst erkannten sie, wo sie waren und wen sie vor sich hatten. Dennoch brauchte Bens Verstand eine scheinbare Ewigkeit, um zu glauben, was er sah.

Der Raum war etwa fünf mal fünf Meter groß. In jeder Ecke der über zwei Meter hohen Decke war eine kleine Videokamera befestigt. Eine weitere Kamera ruhte auf einem Stativ. In die linke Wand waren Eisenringe mit Handschellen in verschiedenen Höhen eingelassen. Der gesamte Raum war mit einer transparenten blauen Nylonfolie bis zu einem Drittel der Wandhöhe ausgelegt. Darauf waren zahlreiche Blutspritzer verteilt. Das ganze Bild, das sich ihnen darbot, erinnerte Ben an eine Schlachterei. Und wahrscheinlich war es das auch. Nur dass hier keine Tiere zerlegt wurden.

Der Mann, den sie verfolgt und nun hier überrascht hatten, sah sie erschrocken an. Als er Ben erkannte und die Waffe sah, die Sarah auf ihn richtete, flammte Angst in seinen Augen auf. Ben erkannte den Mann sofort wieder. Er hatte weiße Haare und einen weißen langen Bart. Er war es, der sich als Arnulf Schilling ausgegeben hatte. In der Nähe der rechten Wand lag ein Mädchen, an Fuß- und Handgelenken mit Metallbändern auf einer niedrigen Holzpritsche fixiert. Als sie vorhin im Haus der Familie Braun gewesen waren, hatte Ben die Nachbarin noch im Rausgehen gebeten, ihm Fotos von Karla und Jennifer zu zeigen. Das Mädchen auf der Pritsche war eindeutig Jennifer Braun.

»Ich war das nicht«, stammelte der alte Mann in der Mönchskutte und blickte auf das vor ihm liegende Mädchen, in dessen Mund ein roter Gummiball als Knebel klemmte. Noch grauenvoller war das, was in etwa einem Meter fünfzig Höhe über dem Mädchen hing: ein Fallbeil. Die scharfe Klinge schwebte über Jennifers Hals. Ihre Wangen waren tränenüberströmt und die rotgeäderten Augen vor Angst weit geöffnet.

»Gleich bist du frei, Jennifer«, sagte Sarah, ohne den Blick von deren vermeintlichem Peiniger zu nehmen. Sarah Winter hatte ihr Versprechen gehalten, das sie der Nachbarin der

Brauns gegeben hatte. Sie hatte Jennifer gefunden. Aber was war mit Nicole und Lisa? Angesichts des vielen Blutes drehte es Ben den Magen um. Eine Sekunde später war er wieder in dem verdammten Haus am Tag der Duelle. Die Blutspritzer an der Wand, die lauten Schüsse.

»Sie bleiben da, wo Sie sind!«, befahl Sarah Winter dem Mann in der Kukulle und holte Ben damit wieder zurück in die Gegenwart, in der er gerade dabei war, einen neuen Alptraum zu durchleben. Sie zog ein paar Handschellen aus ihrer Gesäßtasche und warf sie dem Mann zu. »Die legen Sie sich jetzt selbst an, schön langsam.« Während Sarah sprach, ließ sie den Mann keine Sekunde aus den Augen.

»Das ist der Mann, der sich mir gegenüber als Arnulf Schilling ausgegeben hat«, sagte Ben.

»Sind Sie Berthold Erlenbach?«, fragte Sarah. Der alte Mann nickte.

Ben glaubte, den Boden unter den Füßen zu verlieren. Was hatte das alles hier zu bedeuten? Sein Verstand bekam die einzelnen Teile des Puzzles nicht zusammen. Aber das musste er. Soeben hatte er noch fest daran geglaubt, Lisa und Nicole hier unten zu finden. Nun lag die Schwester der verschwundenen Karla Braun gefesselt und in Todesangst unter einem Fallbeil, das ihre sichere Enthauptung bedeutete, wenn es niedersausen würde. Eine Szenerie wie in einem Horrorfilm. Und der Mann, der ihm als falscher Wahrsager gegenübergetreten war, hieß in Wirklichkeit Berthold Erlenbach. Der Priester des Klosterinternats musste der Mörder sein oder mit diesem zusammenarbeiten. Ben sah auf die Uhr. Es war bereits Viertel nach zwölf. Ihm blieben nur noch zweieinhalb Stunden. Erlenbach bückte sich und griff nach den Handschellen, die zu seinen Füßen lagen. Am liebsten hätte Ben aus ihm herausgeprügelt, wo Nicole und Lisa sich befanden und was er für ein

Spiel mit ihnen allen spielte. Aber zunächst brauchte Jennifer dringend seine Hilfe. Er ging zu ihr, während Sarah weiterhin Erlenbach im Auge behielt. Dabei versuchte er, nicht auf einen der zahlreichen Blutspritzer auf der Folie, die bei jedem Schritt unter seinen Stiefeln raschelte, zu treten. Es gelang ihm nicht. Zuerst löste er den Riemen, der über ihre Stirn gespannt war und so ihren Kopf fixierte. Dann befreite er das am ganzen Leib zitternde Mädchen von dem Mundknebel. Sie begann augenblicklich zu weinen. Kurz legte er seine Hand auf ihre Schultern, um sie zu beruhigen.

»Du hast es gleich geschafft.« Er konnte selbst nicht glauben, wie schwer es ihm fiel, diese Worte auszusprechen. Wahrscheinlich, weil er nicht wusste, ob es stimmte. Jennifers Hals befand sich noch immer zwischen der Laufschiene des Beils. Ben sah ihre Schlagader bläulich unter der zarten hellen Haut pulsieren. Wie viel Angst sie haben musste, konnte er nur erahnen. Die Schnallen, mit denen ihre Hand- und Fußgelenke an die Holzpritsche gefesselt waren, waren mit Vorhängeschlössern gesichert. Als er sich umsah, konnte er keinen brauchbaren Gegenstand entdecken, den er zu Jennifers Schutz zwischen ihren Hals und das Fallbeil legen konnte. Das Stahlseil, an dem das Fallbeil hing, führte in einen geschlossenen Metallkasten, in dem sich vermutlich eine Winde befand. Er warf Sarah einen verzweifelten Blick zu. Jennifer musste seine Unsicherheit spüren, denn sie begann nun zu schreien. Ihre heisere Stimme war von Todesangst erfüllt. Dabei fixierten ihre Augen die glänzende Klinge des Beiles über ihr.

»Wo sind die Schlüssel für die Fesseln?«, herrschte Ben Erlenbach an. Doch der verzog keine Miene und sagte nichts. Er wirkte abwesend, mit seinen Gedanken woanders. Die Handschellen, die Sarah ihm hingeworfen hatte, hielt er noch immer in der Hand, ohne Anstalten zu machen, sie sich anzulegen.

»Vermutlich trägt er die Schlüssel bei sich. Sie müssen ihn durchsuchen«, sagte Sarah. »Vorher legen Sie ihm die Handschellen an.«

»Ich weiß nicht einmal, wie das Mädchen hierherkommt«, sagte Erlenbach plötzlich, als Ben auf ihn zukam.

In diesem Moment erklang eine Stimme hinter ihnen: »Er hat die Schlüssel nicht.« Ben und Sarah drehten sich gleichzeitig um.

Eine kleine korpulente Frau mit einem dunkelblauen Faltenrock und einer roten Strickweste stand im Eingang des Raumes. Ben schätzte sie auf Mitte sechzig.

»Ich habe sie«, sagte sie und lächelte dabei.

Sarah blickte für einen Moment abwechselnd zwischen Erlenbach und der Frau hin und her. Dann entschied sie sich, die Waffe weiterhin auf Erlenbach gerichtet zu lassen, der sich nach wie vor keinen Zentimeter von der Stelle bewegte.

Ben fragte sich, wer die Frau war und was sie hier zu suchen hatte. Aber Zeit, darüber nachzudenken, hatte er nicht.

»Dann geben Sie sie uns«, sagte Sarah.

Die Frau schüttelte langsam den Kopf. »Ich denke nicht, dass Sie in der Position sind, Forderungen zu stellen.«

Die Ruhe, die in ihrer Stimme lag, machte Ben Angst. Die Frau musste verrückt sein. Sarah hatte eine Waffe, und körperlich war er der alten Frau und Erlenbach weit überlegen. Er würde ihr die Schlüssel einfach abnehmen. Als er jedoch einen Schritt auf sie zumachte, hob sie den rechten Arm. In der Hand hielt sie einen kleinen Gegenstand.

»Stopp! Keinen Schritt weiter!«

Ben blieb abrupt stehen.

»Gut so. Sie wollen doch nicht, dass die hübsche Jennifer vor ihren Augen den Kopf verliert.« Sie lächelte wieder.

»Die Apparatur, unter die ich die arme Jennifer bedauerlicherweise schnallen musste, ist sehr altertümlich, gleichwohl erfüllt sie ihren tödlichen Zweck mit absoluter Präzision. Nur der Auslöser für das Fallbeil ist modernste Technik.« Sie hob das Teil in ihrer Hand noch höher. »Man braucht nicht mehr neben dem Tötungsinstrument zu stehen, um das Beil herabfallen zu lassen. Ein Knopfdruck auf diesen Sender, und der Rückhaltemechanismus wird per Funk gelöst.«

42

Nicole saß vor Kälte und Angst zitternd, mit dem Rücken an die schroffe Steinmauer gelehnt, auf dem mit Stroh bedeckten Boden ihrer kargen Zelle. Eine Glühlampe an der Decke leuchtete das Gefängnis bis in den letzten Winkel aus.

Lisa war vor einiger Zeit wieder eingeschlafen. Sie atmete dabei in schnellen Stößen, ihr Kopf ruhte in Nicoles Schoß. Ab und an zuckte ihr Körper zusammen, was ein sicheres Zeichen dafür war, dass Alpträume sie quälten.

Tränen rannen über Nicoles Gesicht. Solange Lisa wach gewesen war, hatte sie sich zusammenreißen können. Jetzt schienen alle Dämme zu brechen. Dabei versuchte sie krampfhaft, ihr Schluchzen zu unterdrücken, damit Lisa nicht wach wurde.

Sie hörte ein leises Kettenrasseln. Mittlerweile wusste sie, wer und was es verursachte: Eine junge Frau. Sie war auch eine Gefangene. Ihr Gesicht war schmutzig, und sie war kaum noch mehr als Haut und Knochen. In ihren tiefliegenden großen Augen stand unendliche Traurigkeit geschrieben. Am schlimmsten jedoch war die Hoffnungslosigkeit, die ihr gesamtes Erscheinungsbild ausstrahlte. Ihr Alter war aufgrund des verwahrlosten Aussehens nur schwer zu bestimmen. Nicole schätzte sie auf Anfang bis Mitte zwanzig. Die Kette an dem Eisenring in der Wand nebenan war am anderen Ende mit einer Metallschnalle an ihrem Fußgelenk befestigt.

Als die Frau zum ersten Mal vor ihre Zelle getreten war und hineingestarrt hatte, war Nicole noch hoffnungsvoll gewesen. Nicole war nah an die Eisenstäbe herangetreten und hatte auf dem großen Ziffernblatt der Armbanduhr der Frau ablesen können, dass es vierzehn Uhr dreißig war. Wie viel Zeit seitdem vergangen war, vermochte Nicole nicht zu sagen. Ihrem Empfinden nach musste es jetzt schon spät in der Nacht sein. Die Frau hatte jedoch nur einen Zettel hervorgezogen und mit monotoner Stimme vorgelesen, was darauf geschrieben stand. »Wenn ich nicht tue, was er will, kommt er und tötet euch beide sofort. Wenn ihr nicht tut, was er will, sterbt ihr ebenfalls.« Sie hörte sich an wie ein Roboter. Vermutlich hatte ihr Peiniger ihr den Zettel, zusammen mit Anweisungen, was sie sonst noch zu tun hatte, gegeben. Sie hatte den Zettel wieder zusammengefaltet und hinzugefügt: »Alles in diesem Raum wird überwacht. Unsere Gespräche, was wir tun. Er sieht und hört alles.«

»Wer bist du? Und wie lange bist du schon hier?«, hatte Nicole gefragt.

Das Mädchen hatte große Augen gemacht und sich angstvoll umgesehen. Als sie weitersprach, beantwortete sie Nicoles Fragen nicht. »Als er mich herbrachte, hat er gesagt, er habe mich entführen müssen. Denn die Alternative wäre gewesen, mich umzubringen. Niemand sonst dürfe mich haben, außer ihm. Er hat auch gesagt, dass er selbst bald sterben wird, und ich dann wieder frei wäre. Bis dahin müsse ich nur für ihn da sein und tun, was er verlangt.«

Jedes Wort hatte sich angehört, als ob das Mädchen den Verstand verloren hatte.

Kurz darauf hatte sich das Mädchen mit einem altertümlichen Telefonapparat mit großem Tastenfeld im Schneidersitz vor die Zelle gesetzt und gewartet. Irgendwann hatte das Telefon dann geklingelt. Sie hatte das Gespräch angenommen, kurz zugehört, aufgelegt und danach Nicole das Telefon gereicht, zusammen mit einem Zettel, auf dem eine Telefonnummer der Polizei und eine genaue Anweisung standen, was sie sagen sollte. Nämlich, dass sie sich in Arnulf Schillings Haus befände, ihr Mann gerade vor dem Haus geparkt und sie Angst habe, dass Ben ihr und Lisa gleich etwas antun wolle. Kurz hatte Nicole überlegt, der Polizei die Wahrheit entgegenzuschreien. Aber was dann? Sie wusste nicht, wo sie gefangen gehalten wurden. Und wenn es stimmte, was das Mädchen gesagt hatte, würde der Entführer kommen und sie und Lisa einfach umbringen, wenn sie seinem Willen nicht Folge leistete. So aber konnte sie wenigstens Zeit gewinnen und hoffen, dass die Polizei sie finden würde, bevor der Kerl zurückkkam. Im Moment musste sie mitspielen und darauf vertrauen, dass der Wahnsinnige einen Fehler machte.

Wenig später hatte sie Ben anrufen müssen. Sie kannte die Telefonnummer, da sie sie selbst schon einmal gewählt hatte, um einen Termin bei dem Hellseher Arnulf Schilling zu machen. Ben musste sich also zum Zeitpunkt ihres Anrufs im Haus des Wahrsagers befunden haben. Dem gleichen Haus, in dem sie und Lisa betäubt und gekidnappt worden waren. Was sie ihrem Mann sagen sollte, hatte sie von einem weiteren Zettel ablesen müssen. Er hatte ihr daraufhin versprochen, dass er sie und Lisa finden würde. Sie hoffte so sehr, dass das stimmte.

In diesem Augenblick hörte sie Geräusche, die sie im Bruchteil einer Sekunde in Aufruhr versetzten. Es waren Schritte, die eine Treppe hinunterkamen, dann ein Schlüssel, der sich in einem Schloss drehte. Gleich darauf drang ein Quietschen, wie es nicht geölte Scharniere einer schweren Stahltür verursachten, an ihr Ohr. Sie hörte, wie jemand durch den Raum nebenan ging. Eine grauenvolle Vorstellung verankerte sich augenblicklich in Nicoles Kopf: Der Mörder war jetzt hier bei ihnen.

43

Die Frau sah Sarah gleichgültig an, wie jemand, der zu viel verloren hatte, als dass noch irgendetwas wichtig war. Ben war sich sicher, dass sie es ernst meinte. Sie würde das Fallbeil niedersausen lassen, wenn er und Sarah Winter ihren Anweisungen nicht Folge leisten würden.

»Selbst wenn Sie auf mich schießen, würde es mir vermutlich noch immer gelingen, den Auslöser zu drücken. Wollen Sie das riskieren?«

Sarah schüttelte den Kopf und senkte die Pistole, mit der sie bisher auf die Frau gezielt hatte.

»Dann legen Sie jetzt Ihre Waffe auf den Boden, und treten Sie ein paar Schritte zurück.«

Sarah befolgte die Anweisungen. Ben suchte fieberhaft nach einem Ausweg aus der verfahrenen Situation. Jeder Versuch, Erlenbach und seine Gefährtin zu überwältigen, würde unweigerlich mit Jennifers Tod enden.

»Vor drei Monaten haben Sie Karla Braun entführt. Warum, und was haben Sie mit ihr getan?«, fragte Sarah, nachdem Erlenbach sie und Ben mit den Händen an die in das Mauerwerk eingelassenen Eisenringe gefesselt hatte, so dass sie jetzt beide mit dem Rücken an der Wand standen. Die Frau warf Sarah einen missbilligenden Blick zu.

»Wir haben nichts mit Karla Brauns Verschwinden zu tun. Und Jennifer ist nur hier, weil wir sie in meinem Haus beim Herumschnüffeln erwischt haben. Leider hat sie etwas gesehen, das nicht für ihre Augen bestimmt war.«

Ben zerrte an den Handschellen. Es war aussichtslos. Falls es stimmte, dass Erlenbach und diese Frau nichts mit der Entführung Karla Brauns zu tun hatten, dann hatten sie auch Nicole und Lisa wahrscheinlich nicht in ihrer Gewalt. Einerseits war das tröstlich. So hatte er das Gefühl, doch noch eine Chance zu haben. Andererseits wusste er, selbst wenn Sarah, Jennifer und er irgendwie freikommen würden, noch immer nicht, wo er den wahren Täter, bei dem es sich dann nur um Michael Rubisch handeln konnte, finden sollte. Jennifer hörte für einen Moment auf zu weinen und zu schluchzen. Stattdessen wandte sie jetzt den Kopf in Sarahs und Bens Richtung. Auf ihren Wangen glänzten Tränen. Sie sprach leise.

»Sie machen Videos. In diesem Raum. Ich habe gesehen, wie hier drin ein Mann auf einer Streckbank gefoltert wurde.«

Nun gab es eine Erklärung für das Blut auf der Folie am Boden. Die Frau schnaubte und strafte Jennifer mit einem scharfen Blick. »Dieser Mann hatte es verdient. Genau wie all die anderen. Aber das könnt ihr nicht verstehen.«

»Erklären Sie es uns«, sagte Ben.

Erlenbach machte einen zutiefst besorgten Eindruck. Offenbar missfiel ihm die ganze Situation. »Wir müssen uns nicht rechtfertigen. Allerdings frage ich mich, wie Sie auf uns gekommen sind.«

Ben erzählte, dass der Wahrsager Arnulf Schilling, für den

Erlenbach sich ihm gegenüber am Freitagmorgen ausgegeben hatte, der Onkel der vor drei Monaten entführten Karla Braun war. Ihr Entführer habe eine Bibelstelle mit einer Zeitangabe zurückgelassen. Dieselbe Uhrzeit spielte bei zwei anderen Mordfällen eine wesentliche Rolle. Die Mutter des verschwundenen Mädchens habe einen Verdacht gegen Michael Rubisch, einen Schüler dieses Klosterinternats, ausgesprochen. Da Erlenbach nach Auskunft des Direktors eng vertraut mit Michael gewesen sei, hatten sie Erlenbach nach Michaels derzeitigem Aufenthaltsort fragen wollen. Nachdem sie Blutspuren in Erlenbachs Ford Transit gefunden hatten, waren sie Erlenbach bis in dieses Verlies gefolgt. Und erst da habe Ben in ihm den Mann erkannt, der ihm vorgespielt hatte, Arnulf Schilling zu sein.

Nun schaltete sich die Frau wieder in das Gespräch ein. »Mein Enkelkind war bei mir in der Küche, als die alte Braun ihn vor ihrem Haus gesehen haben will. Und in der Nacht, als Karla Braun verschwand, war er mit einigen anderen Schülern in der Kirche, um bis zur Frühmesse am Ostersonntag zu beten.« Sie legte den Funkschalter für die Guillotine auf einen kleinen Beistelltisch.

»Dann sind Sie Marlene Rubisch«, stellte Sarah fest.

Die Frau nickte kaum merklich.

»Wir wussten nicht, dass Arnulf Schilling der Onkel von Karla Braun ist. Ich vermute jedoch, dass Michael hingegen es ganz genau wusste, als er mich bat, in die Rolle des Wahrsagers zu schlüpfen.« Erlenbach klang nachdenklich, als er das sagte.

Sarah wandte sich nun Marlene Rubisch zu. »Wir wissen, dass Michael nicht Ihr Enkelkind ist. Wer ist er wirklich und vor allem, wo hält er sich jetzt auf?«

Ein sorgenvoller Ausdruck legte sich auf Marlene Rubischs Gesicht.

»Sie reden Blödsinn. Natürlich ist Michael mein Enkel«, sagte sie dann. Ihre Stimme war jetzt deutlich lauter und weniger beherrscht als zuvor.

»Aber Ihr einziges Kind starb mit sechs Jahren«, erwiderte Sarah.

Erlenbach zog Marlene Rubisch nun in eine Ecke. Sarah und Ben konnten ihn flüstern hören.

»Kannst du mir verraten, was das soll? Warum hast du das unschuldige Mädchen unter das Fallbeil gelegt? Wir waren uns doch einig, dass ihr nichts geschehen darf«, hörten sie Erlenbach zischen.

Jennifer, die mit schockgeweiteten Augen und am ganzen Körper zitternd noch immer unter dem Fallbeil lag, begann nun wieder laut zu schluchzen und zu weinen.

»Still jetzt«, herrschte Rubisch sie an. Ben glaubte zu spüren, dass sie langsam die Beherrschung verlor. Jennifer verstummte.

»Ich musste doch etwas tun, damit die Polizisten dich hier unten nicht so einfach festnehmen können. Du hast ja schließlich nicht bemerkt, dass sie dir gefolgt sind.«

Erlenbach seufzte. »Die Dinge sind aus dem Ruder gelaufen. Ich habe ihm geholfen. Habe für ihn den Wahrsager gespielt. Also warum bringt er die Polizei auf unsere Spur?«

»Das weißt du nicht? Er wollte die Polizei über uns zu ihm führen. Ganz wie er es von dir gelernt hat. Immer schön Gott den Herrn um ein Zeichen der Zustimmung bitten, damit wir wissen, ob er unser Tun gutheißt. Nur wenn er uns seinen Schutz gewährt, dürfen wir weitermachen.«

Ben verstand kein Wort. Erlenbach und Rubisch schienen vollkommen verrückt zu sein, was noch mehr die Befürchtung in ihm schürte, dass sie kaum eine Chance haben würden, an deren Vernunft zu appellieren und so vielleicht freizukommen.

Im Folgenden erzählte Marlene Rubisch Erlenbach, dass sie in der Kirche gewesen sei und gehört habe, dass Ben und Sarah an der Tür des Pfarrhauses Sturm klingelten. Sie habe gewusst, dass Erlenbach bald nichtsahnend zurückkommen würde und die beiden ihn bis in diesen Keller verfolgen würden, wo sie herausfänden, was hier unten geschah. Sie wollte unter keinen Umständen zulassen, dass sie ihn verhafteten. Also war sie kurz entschlossen mit Jennifer, die sie bis dahin in der Krypta unter der Kirche versteckt gehalten hatten, durch einen weiteren Zugang hierhergelangt und hatte das Mädchen unter der Guillotine festgeschnallt, damit sie ein Druckmittel hatte, falls die Polizei, die sie in Sarah richtig vermutet hatte, Erlenbach hier unten stellen würde.

Marlene Rubisch seufzte. »Er hat unser und sein Tun einer göttlichen Überprüfung unterzogen. Er hat oft genug über seine Theorie gesprochen.«

Erlenbach nickte nachdenklich. Auf sein Gesicht hatte sich ein Ausdruck ernster Besorgnis gelegt.

»Ja, du hast recht«, sagte er dann. »Um sicherzugehen, dass sein Handeln dem Willen Gottes entspricht, braucht er ein Zeichen, dass der Herr seinen Plan gutheißt. Er hinterlässt Spuren, die zu ihm führen. Kann er dennoch unbehelligt weitermachen, so sieht er das als Zustimmung Gottes an.«.

Der Mörder hinterlässt Brotkrumen, die uns den Weg zeigen, dachte Ben erneut. Seine Vermutung hatte sich also bestätigt. Nur nutzte ihm das in seiner derzeitigen Situation gar nichts. Die Zeit verstrich, und er war an einer Wand festgekettet.

»Ist es Michael, von dem Sie die ganze Zeit reden?«, fragte Ben.

Berthold Erlenbach und Marlene Rubisch fuhren herum. Für einen Moment herrschte Schweigen. Dann wandte Erlenbach sich wieder Marlene Rubisch zu. »Die Krankheit hat ihn verändert. Er tut Unrecht und erkennt es nicht mehr. Er tötet unschuldige Frauen. Wir können ihn nicht länger in Schutz nehmen.«

Marlene Rubisch stiegen Tränen in die Augen. Ihre mühsam aufgebaute eiskalte Fassade schien zu brechen. »Michael hat Karla Braun entführt. Wir wissen aber nicht, wo er sich aufhält«, sagte sie dann.

Anita Braun hatte also richtiggelegen, dachte Ben. Nur warum hatte der Internatsschüler Karla entführt?

»Er ist vor zwei Monaten aus dem Wohnheim ausgezogen und hat sich seitdem nur ein einziges Mal gemeldet, und das war, als er mich um den Gefallen bat, mich Ihnen gegenüber als dieser Hellseher auszugeben und Ihnen ein Datum und eine Uhrzeit zu nennen«, sagte Erlenbach. »Warum er wollte, dass ich das tue, hat er mir nicht verraten.«

»Und warum haben Sie es dann getan? Warum haben Sie ihm geholfen?«, fragte Sarah.

»Weil er gedroht hat, uns zu verraten. Das, was wir tun«, sagte Marlene Rubisch. »Er war wie von Sinnen, faselte von Gott, der zu ihm sprach und ihm einen Auftrag erteilt hat. Er sagte auch, dass er nicht mehr lange zu leben habe. Bei ihm sei ein Gehirntumor diagnostiziert worden.«

»Jetzt wird so oder so ans Licht kommen, was Sie hier unten getan haben«, sagte Ben.

Marlene Rubisch fasste Erlenbach am Arm. »Er redet Unsinn. Wir haben die Situation doch unter Kontrolle. Wenn wir sie nicht gehenlassen, wenn wir sie beseitigen, können wir weitermachen«, sagte sie.

Ben stellte mit Schrecken fest, dass sie wahrscheinlich recht hatte. Und er hatte dadurch, dass er Sarah Winter daran gehindert hatte, ihre Kollegen zu informieren, dafür gesorgt, dass niemand wusste, wo genau sie waren. Marlene Rubisch und

Berthold Erlenbach hatten hier unten Menschen zu Tode gefoltert. Er fragte sich, warum? Und nun zogen die beiden sogar in Erwägung, ihn, Sarah und Jennifer zu töten, um ihr Geheimnis zu bewahren.

»Auch meine Kollegen werden die Spuren zu deuten wissen. Erst recht, wenn wir nicht mehr auftauchen. Sie wissen, dass wir hier auf dem Klostergelände sind. Sie werden nach uns suchen, und sie werden diese geheimen Räume hier unten finden. Man wird Ihnen also so oder so auf die Schliche kommen. Dann hätten Sie drei völlig unnötige Morde begangen«, sagte Sarah.

Erlenbach ging in dem kleinen Raum auf und ab. »Sie haben nichts Unrechtes getan«, sagte er zu Marlene Rubisch.

Ben spürte nun zum ersten Mal ein wenig Hoffnung. Vielleicht würden sie es doch noch hier herausschaffen. »Ich möchte nun doch die Zusammenhänge aufzeigen, damit sie erkennen, dass *wir* nicht die Bösen sind.«

»Nein, das tust du nicht. Kein Wort mehr jetzt«, fuhr Marlene Rubisch Erlenbach an. »Wir haben schon zu viel gesagt.«

»Tut mir leid, Marlene, aber es ist mir wichtig.«

Marlene Rubisch schloss die Augen und seufzte. Sie erhob aber keine weiteren Einwände mehr.

Ben bemerkte, dass Sarah versuchte, die Hand aus der Handschelle zu ziehen. Er stellte sich so vor sie, dass Erlenbach und Rubisch es aus ihrer Position nicht sehen konnten. Aber Sarah schaffte es nicht.

»Wissen Sie, was Snuff-Filme sind?«, fragte Erlenbach.

Ben wusste, um was es sich handelte. In Snuff-Filmen wurden Menschen nur zur Unterhaltung des Zuschauers ermordet. Angeblich wurden solche Filme unter der Ladentheke und im Internet zu Höchstpreisen verkauft. Doch Beweise für deren

Existenz gab es bislang nicht, sprich, der Polizei war es noch nicht gelungen, entsprechendes Filmmaterial sicherzustellen.

»Warum tun Sie so etwas Abscheuliches?«, fragte Sarah. »Eines der zehn Gebote Gottes lautet, du sollst nicht töten. Sie sind aber ein gläubiger Mönch und dazu noch Priester des Klosters. Damit versündigen Sie sich doch.«

Erlenbach massierte sich die Schläfen. Er sah erschöpft aus und überlegte offenbar, wo er anfangen sollte. »Was wir tun, tun wir im Namen Gottes. Das rechtfertigt Ausnahmen vom fünften Gebot.«

Ben ahnte, dass Michael Rubisch, wenn er die Erziehung dieser Verrückten genossen hatte, ähnlich denken musste.

»Es trifft nur den menschlichen Abschaum, der es allemal verdient zu sterben. Wir bewahren die Guten vor den Bösen. Gott hilft uns schon seit mehr als zwanzig Jahren, die Schlechtigkeit der Welt zu tilgen. Er hat uns walten lassen, ohne dass jemand uns auch nur ansatzweise verdächtigt hätte.«

Ben hatte keine Vorstellung, wie viele Videos Erlenbach und Rubisch in zwanzig Jahren wohl gedreht hatten. Unauffällig hatte er mit der Kette wieder und wieder an dem in die Wand eingelassenen Eisenring gezogen. Er saß absolut fest und bewegte sich keinen Millimeter. Panik machte sich in ihm breit. Er konnte die Vorstellung nicht ertragen, hier festgehalten zu werden, während Michael Rubisch Nicole und Lisa in seiner Gewalt hatte. Die einzige Chance war, Berthold Erlenbach und Marlene Rubisch irgendwie davon zu überzeugen, sie gehenzulassen. Aber wie? Eine andere bohrende Frage drängte sich ihm erneut auf. Warum hatte Michael Rubisch ausgerechnet ihm die Morde angehängt? Worin bestand die Verbindung?

»Aber weshalb tun Sie das? Warum glauben Sie, dass es im Interesse Gottes liegt, dass Sie Menschen töten und es filmen?«, bohrte Sarah weiter.

Erlenbach sah sie lange an. Sein Blick war ausdruckslos, und dennoch spürte Ben, dass es in dem Mann rumorte.

»Wir haben uns die Entscheidung nicht leichtgemacht. Am Ende sind wir zu der Auffassung gekommen, dass Gott es uns abverlangte. Es war sein Wille. Und der Grund dafür liegt fast dreißig Jahre zurück. Das Filmen war nicht unsere Entscheidung. Das kam erst viel später.«

Er warf Marlene einen traurigen Blick zu. Sie nickte. Schließlich begann er zu erzählen. »Marlene ist schon über dreißig Jahre meine Haushälterin. Sie hatte einen kleinen Sohn. Er hieß Gabriel. Der Vater starb, als der Kleine drei Jahre alt war. Sie brachte den Jungen oft mit zur Arbeit, er wollte Messdiener werden. Ich hatte ihn wie ein eigenes Kind ins Herz geschlossen.«

An dieser Stelle hielt Erlenbach inne. Marlene Rubisch schloss ihre Augen und atmete schwer. Offensichtlich nahmen die Geschehnisse von damals die beiden noch immer sehr mit. Dann fuhr Erlenbach mit brüchiger Stimme fort. »Als Gabriel sechs Jahre alt war, wurde er entführt, missbraucht und getötet. Man verurteilte einen geistig Behinderten für die Tat. Marlene und ich ertranken im Kummer, aber wir fanden uns damit ab, wenn denn dieses Schicksal Gottes Wille war.« Erlenbach hielt erneut inne und sah Marlene an, die nun ebenfalls schwach und verletzlich wirkte. »Drei Jahre nach der Verurteilung des vermeintlichen Täters kam ein Mann zu mir in den Beichtstuhl. Er gestand den Mord an einem kleinen Jungen. Wie sich herausstellte, handelte es sich bei dem Kind um Gabriel. Der Mann wusste nicht, wer ich war. Er wollte die Absolution. Ich kämpfte noch im Beichtstuhl mit meiner Wut und forderte ihn auf, sich der weltlichen Gerichtsbarkeit als Zeichen seiner echten Reue zu stellen. Nur dann könne ihm seine Tat vergeben werden. Doch das lehnte er ab. Bevor er ins Gefängnis ginge, würde er lieber mit der Sünde weiterleben. Er hat mich sogar beschimpft und mir gedroht, falls ich mich nicht an das Beichtgeheimnis halten würde. Als er die Kirche verließ, folgte ich ihm heimlich bis zu seinem Haus. Ich wusste, ich durfte niemandem davon erzählen. Aber ein Unschuldiger saß für die Tat im Gefängnis. Eine Tat, die dadurch für immer ungesühnt bleiben würde. Drei Tage nach der Beichte hatte ich mich entschieden, selbst für Gerechtigkeit zu sorgen. Ich wertete es als ein Zeichen Gottes, dass er Gabriels Mörder ausgerechnet in meinen Beichtstuhl geführt hatte. Ich erzählte Marlene davon, und sie teilte meine Auffassung. Der Mann musste unschädlich gemacht werden, bevor er wieder zuschlagen und für noch mehr Leid sorgen konnte. Also haben wir abends an seiner Tür geklingelt. Als er öffnete, haben wir ihn überwältigt und gezwungen, ein Geständnis zu schreiben. Danach haben wir ihn mit Äther betäubt und an der Lampe in seinem Wohnzimmer aufgehängt. Da alles nach Selbstmord aussah, gab es keine Ermittlungen, und der Verurteilte kam frei. Weshalb sollte Gott ausgerechnet mir, der Gabriel wie ein eigener Vater war, den Kindsmörder zur Beichte schicken, wenn er nicht gewollt hätte, dass ich für Gerechtigkeit sorge?«

Ben war schockiert über das, was Erlenbach erzählte. Dennoch konnte er die Schlüsse, die Erlenbach gezogen hatte, nachvollziehen. Es durfte nicht sein, dass ein Unschuldiger im Gefängnis saß, während der wahre Täter weiterhin straflos davonkam. Sarah fand vor Ben ihre Sprache zurück. »Vielleicht hatte Gott Sie damals auch nur auf die Probe stellen wollen, ob Sie in der Lage sind zu verzeihen«, sagte sie.

Erlenbach schüttelte den Kopf. Ein verrücktes Lächeln umspielte seine Lippen, und Ben wurde klar, dass der Priester schon lange mit dem irdischen Leben abgeschlossen hatte und nur noch für seinen Gottesauftrag lebte.

»Nein, Gott wusste um meine erzkonservative Gesinnung. Auge um Auge, Zahn um Zahn.«

Dann ergriff Marlene Rubisch das Wort. »Wir fassten den Entschluss, Beichtstühle in anderen Kirchen mit Abhöranlagen zu versehen und haben uns immer dann, wenn ein schreckliches ungesühntes Verbrechen an unser Ohr drang, um die Vergeltung gekümmert. Dieser Raum hier, der schon im Mittelalter den Mönchen bei Klosterplünderungen als Versteck diente, war wie geschaffen für unser Werk.«

»Von wie vielen Menschen, die hier zu Tode kamen, reden wir, und wie haben Sie sich der Leichen entledigt?«, wollte Sarah wissen.

»Manchmal war es einer im Jahr, manchmal waren es drei. Es gab auch Jahre, in denen niemand hier enden musste. Was die Leichen angeht: Der Teufelssee ist nah gelegen und sehr tief.«

»Aber warum machen Sie Aufnahmen von den Morden und verkaufen die Filme dann auch noch?«, fragte Ben. Und welche Rolle spielt Michael Rubisch dabei, dachte er, wollte die Frage aber noch nicht stellen.

Jetzt übernahm Erlenbach wieder das Wort. Er stellte sich aufrecht hin und sprach jetzt mit fester Stimme. »Dafür ist Viktor von Hohenlohe verantwortlich.«

Für einen Moment glaubte Ben, sich verhört zu haben. Viktor?

Erlenbach blieb Bens Verblüffung nicht verborgen. »Es war in seinem Abiturjahr, als Viktor mich und Marlene heimlich dabei beobachtete, wie wir jemanden in diesen Raum brachten. Plötzlich stand er da und war ganz fasziniert von dem, was wir taten. Er schwor, uns nicht zu verraten und hieß unser Tun für gerecht. Wieder sahen wir uns darin bestätigt, dass Gott auf unserer Seite stand. Erst Jahre danach stellte Viktor dann seine Forderungen. Er hatte mittlerweile die Konzernleitung von seinem verstorbenen Vater übernommen und bestimmte nunmehr über die Spenden des Unternehmens an das Klosterinternat. Er sagte, wir könnten noch mehr Gutes tun. Er würde die Spenden in gleicher Höhe weiterbezahlen und einen gleich hohen Betrag für wohltätige Zwecke einsetzen, zum Beispiel für Patenschaften, die Gründung einer Stiftung und die Investitionen in Hilfsprojekte, wodurch zahlreichen Menschen in ärmeren Ländern das Leben gerettet werden würde. Voraussetzung dafür sei aber, dass wir von nun an unsere Vergeltungsaktionen filmen und ihm das Material überlassen würden. Täten wir das nicht, würde er auch die Spenden an das Klosterinternat einstellen. Wir kamen Viktors Wunsch nach, weil durch sein Geld zahlreichen anderen Menschen ein Weiterleben ermöglicht wurde und somit unser Werk neben der Sorge für Gerechtigkeit und der Tilgung des Bösen auch noch etwas Gutes bewirkte.«

Sarah blies die angehaltene Luft aus. Auch Ben konnte kaum fassen, was er hörte. Sein Freund Viktor, den er so gut zu kennen glaubte, hatte nicht nur eine Affäre mit Nicole angefangen, sondern verkaufte außerdem Gewaltvideos von realen Morden. Dann sprach Erlenbach weiter.

»Als Michael alt genug war, unser Werk zu begreifen, weihten wir den Jungen ein. Auch er hielt es im Namen Gottes für gerechtfertigt, die Gesellschaft vor Mördern, Pädophilen und Vergewaltigern zu schützen und diese zur Rechenschaft zu ziehen. Schließlich gab es keinen Zweifel an deren Schuld. Sie hatten im Beichtstuhl gestanden, doch echte Reue hatten sie nicht gezeigt. Deshalb musste diese Menschen die weltliche Gerichtsbarkeit treffen, ob sie wollten oder nicht. Michael wurde mit sechs Jahren in meine priesterliche Obhut gegeben, weil seine Eltern ihn nicht mehr wollten. Auch das hielten wir für eine Fügung und in diesem Fall für ein Geschenk Gottes. Marlene wurde ihr einziges Kind genommen. Nun bekam sie die Chance, wieder ein Kind zu haben, das sogar genauso alt war wie Gabriel, als er ermordet wurde. Da sie aufgrund ihres Alters Michael nicht mehr als ihr eigenes Kind ausgeben konnte, wurde er zu ihrem Enkelkind, für das sie sorgte. Jedem, der sie darauf ansprach, erzählte sie, dass ihr Sohn, Michaels Vater, zusammen mit seiner Frau bei einem Autounfall tödlich verunglückt sei. Michael war von da an das Kind für uns, das wir vor fast dreißig Jahren verloren hatten. Michael war neben Viktor von Hohenlohe der Einzige, der von diesem Kellerverlies wusste.«

»Und deshalb haben Sie Michael Rubisch ein falsches Alibi für den Zeitpunkt von Karla Brauns Entführung gegeben? Wie haben Sie die anderen Schüler dazu gebracht, ebenfalls zu bestätigen, dass Michael sich zur Tatzeit auf dem Gelände des Klosterinternats befand?«, fragte Sarah.

»Dazu müssen Sie wissen, dass einige Schüler in diesem Kloster einer uralten Verbindung angehören, die sich der Einhaltung der strengen katholischen Lehren verschrieben hat«, sagte Erlenbach. »Michael war einer von ihnen, und seine Verbindungsbrüder gaben ihm, wie auch ich, ein Alibi für die Tatzeit.«

»Der von uns gesuchte Mörder tötet Frauen, die sich von ihren Ehemännern scheiden ließen. Wenn Michael streng katholisch erzogen wurde, könnte er Ihnen beiden nacheifern und die Frauen für ihre, in seinen Augen, unverzeihliche Sünde, das heilige Eheversprechen gebrochen zu haben, mit dem Tod bestrafen«, sagte Sarah.

Berthold Erlenbach und Marlene Rubisch sahen einander an, sagten aber nichts. Da ist etwas, das sie wissen, aber uns nicht sagen, dachte Ben.

»Sie können doch nicht zulassen, dass Michael unschuldige Menschen umbringt. Er hat meine Frau und meine achtjährige Tochter entführt und mir aufgegeben, ihn bis 2 Uhr 41 zu finden. Wenn ich es nicht schaffe, wird er meine Frau ertränken und meine Tochter dabei zusehen lassen.«

»Ertränken«, sagte Erlenbach. Es schien, als ob dieses Wort eine besondere Bedeutung für ihn hätte. Er rang mit seiner Fassung und wirkte nun völlig in seine eigene Welt versunken.

»Meine Frau und meine Tochter haben kein Verbrechen begangen, das es verdient, mit dem Tod bestraft zu werden. Michael glaubt aber, dass er dasselbe Recht hat wie Sie beide, Menschen zu richten. Er hat es bei Ihnen gelernt. Und nun haben Sie die Pflicht, das zu beenden. Michael selbst hat uns auf Ihre Fährte geführt. Vielleicht nicht nur, um Ihr Tun einer Prüfung zu unterziehen, sondern in erster Linie sein eigenes. Er hat uns zu Ihnen geführt, damit Sie uns helfen, ihn zu stoppen. Damit zeigen Sie ihm, dass er im Begriff ist, etwas zu tun, was Gott nicht gutheißt. Solange ihm aber niemand Einhalt gebietet, wird er weiterhin sein Handeln vor Gott als gerechtfertigt ansehen. Dann ist es auch Ihre Schuld, wenn Unschuldige sterben. Können Sie es vor Gott verantworten, uns nicht zu helfen?«

Ben hatte beim Sprechen kaum Luft geholt. Auf einmal war ihm klargeworden, dass Michael auch ein Opfer seiner Erziehung war, für die Erlenbach und Rubisch verantwortlich waren.

»Die Begehung der Morde passt tatsächlich zu Michaels Vorgeschichte«, murmelte Erlenbach.

»Was meinen Sie? Helfen Sie uns, bitte«, sagte Ben.

Erlenbach schüttelte den Kopf.

»Das geht nicht.«

»Der Täter präsentiert seine Opfer. Entgegen Ihrer Vorgehensweise will er den Menschen etwas mit seinen Taten aufzeigen. Vermutlich, dass die Ehe heilig ist und nicht durch den Menschen, sondern nur durch den Tod aufgehoben werden kann«, sagte Sarah.

»Er hat Karla Braun entführt. Das widerspricht Ihrer Theorie. Sie war erst zwanzig Jahre alt und nicht verheiratet. Ich kann nicht glauben, dass Michael der Mörder dieser Frauen ist«, sagte Marlene Rubisch.

»Das war vor drei Monaten. Vielleicht hatte er damals noch andere Motive«, erwiderte Sarah.

Jennifer begann jetzt laut zu weinen. Mit einem Mal musste ihr mit aller Deutlichkeit klargeworden sein, dass es für ihre Schwester kaum noch Hoffnung gab. Der Täter war ein Mörder. Eine Entführung passte nicht in sein Schema.

Erlenbach zog die Augenbrauen zusammen und ein gequälter Ausdruck legte sich auf sein Gesicht. Ben glaubte zu erkennen, dass der Klosterpriester zu hadern begann und seine Entschlossenheit bröckelte. Deshalb startete er einen letzten Versuch.

»Lassen Sie uns wenigstens frei, damit wir nach meiner Familie suchen können. Was Sie hier unten mit den Verbrechern getan haben, mag Ihnen vor Gott als gerechtfertigt erscheinen, aber können Sie auch damit leben, die Mitschuld am Tod einer unschuldigen Mutter und ihrer Tochter zu tragen?«

Erlenbach seufzte. Dann wandte er sich Marlene Rubisch zu. »Michael wird ohnehin an seiner Krankheit sterben.«

44

Ben fuhr, so schnell er konnte, Richtung Südosten. Dann bog er auf die Eichkampstraße ab und trat das Gaspedal durch. Der Motor von Sarahs Saab jaulte auf. Bens Ziel war eine Villa in der Taubertstraße in Grunewald. Er war oft dort gewesen. Sie gehörte Viktor von Hohenlohe.

Die Zeit arbeitete gegen ihn. Marlene Rubisch hatte Erlenbach schließlich zugenickt und ihm so ihre Zustimmung signalisiert, Ben von den Fesseln zu befreien. Ben hatte Sarah und Jennifer nur ungern alleine zurückgelassen. Aber was hätte er tun sollen? Zu weiteren Zugeständnissen waren Berthold Erlenbach und Marlene Rubisch, die noch immer im Besitz von Sarahs SIG Sauer waren, nicht bereit gewesen. Sarah hatte ihn darin bestärkt zu gehen und die minimale Chance, seine Familie doch noch retten zu können, zu nutzen.

Jennifer hatte gefleht, dass sie mit Ben gehen dürfe. Aber der Priester und die Haushälterin waren eisern geblieben. Sie wollten untertauchen und Sarah und Jennifer als Geiseln bei sich behalten, bis sie in Sicherheit waren. Danach, so hatten sie versprochen, würden sie die beiden freilassen. Das galt allerdings nur, wenn Ben bis dahin nicht die Polizei benachrichtigte. Es läge also ganz bei Ben, ob die Frauen unversehrt wieder freikamen oder am Ende doch noch sterben mussten, weil er sich nicht an die Abmachung gehalten hatte.

Erlenbach hatte Ben den Weg aus dem Kellerverlies heraus begleitet und ihn gebeten, ihm kurz ins Pfarrbüro zu folgen. Dort hatte Erlenbach einen Safe geöffnet und Ben ein altes Hi8-Videoband übergeben. »Ich weiß wirklich nicht, wo Michael sich aufhält. Aber Viktor von Hohenlohe könnte es wissen. Konfrontieren Sie Viktor mit der Videoaufzeichnung auf diesem Band. Sagen Sie ihm, ich hätte es Ihnen gegeben, und es sei das darauf zu sehen, was er so sehr fürchte. Sagen Sie ihm, dass Sie ihm das Band geben, wenn er Ihnen die Wahrheit über Michael erzählt. Wenn er es weiß, dann wird er Ihnen verraten, wo Michael sich aufhält.«

Ben hatte das Band schnell eingesteckt und war, so schnell er konnte, zu Sarahs Saab gelaufen, der noch immer vor dem Haus des Internatsdirektors parkte. Erlenbachs Hinweis, dass Viktor von Hohenlohe wissen könnte, wo Michael Rubisch sich aufhielt, hatte Ben verwirrt. Ben konnte sich beim besten Willen keinen Reim darauf machen.

Als er Viktors Anwesen erreichte, versperrte ihm wie immer das hohe zweiflügelige Eisentor die Zufahrt. Er fuhr an die Säule mit der Sprechanlage und der Klingel. Die Überwachungskamera hatte ihn bereits im Visier. Als er ein Knacken in der Gegensprechanlage hörte, sagte er seinen Namen. Fünf Sekunden später schwang das Tor nach beiden Seiten auf.

Ben scheuchte den Saab die geschwungene Einfahrt zu Viktors Villa hinauf. Der breite Weg führte durch eine parkähnliche Anlage mit gepflegtem Rasen, Staudenbeeten und Laubbäumen. Das im viktorianischen Stil erbaute Haupthaus befand sich seit mehr als hundert Jahren im Familienbesitz der von Hohenlohes.

Ben war diesen Weg schon oft hinaufgefahren. Er hatte sich schon immer gefragt, wie es möglich war, dass Menschen zu solch einem Reichtum kommen konnten.

Bei seinem heutigen Besuch war etwas Entscheidendes anders. Er fühlte sich nicht, als ob er einem alten Freund einen Besuch abstatten würde. Vielmehr kam er sich vor, als würde er gleich einem Fremden begegnen. Vor dem Haus befand sich ein großer Wendekreis mit einem pittoresken Springbrunnen in der Mitte. Ben machte sich nicht die Mühe, einen der seitlich dahintergelegenen Besucherparkplätze anzusteuern. Er stoppte mit einer Vollbremsung, bei der die Reifen einen Meter über den Splitt rutschten, bis der Wagen vor den Stufen, die zur Haustür hinaufführten, zum Stehen kam.

Zu seiner Verwunderung war die Haustür nur angelehnt. Normalerweise hatte Viktor Hauspersonal, das den Besuch in Empfang nahm und anschließend zum Hausherrn geleitete.

Ben stieß die Tür auf. Die Eingangshalle, von der eine breite Treppe nach oben in eine offene Galerie führte, war nur spärlich durch zwei Stehlampen beleuchtet. Aus einem der hinteren Zimmer hallte eine von Viktors geliebten Arien durch die Halle.

Ben trat ein, schloss die Tür und ging seitlich an der Treppe vorbei nach hinten in den Salon. Viktor saß mit einem gefüllten Cognacschwenker in der Hand in einem Ohrensessel. Als Ben eintrat, hob er zur Begrüßung das Glas. Der Rauch der Zigarre, die in einem Aschenbecher auf dem Beistelltisch neben dem Sessel ruhte, lag in der Luft. Geschmackvolle Wandleuchten spendeten ein warmes, dämmriges Licht. Schwere cremefarbene Vorhänge rahmten zwei gläserne Flügeltüren ein, die hinaus auf die Terrasse führten und alte Eichenmöbel, ein offener Kamin und eine Wand mit bis an die Decke reichenden Bücherregalen verliehen dem Zimmer eine gemütliche Atmosphäre.

»Die halbe Berliner Polizei ist auf der Suche nach dir. Aber wie du siehst, steht dir mein Haus nach wie vor offen«, sagte Viktor. Er klang enttäuscht. Außerdem war er angetrunken, was nicht zu ihm passte.

Ben ging nicht darauf ein, sondern kam gleich zur Sache. »Kennst du Michael Rubisch? Er hat Nicole und Lisa entführt. Er wird ihnen in weniger als einer Stunde das Gleiche antun wie den anderen beiden Frauen und ihren Kindern, wenn ich ihn nicht vorher finde.«

Viktor wies Ben mit einer Handbewegung an, Platz zu nehmen. Auf Viktors Gesicht hatte sich ein verblüffter Ausdruck gelegt. »Ich kenne niemanden, der so heißt«, sagte er dann. »Wie kommst du überhaupt darauf, dass ich etwas mit jemandem zu schaffen habe, der Nicole und Lisa entführt hat?« Seine Stimme wurde schärfer. »Ich habe nach Tamaras Tod dafür gesorgt, dass man dich wieder freilässt. Dann stirbt eine zweite Frau, und wieder deutet alles darauf hin, dass du es warst. Ich weiß nicht, ob ich dir weiterhin glauben soll. Ben, was stimmt nicht mit dir?«

Ben hielt Viktors vorwurfsvollem Blick stand. »Die Polizei verdächtigt mich nicht länger. Die Spuren führen zum Klosterinternat. Michael Rubisch ist der Mörder der beiden Frauen.«

»Soweit ich informiert bin, sprechen noch immer alle Beweise gegen dich«, sagte Viktor trocken.

Jetzt reichte es Ben. »Der Irre hat Lisa und Nicole in seiner Gewalt, und er hat mir ein Ultimatum gestellt. Wenn ich ihn nicht rechtzeitig ausfindig mache, bringt er Nicole um und lässt Lisa dabei zuschauen.« Bens Stimme war laut geworden. Viktor nahm seelenruhig genussvoll einen Schluck von seinem Cognac.

»Deine Familie hat dich verlassen. Seit der Sache in Äthiopien bist du psychisch labil. Wer weiß schon, was in deinem Kopf vorgeht«, sagte Viktor dann.

»Ich weiß, dass du ein Verhältnis mit Nicole hast«, schrie Ben. Tränen standen ihm in den Augen.

»Ein weiterer Grund für dich, sie töten zu wollen«, entgegnete Viktor. Dann zischte er: »Glaubst du, ich habe nicht gewusst, dass du damals mit Veronika eine Affäre hattest?«

Ben verschlug es die Sprache. Ben hatte Veronikas Avancen immer abgeblockt. Dennoch war er überrascht, dass Viktor davon wusste, dass seine Frau sich in Ben verliebt hatte. Wollte Viktor sich nun, Jahre später, rächen, indem er Ben seine Frau wegnahm? Auf einmal spürte Ben den abgrundtiefen Hass, den Viktor ihm entgegenschleuderte. Dennoch wollte er dieses Thema in diesem Moment nicht weiter vertiefen. »Du irrst dich«, sagte er nur.

Viktor nahm es mit einem höhnischen Schnaufen entgegen. Dann versuchte Ben auf einem anderen Weg etwas aus Viktor herauszuholen. Er spürte, dass dieser ihm etwas verheimlichte. »Ich glaube, dass du etwas über Michael Rubisch weißt, das mich zu ihm führen kann. Vielleicht weißt du sogar, wo er steckt.«

Viktor stand auf. Er starrte Ben provozierend an. »Jetzt bist du völlig verrückt geworden!«

»Michael Rubisch war bis vor kurzem Schüler auf dem Klosterinternat.«

»Ich sage es noch einmal, du spinnst.«

Ben verlor langsam die Geduld. Er hatte keine Zeit mehr für irgendwelche Spielchen. Er war zu allem entschlossen. Und die angestaute Wut klang aus jedem seiner Worte heraus, die er Viktor nun wie Pfeile entgegenschoss.

»Ich habe meine Informationen von Berthold Erlenbach und seiner Haushälterin Marlene Rubisch. Bis vor einer halben Stunde war ich zusammen mit der Kommissarin Sarah Winter und einem achtzehnjährigen Mädchen, dessen Schwester Michael entführt hat, in diesem Folterkeller, den du nur zu gut kennst, gefangen. Mich haben sie gehenlassen, damit ich die Möglichkeit habe, meine Familie noch zu retten. Und das werde ich auch tun.«

Viktors Lächeln verschwand.

»Ich weiß auch von deiner heimlichen Leidenschaft, diesen Gewaltfilmen, in denen Menschen getötet werden. Dafür interessiert sich gewiss auch die Polizei.«

Viktors Gesicht gefror zu einer Maske. Er trank seinen Cognac in einem Zug aus, ging mit seinem leeren Glas zur Bar hinüber und füllte es auf.

Und da erst kam Ben ein weiterer Gedanke. Konnte es sein, dass Viktor selbst etwas mit den Morden und der Entführung zu tun hatte? Viktors noble und menschenfreundliche Art hatte sich als Fassade herausgestellt, hinter der ein Mensch zum Vorschein kam, der es genoss zuzusehen, wenn anderen Schmerzen und Tod zugefügt wurden. Umso länger Ben darüber nachdachte, desto klarer fügte sich ein Bild zusammen. Veronika hatte Viktor damals mit dem gemeinsamen Sohn Johannes verlassen. Konnte es wirklich sein, dass Viktor Ben all die Jahre die Schuld dafür gegeben hatte?

»Erlenbach hat mir ein Videoband gegeben. Er sagt, darauf sei das zu sehen, was du so fürchtest.«

Viktor sagte noch immer nichts. Sein Blick glitt an Ben vorbei zur Tür. Im gleichen Moment, in dem Ben sich umdrehte, wusste er, dass er es nicht mehr schaffen würde, Nicole und Lisa zu retten. In der Tür zum Wohnzimmer stand ein Mann. Er trug einen Kopfverband und richtete eine Pistole auf Ben.

»Gut, dass Sie endlich da sind. Sie können ihn jetzt festnehmen«, sagte Viktor zu Hauptkommissar Lutz Hartmann.

45

Es war jetzt 1 Uhr 43. Damit blieb ihm nur noch weniger als eine Stunde, um Michael Rubisch aufzuspüren. Bens Puls raste, und sein Atem ging flach und schnell. Der Impuls, einen Fluchtversuch zu unternehmen, überkam ihn, und seine Muskeln spannten sich an. Dafür musste er an Hauptkommissar Lutz Hartmann vorbei, der ihm den Weg zu Tür versperrte und sich ihm nun langsam näherte. Aber selbst, wenn er an dem Polizisten vorbeikam, der ihn aggressiv anstarrte, was dann? Wohin sollte er danach? Noch immer fehlte ihm ein Hinweis, wo sich Michael Rubisch in diesem Moment mit Nicole und Lisa befand. Ein Hinweis, den er sich von seinem ehemaligen Freund Viktor, der nun zu seinem Feind geworden war, erhofft hatte.

»So schnell sieht man sich wieder, Weidner«, sagte Hartmann und grinste.

Kurz überlegte Ben, ob er sich auf Hartmann stürzen sollte, sobald dieser nah genug an ihn herangetreten wäre. Doch der Polizist blieb gut zwei Meter von ihm entfernt stehen und hielt seine Pistole auf Bens Bauch gerichtet. Sein Finger ruhte am Abzug. Außerdem machten Bens Hand mit dem gebrochenen Finger und die Brandwunde am Schienbein ihn nicht gerade zu einem ebenbürtigen Gegner für den Kommissar. Ben zweifelte zudem nicht im Geringsten daran, dass Hartmann von der Waffe in seiner Hand Gebrauch machen würde, sobald er Anstalten machen würde zu fliehen. Wieso war der überhaupt schon wieder im Dienst? Sollte er nicht noch im Krankenhaus liegen?

»Ich frage mich, was du ausgerechnet hier zu suchen hast, Weidner. Wo ist Sarah? Sie hat dich aus der Fahndung nehmen lassen, und jetzt ist sie weg. Das ist für meinen Geschmack etwas seltsam. Vielleicht hat sie es nicht freiwillig getan. Das Gespräch zwischen Herrn von Hohenlohe und dir hörte sich nicht besonders freundlich an, war aber äußerst informativ. Und es geistern noch viel mehr Fragen in meinem lädierten Schädel herum, auf die ich eine Antwort erwarte.« Hartmann zeigte auf den Verband um seinen Kopf. »Der Schlag hat gesessen. Das hätte ich dem Kleinen, den Freddie im Schlepptau hatte, gar nicht zugetraut.«

»Gratuliere. Was so ein Schädelklopfer doch alles bewirken kann. Das ist das erste Mal, dass Sie Ihren Verstand einsetzen und nicht wie ein von der Kette gelassener, blutgeiler Bullterrier alles beißen, was Ihnen über den Weg läuft«, sagte Ben. »Rufen Sie Ihre Kollegen im Kommissariat an. Die werden Ihnen bestätigen, dass Michael Rubisch, ein Abiturient aus dem Klosterinternat, als Hauptverdächtiger in den Mordfällen gesucht wird. Damit dürfte er auch meine Frau und meine Tochter in seiner Gewalt haben. Und ich bin hier, weil ich glaube, dass Viktor weiß, wo der Irre stecken könnte. Diese Information habe ich vom Priester des Klosterinternats, Berthold Erlenbach.«

Hartmann warf Viktor einen Blick zu und verzog den Mund zu einem schiefen Lächeln. Viktor starrte ihn regungslos an. Seine Mundwinkel waren nach unten gesackt. Ben kannte diesen Ausdruck, der sich auf Viktors Gesicht gelegt hatte. Er war wütend und es rumorte in ihm.

Dann wandte Hartmann sich wieder Ben zu. »An dem Videoband, das du erwähnt hast, Weidner, wäre ich sehr interessiert. So sehr, dass ich mir vorstellen könnte, dich fürs Erste gehen zu lassen, wenn du es mir gibst.«

Ben war irritiert. Warum war Hartmann plötzlich so versessen auf eine alte Videoaufnahme? Warum machte er nicht da weiter, wo er in der Reparaturwerkstatt aufgehört hatte?

»Was soll das, Hartmann? Sie nehmen ihn jetzt fest, und dann verschwinden Sie von hier!«, fuhr Viktor den Polizisten barsch an.

Der zuckte mit den Schultern. »Tut mir leid. Aber so wie es aussieht, ist unser neuer Hauptverdächtiger tatsächlich Michael Rubisch. Ich habe schon auf der Herfahrt mit dem Kommissariat telefoniert. Weidner ist zwar wegen der vorliegenden Beweise noch nicht ganz raus, aber die andere Spur ist jetzt wesentlich heißer. Und wenn Sie wissen, wo sich Michael Rubisch zurzeit aufhält, sollten Sie es uns jetzt sagen. Schließlich geht es darum, zwei Menschenleben zu retten. Andernfalls muss ich mir ernsthaft überlegen, ob ich zu anderen Mitteln greifen muss, um etwas aus Ihnen herauszuholen.« Hartmann blickte Ben an und wies mit seiner Pistole auf dessen mit Klebeband umwickelte Finger und sein Bein.

In Ben keimte unterdessen die Frage auf, wie es Hartmann überhaupt so schnell zu Viktor geschafft hatte. Seit Bens Eintreffen waren keine zehn Minuten vergangen. Viktor konnte die Polizei verständigt haben, nachdem er Ben auf der Überwachungskamera am Straßentor gesehen hatte. Aber dafür war Hartmann zu schnell aufgetaucht, wenn man bedachte, dass er auch noch Teile des Gespräches mit Viktor mit angehört hatte. Und wie war Hartmann überhaupt unbemerkt ins Haus gelangt? Die Haustür hatte Ben beim Hereinkommen hinter sich zugezogen, und die Terrassentür befand sich hier in diesem Zimmer neben der Bar, der Viktor sich nun wieder zuwandte, um sich nachzuschenken. Nein, es gab nur einen plausiblen Grund, warum Hartmann so schnell auftauchen konnte: Er war schon in Viktors Haus gewesen, bevor Ben gekommen war.

Hartmann schaute wieder zu Ben. Die Pistole hielt er gesenkt und nicht mehr in Bens Richtung. »Gib mir jetzt zuerst einmal dieses Band. Es dürfte sich eindeutig um Beweismaterial handeln.«

»Von mir aus«, sagte Ben. Er würde bleiben, bis Hartmann Viktor zum Reden gebracht hatte. Aber zuvor würde Hartmann ihm eine Frage beantworten müssen.

»Aber was machen Sie eigentlich hier, Hartmann, und warum sind Sie schon hier gewesen, bevor ich ankam?«

Hartmann streckte den freien Arm aus und hielt Ben die offene Handfläche hin. »Das Band!«

Aus dem Augenwinkel heraus registrierte Ben, dass Viktor sich nun wieder zu ihnen drehte. Doch anders als erwartet, hatte er jetzt keinen an der Bar aufgefüllten Cognacschwenker in der Hand, sondern eine Waffe.

Einen Sekundenbruchteil später donnerte ein Schuss durch den Raum. Hartmanns Augen wurden groß. Sein Mund öffnete sich zu einem Schrei. Doch es kam kein Ton mehr über seine Lippen. Die Pistole entglitt seiner Hand und fiel auf den edlen Perserteppich unter seinen Füßen. Gleichzeitig sackten dem Kommissar die Beine weg. Er kippte zur Seite und krachte auf den Boden. Blut durchtränkte den weißen Verband, der Hartmanns Kopf umhüllte.

»Und jetzt gibst du mir dieses verdammte Band, Ben«, sagte Viktor.

Hartmann lag einen Meter von Ben entfernt und rührte sich nicht mehr. Für einen Moment verharrte Ben regungslos auf der Stelle. Doch diesmal war es nicht sein altes Trauma, das tödliche Duell, das ihn gefangen hielt. Ben gelang es, sich auf die Situation, in der er sich gerade befand, zu konzentrieren. Er war schockiert und fassungslos, dass Viktor soeben kaltblütig und ohne zu zögern einen Menschen erschossen hatte.

»Her damit!« Viktors laute Stimme rüttelte Ben auf. Zwischen ihnen stand der Sessel, auf dem Viktor bei Bens Ankunft gesessen hatte. Die Zigarre qualmte noch im Aschenbecher auf dem Beistelltisch. Die klassische Musik aus der Stereoanlage war verklungen.

»Du hast einen Polizisten umgebracht«, sagte Ben.

Viktor schüttelte den Kopf. »Du hast ihn erschossen.«

Ben war klar, was Viktor damit meinte. »Du willst mich ebenfalls erschießen und es dann so aussehen lassen, als hätten Hartmann und ich uns gegenseitig erledigt, als er mich festnehmen wollte!«

Viktor setzte wieder sein überhebliches Lächeln auf. »Klingt doch logisch. Du kommst in mein Haus, bildest dir in deinem psychisch kranken Kopf ein, ich wüsste etwas über den Entführer deiner Frau und deiner Tochter, und bedrohst mich mit einer Pistole. Und zwar mit dieser hier.« Er hob die Waffe in seiner Hand an, mit der er soeben Hartmann niedergeschossen hatte. »Als Hartmann plötzlich auftaucht, drehst du durch, und ihr schießt gleichzeitig aufeinander. Darin bist du ja geübt. Wer sollte diesen Ablauf der Geschehnisse in Frage stellen, wenn ein großzügiger Wohltäter wie ich den Ablauf so bei der Polizei zu Protokoll gibt? Warum sollte ich denn lügen?«

Ben zweifelte nicht mehr daran, dass Viktor ihn mit Hartmanns Waffe erschießen würde, sobald er das Videoband hätte. Warum tat er es nicht jetzt sofort? Gleich darauf fiel ihm die Antwort auf die Frage ein. Viktor konnte sich nicht wirklich sicher sein, dass er dieses Videoband, dessen Inhalt so brisant sein musste, dass Viktor dafür einen Polizisten erschossen hatte, bei sich hatte. Und wenn Viktor Ben tatsächlich mit Hartmanns Waffe erschießen und es so aussehen lassen wollte, als ob der Polizist es gewesen sei, dann musste auch der Schusswinkel einigermaßen stimmen, wenn Viktor mit seiner Geschichte durchkommen wollte. Viktor würde ihn also zwingen müssen, sich im Wohnzimmer an die Stelle zu begeben, wo Viktor zuvor gestanden hatte, um dann mit Hartmanns Waffe, von dort, wo dieser am Boden lag, auf Ben zu schießen. Anschließend würde er Ben die Pistole, mit der Viktor zuvor Hartmann erledigt hatte, in die Hand drücken. Wahrscheinlich würde Viktor sogar daran denken, noch einen zweiten Schuss abzugeben, wenn die Waffe in Bens Hand lag, damit der Gerichtsmediziner auch die notwendigen Schmauchspuren an Bens Hand vorfinden würde.

Ben sah zu Hartmanns Pistole, die nur einen Meter vor ihm auf dem Boden lag. Viktor schien seine Gedanken zu erraten. »Du gehst jetzt langsam zu der Waffe, und dann schiebst du sie mir mit dem Fuß rüber. Wenn du dich bückst und versuchst, an die Pistole zu kommen, erschieße ich dich ohne Vorwarnung.«

Die Polizei würde Viktor seine Geschichte abkaufen. Es würde keinen Grund geben, an seiner Aussage zu zweifeln. Und wenn Erlenbach und Marlene Rubisch nun doch Sarah und Jennifer für immer zum Schweigen bringen würden, dann gäbe es niemanden, der auf seiner Seite stand und an seine Unschuld glaubte. Im Gegenteil: Sarahs Kollegen wussten, dass er zuletzt mit ihr unterwegs gewesen war. Sie würden glauben, er habe ihr etwas angetan, um sie loszuwerden, bevor er in einem finalen Akt seine Familie umbrachte. Michael Rubisch würde davonkommen. Die Tatsache, dass er als Organist in der St.-Johannes-Basilika gearbeitet hatte, würde nicht beweisen, dass er auch derjenige war, den Hartmann vergangene Nacht verfolgt und der die Bibel auf dem Altar der Basilika platziert hatte. Fast hätte Ben hysterisch auflachen müssen, so perfekt erschien ihm Viktors Plan auf einmal. Aber er fragte sich, was auf diesem Video, das Erlenbach ihm gegeben hatte, zu sehen war. Es musste etwas sein, von dem Viktor unter allen Umständen vermeiden wollte, dass es öffentlich wurde.

Ben senkte den Blick. Es war aussichtslos. Selbst wenn er sich überwinden könnte und Hartmanns am Boden liegende Dienstwaffe zu greifen bekam, bevor Viktor auf ihn schoss, würde er dann damit auch auf Viktor schießen können? Und falls er ihn tatsächlich erschoss, würde er niemals erfahren, wo Michael Rubisch sich aufhielt. Als Ben wieder aufschaute, hatte er seine Entscheidung getroffen. Er musste vorerst mitspielen und machte einen Schritt auf Hartmanns Pistole zu.

Damit Viktors Plan aufging, musste der ihn mit Hartmanns Waffe an der Stelle, an der Viktor jetzt gerade stand, niederstrecken.

»Mach schon! Schieb mir die Pistole rüber, und dann gibst du mir das Band. Vielleicht erzähle ich dir dann auch etwas über den jungen Mann, den du so verzweifelt suchst.«

Ben stockte der Atem. Bislang konnte er nur vermuten, dass Viktor mehr über Michael Rubisch wusste. Erst jetzt war die Vermutung, dass er der Schlüssel zu Michael Rubischs Versteck war, zur Gewissheit geworden. Bens Verzweiflung verwandelte sich in noch größere Panik. Nicoles und Lisas Rettung schien so nah und doch so unsagbar fern.

Ben ging zwei Schritte zur Seite. Dann stand er genau vor Hartmanns Pistole. Er dachte immer noch darüber nach, das Risiko einzugehen und nach der Waffe zu greifen. Aber die Pistole und er verhielten sich wie zwei gleich gepolte Magnete: Sie stießen sich gegenseitig ab. Ben konnte es nicht.

Deshalb schob er Viktor die Waffe mit dem Fuß zu. Viktor hob sie auf und steckte sie in die Seitentasche seines Tweed Sakkos.

»Warum hast du Hartmann erschossen?«, fragte Ben.

»Er wollte das Video.«

»Was ist auf dem Band?«

Viktor wich der Frage aus. »Hartmann wollte mich damit erpressen. Das konnte ich ihm nicht durchgehen lassen. Beiße niemals die Hand, die dich füttert.«

Ben verstand nicht und schaute Viktor fragend an. Dieser lachte schallend auf. »Hartmann hat genau das getan, was ich wollte.« Viktor zeigte auf Bens Hand und das Brandloch in seinem Hosenbein. »Das war er, hab ich recht?«

Ben sagte nichts.

»Vor zwei Jahren hat Hartmann einen Verdächtigen verfolgt, ihn in einer Sackgasse gestellt und dann brutal zusammengeschlagen, ohne dass es einen Anlass dafür gab. Sein Pech war nur, dass jemand seinen Ausraster mit dem Smartphone filmte und anonym an die Staatsanwaltschaft weiterleitete. Hartmann wäre dafür suspendiert worden. Beim Golfspielen hat mir der Staatsanwalt sein Leid deswegen geklagt. Er hielt Hartmann für einen fähigen Polizisten und hatte nicht sonderlich viel Lust, ihn dafür zur Verantwortung zu ziehen. Ich habe den Mann dann – zugegebenermaßen nicht ganz uneigennützig – in seiner Überlegung bestärkt, die Anzeige unter den Tisch fallen zu lassen. Und gegen die Zahlung einer gewissen Summe konnte ich den Staatsanwalt, der nun mal sehr kostspielige Hobbys hat, sogar überreden, mir die Aufzeichnung mit Hartmanns Fehltritt, die er ja ohnehin verschwinden lassen musste, wenn er die Sache nicht weiterverfolgen wollte, zu überlassen. Seitdem fordere ich hier und da einen kleinen Gefallen von Hartmann ein.«

»Du hast ihn erpresst und beauftragt, mich in die Mangel zu nehmen? Wusste er, dass ich unschuldig bin?«

»Nein, er hatte keine Ahnung. Ich habe ihn nur darin bestätigt, auf der richtigen Spur zu sein und gebeten, sich ganz auf dich zu konzentrieren, da ich ein persönliches Interesse daran hätte, dass du am Ende hinter Gittern landest. Ich habe ihm natürlich nicht gesagt, dass es mir in erster Linie darum ging, Michael zu schützen.«

Ben schüttelte fassungslos den Kopf.

»Warum solltest du das denn tun? In Wirklichkeit wolltest du doch nur dich selbst schützen. Der Junge weiß wahrscheinlich etwas über dich, und wenn die Polizei ihn festgenommen hätte, hätte die Gefahr bestanden, dass er es ausplaudert.«

Viktor hob die Schultern und machte mit beiden Händen eine ausladende Geste.

»Wenn du es so sehen willst. Ich wollte also Michael und mich schützen.« Er machte eine kurze Pause. Fast wirkte er nachdenklich. »Aber dann musste ich erkennen, dass Michael gar keinen Schutz wollte. Er streute ja selbst die Hinweise auf seine Identität. Das hat er von Erlenbach. Der hat ihm eingetrichtert, dass er sein Tun im Namen Gottes auf die Probe stellen müsse.«

»Und warum hat Hartmann sich gerade eben deiner Aufforderung widersetzt? Warum bestand er darauf, das alte Videoband von mir zu bekommen? Warum war er überhaupt schon hier, als ich ankam?«

»Der Direktor des Klosterinternats rief mich an. Er wollte mich warnen, dass die Polizei da war und in der Mordsache im Umfeld des Internats ermittle. Er wollte wohl nicht, dass ich, als großzügigster Spender des Klosterinternats, unwissend blieb. Ich bat ihn, mir die Polizisten zu beschreiben und war mir danach ziemlich sicher, dass es sich dabei um Sarah Winter und dich handelte.«

»Also hast du Hartmann im Krankenhaus angerufen, ihm davon erzählt und ihn beauftragt, mich festzunehmen. Schließlich war es Zeit, mich hinter Gitter zu bringen, nachdem alle Beweise gegen mich in Umlauf gebracht waren und ich keine Alibis für die Tatzeitpunkte hatte. Außerdem musste Erlenbachs und Marlene Rubischs Geheimnis unentdeckt bleiben, was dann aber leider nicht nur misslang, sondern mich dann auch noch zu dir führte.«

Viktor nahm einen Schluck von seinem Cognac und ließ ihn sich auf der Zunge zergehen, bevor er ihn hinunterschluckte.

»So könnte man es zusammenfassen.«

»Und warum ist Hartmann diesmal nicht deiner Aufforderung gefolgt? Warum war er hier und hat mich nicht stattdessen sofort auf dem Klostergelände gesucht?«

»Er hat mir wohl angemerkt, dass deine Verhaftung mir sehr wichtig war. Er wollte vorher das belastende Filmmaterial, das ich gegen ihn in der Hand hatte. Das war sein Preis.«

»Hartmann war also hier, weil er den ihn belastenden Film wollte, und den hast du ihm gegeben.«

Viktor schwieg, was Ben so deutete, dass er richtiglag. »Und nachdem du dieses Belastungsmaterial nicht mehr in der Hand hattest, sah Hartmann die Chance, über dieses ominöse Videoband, das Erlenbach mir gegeben hat, an Informationen zu gelangen, die seinen ehemaligen Erpresser schwer belasten würden. Er wollte den Spieß umdrehen. Das konntest du nicht zulassen.«

Viktor seufzte. »Ja, und das alles nur, weil du ungeplant hier aufgetaucht bist. Hartmann war gerade im Begriff, das Haus zu verlassen und auf dem Klostergelände nach dir zu suchen. Deshalb stand auch die Tür offen, als du kamst. Er hat sich schnell in einem Nebenzimmer versteckt und in der Eile die Tür nicht richtig ins Schloss gezogen. Und jetzt genug geplaudert. Ich hätte nun gern dieses Videoband von dir und dass wir die Position tauschen.«

»Warum sollte ich dir helfen, mit deiner Geschichte, dass Hartmann und ich uns gegenseitig erschossen haben, durchzukommen, und warum um alles in der Welt sollte ich dir das

Band geben, wenn du mich doch sowieso erschießen willst? Was ist überhaupt auf dem Band zu sehen, dass du dafür über Leichen gehst?«

»Du willst also tatsächlich ein Spielchen mit mir wagen. Na gut, ich bin kein Unmensch. Es würde mir, ehrlich gesagt, auch leid um Nicole und Lisa tun. Wenn du mir das Band gibst, zeige ich dir, was darauf zu sehen ist. Vermutlich wird dir das nicht reichen. Aber ich habe dir noch etwas anzubieten, und dafür wirst du mir das Band geben und auch sonst tun, was ich von dir verlange.«

»Und was soll das sein?«

»Ich weiß, wo Michael ist, und wenn du bereit bist, dich ohne Gegenwehr von mir erschießen zu lassen, werde ich ihn für dich daran hindern, dass er Nicole ertränkt und Lisa dabei zuschauen lässt.«

Um das Leben seiner Tochter und von Nicole schützen zu können, hätte Ben alles getan. Doch er fragte sich, ob er Viktor trauen konnte.

»Du lügst doch«, sagte Ben und versuchte in Viktors Gesicht Anzeichen dafür zu erkennen. Doch sein Gegenüber verzog keine Miene.

»Ich gebe dir mein Ehrenwort. Ich werde die beiden retten.«

Ben war nicht überzeugt. Es konnte sein, dass Viktor bluffte und ihm diesen Handel nur deshalb unterbreitete, weil er wusste, dass ihm letztendlich keine andere Möglichkeit bleiben würde, als darauf einzugehen.

»Du musst mir schon ein bisschen mehr geben, wenn ich dir glauben soll. Woher solltest du wissen, wo Michael Rubisch Nicole und Lisa gefangen hält?«

»Ich weiß es, weil er mein Sohn ist.«

46

»Dein Sohn?«, fragte Ben ungläubig. »Veronika hat ihn doch damals mitgenommen, als sie dich verlassen hat, und Michael Rubisch ist im Klosterinternat aufgewachsen.« Ben fiel im gleichen Moment ein, dass bereits klar war, dass Michael Rubisch nicht Marlene Rubischs Enkel war. Plötzlich tauchte eine Reihe neuer Fragen auf. Tatsächlich hatten sie bislang nicht herausgefunden, wer Michaels Vater war. Und auch das Alter passte. Michael Rubisch war jetzt neunzehn Jahre alt, und Johannes war sechs gewesen, als Veronika mit ihm fortging. Ben hatte Viktors Sohn von Geburt an gekannt. Nachdem Ben aus Hamburg wieder nach Berlin zurückgekehrt war, hatte Viktor ihm erzählt, Veronika sei mit dem damals sechsjährigen Jungen mit unbekanntem Ziel auf und davon. Ben hatte sich schon damals gewundert, warum Viktor, der die Mittel dazu besaß, nicht nach dem Aufenthaltsort seines einzigen Kindes suchen ließ. Angenommen Michael Rubisch war tatsächlich Johannes von Hohenlohe, warum hatte Viktors Sohn es dann ausgerechnet darauf abgesehen, Ben und seiner Familie Schaden zuzufügen? Johannes hatte sich gezielt die Frau des Mannes ausgesucht, mit dem sein Vater Viktor am besten befreundet gewesen war.

»Veronika ist nicht mit dem Jungen weggezogen, wie ich es dir und aller Welt erzählt habe.« Viktor machte eine bedeutungsschwere Pause. »Sie wollte mich verlassen. Aber das durfte nicht sein. Es stand ihr nicht zu, das Sakrament der Ehe, das Versprechen, das wir uns gegeben haben, eigenmächtig aufzulösen. Das kann nur der Tod. Und den habe ich ihr geschenkt.«

Ben wurde schwindelig. Viktor hatte seine Frau umgebracht und seinen Sohn in die Obhut Marlene Rubischs übergeben.

Michael Rubisch hieß in Wirklichkeit Johannes von Hohenlohe. Auf einmal schien sich der Raum zu drehen, während Viktor ungerührt fortfuhr zu erzählen.

»Berthold Erlenbach war schon zu meinen Internatszeiten unser Mentor. Ich war damals fünfzehn, als ich einer seiner Anhänger wurde. Er hat uns die Augen geöffnet und zum wahren Glauben gebracht.«

»Dann gehört Erlenbach also einer extrem konservativen Gruppierung an, und hat die Lehren an euch Schüler weitergegeben?«, fragte Ben.

Viktor lachte auf, und er kam Ben auf einmal vollkommen durchgedreht vor.

»Nein, Erlenbach ist ein Einzelgänger und nicht Teil eines Geheimbundes. Und auch nicht alle von uns Schülern sind seinen Worten gefolgt. Wir waren jung und zugegebenermaßen leicht zu beeinflussen. Heute sind wir froh darüber, dem elitären Kreis angehört zu haben und helfen einander, wo es geht. Auch der leitende Oberstaatsanwalt, der am Samstagabend deine Freilassung veranlasst hat, war in meinem Jahrgang. Du musstest doch in der darauffolgenden Nacht, als Johannes zum zweiten Mal zuschlug, auf freiem Fuß sein, damit er dir die Sache in die Schuhe schieben kann. Sein Plan ging ja auch prächtig auf. ›Alles nur mit Gottes Schützenhilfe‹, wie er immer sagte.« Wieder zeigte Viktor sein breites, selbstsicheres Grinsen. »Tamara hatte sich damals gleich von Erlenbachs Thesen distanziert, und du siehst ja, was sie getan hat. Sie hat geheiratet, und als sie keine Lust mehr hatte, ließ sie sich eben scheiden, so wie all die anderen ungehorsamen Weiber.«

»Ihr Mann hat ihr gesamtes Vermögen beim Spielen verloren. Außerdem hat er sie geschlagen«, sagte Ben.

»Na und! Sie zu züchtigen, stand ihrem Mann doch zu. Und

das gibt ihr noch lange nicht das Recht, Gott zu lästern und den Bund, den sie vor dem Herrn geschlossen hat, aufzulösen, indem sie sich von ihrem Mann trennt. Es gibt Regeln, die eingehalten werden müssen.«

»Du bist verrückt«, stammelte Ben.

Viktor hatte Veronika vor dreizehn Jahren ermordet. Ben wurde bei der Vorstellung speiübel. Mit was für einem Ungeheuer war er all die Jahre befreundet gewesen! Unterdessen fuhr Viktor ungerührt fort. »Johannes war damals sechs Jahre alt. Ich habe ihn gezwungen zuzusehen, wie ich seine Mutter bestrafen musste. Danach hat er kein Wort mehr gesprochen. Erlenbach wusste, was ich getan habe. Er hieß es nicht gut, aber er hatte die Idee, den Jungen als Marlene Rubischs Enkel auszugeben. Sie würde sich gut um ihn kümmern. Jahre zuvor wurde ihr der eigene Sohn genommen. Außerdem würde Johannes eine hervorragende Erziehung genießen.«

Die Gedanken überschlugen sich in Bens Kopf. Johannes eifert seinem Vater nach und bringt deshalb Frauen um, die sich von ihren Männern scheiden ließen. Außerdem wurde er von Berthold Erlenbach und Marlene Rubisch, die sich zu Vollstreckern Gottes auf Erden auserkoren sahen, großgezogen. Zusammen ergab das eine explosive Mischung und ein bedauernswertes Schicksal, das die Morde an den beiden Frauen zumindest im Ansatz erklärbar machte. Dennoch wurde Ben das Gefühl nicht los, dass noch etwas anderes hinzukam. Eine Initialzündung, die erklärte, warum Johannes erst in den letzten Tagen und nicht schon viel früher durchgedreht war. Dann fiel ihm wieder ein, dass Erlenbach erwähnt hatte, Michael höre eine Stimme in seinem Kopf, und dass bei ihm ein Hirntumor diagnostiziert worden sei. Eine Stimme, die ihm befahl, Gerechtigkeit in Gottes Namen zu schaffen. Das musste der Grund sein, warum er Frauen, die sich scheiden ließen, ermordete. Doch es blieb weiterhin die Frage: Was war sein Motiv für die persönliche Rache an ihm?

Ben dachte an den traumatisierten Jungen, der dann auch noch vom Vater verstoßen in einem Klosterinternat mit alttestamentarischer Gesinnung heranwuchs. Dort musste er erleben, wie der Priester und seine neue Ziehmutter sich anmaßten, von der weltlichen Gerichtsbarkeit unentdeckt gebliebene Mörder und Vergewaltiger in ihrem Kellerverlies zu foltern und zu töten, um so eine göttliche Gerechtigkeit walten zu lassen.

»In meiner ersten Wut wollte ich Johannes zusammen mit Veronika umbringen. Was sollte ich mit einem Kind, für das es keine intakte Familie mehr gab? Aber dazu fehlte mir das Recht. Also ließ ich ihn zuschauen, wie seine Mutter für das, was sie Gott und mir antun wollte, sterben musste. Er sollte sie irgendwann einmal dafür hassen, und er sollte mit eigenen Augen sehen, was geschehen konnte, wenn Gottes Wille nicht eingehalten wurde und welche Folgen das für eine Familie hatte. Ich habe nie aufgehört, meine Frau zu lieben und bestrafe mich selbst, indem ich nie wieder heiraten werde. Johannes aber konnte ich nicht mehr in meiner Nähe ertragen. Sein Anblick beschwor in mir unweigerlich das Bild seiner Mutter hervor.«

Ben sah wieder die innige Umarmung von Viktor und Nicole vor deren Wohnung vor sich. Aber mit meiner Frau hast du dich eingelassen und dir das Vertrauen meiner Tochter erschlichen, um mich zu bestrafen, dachte er dabei.

»Aber es muss doch jemand nach Veronika gesucht haben?«

Viktor schüttelte den Kopf. »Es gab niemanden, der sie so sehr vermisst hat. Sie wuchs in einem Waisenhaus auf und hatte keine Verwandten. Die wenigen Freunde, die sie hatte, mussten sich mit meiner Erklärung zufriedengegeben, dass sie mich verlassen, mir nicht gesagt hat, wo sie hin ist. Warum sollten sie oder die Polizei davon auszugehen, dass Veronika einem Verbrechen zum Opfer gefallen sein könnte? Alle haben meine Geschichte, dass sie heimlich in einer Nacht-und-Nebel-Aktion die Koffer gepackt und mich mit unserem gemeinsamen Sohn verlassen hat, geglaubt.«

Ben sträubte sich gegen die Vorstellung, dass Viktor die Wahrheit sagen könnte. Aber alles, was aus seinem Mund kam, ergab Sinn. Als er aus Hamburg nach Berlin zurückkehrte und erfuhr, dass Veronika Viktor verlassen und ihren Sohn mitgenommen hatte, hatte er eine Zeitlang nach ihr gesucht, es dann aber aufgegeben, als er Nicole kennengelernt hatte. Er hatte angenommen, Veronika sei nach Italien in ihre Heimat, wo sie geboren worden war, zurückgekehrt. Jetzt erfuhr er, dass sie seit dreizehn Jahren tot war. Getötet von ihrem eigenen Ehemann, der es nicht verkraften konnte, dass sie ihn nicht mehr liebte und den sie verlassen wollte. Also war Viktor ihr zuvorgekommen und hatte das Band der Ehe, das sie verband, durch den Tod seiner Frau für immer getrennt. Wenn er sie nicht haben konnte, dann sollte sie niemand mehr haben. Wenn er es sich recht bedachte, dann war Viktor vom Wesen her schon immer so gewesen. Viktor hatte Zeit seines Lebens nach mehr Macht, Perfektion und Überlegenheit gestrebt. Vielleicht galt das für viele Menschen, die wie Viktor als Kind unter ihrem Außenseiterdasein leiden mussten und dem Hohn, Spott und den Fäusten ihrer Altersgenossen ausgesetzt gewesen waren. Später nahmen sie Rache für die Schmach, die sie über sich hatten ergehen lassen müssen, und traktierten jeden in ihrer Umgebung, einfach weil sie es jetzt selbst wegen ihrer Macht und ihres Geldes konnten. Als Viktor weitersprach, klang er fast melancholisch.

»All die Jahre hatte Johannes den Kontakt zu mir verweigert. Aber mit den Jahren und dank Erlenbachs Erziehung verstand er wohl, was mich damals dazu bewogen hatte, seine Mutter für ihre unverzeihliche Sünde zu bestrafen. Vor einem Monat rief er mitten in der Nacht an und fragte mich, ob ich eine Frau mit Kind kenne, die ihren Mann verlassen hat. Mir fiel sofort Tamara Engel ein, mit der ich auf einem Jahrgangstreffen geplaudert hatte. Johannes hat mir gedroht, er würde mich wegen Mordes anzeigen und als Zeuge gegen mich aussagen, falls ich sein Vorhaben verrate oder ihm meine Unterstützung verweigere.« Er schlug die Hände zusammen, um zu signalisieren, dass er seine Erzählung beendet hatte. »Und jetzt gib mir dieses Band.«

»Ich habe es nicht hier«, log Ben. Das kleine Band klemmte in einer Hartplastikhülle zwischen seinem Hosenbund und seinem Rücken und wurde durch sein Hemd und seine Jacke verdeckt. Ihm blieb noch eine Dreiviertelstunde, dann war es 2 Uhr 41. Dennoch wollte Ben sich noch nicht von Viktor erschießen lassen und auf dessen Versprechen, er würde seine Familie retten, vertrauen. Im Prinzip war er in der gleichen Situation wie in Äthiopien. Nur hatte er damals jemand anderes töten müssen, um sich selbst zu retten. Diesmal würde es andersrum sein. Wenn es nicht mehr anders ging, würde er sich erschießen lassen, damit seine Familie dadurch vielleicht überlebte. Einen anderen Plan hatte er nicht. Eine Idee, wie er Viktor überwältigen und dazu bringen konnte, ihm Johannes' Aufenthaltsort zu verraten, wollte ihm partout nicht einfallen.

»Wo ist es?«, fragte Viktor. Seine Stimme war hart und kalt.

»Bevor ich zu dir ins Haus gekommen bin, habe ich das Band draußen zwischen den Sträuchern versteckt.« Ben wusste, dass Viktor einen genauen Schusswinkel brauchte, damit später seine Geschichte der Polizei gegenüber glaubhaft erschien. Würde er ihn also nach draußen locken können, blieb ihm mehr Handlungsspielraum.

Ben spürte, wie das Etui, in dem sich die kleine Kassette befand, in seinem Hosenbund ein Stück nach oben rutschte. Schweißperlen rannen über seine Stirn. Eine kurze Stille trat ein.

»Du stülpst jetzt das Innenfutter deiner Jacken- und Hosentaschen schön langsam nach außen.«

Ben kam Viktors Aufforderung nach. Außer einem Kugelschreiber, Papiertaschentüchern, Kaugummis und Sarahs Wagenschlüssel kam nichts zum Vorschein.

»Also gut, du gehst vor«, sagte Viktor. »Wir holen das Band gemeinsam.«

47

Die Zelle, in der der Mörder Nicole und Lisa gefangen hielt, befand sich in einem tiefgelegenen Kellerraum. Ein Ort, an dem sie niemand hören konnte, da war sich Nicole nun sicher. Auch von außen drangen keine Geräusche zu ihnen durch. Das Einzige, das sie hörte, waren die Atemzüge Lisas.

Als plötzlich das Wegschieben eines schweren Riegels, ein sich im Schloss drehender Schlüssel und anschließend das Quietschen einer sich öffnenden Tür die Stille durchdrangen, begann Nicole zu zittern. Der Entführer kam jetzt zu ihnen. Sie konnte ihn noch nicht sehen, da die rechte Mauer ihrer Zelle die Sicht auf diesen Teil des Raumes versperrte. Aber er war nur wenige Meter von ihr und Lisa, die noch immer schlief, entfernt. Nicoles Gedanken ließen sich nicht mehr bremsen, ihre Phantasie spielte verrückt. Würde er sie ebenfalls ertränken? Tränen rannen ihre Wangen hinunter. Wer sollte sie retten? Niemand wusste, wo sie waren.

Der Fremde stapfte ruhelos nebenan hin und her. Mit jedem weiteren von den Wänden widerhallenden Schritt schlang sich die ihr bisher schon unerträglich erscheinende Angst noch straffer um ihre Kehle und drückte erbarmungslos immer weiter zu. Die junge Frau musste ebenfalls nebenan sein. Bei ihm. Aber Nicole hörte sie nicht. Niemand sprach ein Wort. Nun bemühte sich Nicole, die Panik, die ihren Körper durchfuhr, in den Griff zu bekommen. *Hör auf! Beruhige dich! Du wirst einen Weg finden!*

Neben ihr wachte Lisa auf und sah Nicole sofort mit angsterfüllten Augen an. Nicole zwang sich, ihre Mundwinkel zu einem schmalen Lächeln nach oben zu ziehen. Sie musste Lisa signalisieren, dass alles in Ordnung kommen würde. Dann führte sie ihre Tochter in den hintersten Winkel der Zelle und stellte sich vor sie. Zumindest wollte sie so tun, als könne sie sie beschützen. Und sie würde es auch tun, solange sie es konnte. Mit einer Hand berührte Nicole haltsuchend das Mauerwerk.

Stühle wurden nun gerückt. Nicole stieg der vertraute Geruch von Curry in die Nase. Chinesisches Essen, dachte sie. Ihr drehte sich der Magen um.

»Das ist für dich, mein Schatz, lass es dir schmecken«, sagte er. Die Stimme klang fast liebevoll, hätte Nicole nicht gewusst, dass sie zu einem Monster gehörte.

Geschirr klapperte.

»Was ist mit den beiden?«, fragte die junge Frau. Nicole konnte die Angst in ihrer Stimme hören. *Wenn sie überleben will, muss sie dieses Spiel mitmachen*, dachte Nicole.

Statt die Frage zu beantworten, sagte der Mann: »Morgen ziehen wir weiter an einen anderen Ort. Ich habe hier dann alles getan, was mir aufgetragen wurde.«

»Aber …«, kurz stockte die Stimme der Frau, als ob sie überlegen würde, ob sie es riskieren konnte, ihre Frage zu stellen, »… warum von hier fort?«

Kurzes Schweigen.

»Es hat sich alles geändert. Gott hat großen Gefallen gefunden, an dem, was ich ihm zu Ehren tue.«

»Was meinst du damit?« Die Stimme der Frau klang jetzt fast hysterisch.

»Der Tumor bildet sich schnell zurück, und das ohne medizinische Behandlung. Das ist ein Wunder. Aber die Stimme ist noch da.«

Sie waren in der Hand eines Geisteskranken. Nicole legte ihre Hände über Lisas Ohren. Die Frau begann zu weinen. »Ganz ruhig, Liebes«, sagte der Mann, »du liebst mich doch auch, oder?«

»Ja«, flüsterte die Frau.

»Sag es! Sag, dass du meine Frau bist, dass du mich ehren und zu mir stehen wirst, in guten wie in schlechten Zeiten.«

Stockend und mit brüchiger Stimme kam das Mädchen seiner Aufforderung nun nach. Dann wurde ein Stuhl gerückt. Nicole hörte wieder seine Schritte. Er kam näher. Fast wäre Nicoles Kehle ein Aufschrei entwichen, als der Mann im nächsten Augenblick vor der Zelle auftauchte und nah an die Gitterstäbe herantrat. Nicole umschlang nun ihre Tochter und drehte ihr Gesicht zur Wand. Der Mann vor ihnen trug eine schwarze Henkersmütze mit zwei Sehschlitzen über dem Kopf.

»Es ist an der Zeit«, sagte ihr Entführer. Nicole starrte in seine seltsam flackernden Augen. Dann bemerkte sie, dass er etwas in Händen hielt. Er bückte sich und legte es durch die Gitterstäbe hindurch auf den Boden der Zelle. Zwei schwarze kleine Gummibälle, an denen Lederschnallen befestigt waren. Im nächsten Moment begriff Nicole, dass es sich um Mundknebel handelte.

48

Ben drehte sich um und ging in Richtung der offenstehenden Salontür. Seine Jacke verdeckte das in seinem hinteren Hosenbund klemmende Videoband. Beim Gehen spürte er, dass das Band mit jedem Schritt ein kleines Stück weiter nach oben rutschte. Und plötzlich war ihm klar, dass er es nicht schaffen würde, nach draußen zu gelangen, ohne dass das Band hinunterfiel. Und sobald er danach greifen würde, um es in eine bessere Position zu bringen, würde Viktor wissen, dass er das Band nicht draußen versteckt hatte, sondern bei sich trug. Inzwischen befand sich Ben in der Mitte des Ganges, der an der Treppe vorbei in die Eingangshalle führte. Viktor folgte ihm in einem Abstand von etwa zwei Metern. Dann blieb Ben abrupt stehen, da er sicher war, dass das Band aus seiner Jeans rutschen und zu Boden fallen würde, falls er auch nur einen Schritt weiterging. Mittlerweile war er sich sicher, dass Viktor, der vor wenigen Minuten sein wahres Gesicht gezeigt hatte, sein Wort nicht halten und Nicole und Lisa retten würde, sobald er sich nach Herausgabe des Videos freiwillig von ihm erschießen ließ. Jetzt, wo Ben wusste, dass Michael Rubisch in Wahrheit Viktors Sohn Johannes war. Viktor hatte seinen Sohn bislang vor der Festnahme geschützt, da Johannes gedroht hatte, zu bezeugen, dass Viktor seine eigene Frau ermordet hatte. Viktor würde nicht riskieren, sich Johannes in den Weg zu stellen, oder ihn gar der Polizei auszuliefern. Nein, Bens einzige Chance war, den Überraschungsmoment zu nutzen, wenn das Band zu Boden fiel, und dann zu versuchen, Viktor zu überwältigen.

»Warum bleibst du stehen? So viel Zeit bleibt deinen Lieben nicht mehr«, sagte Viktor. Ben hörte deutlich das Misstrauen in seiner Stimme.

Als Ben sich umdrehte, wich Viktor einen Schritt zurück. Jetzt war es unmöglich, ihn zu erreichen, bevor er schießen konnte.

»Das Band ist nicht draußen in den Sträuchern. Du trägst es bei dir, stimmt's? Wo hast du es versteckt?«

Ben brauchte nicht mehr zu antworten, denn in diesem Moment rutschte das Band ganz aus dem Hosenbund und landete auf dem Fußboden. Viktor lächelte schief. »Komm, her damit! Und dann gehen wir zurück ins Wohnzimmer «, sagte Viktor.

Ben schob Viktor das Band zu. Dieser steckte es ein und ging dann rückwärts zurück ins Zimmer. Dabei hielt er die Waffe auf Ben gerichtet, der ihm mit drei Metern Abstand folgte. Ben dachte an das Duell, bei dem er als zweifelhafter Sieger hervorgegangen war. Er war dem Tod damals nur knapp entronnen, und hatte doch nur einen Zeitaufschub bekommen, wie sich jetzt herausstellte. Vielleicht gab es ja tatsächlich so etwas wie ein feststehendes Schicksal, und er hatte schließlich nur überlebt, um sein Leben für das von Nicole und Lisa zu opfern.

Ben war nun wieder gezwungen, sich seinem Trauma zu stellen, das er bei dem Todesduell in Äthiopien erlitten und mit allen Mitteln versucht hatte, zu verdrängen. Er blickte erneut dem unmittelbar bevorstehenden und unabwendbaren eigenen Tod entgegen. Jetzt musste er einräumen, dass Nicole richtiggelegen hatte: Seine Vergangenheit hatte ihn eingeholt, und in wenigen Augenblicken würde sie ihn ein für alle Mal verschlingen.

Viktor ging in einem weiten Bogen zurück in den Salon, so dass er Ben gefahrlos beim Betreten des Raumes beobachten konnte. »Stopp, genau da stehen bleiben«, sagte er, als Ben an der Stelle der Bar angekommen war, von der aus Viktor Hartmann erschossen hatte. Ben blieb stehen und sah Viktor mit festem Blick in die Augen. Seltsamerweise spürte er keine Angst vor dem Tod. Seine Sorge galt allein seiner Familie. Er würde ihnen nicht mehr helfen können. Auf einmal sah Ben wieder Lisas ersten Kindergartentag vor sich. Lisa hatte geweint, als Nicole und Ben sie in der Gruppe zurückgelassen hatten. Und sie hatte freudig und stolz gelacht, als sie ein paar Stunden später wieder von ihnen abgeholt wurde. Wie gern hätte er noch mehr Zeit mit seiner Tochter verbracht. Bei dem Gedanken begann Ben nun doch am ganzen Leib zu zittern, und Tränen stiegen ihm in die Augen.

Viktor stellte sich unmittelbar neben die Stelle, an der Hartmann auf dem Boden lag.

»Nun mach schon«, sagte Ben.

Viktor zögerte noch einen Moment. Es fiel ihm offensichtlich nicht so leicht, wie Ben gedacht hatte. Dann hob er langsam die Pistole und zielte. Ursprünglich wollte Ben Viktor in die Augen schauen, bis er abdrückte, um es ihm dadurch vielleicht schwerer zu machen. Aber letztlich schaffte er es nicht. Er senkte den Blick und sah dabei unweigerlich auf den am Boden liegenden Leiter der Mordkommission. Dabei fiel ihm etwas Sonderbares auf. Für einen Sekundenbruchteil war er sich jedoch nicht sicher, ob er sich irrte und sein naher Tod ihn phantasieren ließ. Doch dann glaubte er, sich sicher zu sein. Hartmann hatte, nachdem die Kugel ihn niedergestreckt hatte, in Bauchlage mit dem rechten Arm dicht am Körper gelegen. Jetzt allerdings war Hartmanns Arm unter seinem Oberkörper begraben. Und im selben Augenblick, als Ben diese Veränderung feststellte, drehte sich der totgeglaubte Polizist auf den Rücken. Viktor blickte, überrascht von der unerwarteten Bewegung der unmittelbar neben ihm liegenden vermeintlichen Leiche nach unten, wo ihm Hartmann den Lauf einer kleinen Pistole entgegenhielt. Blitzschnell richtete Viktor die Waffe in seiner Hand auf Hartmann. Doch es war schon zu spät. Ein Schuss schallte durch den Raum. Auf Viktors Hemd zeichnete sich in Brusthöhe ein roter Fleck ab. Ben sah den ungläubigen Ausdruck in seinem Gesicht. Dann brach Viktor zusammen und krachte neben Hartmann mit dem Kopf auf den Beistelltisch, dessen Glasplatte durch den Aufprall in unzählige Scherben zerbrach.

Ben war für einen Augenblick völlig fassungslos. Er hatte damit gerechnet, dass sein Leben zu Ende war, dass Viktor ihn erschießen würde. Er zitterte noch immer am ganzen Leib. Dann erst wurden ihm die Folgen dessen, was sich gerade ereignet hatte, bewusst. Er ging zu Viktor und kniete sich neben ihn. »Sag mir, wo sie sind!«, schrie er und rüttelte an dem leblosen Körper.

Neben ihm stöhnte Hartmann auf. »Einen Krankenwagen«, krächzte er. Dann verlor er das Bewusstsein.

Viktor rührte sich nicht. Ben tastete an der Halsschlagader vergeblich nach einem Puls.

Und obwohl Hartmann ihm das Leben gerettet hatte, machte sich in Ben nun abgrundtiefe Verzweiflung breit. Viktor war der Einzige gewesen, der ihm hätte sagen können, wo sich Johannes mit Lisa und Nicole befand.

49

Kriminaloberkommissar André Slibow stand mit zwei seiner Kollegen der vierten Mordkommission im Schutz des Schattens zweier Bäume etwa dreißig Meter von einem Kirchengebäude in Berlin-Wedding entfernt und instruierte ein sechsköpfiges Mobiles Einsatzkommando der Polizei.

»Die Zielperson heißt Michael Rubisch. Wir haben leider kein Foto von ihm. Er ist neunzehn Jahre alt und steht unter dem dringenden Verdacht, zwei Frauen ermordet zu haben.«

Die alte, stark sanierungsbedürftige Kirche war in den Siebzigerjahren abgerissen und durch einen großen grauen Betonkasten ersetzt worden. Das im Bauhausstil errichtete neue Gebäude erinnerte unweigerlich vielmehr an ein Schwimmbad als an eine katholische Kirche. Teile der ursprünglich bestehenden Unterkellerung waren jedoch erhalten geblieben.

André Slibow war der Gedanke gekommen, dass die St.-Johannes-Basilika möglicherweise nicht die einzige der über hundert katholischen Pfarreien des Erzbistums Berlin war, in der Michael Rubisch als Vertretung für den Organisten die Messen mit der Orgel begleitet hatte. Er hatte begonnen die Pfarreien abzutelefonieren und war bei der dreiunddreißigsten fündig geworden. Michael Rubisch war auch in dieser Kirche, vor der sie nun standen, als Organist tätig gewesen. Der Schluss lag nahe, dass Rubisch sich auch für diese Kirche Schlüssel hatte nachmachen lassen und Nicole und Lisa Weidner dort versteckt hielt.

Slibow hatte vergeblich versucht, Hartmann zu erreichen, um sich den Einsatz eines Mobilen Einsatzkommandos absegnen zu lassen. Der Leiter der Mordkommission hatte sich überraschenderweise, nachdem er einen Schlag mit einer Eisenstange über den Schädel bekommen hatte, noch eine halbe Stunde zuvor aus einem Taxi gemeldet, um sich auf den neuesten Stand der Ermittlungen bringen zu lassen, ging nun aber nicht mehr an sein Handy. Und Sarah Winter war ebenfalls nicht ans Telefon zu bekommen.

Normalerweise konnte Slibow seine Kollegin problemlos Tag und Nacht erreichen. Erst recht während einer laufenden Ermittlung, in der es auf jede Minute ankam. Zuletzt hatte Sarah eine Spur auf dem Gelände des Klosterinternats am Teufelssee verfolgt. Schließlich hatte Slibow kurzerhand zwei Kollegen beauftragt, auf dem Gelände des Internats nach Sarah zu suchen und selbst das Mobile Einsatzkommando angefordert.

»Wir vermuten, dass sich die Zielperson im Inneren der Kirche, wahrscheinlich im Kellergeschoss, aufhält und dort eine Frau namens Nicole Weidner und ihre achtjährige Tochter Lisa gefangen hält«, sagte Slibow. Die Männer vom MEK nickten zum Zeichen, dass sie verstanden hatten.

Slibow holte eine verblichene alte Karte hervor, die er neben einem Schlüsselbund für die Hauptzugangstüren von dem Pfarrer der Kirche erhalten hatte. Darauf waren die verzweigten Gänge und die Räume des Kellers verzeichnet.

»Der Keller ist über eine Tür gleich neben dem Eingang zur Sakristei erreichbar.« Slibow zeigte auf die Stelle auf der Karte. »Beim Reingehen und der anschließenden Suche sollten wir so wenig Aufmerksamkeit wie möglich erzeugen. Wir müssen davon ausgehen, dass Rubisch sich in unmittelbarer Nähe der entführten Personen aufhält. Sobald er bemerkt, dass die Polizei sein Versteck entdeckt hat, wird er sich in die Enge getrieben fühlen und wahrscheinlich versuchen, die beiden als Geiseln zu nehmen. Um das zu verhindern, müssen wir möglichst leise und schnell vorgehen, so dass wir ihn bestenfalls überraschen. Alles klar?«

Die Männer nickten.

»Okay. Dann, auf geht's!«, sagte Slibow und gab dem Leiter des Einsatzkommandos den Schlüssel zum Hauptportal.

Zusammen mit den schwerbewaffneten Männern des Einsatzkommandos liefen die Kripobeamten zur Kirche. Sie öffneten fast geräuschlos das Hauptportal und verteilten sich anschließend im Inneren der Kirche. Sie brauchten keine zwei Minuten, um festzustellen, dass sich niemand auf dieser Ebene der Kirche befand. Eine Minute später stiegen sie die Treppenstufen hinunter in den Keller.

50

Nicole starrte wie in Trance auf die beiden Knebelbälle, die der Mann mit der schrecklichen Henkersmütze in die Zelle gelegt hatte. Der Kerl hatte ihr ein Zeichen gegeben, sie zu nehmen, und nun ging sie langsam darauf zu und hob die Teile vom Boden auf. Dann wich sie wieder zurück. Das konnte er doch nicht verlangen. Sie konnte ihrer Tochter keinen Knebelball in den Mund stecken. Zu ihrer eigenen Überraschung traute sie sich, etwas zu sagen. »Warum tun Sie das? Wir haben Ihnen nichts getan.«

Der Mann verharrte regungslos vor der Zelle und schwieg eine Weile. Dann sagte er: »Du hast gesündigt.«

Nicole schüttelte den Kopf und ließ die Knebel auf den Boden fallen. »Wenn du dich weigerst, muss ich das übernehmen«, sagte der Mann, verschwand und war gleich darauf mit einer Flasche und einem Lappen zurück. Als er die Flasche öffnete und den Inhalt auf den Lappen fließen ließ, roch Nicole den beißenden Geruch des Äthers. Wären sie und Lisa erst einmal betäubt, würden ihre Chancen, einen Fluchtversuch unternehmen zu können, gegen null sinken.

»Schon gut, wir tun, was Sie verlangen«, sagte sie deshalb schnell.

Der Mann zögerte. Dann schloss er die Flasche wieder und stellte sie hinter sich an der Wand auf den Boden. Den Lappen legte er daneben. Nicole nahm die beiden Knebel, Lisa wimmerte.

»Wenn wir tun, was der Mann will, wird alles wieder gut, okay?«

Lisa nickte tapfer. Nicole steckte zuerst sich einen Ball in den Mund, führte die Lasche des Lederriemens hinter ihrem Kopf durch die Schnalle und zog den Riemen fest. Dann tat sie das Gleiche bei Lisa. Dem Mädchen liefen Tränen die Wangen herunter. Sie konnte ihren Mund kaum so weit wie nötig öffnen.

Danach warf der Mann einen Kabelbinder in die Zelle. »Die sind für sie«, sagte er und deutete mit einer Kopfbewegung auf Lisa. »Du fesselst jetzt damit ihre Hände. Dann kommst du an die Reihe.«

Nicole wusste, dass wenn der Kabelbinder erst einmal fest um ihre Handgelenke gezogen war, sie sich ohne ein Messer oder eine Zange nicht mehr davon befreien können würde. Aber was blieb ihr anderes übrig? Nicole band Lisas Handgelenke zusammen und streckte dem Mann dann ihre Arme hin. Durch die Gitterstäbe hindurch legte er auch ihr Kabelbinder um. Er zog das Band um ihre Gelenke so fest zu, dass es ihr ins Fleisch schnitt. Nicole biss die Zähne zusammen. Die Genugtuung eines Schmerzensschreis wollte sie ihm nicht gönnen. Kurz überlegte sie, ob sie versuchen sollte, ihn zu überwältigen, sobald sie die Möglichkeit dazu hätte. Er war nicht viel größer als sie und eher schmächtig. Aber er war ein Mann und vermutlich hatte er eine Waffe bei sich. Was, wenn er sie für die Gegenwehr bestrafen oder schlimmer, er Lisa etwas antun würde? Nein, sie würde warten, bis sie raus aus diesem Gewölbe waren und hoffte, dass sie dann noch eine weitere Chance erhalten würde, den Kerl zu überwältigen.

Er öffnete die Zellentür. Mit einer Handbewegung wies er sie an, aus der Zelle zu kommen. Nicole trat mit Lisa vor die Gitterstäbe. Der Mann führte sie in den angrenzenden Raum. In der Mitte der Decke hing eine Glühlampe. Die junge verwahrloste Frau stand an der Wand neben dem Eisenring. Auf dem kalten Steinboden lag eine zerschlissene Matratze. Es gab außerdem einen kleinen Tisch mit einer schäbigen Waschschüssel, dahinter ein mit Rissen übersäter Spiegel und daneben eine Campingtoilette. In der anderen Ecke stand ein weiterer Tisch mit zwei Stühlen. Die Aluminiumschale mit dem Essen, das er der Frau mitgebracht hatte, stand noch darauf. Hinter dem einzigen Fenster des Raumes glaubte Nicole eine Mauer zu erkennen. Wahrscheinlich handelte es sich um einen Lüftungsschacht. Irgendwoher musste ja die Luft zum Atmen in diesem Drecksloch kommen. Im Moment war das Fenster geschlossen.

Langsam durchquerten Nicole und Lisa den Raum in Richtung der Stahltür, vorbei an der jungen Frau, die mit verweinten Augen vor der Wand stand und sie beobachtete. Dann erreichten sie die Tür. Auf einmal hörte Nicole die schnell über den Boden schleifende Kette. Sie drehte sich um. Die Frau war schon fast bei ihnen. In ihrer Hand hielt sie einen blitzenden Gegenstand fest umklammert wie einen Dolch. Einen Sekundenbruchteil später holte sie aus und ließ dann ihren Arm niedersausen. In der Hand hielt sie eine Gabel, die mit den spitzen Zinken voran auf den Kopf des Monsters zielte, das sie in diesem Loch gefangen hielt.

51

Das Einsatzkommando bewegte sich zügig über die Treppe nach unten. Dabei waren die Spezialeinheit und die nachfolgenden Kripobeamten bemüht, so leise wie möglich zu sein. Lediglich die Stirnlampen zweier MEK-Männer leuchteten das alte Backsteingemäuer notdürftig aus. André Slibow hielt in der rechten Hand seine SIG Sauer und in der linken eine Taschenlampe, ließ diese aber vorerst ausgeschaltet. Unten angekommen, schlug ihm ein modriger Geruch entgegen. Die Luft war feucht, und es war kälter als oben in der Kirche. Ein Teil der Männer folgte dem nach rechts verlaufenden Gang. Die andere Gruppe, der sich Slibow anschloss, nahm sich die linke Seite des Kellers vor. Konzentriert achtete Slibow auf verdächtige Geräusche und vernahm doch nicht mehr als das Geraschel der Kleidung und die leisen Schritte der Männer. Rechts und links des Ganges gab es je eine Tür. Dann kam eine Abbiegung nach links. Laut der Karte des Kellers befand sich dort rechts und links sowie am Kopfende jeweils ein weiterer Raum. Vor jeder Tür, auf die sie trafen, postierten sich zunächst die MEK-Männer, um dann auf ein Zeichen blitzschnell einzudringen. Die ersten beiden Türen waren unverschlossen, so dass sie, ohne die Ramme zu benutzen, relativ geräuschlos in die Räume gelangen konnten. Entgegen Slibows Erwartung quietschten und knarrten die alten Holztüren noch nicht einmal, als sie geöffnet wurden.

Der erste Raum war mit alten Tischen und Stühlen vollgestopft. In dem anderen befanden sich altertümliche Werkzeuge, die zu einer Schreinerei gehört haben mussten. Die aus großen Sandsteinblöcken gemauerten Wände der Räume wiesen dunkle, feuchte Stellen auf. Es roch nach Schimmel und sah ganz danach aus, als ob schon eine Ewigkeit niemand mehr hier hereingeschaut hätte. Slibow machte sich inzwischen nicht mehr allzu viel Hoffnung, Michael Rubisch in diesem Gemäuer aufzufinden. Aber er mahnte sich zur Ruhe. Niemand wusste, wie Rubisch reagieren würde, wenn er doch da war und Wind davon bekam, dass sie hier unten waren.

Als die Gruppe anschließend um die Ecke bog, fielen Slibow als Erstes die dichten Spinnweben an der Decke in diesem hinteren Teil des Kellers auf. Dann gab der Anführer abrupt das Zeichen stehen zu bleiben. Im nächsten Moment erkannte Slibow, warum. Unter dem Türspalt am Kopfende des Ganges schimmerte Licht hindurch. Slibows Herzschlag beschleunigte sich. Sie mussten davon ausgehen, dass sich der Mörder hinter dieser Tür befand. Dennoch konnten sie nicht einfach losstürmen. Zunächst mussten die beiden davorliegenden seitlichen Räume gesichert werden. Dann kam das Zeichen. Er drückte die Klinke nach unten, öffnete die Tür und leuchtete gleichzeitig in den dahinterliegenden Raum hinein, während ein MEK-Mann in gebückter Haltung an ihm vorbeisprang. Der gleiche Ablauf hatte auf der gegenüberliegenden Seite stattgefunden, und auch das Ergebnis war gleich: Beide Räume waren vollkommen leer. Nun blieb nur noch die massive Tür am Kopfende übrig, vor der sich nun zwei der MEK-Männer mit der mitgebrachten Ramme postierten. Offensichtlich wollten sie in diesem Fall möglichst schnell und laut den Raum stürmen, um das Überraschungsmoment zu nutzen. Slibow hielt das für eine gute Idee. Einen Augenblick später schwangen die beiden MEK-Leute die Ramme mit voller Wucht gegen die Tür. Ein lauter Knall hallte von den Wänden des Ganges wider. Gleichzeitig flog die Tür auf und sie stürmten mit gezogenen Waffen in den Raum.

Für eine Sekunde wandte sich Slibow hektisch in alle Richtungen. Dann ließ er langsam seine Pistole sinken. Die anderen taten es ihm gleich. In ihren Gesichtern standen Enttäuschung und Entsetzen geschrieben. Enttäuschung, weil sich hier weder die Zielperson Michael Rubisch noch die beiden Entführungsopfer befanden. Entsetzen, weil in dem mit hölzernen Friedhofskreuzen vollgestopften Raum drei an die Stirnseite der Wand genagelte Kreuze ins Auge stachen; darauf stand je ein Name geschrieben: Tamara Engel, Katrin Thornau und Nicole Weidner.

Slibow konnte daraus nur eine Schlussfolgerung ziehen: Michael Rubisch hatte das Licht mit Absicht brennen lassen, weil er genau gewusst hatte, dass sie früher oder später hierherfinden würden.

52

Die junge Frau hatte keine Chance. Das Geräusch, das die Kette an ihrem Fuß beim Herannahen verursachte, hatte ihren Überraschungsangriff sofort verraten. Der Mann mit der Mütze hob abwehrend seinen Arm vor den des Mädchens. Einen Moment lang verweilte die Hand mit der Gabel reglos in der Luft. Dann fiel die Gabel zu Boden. Nicole machte instinktiv einen Schritt nach vorn und trat dem Mann, der ihr nun den Rücken zugekehrt hatte, in die Kniekehle. Er stöhnte auf und sackte zu Boden. Jetzt stürzte sich auch die angekettete Frau auf ihn. Es gab einen kurzen Kampf. Dann einen Aufschrei, Blut auf ihrem verschmutzten weißen Kleid. In der Hand des Vermummten blitzte die Klinge eines Springmessers auf. Hastig stand er auf. Sie hatten es nicht geschafft, ihn zu überwältigen. Nicole wich zurück. Der Knebel in Lisas Mund verformte ihre Schreiversuche zu gedämpften Lauten. Nicole stellte sich schützend vor sie.

Die Frau kroch weinend an die Wand, in der ihre Kette befestigt war, zurück und hielt sich den Unterarm. Zwischen ihren Fingern sickerte Blut hindurch. Wie ein unterwürfiger Hund, der seinen Herrn gebissen hatte, wartete sie auf die Strafe. Ein kurzer Blick genügte Nicole, um zu sehen, dass ihr Widerstand gebrochen war.

Der Mann hielt nun Nicole das Messer vor die Nase. Seine Stimme war kaum mehr als ein Zischen. »Ich nehme es dir nicht übel. Vor dem, was dich erwartet, würde jeder versuchen zu entkommen.«

Der blanke Irrsinn sprach aus seinem Mund. Dann wandte er sich der Frau in Ketten zu. »Aber du ...«, zischte er.

»Du hast gesagt, du musst bald sterben, und dann bin ich frei«, schrie die Frau.

»Warst du deshalb die ganze Zeit so brav, weil du dachtest, es ist nicht für lange? Wolltest du deine Zeit mit mir nur absitzen?« Er lachte verächtlich. »Nun, der Herr hat andere Pläne mit mir. Und du musst bei mir bleiben, bis dass der Tod uns scheidet.«

Dann wandte er sich an Nicole. »Und jetzt los«, sagte er und deutete ihr mit dem Messer, die Tür zu öffnen. Dahinter befand sich eine Treppe, die Nicole und Lisa, gefolgt von dem Mann, hinaufstiegen.

Nach wenigen Stufen fasste sich der Mann mit beiden Händen an den Kopf. »Sei bitte still. Ich weiß, was ich zu tun habe.«

Er hört Stimmen, dachte Nicole. Oben angekommen, konnte sie eine weitere schwere Stahltür trotz der aneinandergefesselten Handgelenke mühelos aufschieben. *Er hat nicht einmal abgesperrt, so sicher war der Kerl sich, dass niemand hier nach uns suchen oder zufällig in diesen Keller gehen würde.* Hinter der Tür gelangten sie in einen schmalen Gang. Nach einer weiteren Tür standen sie in einem Raum, in dem sich nur einfache Holzschränke und ein Tisch befanden. Eine Wendeltreppe führte nach oben. Der Mann ging zu einer Tür auf der gegenüberliegenden Seite, holte einen Schlüssel hervor und zog sie auf. Frische Luft strömte herein. Als sie ins Freie traten, bestätigte sich Nicoles Verdacht. Sie blickten auf einen gepflasterten Platz, dahinter erstreckte sich eine Wiese, die im hellen Vollmondlicht wie verwunschen wirkte. Er hatte sie im Keller einer Kirche gefangen gehalten. Und den Grund, warum er sich so sicher war, dass niemand Fremdes auftauchen würde, kannte sie nun auch: Der Kirchturm, aus dem sie gerade nach draußen gekommen waren, sowie der gesamte Bau waren von Gerüsten und Sicherheitsfangnetzen umgeben. Es sah nach sehr langwierigen Renovierungsarbeiten aus. Panisch blickte Nicole sich um. Die Gegend war ihr völlig fremd, und sie fand nicht den geringsten Anhaltspunkt, in welchem Teil Berlins sie sich aufhielten. Sofort ging ihr auf, dass sie gar nicht wusste, ob sie sich überhaupt noch in der Stadt befanden. Schließlich waren sie und Lisa während der Autofahrt hierher bewusstlos gewesen und wussten daher nicht, wie lange sie gefahren waren. Hinter der Mauer, die um die Kirche herumlief, befanden sich Häuser. Hinter den Fensterscheiben mit Blick auf das Kirchengelände war es entweder dunkel, oder die Rollläden waren heruntergelassen.

Während sie über die Möglichkeit einer Flucht nachdachte, kam der Mann ganz nah an sie heran. »Ich habe nicht vor, deiner Tochter etwas zuleide zu tun. Aber wenn du versuchst abzuhauen, sehe ich mich dazu gezwungen. Es liegt also bei dir, wie die Sache ausgeht.« Er hatte ihr die Worte ins Ohr geraunt, so dass Lisa es nicht hören konnte. In Nicole machte sich die grausame Vorstellung breit, dass Lisa bald keine Mutter mehr haben würde. Dass ihre Tochter ein Leben lang das Trauma, die Ermordung der eigenen Mutter mit angesehen haben zu müssen, mit sich tragen würde. Wieder rannen Tränen aus ihren Augen. Sie wischte sie schnell mit dem Ärmel weg.

Zu dritt folgten sie dem kurzen Weg bis zu einem Parkplatz hinter der Mauer. Dort stand ein Wagen. Er würde sie ertränken und Lisa dabei zuschauen lassen. Die Panik, die Nicole ergriff, war kaum auszuhalten.

Das Einzige, was sie davon abhielt durchzudrehen war, dass es vor Ort kein Gewässer zu geben schien, in das er sie tauchen könnte. Sein Ziel musste also ein Stück entfernt liegen. Weshalb sonst sollten sie wieder in ein Auto steigen? Nicole mahnte sich, ruhiger zu werden. Noch war es nicht zu Ende. Noch hatte sie eine Chance.

Die anderen Frauen hat er in deren Badewannen ertränkt. Das Gedankenkarussell nahm wieder Fahrt auf. Nicole lief ein Schauer über den Rücken, und die feinen Härchen auf ihren Unterarmen stellten sich auf. Ihr Atem ging flach und schnell. Wieder war es Todesangst, die ihren Körper zittern ließ wie gerade noch unten in der Zelle. Gleichzeitig wurden ihre Beine weich. Sie knickte ein wenig mit den Knien ein und stolperte, ging dann aber tapfer weiter. Wenn sie erst einmal im Wagen saßen, gäbe es wahrscheinlich kein Entkommen mehr. Außer jemand anderes würde ihr zu Hilfe kommen. Wie spät es wohl war? Der strahlende Vollmond machte es schwer, die Uhrzeit zu schätzen. Nicole drehte sich um und konnte einen Blick auf das große Ziffernblatt am oberen Ende des Kirchturms erhaschen. Es war Viertel vor zwei. Sie erreichten den Wagen, und der Mann öffnete den Kofferraum. Würden sie jetzt in ihre Wohnung fahren? Aber dann hätte er sie auch gleich dort überfallen können.

Zögerlich kletterte Lisa in den Kofferraum. Nicole folgte ihr nach und schmiegte sich eng an ihre Tochter, die am ganzen Körper zitterte und wimmerte. Im nächsten Moment flog der Kofferraumdeckel zu. Nicole spürte Lisas Körper an ihrem. Vielleicht zum letzten Mal. Dann startete der Motor, und der Wagen fuhr an.

53

Hartmann hatte Viktor mit einer Kleinkaliberpistole erschossen, die er zusätzlich in einem am Unterschenkel befestigen Holster bei sich getragen hatte. Der Leiter der Mordkommission war durch den Schuss, den Viktor von der Bar aus auf ihn abgegeben hatte, schwer verletzt worden. Der Treffer war jedoch nicht tödlich gewesen, wie Ben und Viktor angenommen hatten. Hartmanns anfängliche Regungslosigkeit war allein dem Umstand geschuldet gewesen, dass er mit seinem von dem Schlag mit der Eisenstange lädierten Kopf auf den Boden gekracht war und dadurch kurzfristig das Bewusstsein verloren hatte. Als er wieder zu sich gekommen war, hatte er seine Pistole aus dem Holster geholt, sich tot gestellt und auf eine günstige Gelegenheit für einen gezielten Schuss gewartet. Unmittelbar nach dem tödlichen Schuss auf Viktor hatte Hartmann erneut das Bewusstsein verloren.

Bens Hände zitterten, als er die Nummer des Rettungsdienstes auf dem Handy des Kommissars eintippte. Er hatte das Gefühl, verrückt werden zu müssen. Es gab nun, nach Viktors Tod, niemanden mehr, der wusste, wo er nach seiner Familie suchen musste. Er würde den Psychopathen nicht mehr rechtzeitig ausfindig machen können. Johannes von Hohenlohe hatte gewonnen. Bens Augen füllten sich mit Tränen. Dann folgte ein lang anhaltender Schrei, der all seine Wut und Verzweiflung zum Ausdruck brachte. Die Vorstellung dessen, was gleich mit Nicole und Lisa geschehen würde, verschärfte die Panik, die in ihm tobte. Er begrub den Kopf zwischen den Händen, schloss die Augen und raufte sich die Haare. »Denk nach«, befahl er sich selbst. Doch sosehr er sich auch bemühte, es fiel ihm nichts ein, was er noch tun könnte, um herauszufinden, wo Johannes sich aufhielt und er Nicoles Leben schon in wenigen Minuten ein Ende setzen würde. Als Ben die Augen wieder öffnete, streifte sein Blick über Viktors Leichnam. In dieser Sekunde kam ihm plötzlich eine Idee. Es war eine winzige Chance, und doch durfte er sie nicht ungenutzt verstreichen lassen. Er warf einen hektischen Blick auf seine Armbanduhr. Es war genau 2 Uhr 20. Ihm blieben nur noch einundzwanzig Minuten. Johannes konnte Nicole und Lisa überall versteckt halten. Und doch war da diese eine geradezu absurde Idee, die ihn nicht mehr losließ. Der letzte Strohhalm, nach dem er greifen konnte.

In der Außentasche von Viktors Sakko fand er das alte Hi8-Videoband. Er steckte es ein und lief durch den Flur in die Diele auf die mit Schnitzereien verzierte Holztür zu, die in den Keller der Villa führte.

Als Ben die Kellertür erreichte, öffnete er sie und lief die Treppe hinunter. Er kannte alle Zimmer im Wohnbereich der Villa von Hohenlohe. Vom Untergeschoss wusste Ben hingegen nur, dass sich dort der Weinkeller sowie der Fitness- und Wellnessbereich mit Sauna, Whirlpool und Schwimmbad befanden.

Nach dem, was er nun aber über Viktor erfahren hatte, war Ben sich sicher, dass es irgendwo in seinem Haus ein abgeschiedenes Zimmer geben musste, in dem Viktor seiner kranken Leidenschaft nachgehen und sich ungestört die von Erlenbach gelieferten Gewaltvideos anschauen konnte. Außerdem hatte Viktor gesagt, dass er ihm zeigen wolle, was auf dem Band zu sehen war. Es musste also ein passendes Abspielgerät dafür im Haus geben. Es sei denn, Viktor hatte gelogen.

Die Kellertreppe führte in einen zentralen Raum, von dem aus mehrere Gänge abzweigten. Das fensterlose Untergeschoss war fast ebenso wohnlich ausgebaut und eingerichtet wie die beiden oberen Etagen und ließ sich weniger als Keller, sondern eher als weitere Wohnetage bezeichnen. An den fein verputzten Wänden hingen von Wandlampen angestrahlte Gemälde, und der Fußboden war aus edlem Marmor. Ben wählte einen der verwinkelten Gänge aus, den er bisher noch nicht betreten hatte und der von in der Decke eingelassenen Strahlern mit Bewegungsmeldern erhellt wurde. Er öffnete hektisch eine Tür nach der anderen. Dann, hinter der letzten Tür, fand Ben endlich das Zimmer, das er gesucht hatte: einen eleganten Kinoraum. Als Gegenleistung für die Videos, die er sich hier anschaute, hatte Viktor einen Teil seines Vermögens für wohltätige Zwecke eingesetzt. Es war pervers. Ben hoffte, hier ein Abspielgerät für das alte Videoband zu finden, und dass sich darauf ein Hinweis befand, wohin Johannes Nicole und Lisa gebracht hatte.

Die Wände und die Decke, an der ein Beamer hing, waren schwarz gestrichen. Der einzige Farbtupfer war eine dunkelrote Wand, an der eine etwa drei Meter breite Leinwand hing. Ungefähr vier Meter von der Leinwand entfernt standen drei schwarze Ledersessel. Der hochflorige Teppichboden war dunkelgrau, ebenso wie die kunstvollen Spezialelemente an den Wänden, die den Schall schlucken sollten.

Ben eilte zu einem schwarzen Vorhang neben der Leinwand. Dahinter kam eine Nische mit einem Sideboard und einem

Schreibtisch, auf dem ein Kontrollmonitor und kleine Lautsprecherboxen standen, zum Vorschein.

In dem Regal neben dem Sideboard standen DVDs und Mini-DV-Kassetten. Ben war sich sicher, dass er darunter keinen einzigen Hollywood-Blockbuster finden würde. Als er sich die beiden Abspielgeräte auf dem Sideboard anschaute, verließ ihn jegliche Hoffnung. Es gab mehrere Abspielgeräte, aber keines, in das das Hi8-Band hineinpasste. Erneut hatte er das Gefühl, durchdrehen zu müssen, und er biss enttäuscht die Zähne zusammen. Als er aber die Schranktüren des Sideboards öffnete, standen ganz unten ein alter Diaprojektor, ein Projektor für Super-8-Filme und als Ben sich bückte, um hinter diese Geräte sehen zu können, auch noch ein Hi8-Camcorder. Daneben standen verschiedene Bänder wie jenes, das er in der Hand hielt. Das ganze Material konnte unmöglich ausschließlich von Berthold Erlenbach und Marlene Rubisch allein stammen. Doch darüber würde er sich jetzt keine weiteren Gedanken machen können. Er holte das Abspielgerät hervor. Es verfügte über einen kleinen ausklappbaren Bildschirm. Er fand schnell die Taste, mit der das Kassettenfach ausgefahren werden konnte, und drückte darauf. Nichts. Er versuchte es erneut. Wieder keine Reaktion. Er spürte, wie sein Herz sich verkrampfte. Wahrscheinlich war das Gerät seit Ewigkeiten nicht mehr benutzt worden und der Akku leer. Er riss die Schubladen des Sideboards auf. Diverse Anschlusskabel quollen daraus hervor. Er wühlte verzweifelt in dem Schubfach herum und fand schließlich das passende Ladegerät. Er steckte das Netzkabel in eine freie Wandsteckdose, verband das andere von dem Ladegerät abgehende Kabel mit der passenden Buchse des Camcorders und schaltete das Gerät ein. Wieder geschah nichts. Ihm kam der entsetzliche Gedanke, dass die Videokamera vielleicht defekt war. Kurz darauf verriet ihm eine grün aufleuchtende Diode und ein leises Surren die Betriebsbereitschaft des Camcorders. Er ließ das Kassettenfach aufklappen. Nervös schaute er auf seine Armbanduhr. Ihm blieben noch fünfzehn Minuten. Die Zeit war viel zu knapp. Doch solange er in Aktion blieb, gelang es ihm, die Gedanken an das Naheliegende zu verdrängen, nämlich, dass er egal, was auf dem Band war, die gesetzte Frist nicht würde einhalten können. Aber er durfte nicht aufgeben. Beim Einlegen der Kassette zitterten seine Hände so sehr, dass er sie beim ersten Mal verkantete und wieder herausnehmen musste. Beim zweiten Versuch gelang es ihm, das Band richtig einzulegen, und er klappte den Bildschirm aus und drückte auf Play. Der Film, der nach einer kurzen Schwarzblende zu laufen begann, war grobkörnig, schwarzweiß und leicht unscharf. Ben brauchte einen Moment, um zu begreifen, dass die Aufnahme im Nachtsichtmodus gemacht worden war. Die Grausamkeit der Szene, die wenige Sekunden später begann, traf ihn mit voller Wucht. Voll Entsetzen betrachtete er mit stockendem Atem das grauenvolle Geschehen bis der Film zu Ende war. Er hatte den Ort wiedererkannt, an dem die heimlichen Aufnahmen stattgefunden hatten. Und jetzt glaubte er sogar zu wissen, wo er Nicole und Lisa finden würde. Alles passte auf einmal zusammen. Doch was ihm eigentlich hätte Erleichterung verschaffen müssen, führte nur zu einem noch größeren Gefühl der Machtlosigkeit. Trotz der Nähe des Ortes würde er es in der vorgegebenen Zeit niemals schaffen, dorthin zu gelangen.

Er stürmte nach oben ins Erdgeschoss. Die Sirenen des Rettungswagens, der kam, um Hartmann abzuholen, durchdrangen die Stille der Nacht. Das Adrenalin, das durch seine Adern jagte, betäubte die zuvor noch verspürten Schmerzen an seinem Finger und seinem Bein. Als er in Sarah Winters Wagen sprang, überkam ihn eine erneute Welle der Panik. Vor Zittern war er kaum in der Lage, den Schlüssel ins Zündschloss zu bekommen. Ihm blieben nur noch acht Minuten. Er würde zu spät kommen. Und er wusste nun ganz genau, welch grauenvolles Schicksal seine Frau und seine Tochter dann erwartete.

54

Als Kind hatte er jahrelang kein Wort gesprochen, nachdem er ansehen musste, was sein Vater mit seiner Mutter getan hatte. Würde es der kleinen Lisa ebenso ergehen, wenn sie sah, wie er ihre Mutter tötete? Noch länger hatte es gedauert, bis er endlich erkannt hatte, dass sein Vater im Recht gewesen war, als er seine Frau umbrachte. Sie hätte ihn nicht verlassen dürfen. So einfach war das. Seine Mutter hatte sich versündigt, so sehr, dass es anders als durch ihren Tod nicht mehr gutzumachen war. Eine Trennung von Mann und Frau, die durch Gott eins geworden waren, durfte nur der Tod bewirken. Nicht zuletzt durch die Erziehung von Marlene und Priester Erlenbach hatte er das begriffen.

»Ab heute heißt du Michael, wie der Erzengel Gottes, der auf Erden als Statthalter des Allmächtigen für göttliche Gerechtigkeit sorgt«, hatte Marlene ihm damals erklärt. Jetzt, Jahre später, erwies sich die Bedeutung des Namens wie eine Prophezeiung dessen, zu dem er berufen war.

Mit einem kleinen Boot war er bis zur Mitte des ruhig daliegenden Gewässers hinausgerudert. Im Schlepptau eine selbstgezimmerte, deckellose Kiste, die in Form und Maß einem

Sarg entsprach. Längs und quer über die Öffnung des schwimmenden Sarges hatte er zwei stabile Bretter wie ein Kreuz auf den Seitenteilen festgenagelt. Auf das Kreuz hatte er Nicole Weidner gelegt. Ihre Arme waren seitlich ausgestreckt, und er hatte sie an den Hand- und Fußgelenken mit Kabelbindern an den Brettern fixiert.

Das Licht des Mondes spiegelte sich auf der Wasseroberfläche. Am Himmel funkelten unzählige Sterne. Wie damals, als seine Mutter sterben musste. Er sah auf die Uhr. In einer Minute würde er die Frau ihrer gerechten Strafe zuführen. Sie wusste, dass sie sterben musste. Er sah es an der panischen Angst in ihren Augen. Den größten Teil des jämmerlichen Spektakels, das Flehen und Betteln, das die Menschen trieben, nur um nicht sterben zu müssen, unterdrückte der Knebel, der noch immer in ihrem Mund steckte. Zusätzlich zu den Kabelbindern um die Hand- und Fußgelenke hatte er ihren auf dem Holzbrett liegenden Körper von den Beinen bis zur Brust noch mit einem Seil umwickelt. Anfangs hatte sie für ein paar Minuten mit aller Kraft versucht, sich zu befreien, ihren Kopf hektisch nach links und rechts gedreht, die Schultern gehoben und alle Muskeln angespannt. Bis sie endlich akzeptiert hatte, dass sie sich vergeblich abmühte. Nun starrte sie ihn nur noch erschöpft und voll blankem Entsetzen an und gab ächzende Laute von sich. Wahrscheinlich würde sie jetzt gern alles ungeschehen machen. Beichten, echte Reue zeigen und zu ihrem Mann zurückkehren. Aber dafür war es zu spät. Sie hatte gesündigt – wie seine Mutter.

Er warf Nicole einen gespielt bedauernden Blick zu. »Dein Mann kommt wohl doch nicht mehr.« Wie musste sie sich jetzt fühlen? Dem Tode so nah.

Ihr klägliches Wimmern setzte wieder ein. Es störte ihn nicht. Hier konnte sie niemand hören. Außer vielleicht ihre

Tochter, die er an einen Baum mit Blick auf den See gebunden hatte.

Er spürte kein Mitleid mit der Frau. Es wurde Zeit, dass jemand dafür sorgte, dass Gott endlich wieder die Beachtung zuteilwurde, die ihm zustand. Und dafür musste Nicole Weidner sterben. Das war die Hauptsache. Hinzu kam, dass sie Ben Weidners Frau war, was sie für ihn zur perfekten Sünderin machte. Sie zu bestrafen, würde gleichzeitig auch Ben Weidner zerstören. So konnte er das, was er für Gott tat, mit seiner persönlichen Rache an Weidner verbinden.

Weidner würde damit weiterleben müssen, versagt und seine Frau nicht gerettet zu haben. Er würde sich die Schuld an ihrem Tod geben und nach dem Duell in Afrika einem neuen Höhepunkt seines seelischen Verfalls entgegensteuern.

Weidner für die Morde an den drei Frauen auch noch im Gefängnis landen zu sehen, hatte nie im Vordergrund seiner Mission gestanden. Es war aber ein zusätzlicher Bonus, der seine Rache noch perfekter und schrecklicher machte, wenn es gelang.

Bisher hatte Lisa nur einen mit einer Henkersmütze Vermummten vor sich gehabt, der von der Statur und Größe her auch ihr Vater gewesen sein könnte. Seine Stimme war zwar anders als die ihres Vaters. Aber Lisa war erst acht Jahre alt. Es war zumindest fraglich, ob die Richter ihr glauben würden, wenn sie aussagte, es habe sich um jemand anderen als ihren Vater gehandelt, der sie und ihre Mutter entführt, eingesperrt und schlussendlich getötet hatte. Gegen Lisas Zeugenaussage würden die eindeutigen Beweise sprechen, die er ihrem Vater untergeschoben hatte. Die Haare des ersten Opfers in seiner Jeans und Weidners Handy, das er in Katrin Thornaus Wohnung platziert hatte. Hinzu kamen Weidners fehlende Alibis für die ersten beiden Morde. Sicher, Weidner konnte für den jetzigen Zeitpunkt ein Alibi haben. Und falls Weidner doch noch, bevor der Sarg untergegangen war, herfinden und zu dem Sarg schwimmen würde, könnte Lisa bezeugen, dass ihr Vater nicht der Mörder ihrer Mutter sein konnte, da sie ihn sah, wie er versucht hat, sie zu retten.

Aber selbst das wäre nicht schlimm. Neben dem Ziel, Weidner wegen seines Versagens die Verantwortung für den Tod seiner Frau aufzubürden, war es in erster Linie darum gegangen, mit Weidner wie mit einer Marionette zu spielen, ihn zu demütigen und in tiefe Verzweiflung zu stürzen, um ihn am Ende verlieren zu sehen und ihm dadurch seine übermächtige Stärke zu demonstrieren. Und dieser Plan würde aufgehen, egal ob Weidner auch noch als Mörder verurteilt wurde oder nicht. Er hatte Weidner zum Hauptverdächtigen für die Morde werden lassen und ihn in die ständige Gefahr gebracht, auf der Flucht vor der Polizei festgenommen zu werden, während er unter Zeitdruck nach seiner Familie suchen musste. Zudem hatte er den Verdacht auch deshalb auf Weidner gelenkt, damit die Polizei ihre Ermittlungen auf ihn konzentrierte, so dass er sein Werk ungestört fortsetzen konnte. Und wenn er Glück hatte, würde man Ben Weidner am Ende tatsächlich als Mörder verurteilen. Ben, der schuld daran war, dass er ohne seine leiblichen Eltern aufwachsen musste.

Seine Rolle als Racheengel hatte er sich nicht ausgesucht, er war dazu erzogen worden. Und die Stimme in seinem Kopf hatte ihn letztlich davon überzeugt, dass er der Auserwählte war. Aber das, was er war, hatte viel früher begonnen, und wäre Ben Weidner nicht gewesen, wäre die Stimme wahrscheinlich niemals an ihn herangetreten. Denn ohne Ben wäre sein Leben normal verlaufen, und dann wäre er für Gott nutzlos gewesen. Er hatte lange gebraucht, um das alles zu verstehen.

Viel lieber wäre er wie die anderen Kinder aufgewachsen:

wohlbehütet von Mutter und Vater. Stattdessen musste seine Mutter viel zu früh das Zeitliche segnen. Er hatte gelitten. Seine Schmerzen hatten ihn innerlich zerrissen. Bis vor wenigen Monaten die Stimme gekommen war und ihm endlich Erleichterung versprochen hatte. Aber für alles davor in seinem Leben war Ben Weidner verantwortlich. Hätte sich seine Mutter nicht in diesen Mann verliebt, wäre sie niemals auf die Idee gekommen, seinen Vater zu verlassen. Er hatte selbst beobachtet, wie sie sich Weidner bei einem Sommerfest im Garten der Villa an den Hals geworfen hatte. Weidner hätte sie davon abhalten müssen, sich von ihrem Mann zu trennen. Stattdessen war er in eine andere Stadt gezogen und hatte den Dingen ihren Lauf gelassen. Umso besser war es daher doch, wenn er mit dem Tode von Weidners Frau nicht nur seine Mission erfüllen konnte, sondern Ben auch noch bestrafen und leiden lassen konnte, wie er gelitten hatte, als er seinen liebsten Menschen – seine Mutter – verloren hatte. Ben Weidner sollte fortan damit leben müssen, seine Frau auf dem Gewissen zu haben, weil er nicht fähig gewesen war, die Hinweise zu deuten.

Er musste kichern. Ja, Gott hieß gut, was er tat. Sonst hätte er Ben Weidner rechtzeitig den Weg hierher zu seiner Frau gezeigt. Er hörte schon leise die Stimme, die ihm zuflüsterte: »Tu es, du bist sein Bote«. Bald würde sie zu orchestraler Lautstärke anschwellen.

Erlenbach hatte ihm aufgezeigt, dass es Menschen geben müsse, die die Sünder bestrafen. Indem er Beichtstühle abhörte, hatte er diejenigen gefunden, die sich niemals ihrer weltlichen Strafe stellen würden, die keine echte Reue empfanden und denen deshalb keine Absolution erteilt werden konnte. Diese Verbrecher dachten wirklich, dass mit dem Sprechen von zwanzig Bußgebeten ihre Seelen wieder rein werden würden. Erlenbach und Marlene hatten die Sünder möglichst schmerz-

haft und langwierig getötet und die Überreste des menschlichen Abschaums im nahen Teufelssee versenkt. Bertholds
und Marlenes Ansatz war durchaus richtig. Nur hatte niemand
von diesen guten Taten Kenntnis genommen. Die Leichen
wurden nie gefunden, galten als ungeklärte Vermisstenfälle.
Wie jeder gute Schüler hatte er das System schließlich weiter-
entwickelt. Er hatte es in Gottes Interesse perfektioniert. Die
göttliche Stimme selbst, die in ihm wirkte, hatte es ihm aufgetragen. Auf seine Werke würden sich die Medien stürzen. Sie
würden versuchen, seinen komplizierten Plan zu rekonstruie-
ren. Vermutlich würden sie die Ausgereiftheit des Planes loben.
Auch wenn sie die Taten Ben Weidner zuschreiben würden,
so reichte ihm doch die Gewissheit, dass er selbst es gewesen
war.

Die Kinder, die er gezwungen hatte, bei der Ermordung ihrer Mütter zuzusehen, würden bestenfalls wie er das Wort des
Herrn in die Welt tragen. Die Menschen würden die Botschaft
erkennen. Jede Sünde wird bestraft, manche sogar mit dem
Tod. Die Frauen haben vor Gott ihr Wort gegeben. Die Freiheit, den heiligen Bund aufzulösen und alles rückgängig zu
machen, gibt es nicht. Das kann nur der Tod bewirken.

Er blickte auf seine Armbanduhr und verfolgte den Ablauf
der letzten Sekunden bis es 2 Uhr 41 war. Dann nahm er den
Akkubohrer und bohrte drei Löcher in den Boden des Sarges. Schon bald würde das einlaufende Wasser ihn zum Sinken
bringen.

Er konnte nicht ausschließen, dass Weidner, obwohl die Zeit
um war, doch noch auftauchen würde. Doch auch für diesen
Fall hatte er eine Vorkehrung getroffen, aufgrund derer es Ben
kaum noch möglich sein würde, zu versuchen, seine Frau vor
dem Ertrinken zu retten. Dennoch war und blieb es ein Spiel,
bei dem er zwar die Regeln und den Schwierigkeitsgrad be-

stimmen, es aber seinem Gegner nicht ganz unmöglich machen durfte, einen Punkt zu machen. Letztlich lag es in Gottes Hand, was geschah und was nicht. Zumindest war er sich jetzt, nachdem Ben nicht rechtzeitig hergefunden hatte, sicher, sein Hauptziel zu verwirklichen. Nicole Weidner würde sterben. Niemand konnte sie jetzt noch davor bewahren. Einen kurzen Moment beobachtete er noch, wie der Sarg, auf dem die Sünderin festgebunden war, sich langsam mit Wasser füllte. Dann stieß er sein Boot ab und ruderte zurück zum Ufer, wo er es wieder im Schilf versteckte.

55

Ben raste mit halsbrecherischer Geschwindigkeit Richtung Westen und bog dann links auf die Königsallee ab. Nach zweieinhalb Kilometern fuhr er in den Hüttenweg und folgte dem Verlauf der Straße, bis er den asphaltierten, von Wald umgebenen Weg rund um den Grunewaldsee erreichte. Nach einhundert Metern lenkte er den Saab, ohne die Geschwindigkeit nennenswert zu drosseln, über eine Bordsteinkante in einen Waldweg auf der linken Seite. Dabei setzte der Saab unter lautem Krachen mit der Bodenplatte auf dem Bürgersteig auf. Ben kümmerte sich nicht darum, beschleunigte den Wagen wieder und setzte die Fahrt auf einem von Sträuchern und Bäumen umgebenen Fußgängerweg fort, der vom Grunewaldsee weg tiefer in den Wald hineinführte. Nach einem halben Kilometer drosselte er die Geschwindigkeit und hielt Ausschau nach einem Pfad auf der rechten Seite. Verdammt, er war schon eine Ewigkeit nicht mehr hier gewesen. Die Bäume und Sträucher waren stark gewachsen, die Umgebung sah dadurch ganz anders aus als früher. Er hatte nur noch zwei Minuten, um Nicole und Lisa zu retten. Seine Panik steigerte sich ins Unermessliche. Ihm kam der Gedanke, dass der Pfad von damals nicht mehr existieren könnte oder er schon vorbeigefahren war. Dann stoppte er abrupt ab. Der schmale Waldweg war fast vollständig von Ästen und Sträuchern verdeckt. Eine Fahrspur war nicht mehr zu erkennen. Aber es war die Zufahrt, die er gesucht hatte. In den letzten fünfundzwanzig Jahren war der Privatweg vermutlich kaum noch benutzt worden, zunehmend verwildert und dann in Vergessenheit geraten. Er lenkte den Saab auf den Weg und gab Gas. Doch schon nach den ersten Metern musste er erkennen, dass er immer langsamer vorankam. Die Bodenunebenheiten schüttelten den Wagen durch und ließen ihn andauernd aufsetzen. Äste schliffen an der Karosserie entlang und erzeugten ein lautes Kratzen. Nach etwa fünfzig Metern prallte der Wagen gegen ein Hindernis und kam abrupt zum Stehen. Und nun war es auch noch genau 2 Uhr 41.

Ben löste den Gurt und rannte los. Im Schein des noch funktionierenden Scheinwerfers erkannte er, dass der Saab gegen einen von hohem Gras überwucherten quer liegenden Baumstamm geprallt war.

Nach fünfzig Metern erreichte Ben das Holztor. Weitere fünfzig Meter dahinter befand sich inmitten der Natur und nur wenige hundert Meter vom Grunewaldsee entfernt ein kleiner Weiher.

Ben trat mit voller Wucht gegen das Tor. Das morsche Holz hatte über die Jahre gelitten und gab sofort nach. Der Weg, über den Ben nun auf das von Sträuchern und Bäumen umgebene Gewässer zurannte, war breiter als der zuvor verwilderte Pfad und kaum von Unkraut überwuchert. Dann erblickte er den Steg, der einen Meter in den Weiher hineinragte.

Früher hatten er und Viktor im Sommer öfter in dem nicht einsehbaren kleinen Privatweiher gebadet und ihre ersten Partys hier gefeiert. Nun hatte sich die einstige Stätte der Freude und Unbeschwertheit für Ben in einen Ort des Horrors verwandelt.

Den Weiher und das zugehörige Areal hatte bereits Viktors Großvater gekauft, dessen Frau den abgeschiedenen Platz bei einem ihrer ausgedehnten Spaziergänge rund um den Grunewaldsee entdeckt hatte. Kurzerhand setzte der reiche Unternehmer alle Hebel in Bewegung, erwarb das Gelände für einen horrenden Preis von der Stadt und schenkte es seiner Frau zum Geburtstag.

Ben hatte den Weiher auf Erlenbachs Video bereits nach wenigen Einstellungen wiedererkannt. Auf dem Video war auch zu sehen, wie Viktor seine Frau Veronika vor dreizehn Jahren in dem Weiher ertränkte. Viktor war mit Veronika auf einem Ruderboot in der Mitte des Sees zu sehen. Der Vollmond schien. Der Himmel war klar. Jedes Detail, von dem, was dann geschah, war gut zu erkennen. Das Boot hatte starken Tiefgang, als ob es viel zu schwer geladen hätte. Die Bootsplanken hatten gerade einmal zehn Zentimeter aus dem Wasser herausgeragt. Veronika war mit einem Seil gefesselt. Viktor hatte ihr eine Haarsträhne abgeschnitten und sie auf die Stirn geküsst. Dann hatte er mit einer Eisenstange Löcher in den Boden des Bootes gestoßen, bis es zu sinken begann. Das war um 2 Uhr 41 gewesen, wie Ben anhand der auf dem Video mitlaufenden Uhrzeit erkennen konnte. Johannes hatte die Uhrzeit, zu der sein Vater seine Mutter dem Tod übergeben hatte, zum Anlass genommen, seine Opfer zur gleichen Zeit zu töten.

Anschließend war Viktor ins Wasser gesprungen und zurück an den Steg geschwommen. Das Boot mit seiner Frau war in den Tiefen des Sees versunken.

Dann hatte die Kamera geschwenkt und Viktors und Veronikas kleiner Sohn Johannes war im Bild erschienen. Er hatte ein Klebeband über dem Mund und war an einen Pfosten des Stegs gefesselt, von wo aus er die Wahnsinnstat des Vaters ansehen musste. Ben konnte nur vermuten, dass Erlenbach Viktors Tat in jener Nacht gefilmt hatte. Vielleicht hatte Viktor ihm anvertraut, dass Veronika ihn verlassen wollte und dass er ihr das nicht ungestraft durchgehen lassen würde.

Während Ben auf den Weiher zurannte, registrierte er eine Grabkerze, die neben dem Steg am Ufer brannte. Er beachtete sie nicht weiter. Etwas anderes zog seine ganze Aufmerksamkeit auf sich, etwas ganz und gar Schreckliches: Nicole trieb auf einer schwimmenden Holzkiste, die die Form eines Sarges hatte, in der Mitte des Weihers. *Er will sie ertränken und auf dem Grund des Sees versenken, genauso, wie Viktor es ihm vor dreizehn Jahren vorgemacht hat*, schrie es in Bens Kopf. Sogar die Uhrzeit von damals hielt Johannes ein. Doch noch schwamm die Kiste an der Wasseroberfläche.

Als er am Ufer des Weihers ankam, zog Ben schnell seine Jacke und seine Stiefel aus. Aber als er über den Steg ins Wasser springen wollte, um Nicole zu Hilfe zu kommen, hörte er etwas, das ihn noch in der Bewegung erstarren ließ. Es knisterte aus Richtung der Kerze. Er blickte zur Seite. Eben hatte er es nicht bemerkt, aber jetzt sah er, dass im Gras neben der Kerze ein Walkie-Talkie lag – und ein Revolver.

Dann knackte es leise und jemand sprach über das Walkie-Talkie zu ihm. »Du kommst zu spät, Ben. Die Zeit ist um, und falls du jetzt ins Wasser springst, um deine Frau zu retten, werde ich deine Tochter töten. Ich habe sie hier irgendwo am See versteckt. Sie ist gezwungen, dem Schauspiel beizuwohnen, ohne etwas tun zu können.«

»Nein.« Es war kaum mehr als ein verzweifeltes Hauchen, das Bens Kehle entrann. Der Sarg war dabei unterzugehen. Er hätte sofort losschwimmen sollen, ohne dass Johannes die Möglichkeit gehabt hätte, die Warnung auszusprechen. Aber hätte es was genützt? Nun konnte er es nicht mehr. Nicht, wenn er annehmen musste, damit Lisas sicheres Todesurteil zu fällen. Er konnte nicht mehr denken. Aber er wusste, dass er so oder so verloren hatte. Würde er seine Frau retten, hätte er Lisa auf dem Gewissen, und anderenfalls wäre er durch seine unterlassene Hilfe schuld am Tod seiner Frau.

»Warum ausgerechnet meine Familie?«, schrie Ben. Hektisch sah er sich um und versuchte das Gelände um den See zu überblicken. Aber es war zu dunkel, er konnte nicht feststellen oder überhaupt vermuten, wo Johannes sich befand. Die Stimme aus dem Walkie-Talkie kam Ben bekannt vor. Er kam jedoch nicht darauf, wem er sie zuordnen sollte und wann und wo sie ihm begegnet war.

»Weil du meine Mutter verführt hast! Weil sie deshalb meinen Vater verlassen wollte. Weil du damit an ihrem Tod die Mitschuld trägst und somit auch daran, dass ich ohne meine Eltern aufwachsen musste.«

»Das stimmt nicht! So war es nicht!«, schrie Ben.

»Ich weiß, was ich gesehen habe.«

»Du warst ein kleines Kind. Du hast es falsch verstanden oder dir in deiner Phantasie etwas eingebildet.«

Kurzes Schweigen.

»Dafür, dass du hergefunden hast, gebe ich dir noch eine Chance und lege somit das Schicksal deiner Familie in deine Hände.«

Woher kannte er nur diese Stimme?

»Nimm den Revolver neben der Kerze. Nur jede zweite Kammer ist geladen. Halt ihn dir an den Kopf, und dann drück ab. Wenn du eine leere Kammer erwischst, darfst du versuchen, deine Frau zu retten, und ich krümme deiner Tochter kein Haar. Im Falle einer geladenen Kammer tötest du dich selbst, deine Frau ertrinkt und deine Tochter lebt als Vollwaise weiter. Du musst dich schnell entscheiden.«

Während der Kerl zu ihm sprach, kroch das Grauen in jede Faser von Bens Körper. Er hatte eine Chance von fünfzig zu fünfzig, wenn er Johannes vertrauen durfte. Doch wie vertrauenswürdig war ein Irrer, der bereits zwei Frauen ertränkt hatte? Andererseits wusste Ben, dass Johannes sich als Gesandter Gottes betrachtete und es genoss, seine Taten vor seinem Meister auf die Probe zu stellen. Es war also unwahrscheinlich, dass er log und der Revolver in Wahrheit vollgeladen war. Und wenn Johannes tatsächlich so tief gläubig war, dann verbot ihm außerdem auch das achte Gebot zu lügen.

Der Sarg war in der Zeit, in der er tatenlos hier gestanden hatte, bereits um die Hälfte abgesunken und ragte mit den Rändern nur noch knapp über die Wasseroberfläche. Dann traf Ben eine Entscheidung. Er rannte zu der Waffe und kniete sich davor. Sein Blick wurde trüb. Seine Hand fasste ins Leere. Er bekam keine Luft mehr. Schlagartig war er wieder in dem schrecklichen Haus, umgeben von seinen militanten Entführern. Wieder richtete Ben den Revolver auf Kevin Marshall. Der Schuss löste sich. Dann war Ben wieder zurück, schweißgebadet, sein Hals wie zugeschnürt vor Angst. Er blickte auf den Weiher. Es konnten nur wenige Sekunden vergangen sein. Der Sarg befand sich nach wie vor an der Wasseroberfläche. Seine zitternden Hände umfassten den klammen Griff der Waffe. Er hob sie auf, drehte die Trommel und richtete den Lauf des Revolvers auf seine Schläfe. Sein Zeigefinger schob sich über den Abzug. Er schloss die Augen, presste die Zähne zusammen und hielt den Atem an. Alles in ihm schrie: »Nein!« Er wollte nicht sterben, und doch hatte er sich entschieden. *Wenn ich überlebe, habe ich alles getan, was ich konnte. Wenn nicht, ist Lisa für immer allein. Aber ich kann nicht einfach zusehen, wie Nicole ertrinkt. Ich kann nicht.* Dann drückte er ab.

56

Nach dem Klick hielt sich Ben noch für wenige Sekunden den Revolver weiter an den Schädel und presste die Zähne zusammen. Er hatte abgedrückt, und der Hahn des Revolvers war auf eine leere Patronenkammer geknallt. Dann gelang es ihm, sich von der Schockstarre zu befreien. Jeder Muskel in ihm stand unter Anspannung. Er holte tief Luft. Jetzt musste alles ganz schnell gehen. Er schleuderte den Revolver zur Seite, rannte über den Steg und sprang an dessen Ende mit einem Kopfsprung in den Weiher.

Trotzdem es schon einige warme Junitage gegeben hatte, waren die Nächte kühl geblieben, und das Wasser war noch sehr kalt. Doch es waren nicht nur die Wassertemperatur und das Gewicht seiner durchtränkten Kleidung, die Ben zu schaffen machten. Auch sein gebrochener Finger ließ ihn nur langsam vorankommen. Die Schmerzen beim Schwimmen waren kaum auszuhalten. Bislang hatte er auch noch keinen Gedanken darauf verwandt, wie er Nicole helfen sollte, wenn er es tatsächlich schaffen würde, ihr schwimmendes Grab zu erreichen, bevor es unterging. Sie war an den Sarg gefesselt, der jeden Augenblick sinken würde, und er hatte kein Messer, um ihre Fesseln zu durchtrennen.

Plötzlich klatschte jemand vom Uferrand aus Beifall. Ben blickte sich hastig um, während er weiter in Richtung des ungefähr noch zehn Meter entfernten Sarges schwamm.

»Bravo, ich hätte nicht gedacht, dass du tatsächlich abdrückst«, rief der Mann, der nun auf den Steg trat und dessen Gesicht mit einer Henkersmütze verhüllt war. »Aber du wirst Nicole trotzdem nicht mehr retten können. Dafür hättest du früher hier sein müssen.« Dann sammelte er den Revolver, die Kerze und das Walkie-Talkie ein. *Er beseitigt Spuren, um zu verhindern, dass die Polizei diese zu ihm zurückverfolgen kann und weiterhin alles auf mich als Täter hindeutet*, schoss es Ben in den Kopf. Neben der abgrundtiefen Verzweiflung loderte jetzt flammender Zorn in Ben auf. Mit der gesunden Hand schob er sein rechtes Hosenbein nach oben.

»Ich halte mein Wort«, rief Johannes. »Lisa wird nichts geschehen.«

Es gelang Ben, die Schnalle des Holsters an seinem Unterschenkel zu öffnen. Er war sich nicht sicher, ob die nasse Pistole überhaupt noch schussbereit war. Aber auf einen Versuch kam es an. Im nächsten Moment zog er die kleinkalibrige Automatikpistole in einer schnellen Bewegung an die Wasseroberfläche, zielte auf Johannes und drückte ab, bis das Magazin leer war.

Alles ging rasend schnell. Er hatte immer geglaubt, nie wieder im Leben eine Waffe anzurühren. Und doch hatte er es jetzt in kürzester Zeit gleich zweimal getan.

Die Geschehnisse der letzten achtundvierzig Stunden schienen das in Äthiopien erlebte Grauen nach und nach überschrieben zu haben. Nur so konnte Ben sich erklären, dass er es geschafft hatte, noch in Viktors Villa Hartmanns Pistolenholster, das dieser zusätzlich zu dem Schulterholster für seine Dienstwaffe versteckt unter dem Hosenbein am Unterschenkel befestigt hatte, an sich zu nehmen. Dann hatte er es sich selbst umgeschnallt und die Zweitwaffe des Kommissars, mit der dieser zuvor Viktor erschossen hatte, hineingesteckt. Er hatte sich dabei vor Augen geführt, dass die Rettung seiner Frau und seiner Tochter letztlich nicht daran scheitern durfte, dass er unbewaffnet war.

Nachdem Ben am Ufer gezwungen war, einen Revolver gegen sich selbst zu richten, hatte es ihn nicht die geringste Überwindung gekostet, Hartmanns Pistole auf einen Mörder, der seine Frau und seine Tochter entführt hatte, abzufeuern.

Johannes von Hohenlohe schrie auf. Sein schmächtiger Oberkörper zuckte einmal nach rechts und dann nach links. Er fiel auf die Knie und fasste sich an die Brust. Dann riss er sich die Mütze vom Kopf und rang gierig nach Luft.

Ben glaubte seinen Augen nicht zu trauen. Das Gesicht, das er im hellen Licht des Vollmondes genau erkennen konnte, kannte er nur zu gut. Allerdings nicht als Johannes von Hohenlohe. Wie konnte man sich nur so sehr in einem Menschen täuschen? Der nette und hilfsbereite junge Mann, den er kennengelernt hatte, stand im Widerspruch zu dem psychisch kranken Mörder, als der er sich herausstellte. Deshalb war er nicht auf ihn gekommen. Aber es gab keinen Zweifel. Ben konnte das Gesicht im Mondschein genau erkennen. Die Stimme, die Statur, alles passte. Dort auf dem Steg kniete Freddies treuer Praktikant Lukas Kerner.

Bei der heutigen Qualität der Drucker und Bildbearbeitungsprogramme stellte das Fälschen von Zeugnissen kein Problem mehr dar.

Indem er mir ständig nahe war, wusste er alles über mich, dachte Ben. Er hatte zusammen mit Freddie und seinem Praktikanten oft nach Feierabend auch das eine oder andere Bier getrunken, und dabei hatte Johannes nebenbei einiges über Nicole und Lisa erfahren. Ben hatte von Nicoles Hang zur Esoterik und anderen Pseudowissenschaften erzählt. Der Praktikant hatte Ben sogar auf die Idee gebracht, eine Artikelreihe über Hellseherei zu schreiben, um damit Nicole zu imponieren. Lukas Kerner alias Johannes von Hohenlohe hatte Kriminalhauptkommissar Hartmann demzufolge nur deshalb mit der Eisenstange niedergeschlagen, damit Ben freikam und auch für den dritten Mord, dem an seiner Frau Nicole, eventuell kein Alibi haben würde. Durch das Ultimatum, das Johannes ihm in Schillings Krankenzimmer anhand der Nachricht auf dem Foto übermittelte, war sichergestellt, dass Ben sich auf die Suche nach dem Mörder machen und sich nicht festnehmen lassen würde.

Johannes hatte aber vermutlich nicht damit gerechnet, dass Ben überhaupt herausfinden würde, wo er Nicole ertrinken lassen wollte. Und für den Fall, dass Ben es doch schaffen würde, hatte er eine zweite Hürde mit dem Revolver am Steg eingebaut. Nun, da es Ben, wider Johannes' Erwarten, gelungen war, die Waffe gegen sich selbst zu richten, abzudrücken und zu überleben, war sein Plan, Ben für die Ermordung der Frauen ins Gefängnis wandern zu lassen, kaum noch realisierbar. Wenn es stimmte, dass der Wahnsinnige Lisa gezwungen hatte, vom Ufer aus auf den Weiher zu blicken, dann konnte sie nun nicht nur den Sarg mit ihrer Mutter sehen, sondern auch ihren Vater, der dorthin schwamm, um sie zu retten. Wie konnte er da noch ihr Mörder sein? Aber auch wenn Ben für die Morde an den Frauen nicht hinter Gitter wandern würde, wäre Johannes' Rache an ihm geglückt. Er würde sich niemals verzeihen können, dass er es trotz der Chance, die der Mörder ihm eingeräumt hatte, nicht geschafft hatte, Nicole zu retten.

Als der Praktikant rückwärts zu Boden fiel, ließ Ben die Waffe aus seiner Hand gleiten. Er war jetzt nur noch eine Armlänge vom Sarg entfernt. Die Ränder ragten nun nur noch so knapp über die Wasseroberfläche, dass es aussah, als würde die auf einem aus zwei Brettern gezimmerten Kreuz gefesselte Nicole über dem Wasser schweben. Sie wandte ihm den Kopf zu und wimmerte. In ihren Augen erkannte er Angst und Hoffnungslosigkeit. Als Ben endlich bei ihr war, riss er an ihren Fesseln. Die Kabelbinder waren zu stabil, um sie von Hand zu durchtrennen. Verzweifelt versuchte er, den Sarg von unten mit den Händen nach oben zu drücken, während er mit den Beinen strampelte, um sich selbst über Wasser zu halten. Er strich Nicole kurz über die Stirn, fing ihren panischen Blick auf und sah ihre Tränen. Dann versank die Holzkiste langsam mit dem Fußende voran zusammen mit Nicole in der Tiefe.

57

Ben tauchte dem sinkenden Sarg hinterher, fasste danach und versuchte vergeblich, die Holzkiste wieder nach oben zu ziehen. Luftblasen kamen aus Nicoles Mund und ihre Augen starrten ihn flehentlich an. Er hatte das Gefühl, verrückt zu werden, weil er ihr nicht helfen konnte.

Dann erreichte der Sarg den Grund des Weihers. Von hier aus waren es etwa vier Meter bis zur Wasseroberfläche. Vier Meter, die über Leben und Tod entschieden. Unter Wasser sah er vor Dunkelheit nichts mehr, was dazu führte, dass die Panik ihn nun vollständig überwältigte. Er wollte nicht daran denken, wie Nicole sich gerade fühlte.

Er tastete nach den Kabelbindern und versuchte erneut, eines der Plastikbänder durchzureißen, mit denen Nicoles Hand- und Fußgelenke an die auf den Sarg genagelten Bretter gebunden waren. Nur um wieder festzustellen, dass er es nicht schaffte. Er stellte sich nun auf den Sarg. Zwischen seinen Beinen lag Nicoles Körper. Er umfasste links und rechts die Querlatte, auf der ihre Arme festgeschnallt waren. Dann stemmte er sich mit den Füßen gegen den Sarg und versuchte, das Brett samt Nicole von dessen Rumpf abzureißen. Er schaffte es, das Konstrukt leicht anzuheben, so dass es sich durchbog. Doch es gab nicht nach, brach nicht durch und löste sich auch nicht von der Holzkiste. Bens Herz schlug ihm bis zum Hals. Aufgrund der Muskelanstrengung schrie seine Lunge nach Sauerstoff. Aber er konnte nicht nach oben, nicht ohne Nicole. Er war ihre einzige Hoffnung. Er würde bei ihr bleiben und um sie kämpfen. Völlig erschöpft versuchte er die Kiste anzuheben. Auch das war ihm unmöglich. Was sollte er nur tun?

Dann hielt er den Schmerz in der Lunge nicht mehr länger aus. Er stieß sich vom Boden ab, tauchte schnell nach oben, holte tief Luft und tauchte wieder hinab. Der glitschige Algenbewuchs schlug ihm entgegen, als er den Grund wieder erreichte. Hoffnungslosigkeit machte sich in ihm breit. Seine Kräfte schwanden. Er würde Nicole nicht retten können.

Ben musste kurz über den Boden des Weihers tasten, bis er den Sarg wiederfand. Schnell presste er seinen Mund auf Nicoles Lippen. Er war nicht sicher, ob diese Sauerstoffzufuhr Nicole helfen würde, aber er musste alles versuchen. Wieder tauchte er auf, um Luft zu holen. Ihm war klar, dass er nicht ewig so weitermachen konnte. Am liebsten hätte er vor Verzweiflung und Wut geschrien, doch dann hätte er nur wertvollen Sauerstoff vergeudet. Voll Schrecken stellte er nun fest, dass er den Sarg nicht auf Anhieb wiederfand. Statt der Holzkiste fühlte er nur Algen und den Schlamm am Grund des Weihers. Benommen von der Anstrengung und dem eigenen Sauerstoffmangel, musste er im falschen Winkel hinabgetaucht sein. Schon beim ersten Mal hatte er geglaubt, die Orientierung verloren zu haben. Dieses Mal schien es wirklich passiert zu sein.

Panisch schlug er den Schlick beiseite, tastete mit den Händen den Grund ab. Immer wieder streiften seine Hände etwas. Am Grund des Sees schien sich eine Menge Müll gesammelt zu haben. Er bekam etwas Rundes zu greifen und meinte, dass es sich dabei um eine Fahrradfelge handeln musste. Plötzlich tastete er wie wild um sich, in der Hoffnung, auf etwas Brauchbares zu stoßen. Dann trafen seine Hände auf einen harten Gegenstand, etwas, dass sich wie eine Eisenstange anfühlte. Er entriss die Stange mit ein paar kräftigen Zügen den Schlingpflanzen. Wie viel Zeit mochte insgesamt vergangen sein, seit der Sarg Nicole in die Tiefe gezogen hatte? Drei Minuten? Vier? Seine Lunge begann erneut zu brennen, während er weiter den Boden nach dem Sarg absuchte. Erfolglos, bis er erneut auf etwas Hartes stieß. Diesmal war er es. So schnell es ging, brachte er die Stange in Position. Er setzte das Ende auf dem Sargboden schräg unter dem Brett, auf dem Nicoles rechter Arm angebunden war, an und drückte die Stange dann nach oben dagegen. Mit einem Ruck gab das Brett nach und löste sich von der Holzkiste. Ben hatte mittlerweile das Gefühl, dass sich sein Bewusstsein trübte. Würde er jetzt aber auftauchen, bedeutete das für Nicole den sicheren Tod. Sie war schon viel zu lange unter Wasser gewesen, und nachdem er schon einmal den Sarg nicht auf Anhieb wiedergefunden hatte, konnte er dies nicht noch ein zweites Mal riskieren.

Er setzte das Eisen nun links unter dem Brett an. Dabei muss-te er aufpassen, Nicole nicht damit zu verletzen. Wieder bog sich die Leiste, um dann explosionsartig vom Sarg abzusplit-tern. Das Gleiche tat er mit dem anderen Brett am Fuß- und Kopfende des Sarges. Er hatte keine Ahnung, wie lange er ge-braucht hatte. Aber dann war die Verbindung zum Sarg voll-ständig gekappt, und Ben konnte Nicole rasch mit sich an die Wasseroberfläche ziehen. Dort saugte Ben gierig die Luft ein. Er hechelte und wandte sich zu Nicole, die regungslos auf dem Holz trieb. Er beugte sich, so gut es ging, über sie, presste sei-ne Lippen auf ihre und blies seinen Atem in ihre Lunge. Ni-cole reagierte nicht. Der Atemreflex blieb aus. Noch im Was-ser treibend, wiederholte er die Prozedur ein zweites und ein drittes Mal.

»Nein«, schrie er in die Nacht. Immer wieder: »Nein!«, bevor er sie endlich an Land gezogen hatte. Ihre Augenlider waren ge-schlossen. Erneut versuchte er eine Mund-zu-Mund-Beatmung und machte anschließend eine Herzmassage. Er glaubte nicht mehr daran, sie noch retten zu können, und kämpfte mit den Tränen. Dennoch wiederholte er den Vorgang. Plötzlich hörte er ein gequältes Röcheln. Nicoles Brustkorb hob sich abrupt. Dann spie sie stoßweise Wasser in winzigen Fontänen aus dem Mund. Sie hustete und drehte den Kopf zur Seite. Kurz öff-nete sie die Augen. Sie sahen leer durch ihn hindurch. Es schien ihm, als ob ihre Mundwinkel sich zu einem Lächeln leicht nach oben bewegt hätten. Dann schloss sie die Augen wieder. Ihr Brustkorb hob und senkte sich nun nur noch kaum wahr-nehmbar. Aber sie atmete. Ben blickte sich hastig um. Ein kur-zer Augenblick der Erleichterung durchfuhr ihn. Gleich darauf hatte ihn die Sorge um Lisa wieder voll im Griff. Er musste sie sofort suchen. So schlimm es auch war, für Nicole konnte er im Moment nichts mehr tun. Später, wenn er Lisa in Sicherheit wusste, würde er sich um das Seil und die Kabelbinder kümmern, die Nicole noch immer an die Holzlatten fesselten.

Wenn es stimmte, was Johannes gesagt hatte, dann hatte er Lisa irgendwo am Seeufer an einen Baum gebunden. Ben betrachtete noch einmal Nicoles Körper, der so schrecklich leblos dalag. Ihr Gesicht war totenbleich. Er hatte nicht das Gefühl, dass er sie wirklich gerettet hatte. Sie war so lange unter Wasser gewesen und brauchte nun dringend ärztliche Hilfe. Es widerstrebte Ben, Nicole alleine zu lassen. Aber Lisa war es auch. Er musste zu ihr. Kurz kam ihm die Eisenstange auf dem Grund des Weihers in den Sinn, die Nicole wahrscheinlich das Leben gerettet hatte. Eine eisige Kälte überkam ihn. Auf dem Video hatte Viktor den Boden des Ruderbootes, auf dem Veronika gefesselt war, mit einer Eisenstange durchbohrt, damit es unterging und seine Frau ertrank. Konnte es sein, dass Ben gerade diese Stange gefunden und diese nun das Leben seiner Frau gerettet hatte?

Plötzlich nahm er Geräusche wahr. Zuerst Rotoren eines Helikopters, dessen Suchscheinwerfer kurz darauf über den See flackerte. Dann Schritte, die über die Zufahrt zum Weiher in seine Richtung eilten. Die Lichtkegel von Taschenlampen tauchten auf. Ben erhob sich.

»Hierher!«, schrie er, noch immer neben seiner Frau kniend. Er hatte auf der Fahrt von Viktors Villa zum See mit Hartmanns Handy die Polizei verständigt, den Weg zum See beschrieben und angekündigt, dass dort in nur wenigen Minuten der nächste Mord stattfinden würde. Allerdings war ihm auch klar gewesen, dass er viel schneller als die Polizei vor Ort sein würde.

Der Suchscheinwerfer des Helikopters glitt über den Steg und verharrte an der Stelle, an der Johannes von Hohenlohe zu Boden gegangen war. Bisher hatte sich Ben voll auf Nicole konzentriert, die er wenige Meter neben dem Steg an Land gezogen hatte. Deshalb bemerkte er erst jetzt das Unfassbare. Johannes war verschwunden, auf dem Steg lag lediglich eine schusssichere Weste mit mehreren Einschusslöchern.

58

»Alles wird gut«, flüsterte Ben und gab Nicole einen Kuss auf die Wange. »Ich muss jetzt zu Lisa, okay?« Er wusste nicht, ob sie ihn hörte.

Plötzlich standen zwei Polizisten eines Sondereinsatzkommandos neben ihm. Sie packten ihn an der Schulter und zogen ihn unsanft von Nicole weg. Mein Gott. Er war so verbissen auf Nicoles und Lisas Rettung konzentriert gewesen, dass er etwas Entscheidendes außer Acht gelassen hatte. Die Polizei denkt, ich hätte das hier getan. Er hatte sie zwar hergerufen, aber den Ort eines Verbrechens zu kennen, bedeutete auch, dass man über Täterwissen verfügte. Und Sarah Winter, die ihn hätte entlasten können, war nicht mehr bei ihm. Die Beweise sprachen noch immer eindeutig gegen ihn, und von Johannes von Hohenlohe, den er ihnen hier als den Mörder präsentieren wollte, fehlte weit und breit jede Spur.

»Meine Tochter muss hier irgendwo am Ufer sein!«, schrie er jetzt.

Die Beamten gingen nicht darauf ein. Stattdessen bog einer von ihnen seinen rechten Arm so sehr nach hinten, bis es unerträglich schmerzte und Ben glaubte, sein Schultergelenk müsse jeden Moment ausgerenkt werden. Alles ging rasend schnell. Schon schnappten die Handschellen hinter seinem Rücken zu. Noch einmal versuchte er vergeblich, sich loszureißen. Dann gab er auf. Es war ihm auf einmal gleichgültig, ob sie ihn für einen Mörder hielten. Hauptsache, sie waren hier. Das bedeutete schnelle ärztliche Hilfe für Nicole, und wenn Lisa hier in der Nähe war, dann würden sie auch sie finden. Dennoch musste er ihnen mitteilen, was wirklich geschehen war.

»Der Mann, der für das alles hier verantwortlich ist, heißt Johannes von Hohenlohe. Er benutzt zurzeit den Namen Lukas Kerner. Er kann noch nicht weit sein. Ich habe auf ihn geschossen.«

Niemand interessierte sich für das, was er sagte, und sein Herz krampfte sich erneut zusammen. Bilder flackerten vor ihm auf. Lisa, die blutüberströmt am Ufer lag. Er traute Viktors irrem Sohn alles zu.

Zwei weitere Polizisten in Kampfanzügen durchtrennten Nicoles Fesseln. Nun trafen endlich auch ein Notarzt und zwei Rettungssanitäter mit einer Bahre ein. Die ganze Zeit über hatte Nicole die Augen nicht mehr geöffnet.

»Ich muss meine Tochter suchen!«, schrie Ben. Die überbordende Verzweiflung war seiner Stimme anzuhören. Der Arzt begann Nicole zu untersuchen. Nur gedämpft, als sei sein Kopf in Watte verpackt, nahm er rundherum die Stimmen unzähliger Polizeibeamter und über sich das Geräusch des Helikopters wahr, dessen Suchscheinwerfer nun über das Uferdickicht glitt. Zudem hatte er stechende Kopfschmerzen, und er hatte plötzlich das Gefühl, sich übergeben zu müssen.

Der Arzt war voll und ganz auf Nicole konzentriert. Dennoch hielt Ben es für wichtig, diesem zu sagen, was er wusste.

»Er hat versucht, meine Frau zu ertränken. Sie war mehrere Minuten unter Wasser. Er hat meine Tochter gezwungen zuzusehen. Sie ist erst acht Jahre alt und muss hier irgendwo versteckt sein.« Ben merkte, wie brüchig und in der Tonlage schwankend seine Stimme war. So musste es sich anhören, wenn jemand kurz vor einem Nervenzusammenbruch stand. Er bemerkte, dass inzwischen mehrere Leute das gegenüberliegende Ufer durchkämmten.

Ungefähr zwanzig Meter von ihm entfernt stand ein Mann in Zivil und telefonierte. Er nickte mehrmals, wenn er nicht selbst am Reden war, und warf Ben gelegentlich einen ernsten Blick zu. Ben kniff die Lippen zusammen. Alles, was ihm blieb, war eine vage Hoffnung. Johannes von Hohenlohe hatte zwar versprochen, dass er Lisa nichts antun würde. Aber was galt dieses Wort noch, nachdem Ben auf ihn geschossen hatte?

Der Zivilbeamte beendete sein Telefonat, kam näher und beugte sich zu dem Arzt hinunter. »Wie geht es der Frau?«

Ben erkannte den Mann mit dem markanten Schnurrbart und dem akkurat gescheitelten Haar wieder. Er hatte ihn am Samstagnachmittag im Landeskriminalamt in der Keithstraße gesehen, wusste aber nicht, wie er hieß. Im Schein des Vollmondes konnte Ben erkennen, dass der Mann von der Mordkommission abgekämpft aussah. Die dunklen Augenränder und die geschwollenen Tränensäcke darunter ließen darauf schließen, dass er seit Tagen zu wenig Schlaf bekommen hatte.

Der Arzt stand auf und wandte sich dem LKA-Mann zu. Obwohl der Mediziner leise sprach, konnte Ben jedes Wort verstehen. »Sie atmet selbständig, ist aber nicht bei Bewusstsein. Ihr Zustand passt zu dem, was der Verdächtige gesagt hat. Die Tatsache, dass sie nicht ansprechbar ist, und ich sie nicht aufwecken kann, deutet darauf hin, dass ihr Gehirn durch die Sauerstoffarmut Schaden genommen hat. Sie muss schnellstmöglich in ein Krankenhaus gebracht werden.«

Traurig starrte Ben dem Arzt und den Sanitätern hinterher, die sich gleich darauf mit Nicole auf der Bahre entfernten. Der

Polizist in Zivil kam nun zu Ben und den Polizisten vom Mobilen Einsatzkommando, die ihn festhielten.

»Sie können ihm die Handschellen abnehmen. Er ist unschuldig.«

Ben glaubte, sich verhört zu haben, und verharrte in seiner am Boden knienden Position. Doch dann beugte sich einer der Polizisten, die hinter ihm standen, nach unten und öffnete die Handschellen. Er hatte sich ausgemalt, in einem langwierigen Prozess seine Unschuld beweisen zu müssen. Nun fragte er sich, wie es zu dieser überraschenden Wende gekommen war. Ben erhob sich und rieb sich die Handgelenke, während er hektisch nach einer geeigneten Stelle am Seeufer Ausschau hielt, an der Johannes Lisa versteckt haben könnte.

»Ich bin Kriminaloberkommissar Slibow«, sagte der Polizist. »Mein Kollegin war zuletzt mit Ihnen zusammen, wo ist sie?«

Ben war sich unsicher, ob er Slibow jetzt schon von dem Folterraum unter der Leichenhalle auf dem Klostergelände erzählen sollte. Schließlich hatte Erlenbach versprochen, Sarah und Jennifer freizulassen, sobald er und Marlene Rubisch untergetaucht waren. Solange wollten sie Jennifer und Sarah als Geiseln behalten. Zu erzählen, was geschehen war, dauerte ihm außerdem viel zu lange. Auch seine eigene Frage nach einer Erklärung für seine plötzliche Freilassung musste jetzt warten. Er musste jetzt sofort nach Lisa suchen.

Auf einmal hörte Ben eine laute Stimme über den See schallen. »Hierher!«

Ben rannte direkt los. Angst schnürte ihm die Kehle zu. Seine Beine wurden weich. Es war, als wollten sie ihm den Dienst versagen und ihn daran hindern, sich der Stelle zu nähern, von der aus der Polizist gerufen hatte. Slibow eilte ihm nach. Lisa schien auf der anderen Seite des Weihers zu sein. Aber war sie auch am Leben? Ben wurde von einer neuerlichen Panikwelle ergriffen. Es kam ihm vor wie eine Ewigkeit, bis er endlich an der Stelle ankam, die nun von dem Scheinwerfer des Helikopters beleuchtet wurde. Es war ein hoher Birkenbaum, umgeben von Schilf und Gebüsch. Als Ben über den Trampelpfad, den die herbeigeströmten Polizisten und Sanitäter gebildet hatten, ankam, stand vor ihm eine Menschentraube im Halbkreis um den Baum herum. Er kämpfte sich nach vorn durch. Dann sah er Lisa. Sie saß auf dem Boden, zusammengekauert, mit angezogenen Knien. Tränen der Erleichterung schossen ihm in die Augen. Sie lebte. Er stürzte zu ihr und drückte den Sanitäter, der vor ihr kniete, beiseite. Sie weinte und zitterte. Er begutachtete sie kurz, bevor er sie in seine Arme schloss. Sie zitterte am ganzen Leib. Neben Lisa lagen ein langes Seil, ein Knebel und ein Gestell aus dünnem Metall, mit dem Patienten bei Operationen am Auge die Lider offen gehalten wurden. Er drückte seine Tochter noch fester an sich. Er hatte Nicole vor dem Ertrinken gerettet. Er wollte nicht daran denken, dass durch den langen Sauerstoffmangel bleibende Schäden zu erwarten waren. Lisa war noch am Leben, und doch hatte Johannes am Ende gewonnen. Er hatte das Kind seinem eigenen Alptraum ausgesetzt. Er hatte einen Teil von ihr ausgelöscht und ihr den kindlichen Glauben genommen, dass am Ende immer das Gute siegte. Im Nachhinein konnte Ben nicht mehr sagen, wie lange er mit Lisa im Arm so dagesessen hatte.

59

Auch zwei Wochen nach den grausamen Geschehnissen wollte die Beklemmung Ben noch immer zwischen ihren Pranken zermalmen. Dabei musste er für Lisa da sein und versuchen, sie, so gut es ging, aufzumuntern. Er bemühte sich redlich und war sich doch darüber im Klaren, dass seine Tochter ihn durchschaute und seine alles einnehmende Traurigkeit spürte.

»Gehen wir später wieder ein Eis essen?«, fragte Lisa. Sie versuchte zu lächeln. Immerhin waren sie sich wieder nähergekommen, und er wohnte wieder mit ihr in der alten Wohnung im Prenzlauer Berg unter einem Dach. Irgendjemand musste sich schließlich um sie kümmern.

Ben war überwältigt von der Stärke seiner Tochter. Sie wollte nicht, dass er sich Sorgen um sie machte. Dabei wusste er noch nicht einmal, wie sie das Erlebte verarbeitete. Von der Psychologin, die sie betreute, hatte er erfahren, dass Lisa ihr gegenüber verschlossen sei. Und genau wie Ben schlief sie schlecht. Sie erwachte bereits kurz nach dem Einschlafen wieder, schweißgebadet, schreiend und geplagt von schrecklichen Alpträumen.

»Wie viele Kugeln willst du?«, fragte er zurück und lächelte.

»Krieg ich drei?« Sie machte große Augen und setzte ihren treuen Hundeblick auf.

»Wenn du die schaffst«, sagte er und kniff sie in die Seite. Sie kicherte. Dann blickte sie ihn grimmig an, obwohl es ihr eigentlich gefiel.

»Papa! Hör auf!«, sagte sie mit gespieltem Ernst.

Er hob beschwichtigend die Hände. »Okay, okay.«

Ihr Gesichtsausdruck verfinsterte sich. »Denkst du, wir können bald mit Mama zusammen ein Eis essen?«

»Sicher«, sagte er, so bestimmt er konnte, und merkte, dass in seiner Stimme Unsicherheit mitschwang.

Sie erreichten die elektrische Schiebetür des Krankenhauses, traten ein und fuhren hinauf in den fünften Stock.

»Weißt du was? Morgen nehmen wir unser Eis mit auf Mamas Zimmer. Vielleicht bekommt sie ja Lust auf ein eigenes.«

Nicoles Zimmer war schön hell. Sonnenstrahlen streichelten ihr Gesicht. Es lief ein Sonett von Mozart, und es duftete nach dem bunten Blumenstrauß, den sie ihr gestern mitgebracht hatten. Einzig die Geräte, mit denen sie verbunden war, und die ihre Vitalfunktionen überwachten, störten das friedliche Bild.

Nach dem einen kurzen Augenaufschlag am Ufer des Weihers war Nicole nicht mehr aufgewacht. Gestern hatten die Ärzte ihm gesagt, dass sich noch keine sichere Prognose stellen ließe und man noch abwarten müsse. Falls sie je wieder zu Bewusstsein kommen sollte, seien aber bleibende Hirnschäden zu erwarten. Ben hatte den Blicken der Ärzte entnehmen können, dass sie wenig Hoffnung auf Besserung oder gar eine Genesung seiner Frau hatten. Doch er und Lisa hatten sich vorgenommen, nicht aufzugeben und alles dafür zu tun, damit dieses Wunder geschah. Sie sahen es jetzt als ihre gemeinsame Aufgabe an, für Nicole da zu sein. Das hatte die beiden in den letzten Tagen mehr und mehr zusammengeschweißt. Im Krankenzimmer redeten sie mit Nicole, hielten ihre Hand, streichelten ihr über die Stirn, lasen ihr etwas Aufmunterndes vor oder ließen ihre Lieblingsmusik laufen. Gleichzeitig lenkte dies Ben und Lisa von dem ab, was sie selbst erlebt hatten. Das Krankenzimmer war ein sicherer Ort. Hier herrschte Frieden. Die Familie war zusammen. Was da draußen war, konnte ihnen, zumindest in diesen Stunden, nichts anhaben. Sie waren sich sicher, dass Nicole tief im Inneren spürte, dass Menschen um sie herum waren, die sie liebten. Und was, wenn nicht die Liebe, konnte ein Wunder bewirken?

Am gestrigen Abend hatte Ben in einer Küchenschublade einige beschriebene Bogen Papier gefunden. Ben hatte Nicoles Handschrift erkannt. Draußen auf der Terrasse war es bereits dunkel gewesen, und er hatte eine Kerze angezündet. Insbesondere die letzten Zeilen hatten sein Herz erwärmt und seine melancholische Wehmut noch verstärkt.

Nicole schrieb, dass Viktor ihr Avancen machte, sie jedoch nicht darauf eingehen wollte. Er war und blieb nur ein Freund für sie, der ihr durch die schwere Zeit, als sie sich von Ben trennte, stets geholfen hatte. Am Samstagabend hatte sie ihn zum Essen eingeladen, als Dankeschön dafür, dass Viktor dafür gesorgt hatte, dass Bens Festnahme aufgehoben wurde und er nicht die Nacht im Gebäude des LKA verbringen musste.

Das war also der Grund gewesen, weshalb Viktor Nicole und Lisa vor der Wohnung abgeholt hatte. Das Geschriebene endete mit dem Vermerk, dass sie glaubte, Ben noch immer zu lieben. Sie wollte den Scheidungsantrag zurücknehmen, zu dem sie sich durch Viktor gedrängt gesehen hatte, weil er ihr immer wieder eingetrichtert hatte, dass Ben nicht gut für sie und insbesondere nicht für Lisa sei. Sie aber wollte ihrer Ehe noch eine Chance geben.

Dann war Lisa wieder schreiend aufgewacht. Die Lampe, die mit gedämpftem Licht Sterne an die Decke projizierte, war wie immer angeschaltet. Er hatte sich – so wie früher, wenn Lisa nicht schlafen konnte – zu seiner Tochter ins Bett gelegt und sie in den Arm genommen. Sie hatte ihren Kopf auf seine Brust gelegt, und er hatte ihr beruhigend übers Haar gestrichelt. Nachdem sie wieder eingeschlafen war, hatte er noch lange wach gelegen und die Sterne an der Decke angestarrt.

Dass man Ben kurz nach seiner Ergreifung am Weiher wieder freigelassen hatte und ihn seitdem nicht mehr wegen der Morde verdächtigte, verdankte er dem Umstand, dass die Polizei kurz zuvor Karla Braun, Jennifers entführte Schwester, gefunden hatte. Sie hatte ausgesagt, dass Michael Rubisch sie entführt und in einem Kirchenkeller gefangen gehalten hatte. Seit Samstagnachmittag habe Rubisch auch Nicole und Lisa dort festgehalten. Außerdem hatte die Polizei in dem Kellergewölbe eine Rolle mit dem gleichen Seil gefunden, wie es der Täter zur Fesselung seiner Opfer benutzt hat. Eine Anwohnerin, die nicht schlafen konnte und aus dem Fenster schaute, hatte beobachtet, wie ein Mann auf dem Kirchparkplatz zwei Frauen zwang, in den Kofferraum eines Autos zu steigen, und mit ihnen wegfuhr. Sie hatte daraufhin sofort die Polizei verständigt.

Ben hatte sich noch in jener Nacht am Weiher, gleich nachdem er Lisa in Sicherheit wusste, entschlossen, Kommissar Slibow zu erzählen, dass der Klosterpriester Berthold Erlenbach und seine Haushälterin Marlene Rubisch Sarah, Jennifer und ihn in einem verborgenen Kellerverlies unter der Leichenhalle auf dem Gelände des Klosters gefangen genommen hatten und ihn gehen ließen, um seine Frau zu retten. Er hatte gehofft, dass Erlenbach und Marlene Rubisch zu diesem Zeitpunkt bereits fort waren und Sarah und Jennifer entgegen ihrer Ankündigung nicht mitgenommen hatten.

Wie er später erfuhr, hatte das angeforderte MEK in dem Folterraum dann tatsächlich Sarah Winter unversehrt vorgefunden. Jennifer hingegen hatten Berthold Erlenbach und Marlene Rubisch mitgenommen. Die Polizei vermutete, dass die beiden eine Geisel als ausreichend angesehen und Jennifer ausgewählt hatten, da ein junges Mädchen unterwegs weniger Schwierigkeiten machen würde als eine Kriminalhauptkommissarin vom LKA.

Jennifer war dann im Morgengrauen von einem Autofahrer am Rande einer Landstraße, an einen Baum gefesselt, entdeckt worden. Sie trug einen Zettel bei sich. Darauf stand: *Nun Herr Weidner, Sie haben es vielleicht geschafft, Michael zu finden. Seiner Verhaftung konnte er aber entgehen. Genau wie wir. Was will Gott uns damit sagen? Und welche Schlüsse sollen wir daraus ziehen? Sie werden es sich denken können!*

Berthold Erlenbach und Marlene Rubisch blieben wie vom Erdboden verschluckt. Wahrscheinlich hatten sie sich schon vor Jahren für den Fall, dass man ihre Gräueltaten aufdecken würde, alternative Identitäten zugelegt.

Die Polizei ging außerdem davon aus, dass Erlenbach und Michael Rubisch eine geheime gemeinsame Zuflucht hatten oder telefonisch in Kontakt standen. Nur so war zu erklären, dass Erlenbach zu dem Zeitpunkt, als er den Zettel schrieb, schon wusste, dass Michael Rubisch alias Johannes von Hohenlohe, der sich als Redaktionspraktikant Lukas Kerner getarnt unerkannt in Bens Nähe aufgehalten hatte, der Polizei in der Nacht am Weiher entkommen war.

Bei der Durchsuchung von Viktors Haus fand die Polizei in einem Schmuckkästchen eine durchsichtige kleine Plastiktüte mit dunklen Haarsträhnen. Die Kriminaltechniker waren noch damit beschäftigt, nachzuweisen, dass es sich um die Haare von Veronika von Hohenlohe handelte. Vom Grund des Privatweihers der von Hohenlohes haben Taucher außerdem menschliche Überreste geborgen, von denen ausgegangen wird, dass sie von Veronika stammen. Der entführten Karla Braun ging es von Tag zu Tag besser. Ihre Schwester Jennifer und ihre Mutter waren überglücklich, sie wiederzuhaben. Karla und Jennifer kannten Johannes nur unter dem Namen Michael Rubisch. Karla gab bei der Polizei an, dass Johannes, bevor er sie entführt hatte, ein junges Mädchen getötet und ihren Leichnam im Teufelssee versenkt hatte. Und das nur, weil das Mädchen sich mit einem anderen Jungen eingelassen hatte. Johannes habe Karla von dieser Tat erzählt, um ihr klarzumachen, dass er auch sie hätte umbringen müssen, sobald sie sich mit einem anderen Jungen eingelassen hätte, was nach seiner Einschätzung bald der Fall gewesen wäre. Er hatte Karla dabei beobachtet, wie interessiert sie den neu in die Siedlung gezogenen jungen Mann auf der Osterparty im Jugendtreff angehimmelt hatte und sich entschlossen, sie daraufhin zu entführen. Ihre Entführung sollte somit ihrem eigenen Schutz dienen. Am frühen Ostersonntag, unmittelbar nach ihrer Entführung, habe Erlenbach sie und Johannes in der Klosterkirche vermählt. Karla sah sich gezwungen ja zu sagen, da sie andernfalls um ihr Leben hätte fürchten müssen.

Der Leiter der vierten Mordkommission, Lutz Hartmann, war außer Lebensgefahr, lag aber noch im Krankenhaus. Gegen ihn wurden interne Ermittlungen eingeleitet, bis zu deren Abschluss er vom Dienst suspendiert ist.

Die Medien machten ein Spektakel aus der Mordserie. In Talkshows wurden Diskussionen über den Werteverfall geführt, der nach Meinung einiger Experten Taten, wie sie Johannes von Hohenlohe begangen hatte, erst heraufbeschwören würde. Von Johannes fehlte nach wie vor jede Spur. Im Internet bildeten sich bereits erste Foren, in denen er als Held verehrt wurde. Über seinen Verbleib kursierten zahlreiche Theorien.

EPILOG

Er war in seiner bescheidenen Wohnung. Dort, wo keiner der Nachbarn sich um den anderen kümmerte und die Anonymität ihn unsichtbar machte. Die Schmerzen in seinem Kopf waren verschwunden. Seine Gedanken waren klar und einfach. Dann sprach die Stimme wieder zu ihm, und er hörte aufmerksam zu, was sie als Nächstes von ihm erwartete.

Danksagung

Die vielen Menschen, die im Frühjahr 2016 durch die Hallen der Leipziger Buchmesse strömten, haben mir wieder einmal gezeigt, wie groß die Begeisterung für Bücher nach wie vor ist. Dementsprechend riesig ist auch die Anzahl der jährlichen Neuerscheinungen, die alle um die Gunst der Leserschaft konkurrieren. Mein erster Dank gebührt deshalb Ihnen, den Leserinnen und Lesern, dafür, dass Sie sich bei all der Auswahl für mein Buch entschieden haben und für das Vertrauen, dass Sie mir und meinem Werk damit entgegengebracht haben. Ich hoffe, Ihre Erwartungen wurden erfüllt.

Ein weiteres großes Dankeschön möchte ich dem Aufbau Verlag aussprechen, der meinen Thriller *Der Todesprophet* ins Programm nahm, wodurch mein Traum, ein von mir geschriebenes Buch in den Regalen der Buchhandlungen stehen zu sehen, wahr wurde. Mein besonderer Dank für die gute Zusammenarbeit geht an meine beiden Lektorinnen Anne Gabler, die mich für den Aufbau Verlag entdeckt hat, und Lisa Kopelmann, deren Änderungsvorschläge mir zwar viele Stunden der Nacharbeit bescherten, zur Verbesserung des Manuskripts aber notwendig und überaus wertvoll waren. Dem Vertrieb, der Presseabteilung, den Verlagsvertretern und allen anderen Mitarbeitern des Aufbau Verlages, die dafür sorgen, dass *Der Todesprophet* möglichst große Verbreitung findet, gehört ebenfalls mein Dank für ihren Einsatz. Ebenso allen, die mir nicht persönlich bekannt sind, aber dazu beigetragen haben, dass *Der Todesprophet* Gestalt annahm und in die Buchläden gelangte.

Jeder, der schreibt, weiß, dass ein gutes Buch allein meist nicht ausreicht, um einen der dünn gesäten Plätze für neue Autoren im Programm eines großen Verlags zu erhalten. Neben ein wenig Glück ist dafür u. a. auch die Zusammenarbeit mit einer guten Literaturagentur sehr hilfreich. In meinem Fall kann ich sagen, mit der AVA international die für mich beste Literaturagentur gefunden zu haben. Ein großes Dankeschön möchte ich deshalb Roman Hocke, dem Chef der AVA, aussprechen und meinem Literaturagenten Markus Michalek, der mir dort jederzeit mit kompetentem Rat zur Seite stand. Ebenso danke ich allen weiteren Mitarbeitern der AVA, die stets für die Beantwortung von Fragen zur Verfügung stehen.

Schreiben ist bekanntlich nicht nur eine einsame, sondern auch eine sehr zeitintensive Angelegenheit. Ein »Ja« zum Schreiben bedeutet daher in der Regel auch, weniger Zeit mit der Familie verbringen zu können. Deshalb bedanke ich mich ganz besonders bei meiner Frau und meiner Tochter für ihre Liebe, ihr Verständnis und ihre Geduld.

Auch bei meinen Eltern, meinen Freunden, Rezensenten und allen anderen, die mich in irgendeiner Weise auf meinem bisherigen Weg unterstützt haben, bedanke ich mich ganz herzlich.

Falls Ihnen, liebe Leserinnen und Leser, *Der Todesprophet* gefallen hat, würde ich mich freuen, wenn Sie mein Buch weiterempfehlen, sei es in Ihrem Bekanntenkreis oder in der Buchhandlung Ihres Vertrauens. Wenn Sie Lust haben, besuchen Sie mich auf meiner Internetseite unter: www.chriskarlden.de.